새로운 시대, 새로운 글쓰기를 위한

고전시가 퍼 올리기

새로운 시대, 새로운 글쓰기를 위한

고전시가 퍼 올리기

정 기 철

도서출판 역락

‘인문학의 위기’라는 말이 관심 밖으로 밀려났을 정도로 인문학은 위기에 처해있다. 몇 년 전까지만 해도 ‘인문학의 위기’가 시대의 화두처럼 여기저기에서 들리더니 이제는 그 소리마저 들리지 않는다.

하기야 인문학의 위기를 소리 높여 외쳐서 얻은 것도 있다. 저서 출판에 대한 지원이 늘었고, 작품집 발간이나 공연을 지원하는 금액도 높아지고 기회도 확대되었다. 그렇지만 그러한 정책들이 인문학을 위기에서 구출할 수 있을 것이라는 생각은 들지 않는다. 숨넘어가는 환자를 잠시 연명하게 하는 임시방편의 처방일 뿐, 병의 근본을 밝히고 병을 치유하는 온전한 치료법은 아니다.

그렇다면 ‘인문학의 위기’를 외치던 사람들은 다 어디에 있을까.

인문학을 위기에서 구해내는 근본 방법을 찾기 위해 절치부심(切齒腐心)하고 있다면 다행이지만, 인문학은 원래 빛이 나지 않는 것이라며 포기하고 있거나, 정책적으로 던져 준 지원금에 안주하고 있다면 문제가 아닐 수 없다.

인문학의 위기를 문제삼는 것은 인간을 존중하고 인간을 인간답게 하는 인문정신의 소멸에 있다. 앞으로도 과학과 실증주의는 더욱 기승을 부릴 것이다. 그렇다면 인문학은 더욱 왜소해질 것이고 인간의 존엄성은 크게 위협받을 것이며 그 결과 인간다운 삶을 영위한다는 것은 더욱 요원해질 것이다.

인문학을 살려야 한다. 그것도 제대로 살려내야 한다.

인문학을 제대로 살려내기 위해서 해야 할 일이 많지만, 그 중에서도 문학을 살려내는 일이 급하다. 왜냐하면 문학은 근본적으로 인간화를 추구하기 때문이다. 문학은 인간의 삶을 드러내는 활동이며, 삶을 살아가는 사람들을 드러내는 일이다. 즉, 문학은 삶을 살아가는 인간을 통해 진정 인간이란 무엇인가, 삶이란 무엇인가에 대한 답을 추구하고 체험하도록 하는 활동이기 때문에 인문학을 살리기 위해서는 우선 문학을 살려내야 한다.

문학 중에서도 고전 문학, 고전 시가를 제대로 살려내는 일이 중요하다.

고전 문학이 중요한 이유는, 인간의 삶은 개인의 역량에 의해서도 이루어지지만 사회적·민족적 전통(Tradition)에 의해서 영향을 받기 때문이다. 특히 글쓰기는 그러한 전통 속에서, 전통을 바탕으로 이루어지는 창조 행위이다. 전통이라는 자양분을 빨아올리지 않으면 글쓰기는 이루어질 수 없다.

고전 문학 중에서도 고전 시가에 관심을 갖는 이유는 시가 인간의 삶을 더욱 견실하게 하기 때문이다. 시는 인간의 상상력을 풍요롭게 할 뿐만 아니라 대상과 세계의 본질을 끌어올리는 힘을 가지고 있다. 그리고 대상과의 관계를 이끌어내고 돈독하게 해주는 비유와 상징이라는 기법을 지니고 있다.

따라서 고전 시가를 통해 전통적으로 견고해진 정서를 길어 올려 인간의 삶을 탄탄하게 붙잡을 수 있으며 시간의 한계를 뛰어넘어 지고지순한 삶과 인간을 체험할 수 있다. 전통을 기반으로 한 정서와 상상력, 그리고 폭넓은 체험들을 통해서 우리는 우리의 현재적 삶을 보다 인간적인 삶으로 전환할 수 있다.

이제 문학을 통해 인간다운 삶을 영위하고 인간과 인간 사이에서 행복을 느끼면서 살기 위해 문학을 모든 사람들에게 돌려주어야 한다.

문학은 문학 작품을 읽고 쓰는 사람들의 것이며, '문학성'은 그것을 결정하는 사람들에 의해 결정될 것이 아니라 작품을 읽는 사람들에 의해 결정되어야 한다. 이러한 관점에서 문학, 문학교육은 건강한 문학 작품을 쓰고 문학 작품을 건강하게 읽을 줄 아는 사람을 길러내어 참다운 문학 공동체를 형성할 수 있도록 하여야 한다.

이 책은 참다운 문학공동체(사회)를 이룩하는 데 작은 씨알이 되고자 한다. 그래서 인간애를 구현하고 인간답게 사는 사람들이 행복한 사회를 건설하는 데 아주 작은 보탬이라도 되고 싶다.

이러한 소망으로 고전 시가를 다시 우리 삶과 문학에 퍼 올려서 과학과 실증주의의 압박 아래서 신음하는 우리 삶과 문학을 구해내고자 한다.

아무쪼록 '왜 하필이면 다 죽어가는 고전 시가를 붙잡고 쓸데없는 힘을 쓰냐'고 질책하지 않으셨으면 한다. 우리가 고전 시가를 잃는다는 것은 우리의 전통과 뿌리를 잃는다는 것을 의미한다. 우리가 하나의 고전 시가 양식을 잃는다는 것은 단순히 하나의 고전 시가 양식의 소멸을 뜻하는 것이 아니다. 하나의 고전 시가 양식을 잃는다는 것은 대상(세계)을 바라보는 하나의 시각과 태도를 잃는다는 것을 의미하며, 동시에 대상과 관계를 생성하고 유지하는 다양한 비법들을 잃는 것을 의미한다.

고전 시가를 퍼 올려 새로운 시대의 문학을 살려내기 위해서는 우선, 문학과 글쓰기의 통합을 이루어야 한다. 문학 역시 글쓰기와 마찬가지로 의사소통의 수단이며 구조를 가졌다는 인식의 전환이 필요하다. 고전 시가를 통해 글쓰기의 원리에 익숙해지고 이를 바탕으로 더욱 체계적인 글쓰기를 완성할 수 있다.

뿐만 아니라 시와 음악의 행복한 만남을 주선하여야 하며 생태학적 세계관을 화두로 인간다운 인간의 삶을 고민하는 글쓰기로 환원하여야 한다. 원래 시는 '부르는' 것이었다. 하지만 현대시는 음악과 결별하고 '보는 시'로 급속하게 변해갔다. 이 결과 시는 '관념시'가 되었고 일상적인 삶과 멀어져 갔다. 그러면서 공동체 의식은 사라지고 개별적인 삶에 함몰하여, 우울증·소외와 같은 병리 현상에 빠지고 말았다.

시의 고향은 자연이며, 인간은 자연과 조화를 이루며 살아가는 존재이다. 그러나 서양의 인간중심주의는 자연과 대립하여 자연을 파괴하고 말았다. 그 결과 인간의 삶은 핍박해지고 인류 멸망의 위협 속에 빠지고 말았다. 사회는 단절·분리·분열의 현상이 더욱 심화되어 철저한 개인주의와 물질만능주의의 나락으로 빠져들었다.

이제 시는 음악과 만나 자연과 조화를 이루며 사는 인간 본연의 세계를 노래해야 한다. 음악과 만나 통합적이며 조화로운 의식의 세계를 확장하여야 한다. 그래야 시각매체 우위가 가져온 단절·분리·분열·소외 등의 정신적 병리 현상을 극복할 수 있다. 그리고 순수 자연과 인간의 몸이 전해주는 목소리에 귀기울여야 한다. 인간의 진정한 행복과 발전은 정복과 탈취로 이루어지는 것이 아니라, 자연과 공생하며 다른 것들의 존엄성을 인정하는 과정 속에서 이루어진다는 깨달음에 도달하여야 한다.

민족의 일상적인 생활과 정신을 담았던 고전 시가의 글쓰기를 퍼 올려서, 자본주의와 컴퓨터 매체가 가져온 장점들을 극대화함과 동시에 그들이 가져온 병리 현상을 극복해야 한다. 그렇다면 인간 관계와 사유방식도 변화할 것이며, 개인의 자유를 억압하는 모든 문자 권력을 극복하고 진정한 행복과 발전·진보를 이룰 수 있다.

이 책은 고전 시가 중 주로 시조·가사·민요를 대상으로 하였다. 그 이유는 시조·가사·민요는 현대에서도 일정한 가창 방법으로 불려지고 있으며 전수되고 있기 때문이다. 시조·가사·민요를 중심으로 세 갈래가 어떠한 노력으로 현대까지 전수되었는가를 살피면서 동시에 그들을 현대 사회에 되살리는 방법과 우리의 자세를 논의하였다.

이 책을 내기까지 많은 분들의 도움이 있었다. 고전 문학과 고전 시가에 눈뜨게 해주신 박요순 교수님과 김균태 교수님의 은혜를 잊을 수 없다. 그리고 고전 시가를 어렵게 생각하고 도망 다니던 제자들에게도 고맙다는 말을 전해야겠다. 도망 다니는 제자들을 잡기 위해 여러 가지를 도모하다가 고전 시가의 진정한 면모를 깨우치게 되었다. 그 결과로 새로운 시대에는 새로운 글쓰기가 필요하다는 진리를 얻었고 그 진리를 고전 시가를 통해 얻을 수 있으리라는 믿음도 얻었다.

아직도 부족한 글을 내주시는 도서출판 역락의 이대현 사장님께도 고맙다는 말씀을 드리고 교정을 보느라 고생한 대학원 제자들에게도 이 자리를 빌어 고맙다는 말을 전한다.

2005 을유년 새해 원단에
저자 올림

차 례

I ▶ 고전 시가 되살리기

1. 문학의 위기와 고전 문학

미국 우주인 암스트롱이 달에 첫발을 딛고 달 표면을 껑충껑충 뛰어다니는 모습을 TV로 지켜보면서, 전 세계인은 과학의 경이로움에 감탄하였다. 아마도 많은 사람들이 앞으로 과학이 가져다 줄 풍요와 편리를 꿈꾸며 행복해 했을 것이다.

그러나 한편에서는 달나라에 토끼가 살지 않는다는, 그리고 달은 토끼가 전혀 살 수 없는 척박한 땅이라는 사실을 확인하고는 표현할 수 없는 감정에 휩싸이는 사람들도 있었다. 과학에 의해 신화와 상상의 세계가 여지없이 부서져 내리는 것을 느꼈을 것이다.

암스트롱이 달을 점령하고 난 후 "조국 근대화", "미래의 꿈, 과학" 등과 같은 슬로건이 깃발처럼 나부꼈다. 학교 건물에는 "산업 역군 육성", 또는 "과학영재육성"이라는 글씨가 커다랗게 걸리고 학교는 학생들을 산업역군과 과학영재로 만들기 위해 채찍을 들었다.

책가방에 소설책이나 시집을 넣고 다니는 학생은 철없는 학생이거나 문제아로 지목 받았고, 학교 교실에서 소설책이나 시집을 꺼내 읽으면 반항아나 이단자로 내몰렸다. 소설책이나 시집을 읽는 아이들은 다른 아이들을 물들이는 경계인물로 찍혔다. 그리고 소설책이나 시집은 휴지통으로 들어가거나 겨울철에 난로를 피우는 불쏘시개가 되었다.

문학은 단지 교과서 속에만 있어서 암기의 대상이 되거나 빨간색, 파란색, 검정색 볼펜으로 덧칠하는 바탕 그림이 되었을 뿐이다.(하기야 이러한 상황은 지금도 별반 나아진 게 없다. 학생들의 국어 교과서를 보면 온통 빨간색, 파란색, 검정색 볼펜으로 덧씌워 놓았다.)

그로부터 30여 년 후, 두 세계는 극명하게 다른 길을 걸었다. 과학은 문명 세계를 이끌며 물질적 풍요와 육체적 편리를 가져다 주어 인류의 삶의 형태를 변화시켰고 또한 주도하였다. 그러나 신화와 상상의 세계는 사람들의 관심을 받지 못하고 늘 뒷골목을 전전하였다.

신화와 상상력을 잃은 문학은 거칠고 협소해져만 갔다. 달을 쳐다보아도 떡방아를 찧는 토끼는 보이지 않고 사막과 메마른 분화구만 보이니 문학과 삶은 거칠고 협소해질 수밖에 없었다.

문학이 먼저인지 일상적인 삶이 먼저인지는 알 수 없지만 신화와 상상력을 잃은 문학과 삶은 서로에게서 멀어져갔다. 바꾸어 말하면 신화와 상상력을 잃고 배회하는 삶을 문학이 붙들지 못했다. 문학 역시 거칠고 협소해졌으므로 붙들 힘이 없었다고 할 수도 있겠지만 그것은 문학이 할 수 있는 변명은 아니다.

일상적인 삶과 손을 놓아버린 문학은 자기만의 현학적인 세계에 빠지고 말았다. 일상적인 삶 속에서 자연을 대상으로 노래하던 관습을 버리고 나 자신의 문제에 집중하기 시작하였다. 그 결과 자연과의 상호 교류적 관계를 바탕으로 자연과 삶 속에서 일체감을 느끼던 지혜는 힘을 잃고 지식만이 찬란한 옷을 입었다.

이러한 분위기에서 시 역시 많은 변화를 겪었다. 특히, '철학의 끝은 시', 또는 '철학의 결정체는 시'라는 말이 떠돌면서 시는 내면의 세계로 침잠하였다. '철학'이라는 말에는 시비 붙을 거리가 없지만, 그 철학이 어떠한 철학이냐 하는 것은 문제삼지 않을 수가 없다.

적어도 그 철학이 자연과 사물, 하늘과 땅 사이에서 서로 조화를 이루고 그들 사이에서 그들과 인간의 삶을 흥(興)하게 하는 것을 목표로 삼는 우리 철학인가. 아니면 "너 자신을 알라"를 내세워 자신의 내면 세계에 집중하는 서양 철학인가 하는 정도는 문제삼을 수 있을 것이다.

이 두 개의 철학 중에서 우리 시는 서양의 철학을 선택하였다. 그래서 시와 시의 해석 뒤에 "○○이즘"·"○○주의"·"○○경향"·"○○사조"라는 말이 서슴없이 붙었다. 좀더 자극적으로 말하면 그런 말을 붙이려고 무던히도 애를 썼다.

그러면서 시, 문학은 그들만의 행위로 변질되어 갔으며 동시에 우리의 전통인 고전 문학은 올바른 전수의 기회를 잃고 시대의 무대 뒤로 사라져 갔다. 그런데 시대의 변화나 문화 욕구와 양식의 변화에 의해서 자연스럽게 사라진 것이 아니라 서양적 철학과 문학 의식을 가진 사람들에 의해 삭제된 것은 큰 문제라고 할 수 있다.

문학은 문학 작품을 읽고 쓰는 사람들의 것임에도 불구하고 문학의 기득권을 가진 지식인들이 문학을 점령하고는 그들만의 언어로 문학성을 재단하였다. 그들이 하는 소리를 일반인들은 알아들을 수조차 없었고 일반인들의 문학, 문학 행위는 천박한 것으로 취급받았다. 결국 일반인들은 문학의 좌판에서 사라졌다.

문학에 대한 기득권을 가진 사람들은 그들의 잣대로 고전 문학을 재단하여 '소멸'이라는 도장을 찍어나갔다. 문학은 언어를 매개로 하는 것이어서 언어처럼 새로운 것이 생성되기도 하고, 한 때 유행하기도 하고, 그리고 사라지는 것은 자명한 이치다. 그러나 언어가 그렇듯이 문학 역시 대부분 그 숨결을 다음 문학에 남기고 사라진다. 향가에서 고대시가의 숨결을 느낄 수 있고, 고려 속요에서 향가의 향취를 맡을 수 있으며, 시조에서 향가와 고려 속요의 형식과 정신을 읽어낼 수 있는 것이 이치다.

하지만, 이러한 이치는 철저하게 무시되었다. 옛 것은 '낡은 것'이고 '시대의 뒤떨어진 것'이라는 의식이 팽배해지고 서양의 것은 위대한 것이고 새로운 과학 문명 시대에 걸맞은 것이라는 생각이 사회와 문화를 주도했다.

그래서 아직도 향유되고 있던 고전 시가들은 '소멸'의 도장을 받고 제대로 숨을 쉬지도 못했다. 고전 문학을 사장시킨 문학은 전통과 뿌리도 버린 채 빠르게 스스로를 작은 울타리에 스스로를 가두어 두었다. '낡은 것', '시대에 뒤떨어진 것'을 버렸으니 더 가벼워진 몸으로 인간의 존엄성을 키우고 인간다운 삶을 이루어 나가야 됨에도 불구하고 문학은 물론 인간의 존엄성과 인간다운 삶은 외면당하고 말았다.

그러나 희망이 없는 것은 아니다. 다행스럽게도 전통과 고전 문학은 끈질긴 생명력으로 살아 있었고 몇 분의 선학들은 외면 속에서도 고전 문학과 전통을 끌어 모으고 정리하고 새롭게 변화시키려는 노력들을 계속하고 있었다.

선학들의 힘겨운 작업을 이제는 우리가 이어 받아야 한다. 그 무거운 짐을 지고 고전 시가를 현대사회의 삶에 맞게, 현대인의 삶과 일상 생활을 윤택하게 하는 원동력으로 작용할 수 있도록 해야 한다. 서로가 서로의 존엄성을 깨닫고 서로가 서로에게 인간다운 삶을 영위할 수 있도록 북돋아 주는 주체가 되어야 한다.

그럴 수 있기 위해서는 자본주의가 생성한 인간 중심 사고에서 벗어나야 한다. 사회가, 세계가 경제 전쟁에 더욱 열을 올려도 적어도 문학만은 물질주의와 인간의 풍요만을 생각하는 편협함에서 벗어나야 한다. 적어도 문학만은 삶의 근원은 무엇이며 인간의 정신을 풍요롭게 하고 인간이 진정 무엇을 통해 행복해질 수 있는지 고민하고 노래하여야 한다.

'나는 누구일까'라는 생각에 깊게 빠져 있다면 과감히 그 생각을 벗어던지고 자연과 조화를 이루는 인간, 다른 것과의 관계에서 빛을 발하는 인간 세계로 과감히 나와야 한다.

첫돌 지난 아들 말문 트일 때
입만 때면 엄마, 엄마
아빠 보고 엄마, 길 보고도 엄마
산 보고 엄마, 들 보고 엄마

길 옆에 선 소나무 보고 엄마
그 나무 사이 스치는 바람결에도
엄마, 엄마
바위에 올라앉아 엄마
길 옆으로 흐르는 도랑물 보고도 엄마

첫돌 겨우 지난 아들 녀석
지나가는 황소 보고 엄마
흘러가는 도랑물 보고도 엄마, 엄마
구름 보고 엄마, 마을 보고 엄마, 엄마

아이를 키우는 것이 어찌 사람뿐이랴
저 너른 들판, 산 그리고 나무
패랭이풀, 돌, 모두가 아이를 키운다

(김완하, 〈엄마〉)

주변의 모든 것이 인간을 키운 모태라는 발상의 전환이 필요하다. 어찌 나를 키운 것이 부모만이겠는가. 내 주변의 모든 것이 나를 키우고 나를 자라게 하는 자양분이라는 의식을 가져야 한다. 산과 들, 바위와 도랑물, 심지어 무심하게 지나는 바람과 구름까지도 나를 키우는 것들이다. 그들을 잊거나 잃는다면 인간은 인간다운 삶을 영위할 수 없다.

2. 매체 변화와 고전 시가

매체가 변화하면 전반적인 사회 구조가 바뀌고 일상적인 생활 양식과 인식 태도, 사유 방식이 달라진다. 컴퓨터와 인터넷의 발달은 정치·경제 구조뿐만 아니라, 문학까지도 변화의 소용돌이로 몰아가고 있다. 하지만 새로운 시대를 표현하고 미래 사회의 지향점을 제시하는 글쓰기에 대한 고민은 미약하기만 하다.

아직도 글쓰기를 '문자 언어 표현' 정도로만 인식하는 분위기가 팽배해 있는 것은 실로 아쉬운 일이다. 글쓰기는 단순히 표현의 차원에 머무는 것이 아니다. 1차적으로 글쓰기는 의미를 구성하는 사유활동과 그것을 문자로 엮어내는 언어활동으로 이루어진다. 그런데 '의미를 구성하는 사유활동'은 개인의 재능(Individual Talent)과도 관련이 있지만 그 사회의 전통(Tradition)과 밀접한 관련이 있다.

글쓰기에서 말하는 개인적 재능이란 대상을 바라보는 태도와 대상에 대한 비판적 분석능력, 소재 선택 능력, 감수성 등 개인이 지닌 개별적이고 독창적인 능력을 말하는 것이다. 그리고 글쓰기에서 전통이란 보편성의 고정불변한 진리를 말하는 것이 아니라 전승을 통해 변화하고 비약하는 변증법적 질서와 내용 종목을 뜻한다.

즉, 글쓰기란 개인의 재능과 전통 속에서 경험과 지식을 재조직하여 내면화하는 활동이며, 그 자체를 통해 즐거움을 얻고 과정을 통해 더 큰 자아를 획득하는 창조적 언어 활동인 것이다. 따라서 글쓰기는 내 것을 밖으로 표현하는 일이기도 하지만, 세계를 내 안으로 받아들이는 일이기도 하다.

매체 변화에 따른 새로운 시대의 글쓰기·글쓰기 교육은 세계를 내 안으로 받아들이는 일을 더욱 강조하여야 하며, 전통 속에서 세계를 내 안으로 받아들여 새로운 삶과 의미를 재조직할 수 있는 능력을 갖추도록 하는 데 집중하여야 한다.

새로운 시대의 글쓰기에 대해 고민하면서 왜 고전 시가를 논의의 대상으로 삼아야 하는가에 대해서는 재론하지 않아도 될 듯싶다. 단지, 다시 한번 강조하고자 하는 것은 ① 전통의 전수와 창조적인 계승을 위해 ② 시가 지니고 있는 세계 인식 능력과 세계를 재구성하는 능력의 함양을 위해 ③ 고전 시가에 면면히 흐르고 있는 생태주의와 대상에 대한 인식 태도의 복원을 위해 ④ 우리말의 특성과 리듬을 되찾아 우리 시다운 우리 시의 창조를 위해, 고전 시가와 고전 시가 교육을 논의하고 그를 바탕으로 새로운 시대의 새로운 글쓰기에 대해 고민하여야 한다는 것이다.

문자 발명과 매체 변화는 사회 구조를 변화시키고, 구성원의 사유 방식과 생활 형태를 바꾸어 놓았다. 가령, 문자가 없었던 구전 시대와 구전의 관습이 상당히 남아 있던 문자문화 초기에는 영웅을 만들고 영웅의 이야기를 전승하는 일들이 가능했고 또 그러한 일들이 당대인의 삶에 지대한 영향을 끼쳤다.

기억에 의존하는 구전문화에서는 기념비적이고도 잊기 어려운 인물, 누구나 알고 있는 공공성과 역사성을 띠고 있는 영웅의 출현은 필수불가결한 것이었다. 즉 영웅은 구전문화의 인지적 체계(noetic economy)를 통해 기억할 수 있는 모습으로 재조직된 당대인의 경험과 삶이었다.

그러나 문자문화에 익숙해지면서 구전문화의 인식 구조와 삶의 방식은 변화하여 영웅의 출현은 희박해지고 일상적인 인간, 일상의 삶이 관심의 대상이 되었다. 문자문화의 이러한 현상은 매체 변화에 의해 더욱 가속화되었다. 필사문화시대 → 목판문화시대 → 활자(활판)문화시대를 지나 본격적인 인쇄문화시대를 거치면서 그 사회의 지식과 정보를 더욱 더 많은 사람들이 공유할 수 있게 되었고 그 결과 인간 중심의 근대의식이 발현되었다.

하지만, 인쇄문화시대에도 문자 권력은 어느 정도 존재하였다. 인쇄술의 발전이 인간의 이데올로기를 변화시키고 귀족 중심의 통치 구조를 붕괴시켜 민주주의의 시발점을 열은 것은 분명한 사실이다. 그리고 인쇄술의 발달이 가져온 대다수의 의사소통 구조는 보편적이고 객관적인 정보와 의식을 창출해냈고, 대중의 의식과 욕망이 사회구조를 이루는 기본적인 요소가 된 것 또한 사실이다. 그러나 인쇄문화시대에도 고급 문자문화를 소유한 사람들의 권력이 엄연히 존재하였다. 그리고 권력자들은 인쇄매체를 권력의 도구 삼아 권력을 위해 인쇄매체를 통제하기도 하였다.

그러나 컴퓨터문화시대는 모든 것을 뒤바꾸어 놓고 있다. 컴퓨터문화시대에는 정보가 자본의 위치를 대신하고 노동 생산을 재화의 생산에서 정보의 생산으로 변화시켰다. 자본주의 사회에서의 생산 양식이 표준화, 분업화, 중심화, 분업화, 수직화, 대중화, 연속성의 특징을 갖는다면, 컴퓨터가 세워놓은 지식정보화 사회에서는 개별화, 분권화, 공동화, 수평화, 전문화, 단절성 등의 특성을 갖는다. 생산구조 역시 변화하여 자본주의 사회의 생산 구조가 대량 생산과 대량 소비의 구조였다면, 지식정보화 사회의 생산 구조는 맞춤 생산, 일대일 소비(one and one system) 구조를 갖는다.

이러한 구조 변화는 경제에만 국한된 것이 아니라 사회 전반에서 이루어지고 있다. 정치에서도 컴퓨터 세대들의 세력이 힘을 발휘하고 있으며, 문학에서도 인터넷 문학이 위력을 떨치고 있다. 초기의 인터넷 문학은 젊은 세대들의 취미생활 정도로 취급받았다. 즉, 정상적인 세계의 바깥에서 이루어지는 경계 밖 글쓰기로 인식되었다. 그러나 이제 인터넷 문학은 온라인 안에서뿐만 아니라 오프라인에서도 위력을 떨치고 있으며 경계와 경계를 허무는 글쓰기 양상을 보이고 있다.

아직도 일부에서는 인터넷 문학의 한계성을 들어서 인쇄 매체를 통한 문학이 계속해서 문학의 본령을 이룰 것이라고 말하기도 한다. 그러나 그 말은 현실 상황에서 매우 슬픈 위안의 말로 들릴 뿐이다. 이미 인쇄 매체를 통한 문학은 인터넷 문학의 보조 수단이나 인터넷 문학 활동 모음집의 수단으로 사용되는 빈도수가 점점 늘어나고 있다.[1] 앞으로 노트북의 경량화, 휴대폰 문자 메일 용량의 극대화, PDP 사용의 일반화가 진행되면 인쇄 매체를 통한 문학 활동은 더욱 축소될 것이다.

문학을 위협하는 또 한가지 요소는 현대 사회에 만연해 있는 실증주의다. 실증주의가 현대사회를 이룩했고, 현대사회는 어느 정도 인류가 염원하던 근대정신의 구현을 달성하였다는 긍정적인 평가를 담고 있다. 그리고 이 실증주의는 미래사회에도 과학이라는 이름으로 인간의 삶을 통제할 것이며, 인간은 과학을 더욱더 맹신할 것이다.[2]

물론 그럴수록 문학의 중요성과 필요성은 더욱 높아질 것이라는 기대도 가능하다.

> 21세기 초에도 과학의 기치는 더 높아질 것이고 인문학은 상대적으로 여전히 위기에 몰릴 것이다. 그 속에서 문학은 과학의 반대편에서 혹은 새로운 공생의 방법으로 존재할 것이다. 또한 거대한 자본과 맞물린 문학 시장은 문학을 문화라는 명목 하에 값싸게 상품화할 가능성이 높다. 국가와 민족을 넘나드는 컴퓨터 네트워크의 구축은 어쩌면 민족성과 문화의 고유성을 쉽게 허물어낼지도 모른다.
>
> 사정이 이와 같다면 국어와 문학은 오히려 제자리를 탄탄히 잡을 사명감을 가져야 하고 또한 그런 기회가 많이 올 것으로 보인다. 미래학자들도 새로운 문화 르네상스가 극단의 과학문화의 반대급부로 전개되리라 기대한다. 기계에 의존하는 비인간화의 심화 현상이 의사표현이나 문학의 중요성과 필요성을 부각시키게 될 것으로 보기 때문이다.[3]

그러나 문학이 과학의 반대급부로 전개될 것이라든지, 과학적 질서의 사

---

1) 인터넷에서 호응을 얻은 작품들을 인쇄하거나 영화화하는 일이 늘고 있다. 일부 작가들은 자신의 작품을 인터넷에 올려 독자들의 반응을 살핀 다음 인쇄 여부를 결정하기도 하고 이러한 일을 출판사가 작가들에게 권하거나 요구하기도 한다. 뿐만 아니라 온라인 문학 동호인들의 활동이 오프라인 문학 동호인들의 활동을 앞서고 있다.
2) 최근 '줄기 세포', '배아 복제'와 같은 신드롬은 인간 생명의 한계를 뛰어넘는 과학의 승리로 받아들여지고 있으며, 이러한 경향은 과학 만능, 과학 맹신주의를 낳을 우려가 있다.
3) 권오경, 『고전 시가작품교육론』, 月印, 1999, 46~47쪽.

회를 상상력 질서의 세계로 바꾸어 놓을 것이라는 기대에도 불구하고 미래 사회에서도 인문학의 위기와 과학 문화의 팽창은 계속 진행될 것이고, 세계화는 많은 사람들의 저항에도 불구하고 우리 문학과 글쓰기의 고유성을 계속 침범할 것이 분명하다.

사실, 포스트모더니즘 이후 이렇다할 문학 이론이 등장하지 못하고 있다. 주지하다시피 포스트모더니즘은 탈인간(백인), 탈이성, 탈서양을 기치로 내걸어 상당 기간동안 문학과 문학 이론을 이끌었다. 하지만 탈인간, 탈이성, 탈서양 이후의 새로운 가치체계와 이념이 정립되지 않고 있다. 간혹 민족주의 문학론이나 고전주의 이념들이 거론되기는 하지만 그것들이 새로운 가치체계와 이념이 된다거나 자양분이 되기에는 힘들어 보인다. 비록 그들이 역사적으로 풍부한 정신을 쌓아왔다고 할지라도 그 정신을 구체적인 방법론과 접목하지 않는 한 새로운 문학과 글쓰기의 지향점이 되거나 지향점을 제시하기에는 역부족처럼 보인다.

그렇다면 이제 문제는 새로운 시대의 가치체계와 이념이 될만한 자양분을 모으고 그 자양분을 바탕으로 어떻게 새로운 시대의 문학과 글쓰기와 관련한 구체적인 방법론을 찾을 것인가 하는 것이다. 즉, 매체 변화에 따른 문학, 또는 문학 환경 변화 속에서 고전 시가의 전통성과 문학성을 확보하는 일이며, 그 전통성과 문학성을 어떻게 미래를 향해 열어 놓느냐 하는 것이 과제가 될 것이다.

3. 새로운 시대의 문학과 글쓰기

근대화 과정에서 우리 문학을 잃었다는 것은 동시에 우리 글쓰기를 잃었다는 것을 뜻한다. 문학과 글쓰기가 동일한 활동이었던 전통은 사라지고 문학과 글쓰기를 별개의 영역처럼 여기면서 문학과 글쓰기가 동시에 위기에 빠지고 말았다.

그 동안 문학은 서양적 심미주의에 가치를 두고 우리 민족의 전통적인 삶과 정서를 외면한 결과 새로운 심미적 가치를 세우지 못했다. 우리 민족의 보편적인 삶과 민족의 정서를 전수하고 형상화하는 것을 외면하고 철저히 개인적인 정서와 사상을 형상화하는 데 주력하였다. 그 결과 문학은 일상적인 삶과 멀어지고 말았다.

문학과 결별한 글쓰기 역시 황폐해졌다. 글쓰기는 문학과 결별하면서 신화적·역사적 상상력을 잃고 미문(美文)의 욕망에 빠져 전통을 세우는 일을 등한시했으며 통합된 도덕적 규범을 지켜내지도 못했다. 글을 쓴다는 것은 세계를 주관적인 정신적 체계로 해석하고 그것을 언어로 표현하는 일이다. 따라서 글쓰기는 주관의 정신적 태도(Mental set)와 사고방식을 형성하는 틀인 언어가 주도한다고 할 수 있다.

그러나 문학과 글쓰기가 결별하면서 세계를 바라보는 의식과 보편적인 삶에 대한 신념들이 무너지고 말았다. 전통을 잃음으로써 가치와 신념을 잃었고, 언어를 잃어버림으로써 세상을 올바르게 보는 눈을 잃게 되었다. 그 결과 매체 변화와 시대 변화에 적절하게 대응하지 못하여 전통을 전수하지도, 새로운 문화를 창조하지도 못하고 말았다.

새로운 시대의 문학과 글쓰기를 위해서 우선 문학과 글쓰기가 다시 만나야 한다. 글쓰기는 문학과의 만남을 통해서 신화적·역사적 상상력을 복원해야 하며, 문학은 글쓰기와의 만남을 통해서 일상성과 통합된 도덕적 규범을 확보해야 한다.

글쓰기와 문학은 차이점과 유사성을 동시에 갖는다. 우선, 일반 글쓰기와 문학 창작간에는 엄연히 다른 점이 존재한다. 이 다른 점이 일반 글과 문학을 구분하는 잣대가 되고, 동시에 글의 갈래를 나누는 기준이 되는 것이다. 그러나, 대상에 대한 인식과 상상력, 언어의 조탁, 구성의 원리를 바탕으로 한다는 점에서 글쓰기와 문학은 동일하다.

글쓰기와 문학을 동일 선상에서 이야기할 수 있는 가장 큰 이유는 둘 모두 언어를 매개로 한다는 근원적인 속성 때문이다. 글쓰기와 문학 모두 랑

그와 빠롤의 이원적 구조를 지닌 언어의 속성 안에서 배태한 것이고, 이러한 언어 구조의 속성을 얼마만큼 잘 활용하느냐 하는 것이 그 성패를 좌우한다고 보아야 한다.

> 문학의 그러한 본질은 기본적으로 언어 구조물이라는 자질에서 온다. 언어란 직접적인 사물이 아니라 간접적인 기호이므로 언어가 지닌 대리물적 본질에 의해 인간을 사고하도록 한다. 그 반대되는 사례를 우리 주변에서 얼마든지 확인할 수 있다. 시각 매체에 사로잡힌 아이들에게서 상상력의 빈곤을 확인하게 되는 일은 슬픈 일이며, 그것을 구제하는 일은 언어의 세계에서 정신의 향상을 도모하도록 권하는 것이다. (중략)
> 문학이 형상이라는 본질은 인간의 인식 능력과 상상력이라는 기본적인 정신 활동의 본령이다. 사람은 언어로 형상을 수용하고 언어로 형상을 창조한다. 그 가장 전형적이고 체계적이면서 높은 수준을 보이는 것이 문학이다. 따라서 인간은 문학을 통해 세계를 파악하고 창조한다. 인간의 인간다운 덕목 가운데 지성과 감성은 이러한 형상을 통해 함양되고 발전한다고 할 수 있다.[4]

간접적인 기호인 언어가 갖는 대리물적 특성을 통해 인간의 사고를 형상화하는 것이 글쓰기와 문학의 본령이라 할 때, 문학이 추구하는 인간, 인간다움 역시 글쓰기에서 추구하는 인간, 인간다움과 수평적으로 교감할 때 비로소 참 인간과 인간다움을 획득하고 형성할 수 있다는 인식도 필요하다.

뿐만 아니라, 문학과 글쓰기는 모두 의사소통의 한 수단이라는 깨달음이 필요하다. 즉, 글이란 작가와 독자의 대화를 활성화하는 매개물이며, 글쓰기는 작가와 독자의 창조적 대화의 출발점이라는 인식이 필요하다.

이러한 인식에서는 글이란 완성된 하나의 결과가 아니라 작가와 독자간의 의사소통의 과정이다. 따라서 글쓰기는 대상을 통한, 대상에 대한 자아의 관념과 태도를 형상화하는 의사소통 행위이다. 문학이 구체적인 설명이거나 거침없는 주장이 아니고 심미성을 중심으로 한 예술적 형상화이긴 하지만, 문학 역시 사회 구성원인 작가가 시대 상황 속에서 일정 부분 사회적 담론을 담아낸 것이다.

---

4) 김대행, 『문학교육 틀짜기』, 역락, 2000, 114~115쪽.

글쓰기와 마찬가지로 문학 역시 목적에 의해 구체화 된다. 글을 쓰다가 혹은, 글을 쓰고 난 후 수정과 첨삭을 하게 되는 데, 이는 글쓰는 목적을 효과적으로 구현하기 위한 것이다. 이러한 수정과 첨삭을 표현 기법적 측면에서 이해할 수도 있으나, 이 역시 독자에게 작가의 사상과 정서를 효과적으로 전달하기 위한 행위의 일부분으로 해석할 수 있다.

즉, 수정과 첨삭은 작가의 주관적 세계관을 독자의 주관적 세계관에 밀착시키기 위한 행위이다. 이를 다시 주관의 객관화로 이해할 수 있을 것이고, 주관의 객관화 과정을 통해 작가는 새로운 의미를 획득하게 되고 이를 통해 새로운 자기를 찾아 나서는 것이다.

사실 좋은 문학 작품은 시대 상황과 작가의 세계관 사이에 상호 교호적인 작용이 이루어질 때 생성되는 것이다. 따라서 새로운 시대의 문학과 글쓰기는 세계관 형성과 독자와 상호 교호적인 의사소통을 활성화하는 데 초점을 맞추어야 한다. 결국, 문학과 글쓰기는 효과적인 의사소통이라는 목적을 달성하기 위해 작가의 세계관(주관)을 독자의 세계관(객관)에 끊임없이 근접시키는 행위로 이해할 수 있다. 따라서 문학과 글쓰기의 중심에는, 글쓰기를 통해 대상(세계)에 대해 새로운 의미를 창출하고 또 다른 자아를 획득하는 과정을 거치도록 유도하는 구체적인 행동이 있어야 한다.

4. 고전 시가는 유행가다

고전 문학, 고전 시가라고 하면 왠지 딱딱하고 어렵다는 생각이 들겠지만 사실 고전 시가는 유행가다. 고전 시가는 옛 선인들이 즐거울 때, 마음이 울적할 때, 한껏 풍류를 즐기고 싶을 때, 술청에서 야외에서 일터에서 구성지게 뽑았던 유행가임이 분명하다.

한시나 초기의 시조, 가사는 정악으로써 정해진 곡에 맞추어 노래하였고,

민요는 가사와 곡조에 관계없이 부르는 사람의 흥에 맞게 입을 모아 부르던 노래였다. 한시, 초기 시조와 가사가 독창 위주의 유행가였다면 민요는 여러 사람이 흥에 겨워, 흥을 북돋으며 불렀던 유행가다.

한시나 초기의 시조, 가사는 사대부들의 노래였지만 세월이 지나면서 중인층과 서민층도 즐기는 노래가 되었다. 노래라는 것은 원래 사람을 가리거나 계급이 있는 것이 아니어서 누구나 자신이 좋아하는 부류의 노래를 즐기기 마련이다. 즉, 누구나 현재의 감정과 느낌을 잘 나타내는 노래라면 장르에 관계없이 부를 수 있는 것이다.

시조나 가사가 초기에는 사대부들의 것으로 출발했어도 세월이 지나면서 그러한 풍류를 얻고자 하는 사람이면 누구나 부를 수 있는 노래가 되었다. 시조는 서민들의 구미에 맞도록, 시대상을 잘 표출할 수 있도록 변형되어 부르기도 하였으며, 가사 역시 안방의 부녀자들과 전쟁터의 군인들도 부르는 노래가 되었다.

유행가

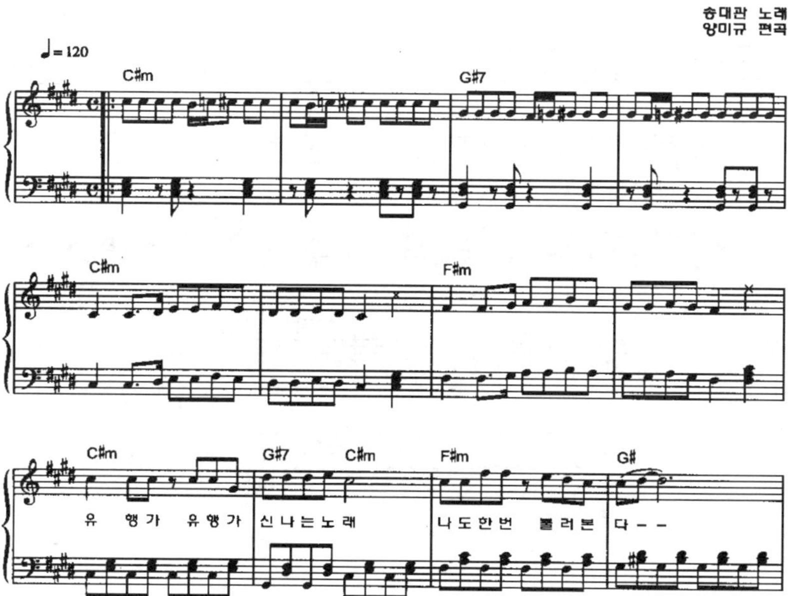

쿵쿵따 리쿵쿵따 짜리 짠 짠 유행가 노래가 사는 -
우리가 사는 세상이야기 오늘 하루 힘들어도 -
내일이있으니 행복하구나 유행가 유행가 신나는노래
쿵쿵따 리쿵쿵따 신나는노래
나도한번 불러본 다 유행가 유행가 서글픈노래
우리한번 불러보 자 쿵쿵따 리쿵쿵따 서글픈노래
가슴치며 - 불러본 다 - - 유 행가노 래
가슴치며 - 불러보 자 - -
가 사는 - 사랑과이별 눈물이구나 그 시 절 -
음 정 박 자

예나 지금이나 유행가는 신나는 것이다. 예나 지금이나 누구나 부를 수 있는 노래이고 예나 지금이나 세상 사는 이야기를 담고 있기 마련이다. 사랑이 있고, 이별이 있고 넘치는 감정이 있다. 때로는 심각하게 삶이 무엇인지, 어떻게 살아야 하는지 반문하고 훈계한 노래도 있지만 그것 역시 삶의 모습이며 노래가 지닌 힘을 이용하기 위한 전략이기도 하다.

가시리 가시리잇고, 나는
브리고 가시리잇고, 나는
위 증즐가 대평셩디(大平聖代)

날러는 엇디 살라 호고
브리고 가시리잇고 나는
위 증즐가 대평셩디(大平聖代)

잡스와 두어리 마ᄂᆞᆫ
선ᄒᆞ면 아니 올셰라
위 증즐가 대평셩디(大平聖代)

셜온 님 보내ᅌᅩᆸ노니, 나는
가시는 듯 도셔 오쇼셔. 나는
위 증즐가 대평셩디(大平聖代)

〈〈가시리〉〉

이별이 슬픈 여인은 지금에만 있는 것이 아니라 옛날에도 있었다. 이별이 가져다주는 고민과 슬픔은 예나 지금이나 다를 것이 없다. 다른 것이 있다면 옛날 여인들보다 현대 여인들이 더 적극적이고 남자에 대한 생각이 더 자유로워졌다는 것일 것이다. 하지만 그런 현대 여자라고 해서 헤어짐이 슬프지 않은 것은 아니다. 슬픔의 결과가 '다른 남자는 뭐 없나. 왜 구질구질하게 울어'가 될지는 모르지만 예나 지금이나 이별은 어렵고 슬픈 것이다.

이처럼 예나 지금이나 노래는 사람들이 사는 이야기를 곡조에 담은 것이다. 고전 시가가 옛글자로 되어 있어 읽기에 어려움이 있지는 하지만 고전 시가 역시 그 시대의 유행가임이 분명하다. 옛글자 때문에 고전 시가를 읽기 어렵다면 현대어로 번역한 것을 읽고 부르면 어떤가.

중요한 것은 함께 느끼고 즐기는 것이다. 그러는 중에 그 속에 담긴 삶의 철학도 듣고 그러는 중에 그 속에 담긴 지혜를 길어 올릴 수 있는 것이다.

현대 사회에 남아 있는 고전 시가의 양식은 시조·가사·민요이다. 적어도 시조·가사·민요는 지금도 노래로 남아 있고 부를 수 있다. 그리고 이 세 가지 양식은 모두 개성적이고 독특한 박자와 리듬을 가지고 있다. 그뿐이 아니다. 이 세 양식은 대상을 파악하는 태도와 형상화 방식을 가지고 있다.

따라서 현재 자신의 감정, 표현하고 싶은 방법에 따라 선택하여 부르고 나아가 새로운 가사를 창조하여 부를 수 있다.

Ⅱ 고전 시가 음미하기

<청산별곡>이 지닌 문제와 감상

1. <청산별곡>이 지닌 문제

고전 문학 연구의 시발점은 작품의 원전을 확정하는 일일 것이다. 특히 조선시대 이전의 문학 작품은 구비전승의 성격이 강하기 때문에 작품의 구조, 정확한 글자 사용(誤記問題), 글자의 해석 등과 작자 문제 등이 해결해야 할 과제로 전제된다.

<청산별곡> 역시 이러한 과제들을 안고 있다. 이에 따라 고려 가요 중 가장 뛰어난 문학성을 가지고 있다는 평가에도 불구하고 자의적인 해석의 수준에서 벗어나지 못하거나 본격 문학 연구가 아닌 주변 문제의 연구에 치중하여 작품 연구의 틀을 벗어난 연구들이 의외로 많음을 알 수 있다.

특히, 5연과 6연의 뒤바뀜 문제는 작품의 내용과 형식을 이해하고 분석·연구하기 위해 반드시 선결하여야 할 과제이다. 작품의 구조는 내용 분석의 방식과 틀을 제공하고, 형식미 발견의 핵심적인 요소이기 때문이다. 따라서 <청산별곡>에 관한 논의는 5연과 6연의 뒤바뀜 문제에서부터 출발하여야 할 것이다.[1]

이에 『악장가사』 소재 <청산별곡>을 자료로 하여 5연과 6연의 뒤바뀜에 대한 문제를 다룸으로써 원전 확정에 기여하고 작품의 문학적 가치를

---

[1] <청산별곡>은 1차 교육과정에서부터 6차 교육과정까지 『문학』 교과서(현 8종)에 빠짐없이 실리고 있으며, 현행 고등학교 국어(상) 교과서에 실려 있다. 그런데 교육 내용이나 학습 활동에서 "연 중에서 순서가 바뀌었다고 생각되는 연은?" 식의 질문을 통해 5연과 6연의 순서를 바꾸어 이해하도록 유도하고 있다.

재조명하는 바탕이 되고자 한다. 논의를 진행하기 위해서는 작품의 정확한 어휘 해석을 바탕으로 하여야 할 것이나, 본고에서는 기존의 어휘 해석 연구[2]를 존중하기로 한다.

연구의 목적에 도달하기 위해 첫째, 고려 가요의 생성·전승 과정과 『악장가사』, 『시용향악보』의 성격과 편찬 태도 등을 살피고, 둘째 문학적 접근을 통해 작품 내용을 분석하고, 셋째 내용 분석을 토대로 작품의 구조를 밝혀 5연과 6연의 뒤바뀜 문제를 해결하는 데 도움이 되고자 한다.

이러한 논의들은 <청산별곡>이 지니고 있는 내용과 문학성을 분석하는 큰 틀 속에서 이루어질 것이다. 특히 <청산별곡>은 관련 문헌 자료가 적어 작품의 내용 분석을 중심으로 문학성을 밝혀내는 일이 무엇보다 중요하다.

2. 생성·전승 과정과 두 歌集

<청산별곡>의 5연과 6연의 뒤바뀜 문제를 논의하기에 앞서 <청산별곡>의 생성·전승 과정을 살펴볼 필요가 있다. 왜냐하면 <청산별곡>이 민요일 경우에는 5연과 6연이 뒤바뀌었을 가능성이 있으나, 개인 창작물일 경우에는 5연과 6연이 뒤바뀔 가능성이 적다는 논의들이 있기 때문이다.

---

2) <청산별곡>의 어휘 해석에 대한 연구는 일찍부터 시도되었다.
  梁柱東, 『麗謠箋注』, 乙酉文化社, 1955.
  金尙億, 「青山別曲 研究」, 『국어국문학』, 제30집, 국어국문학회, 1965.
  金亨奎, 『古歌謠註釋』, 一潮閣, 1974.
  徐在克, 「麗謠註釋의 問題點 分析」, 『어문학』, 제19집, 1968.
  金亨奎, 『古歌謠註釋』, 一潮閣, 1974.
  姜憲圭, 「青山別曲의 新釋을 위한 語文學的 研究」, 『공주교대논문』, 제15집, 1979.
  朴炳采, 『高麗歌謠의 語釋研究』, 이우출판사, 1984.
  ______, 『새로 고친 高麗歌謠의 語釋研究』, 국학자료원, 1994.
  全圭泰, 『論註高麗歌謠』, 正音社, 1987.
  나정순, 「청산별곡 연구 - 그 해석의 새로운 관점 -」, 『국어국문학』, 제110집, 국어국문학회, 1993.

  <청산별곡>의 생성·전승 과정을 살피기 위해 우선 고려가요의 생성·전승 과정을 살펴볼 필요가 있다. <청산별곡>은 독립적으로 전해져 오는 것이 아니라 다른 고려가요들과 같은 전승 과정을 겪고 있기 때문이다.

  고려가요는 연구 초기부터 민요적 성격을 가지고 구전되어 온 것으로 인식되었다. 연구자들이 고려가요를 민요의 영역 안에서 다루고자 한 연유는 첫째, 전승과정에서 입에서 입으로 전승된 구비문학이라는 점과 둘째, 작자와 창작 연대를 전혀 알 수 없다는 점을 들었고 셋째, 형식과 표현 면에서 후렴구와 반복어의 쓰임, 기억에 의한 전달과 가창이 가능하도록 관용어구들이 쓰였으며 넷째, 중국 고대에서부터 궁중에서 사용한 속악가사는 대부분 민요에서 채용했으며 우리 나라와 일본도 그를 따랐다는 점을 들었다. 아울러 구어체 사용과 연장체 형식을 띠고 있는 것도 고려 가요를 민요의 영역 안에서 다루는 요인이었다.3)

  그러나 민요의 특성만으로는 설명될 수 없는 독창성을 들어 개인의 창작품이라는 견해4)들이 제기되었다. 이들은 작품의 내용과 기교 면에서 지식인이 창작하였다고 볼 수밖에 없다는 견해를 나타내었다. 그런가하면 궁중 가악의 가사5)라고 하는 견해와 『시용향악보』의 성격을 들어 서정적 무가계(巫歌系) 노래6)라는 설도 제기되었다.

  기왕의 논의들을 토대로 고려가요의 생성·전승 과정을 도표로 나타내면 다음과 같다.

---

3) 고려가요의 민요적 특징은, 鄭東華 『韓國民謠의 史的硏究』, 一潮閣, 1981에서 자세히 살필 수 있으며 李秉岐·白鐵(1958), 任東權(1982), 趙東一(1983)도 고려가요를 민요적 성격이 강한 것으로 살폈다.
   중국 고대에서부터 민요를 궁중 속악가사로 채용하였으며, 우리 나라와 일본도 그에 따랐다는 주장은 金俊榮, 『韓國古詩歌硏究』(螢雪出版社, 1990, 251~268쪽)에서 살필 수 있다.

4) 鄭炳昱, 『한국고전 시가론』, 新丘文化社, 1977.

5) 김영호, 「고려가요의 전반적 성격」, 『백영정병욱선생 환갑기념논총Ⅱ』, 1983.
   최동원, 「고려속요의 향유계층과 그 성격」, 『고려가요연구』, 새문사, 1982.
   김대행, 「쌍화점과 반전의 의미」, 『고려시가의 정서』, 개문사, 1985.

6) 林在海, 「'時用鄕樂譜' 所載 巫歌柳 詩歌 硏究」, 『嶺南語文學』9, 영남어문학회, 1982, 163~180쪽.

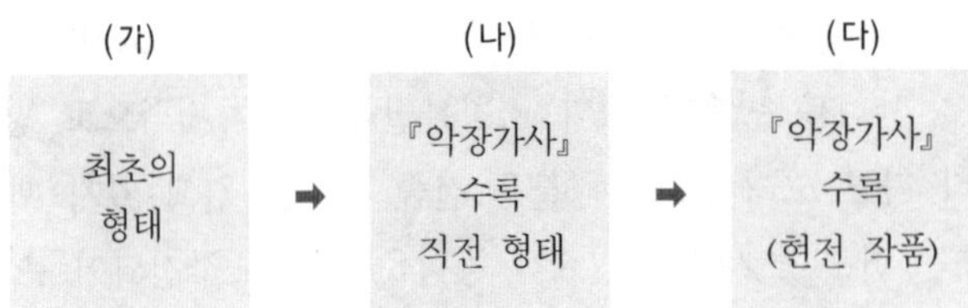

이를 바탕으로 고려가요의 생성·전승 과정을 세 가지로 나누어 살펴 볼
수 있다.

　　1) (가) → (나) → (다)
　　2) (가) → (다)
　　3) (다)

　1)은 개인의 창작이었든 민중에 의해 자연발생적으로 생성된 민요였든
민간에 전파되고 애송되면서 가사의 내용이 변형되어 『악장가사』에 수록된
것을 나타낸 것이다. 2)는 최초의 형태를 그대로 유지하였다가 『악장가사』
에 수록된 것이고, 3)은 궁중 음악으로 사용하기 위해 새롭게 창작되어 『악
장가사』에 실린 경우이다.[7)

　그러나 우선 3)의 경우는 삭제하여도 좋을 듯하다. 이는 이미 선학들의
연구 결과 고려가요는 고려 후기에 창작되었거나 이미 있었던 노래들이 새
롭게 개작되었음을 밝혔기 때문이다. 문제는 1)과 2)이다. <청산별곡>이
민요에서 출발하였는가 아니면 개인 창작물로 출발하였는가에 따라 1)이나
2)의 생성·전승 과정이 결정될 것이다. 그러나 정확한 판단을 내릴 문헌
자료가 빈약하다는 것이 최대의 걸림돌이 되고 있다.

　『고려사』 악지에 "고려 속악은 모두 악보에 실린 것을 살폈다(高麗俗樂 考
諸樂譜載之)"라고 기록되어 있어, 단순히 구비전승 된 노래를 채록한 것이
아니라 이전의 악보(향찰 악보 등)를 대본으로 하였음을 알 수 있다. 그러나

---

7) 이를 다시 악곡과 가사의 관계를 중심으로 정리하면 ① 악곡과 가사가 모두 변한 경
　우 ② 악곡만 변하고 가사는 변하지 않은 경우 ③ 악곡은 변하지 않고 가사만 변한
　경우 ④ 악곡과 가사가 모두 변하지 않은 경우로 생각할 수 있다.

『고려사』 악지에 소개된 31편의 고려 가요에 〈청산별곡〉은 들어 있지 않다. 뿐만 아니라, 『소악부』·『려사 열전』·『동국통감』·『해동악부』·『세종실록』과 개인 문집 등, 고려 가요와 관련된 내용이나 가명(歌名)이 거론된 그 어느 기록에서도 〈청산별곡〉을 발견할 수 없다. 오직 『악장가사』와 『시용향악보』에서만 〈청산별곡〉의 면모를 살필 수 있을 뿐이다.

그러나 관련 문헌의 빈약을 탓하기에 앞서 위의 도표 (다) 단계에 주목할 필요가 있다. 즉, 유일한 문헌인 『악장가사』와 『시용향악보』를 다시 면밀하게 살피는 일이 중요하다. 〈청산별곡〉이 어떻게 생성되고 어떤 경로로 전승되었던지 간에 현재 전하는 작품이 수록된 문헌인 『악장가사』와 『시용향악보』의 성격을 더듬어 보고 〈청산별곡〉이 『악장가사』와 『시용향악보』에 실린 목적과 과정을 다시 점검해야 할 것이다.

『악장가사』는 편찬자와 편찬 연대는 밝혀지지 않았으나 조선 중종에서 명종 연간에 편찬된 것으로 추정하고 있다. 『악장가사』의 노래들은 고려에서 조선 초에 걸쳐 구전되어 오다가 훈민정음 창제 이후 수록된 것들이다. 『악장가사』에 수록된 노래 말들이 구전되어 오던 것들인지 아니면 다른 가집이나 기록에 있던 것들인지 명확하지는 않으나, 『시용향악보』의 발견으로 대부분이 민요의 형태로 구전되다가 속악으로 분류되어 『악장가사』에 수록된 것으로 추정하고 있다.

『악장가사』는 악장과 속요를 모은 시가집으로 『국조사장』, 『국조악장』 또는 『속악가사』라고도 하는데 이 책에서만 발견된 노래만도 14수에 달한다.

『악장가사』에만 전하는 14곡의 노래는 〈청산별곡〉을 비롯해 〈정석가〉, 〈사모곡〉, 〈능엄찬〉, 〈영산회상〉, 〈쌍화점〉, 〈이상곡〉, 〈가시리〉, 〈유림가〉, 〈신도가〉, 〈만전춘별사〉, 〈오륜가〉, 〈연형제곡〉, 〈상대별곡〉 등이다.

『시용향악보』는 1권 1책의 악보집으로 악보를 궁·상·각·치·우 등으로 표시하였다. 모두 26수의 노래가 수록되어 있는데 그 중 16수는 『악학궤범』 및 『악장가사』에도 전하지 않아 제목조차 알려지지 않았던 것들이다. 아쉬운 것은 향악의 악보를 기록하고자 엮어졌던 까닭에 모두 노래의 1장만 기재되고 그 이하의 가사가 없다는 것이다.

『시용향악보』에 전하는 26편 중에는 <청산별곡> 외에 <쌍화곡>, <납씨가>, <유림가>, <사모곡>, <서경별곡>, <정석가>, <귀호곡(가시리)>, <풍입송>, <야심사> 등이 포함되어 있다.

『악장가사』와 『시용향악보』에 다른 책에서는 찾아볼 수 없는 노래들이 많다는 것은 이들 두 가집이 서로 다른 경로를 통해 가사와 악곡을 수집하였고, 그 중 편찬 의도에 맞는 노래들을 각별히 선정, 수록하였다는 것을 말해주는 것이다.

『악장가사』와 『시용향악보』의 다른 이름이나 성격·목적 등을 살펴보면 두 가집에 수록된 노래들은 고려 시대 일반 대중의 민요이었다가 악장으로 채택되었음을 알 수 있다. 그러나 악장으로 채택되면서 민요의 곡이 아니라 궁중의 악곡에 맞추어 불렀음을 알 수 있다. 즉 궁중 악곡에 맞춰 부르기 위해 우리 민요형 반복구와 일부 여음을 붙여 가사(歌詞)의 형식이 조정되고, 일부는 개작되었으리라고 여겨진다.

이에 대해 김준영은 당시 동남아의 상황을 들어 체계적으로 설명하였는바,8) 이를 간단하게 정리하면 다음과 같다.

1. 중국과 일본에도 우리나라 고려대 이전부터 고려 속악과 같은 분절 형식의 민요가 있었던 점.
2. 고려 속가와 같이 한 절 한 절 잇달아 나가는 형식을 고문헌에서 장가라고 했는데, 『삼국사기』 진평왕대의 기록을 보면 고려속가와 같은 장가9)가 있었다는 점.
3. 우리나라 고려대에 일본가요 중 고려 속가와 같은 유형의 노래가 있었는데 그 노래의 대부분은 중국의 악곡을 우리나라를 통해 받아들였다는 점
4. 외래곡에 맞추어 부르자니 일본의 5구체 화가(和歌)를 한 구 더 반복

---

8) 金俊榮은 『韓國言語文學』 제6집(韓國言語文學會)과 『國文學槪論』(螢雪出版社, 1971), 『韓國古典文學史』(螢雪出版社, 1971)에서 고려 속요의 생성과 전승 과정에 대해 밝혔다.
9) <빈혜가(貧兮歌)>, <해론가(奚論歌)> 등

하여 6구를 만들고, 4구체 혼본체(混本歌)의 경우에는 두 구를 반복하여 6구를 만들었다는 점

　　김준영의 논의를 다시 집약하면 다시 두 가지로 정리할 수 있다. 하나는 현전하는 분절 형식의 긴 민요가 있었다는 것이고 또 하나는 중국의 송무악(宋舞樂)의 영향을 받아 민요의 형태를 개작했을 가능성이 크다는 것이다.

　　김준영의 논의와 『악장가사』의 또 다른 이름에 ‘속악(俗樂)’이라는 명칭이 쓰였다는 점 등에서 현전하는 고려 가요의 초기 형태는 민요였을 가능성이 크다. 특히 〈청산별곡〉의 경우에도 작품의 초기 형태가 민요였으리라는 추정을 가능하게 하는 근거들이 있다.

　　첫째, 1연과 6연의 “살어리 / 살어리랏다 / ○○에 / 살어리랏다”와 2연의 “우러라 / 우러라 새여 / 자고니러 / 우러라 새여”, 3연의 “가던 새 / 가던 새 본다 / 믈 아래 / 가던 새 본다”, 7연의 “가다가 / 가다가 드로라 / 에정지 / 가다가 드로라” 등은 전국적인 분포를 가진 민요의 ‘aaba’형과 닮은 꼴이다.[10)]

　　둘째, “얄리얄리 얄라셩 얄라리 얄라”의 여음구 사용인데, 특히 『시용향악보』에 수록된 『大國一』, 『大國三』의 여음구 “얄리얄리얄라 얄랑셩얄리”과 매우 흡사하여 “얄리얄리 얄라셩” 투의 여음구가 〈청산별곡〉에만 사용된 독창적인 것이라기보다 당시 여러 민요에서 사용되었던 상용구이었던 것을 확인할 수 있다.

　　따라서 〈청산별곡〉이 민요가 아니라 개인(상당한 지식을 갖춘)의 창작품일 것이라는 주장은 위와 같은 문헌 자료와 증거들을 뛰어넘을 수 있을 때 설득력을 갖게 될 것으로 보인다.

　　이상으로 살펴 볼 때, 〈청산별곡〉은 위의 도표 중 1)의 생성·전승 과

---

10) 작품의 어석은 박병채, 위의 책(1994, 214~215쪽)을 따랐음. 이하 다른 연의 어석도 박병채의 어석을 따를 것임을 밝히며 주는 생략하겠음. ‘/ ’ 표시 필자
　　〈청산별곡〉이 민요였다는 근거로 ‘aaba’형을 삼은 것은, 김대행, 「고려시가의 문학적 성격」(『고려가요 연구의 현황과 전망』, 성균관대학교 인문과학연구총서 제1집, 성균관대학교 인문과학연구소편, 1996.)에서 살필 수 있다.

정을 겪은 것으로 생각된다. 즉 민요였던 것이 구전되어 오면서 향유층의 취향에 맞게 변화를 겪다가 궁중의 속악으로 사용되기 위해 음악(曲)에 맞추어 다시 정리되었을 것이다.

그러면 다시 '민요였기에 5연과 6연이 뒤바뀌었을 것'이라는 논의를 떠올리게 된다. 민요로 구전되면서 향유층의 취향에 맞게 변화하였다거나 궁중 음악으로 정리되면서 곡에 맞추어 변화하였을 것은 충분히 추론할 수 있지만 연의 순서가 바뀔 정도의 구조적 변화가 있었을 것이라는 것은 납득하기 힘든 부분이 있다.

구전되어오던 민요였기에, 또는 궁중의 속악으로 쓰이기 위해 곡에 맞추기 위해 변화를 겪었다하더라도 가사(글자)의 줄고 늘음의 변화는 가능하겠지만 구조의 뒤바뀜까지 있었을 것이라고는 상상하기 어렵다. 오히려 노래였기에 구조의 변화를 가져오는 데에는 어려움이 있다는 의견이 더욱 설득력이 있어 보인다.

고전 국문 시가는 그 전승 과정에서 있어서도 악곡에 기대지 않을 수 없다. 한글 창제 이전에는 말할 것도 없고 그 이후에도 기록되기 전까지 그 원형을 유지할 수 있었던 것은 전적으로 악곡에 얹어 노래로 불려졌기 때문이다. 오래 전에 유행되었던 대중가요나 배운지 오래된 동요의 가사만을 따로 떼어내 암송할 수는 없어도 누군가 먼저 노래로 부르게 되면 그 선율을 따라 그 가사가 저절로 입에서 술술 흘러나오게 되는 체험을 상기할 필요가 있다.[11]

고전 국문 시가는 현대의 시문처럼 문학 단독으로 존재하는 것이 아니었다. 현대의 시문처럼 '읽는' 행위가 아니라 곡에 맞춰 '부르기'로 존재했고 곡과 불가분의 관계에 있는 '부르기'는 원형을 유지하는 데 장점을 가지고 있었다. 그리고 구전 전승시대의 암기력과 문자 전승시대의 암기력에는 커다란 차이가 있다.

구전 전승의 시대에는 인간이 지닌 기억력만이 전승의 역할을 할 수 있

---

11) 양태순, 「음악적 측면에서 본 고려가요」, 『고려가요 연구의 현황과 전망』(성균관대학교 인문과학연구총서 제1집), 성균관대학교 인문과학연구소 편, 1996. 96쪽.

었기에 작품의 원형을 그대로 기억하는 일이 일상화되었지만, 문자 전승의 시대에는 기록된 문자가 전승의 역할을 맡았으므로 기억의 필요성은 반감되고 따라서 인간의 기억력은 약화될 수밖에 없었다.

이러한 예는 현대에서도 살필 수가 있다. 예를 들어 노래방이 생기기 전에는 가사를 기억하는 것이 부르기의 필수였기에 노래 가사를 외워 부르는 것이 일반적이었지만, 노래방이 생긴 후에는 가사를 기억할 필요성이 적어진 관계로 노래 가사를 외우지 못하는 '노래방盲'이 생겨난 것이다. 전화번호 암기력의 약화도 그런 류의 예이다. 휴대폰에 단축 다이얼로 전화번호를 입력하는 기능이 생기자 많은 사람들이 전화번호 기억을 단축 다이얼에 맡기고는 휴대폰을 잃으면 전화번호를 같이 잃어버리는 일이 속출하고 있는 현상이 문자 전승시대의 약화된 기억력을 대변해 주고 있다.

따라서 문자 전승시대의 약화된 기억력을 기준으로 구전 전승시대의 전승 상황에 대해 의문을 제기하는 것은 바람직하지 않다. 오히려 기억이라는 인간이 가진 본연의 기능을 문자와 컴퓨터, 혹은 문명의 이기(利器)에 기억력을 전이시킨 현대 사회의 특징을 올바르게 이해할 필요가 있다.

이와 같은 논의에도 불구하고 〈청산별곡〉의 5연과 6연의 뒤바뀜에 대한 문제가 해결되었다고 하기에는 많은 여지가 남았다. 곡과의 밀접한 관계에 의해 구전 과정에서 연이 바뀌지 않았을 가능성은 있지만, 궁중음악으로 채택되면서 연이 뒤바뀌었을 경우도 상정할 수 있으리라는 논의는 가능하다. 앞에서 말한 바와 같이 고전국문시가는 음악과 떼어서는 생각할 수 없고 곡이 바뀌면 노래의 가사도 어느 정도 변형될 가능성은 얼마든지 있는 것이다.

그러나 한 가지 분명한 것은 〈청산별곡〉이 궁중 속악으로 채택되어 『악장가사』에 수록될 때, 5연과 6연을 뒤바꿔야 할 필연적인 이유가 있었느냐 하는 것을 점검해야 한다. 연이 뒤바뀌었다고 주장하는 선학들의 주장12)을 그대로 받아들여 '내용의 정연함', '대응 구조의 딱 맞아떨어짐'을 무시하

---

12) 5연과 6연을 바꾸어 읽어야 한다는 논의는 장지영(「옛노래 읽기(청산별곡)」, 『한글』 통권 제108호, 한글학회, 1955, 13쪽)에 의해 제기되었고 이희승, 감상억, 정병욱, 성현경 등에 의해 뒷받침되었다.

고,『악장가사』의 편찬자가 연을 바꾸어 기록해야만 하는 이유를 찾아내야
한다. 그래야 만이 <청산별곡>의 5연과 6연이 바뀌었다는 주장은 설득력
을 갖게 될 것이다.

　우선『악장가사』의 작품 기록 방식을 살펴볼 필요가 있다.

> 살어리살어리랏다靑山애살어리랏다멀위랑ᄃᆞ래랑먹고靑山애살어리랏다
> 얄리얄리얄랑셩얄라리얄라○우러라우러라새여자고니러우러라새여널라와
> 시름한나도자고니러우니로라얄리얄리얄랑셩얄라리얄라○가던새가던새본
> 다믈아래가던새본다잉무든장글란가지고믈아래가던새본다얄리얄리얄랑셩
> 얄라리얄라○이링공뎌링공ᄒᆞ야나즈란디내와손뎌오리도가리도업슨바므란
> 쏘엇디호리라얄리얄리얄랑셩얄라리얄라○어듸라더디던돌코누리라마치던
> 돌코믜리도괴리도업시마자셔우니로라얄리얄리얄랑셩알라리알라○살어리
> 살어리랏다바ᄅᆞ래살어리랏다ᄂᆞ므자기구조개랑먹고바ᄅᆞ래살어리랏다얄리
> 얄리얄랑셩얄라리얄라○가다가가다가드로라에정지가다가드로라사ᄉᆞ미짒
> 대예올아셔奚琴을혀거를드로라얄리얄리얄랑셩얄라리얄라○가디니비브른
> 도긔설진강수를비조라조롱곳누로기미잡ᄉᆞ와니내엇디ᄒᆞ리잇고얄리얄리얄
> 랑셩얄라리얄라[13)]
>
> 　　　　　　　　　　　　　　　　　　　　　　　　(『樂章歌詞』)

　『악장가사』에 수록된 <청산별곡>의 형태를 보면 'O' 표시로 연을 구분
하여 놓았으며 각 연에 반복되는 후렴구를 빠뜨리지 않고 적어 놓아 후렴
구 만으로도 연을 구분할 수 있다. 국문고전 시가들 대부분이 띄어쓰기가
이루어지지 않았고 문장 부호도 사용하지 않았다는 기록 상황을 감안하면
『악장가사』의 기록자는 철저하게 연을 구분하여 기록하겠다는 의식을 가지
고 있었음을 알 수 있다.[14)]

---

13) 참고적으로『시용향악보』에 실린 <청산별곡>의 제1연은 다음과 같다.
　　"살어리 살어리라짜/ 靑山의 살어리라짜/ 멀위랑 ᄃᆞ래랑 짜먹고 /靑山의 살어리라짜
　　/ 얄리얄리 얄라 얄라셩 얄라"『악장가사』에 실린 제1연과는 '살어리라짜'의 '라짜'
　　며, '靑山의'의 '의'며, 'ᄃᆞ래랑 짜먹고'의 '짜먹고'며, '얄리얄리 얄라 얄라셩'의 '얄
　　라 얄라셩'이 서로 다르다.

14) 동시에 반복되는 동일한 후렴구를 빼놓지 않고 기록한 점이나 <동동>의 全 13연을
　　기록한 것으로 보아 '계속 이어지는 연을 생략했을 가능성' 또한 크지 않다고 여겨
　　진다.

  따라서 『악장가사』에 수록된 전 8연의 〈청산별곡〉을 일단 원형으로 생
각하고 작품 분석을 통해 5연과 6연의 뒤바뀜 문제를 살펴보아도 무방할
것 같다.

3. 내용분석

  〈청산별곡〉의 내용 연구는 그 동안 상당한 양의 연구가 이루어졌으며,
그에 따라 논의의 내용도 다양하다. 내용에 대한 견해로는 '남녀상열지
사[15]', '실연의 노래[16]', '체념적이고 낙천적인 노래[17]', '적극적인 현실 참
여의 노래[18]', '현실 도피의 염세적인 노래[19]', '자연 귀의 사상이 녹아있는
선시적(禪詩的)인 노래[20]', '유랑하는 백성들의 생활고의 노래[21]' 등, 바라보
는 관점에 따라 실로 다양한 논의들이 있어왔다. 최근에는 역사사회학적

---

15) 조윤제, 『국문학사』, 동방문화사, 1949, 55쪽.
 　　　　, 『한국시가사강』, 을유문화사, 1954, 148쪽.
16) 조윤제, 『한국시가사강』, 을유문화사, 1954, 147~148쪽.
 　양주동, 앞의 책, 1955, 307쪽.
 　김형규, 『고가요주석』, 일조각, 1984,
 　이인모, 앞의 논문, 1973, 565쪽.
17) 김사엽, 『국문학사』, 정음사, 1954, 265쪽.
 　양염규, 『한국문학 10강』, 풍천문화사, 1957, 204쪽.
 　윤강원, 『청산별곡연구』, 대유공전출판부, 1977, 112쪽.
18) 정병욱, 『한국조전시가론』, 신구문화사, 1977, 112쪽.
 　이승명, 『고려시대의 언어와 문학』, 형설출판사, 1976, 126쪽.
19) 안병준, 「청산별곡 소고」, 『국문학』 제1집, 공주사대, 1949, 79쪽.
 　이명구, 「고려속요론」, 『성대문학』 제2집, 1956, 126쪽.
 　전규태, 앞의 책, 98쪽.
 　서수생, 「청산별곡 소고」, 『교육연구지』 제1호, 경북대사대, 1963, 40쪽.
20) 권기호, 「청산별곡과 선시」, 『동양문화연구』 제2집, 경북대, 1975, 72~73쪽.
21) 신동욱, 「청산별곡과 평민적 삶의식」, 김동욱 외 편 『고려시대의 가요문학』, 새문사,
 　1982, 1~36쪽.
 　김재용, 「청산별곡의 재검토」, 『서강어문』 제2집, 서강대, 1982, 166쪽.

관점에서 고려시대에 있었던 여러 난(亂)[22]을 들어 '12~13세기의 민란에 가담한 이들의 생활과 역경을 담은 노래[23]'라든가 고려 시대의 무신들 밑에서 유배를 당해야 했던 문신들에 초점을 맞추어 '식자층이 속세에서 갈등을 벗어나고자 한 노래[24]'라는 견해도 대두되고 있다.

이러한 견해들은 서로 충돌하는 경우도 있다. 예를 들어 '남녀상열지사'라는 견해와, 또는 '남녀상열지사가 아님에도 불구하고 『고려사악지』에 언급되지 않았던 것은 당시 사회에서 반동적인 역할을 했던 인물의 노래였기 때문일 것'이라는 견해는 양립하기에는 모순된 점이 있다.

<서경별곡>, <쌍화점>, <누상곡>, <만전춘별사> 등은 남녀상열지사로 문제시 된 기록이 있으나[25] <청산별곡>에 대해서는 구체적으로 '남녀상열지사'로 지목한 문헌은 찾을 수 없다. 이런 점에서 본다면 <청산별곡>을 '남녀상열지사'로 국한하여 내용을 파악하는 일은 오히려 작품의 다양성을 파악하는 데 어려움을 가져오는 일이 될 것이다.[26]

앞에서 살핀 바와 같이 <청산별곡>은 오랜 동안 민요로 전승되어온 노래이다. 특히 조선초 상류층의 금기 대상[27]이 되었음에도 불구하고 당대의 속요로서 수 백년동안 애창되어 온 사실에 대해 주목할 필요가 있다.

즉, <청산별곡>을 하나의 시각이나 특정시대의 역사적인 사실로 한정하려는 연구 태도보다는 다양성을 지닌 보편적인 정서로 파악하려는 태도를 갖는 것이 더욱 바람직하다. 문학 연구는 작품을 일정한 잣대로 재단하여 하나의 의미 영역 안에 가두는 작업이 아니라 항상 미래의 지평을 향해 열

---

22) 농민반란(1176년), 노예혁명(1198), 삼별초의 난(1270) 등
23) 김학성, 『고전 시가의 연구』, 원광대 출판부, 1980, 137쪽.
24) 차순자, 앞의 논문, 148쪽.
    나정순, 앞의 논문, 102~103쪽.
25) <서경별곡>의 경우 『세종실록』권25, 19권 4월조에 "傳曰 宗廟 如保太平 定大業則善
    矣 其如俗樂 如西京別曲 男女相悅之詞 甚不可 樂譜則不可卒改 依曲調別製詞何如"
    라 기록되어 있는 등 고려가요를 '남녀상열지사'로 지목한 기록들이 있으나 <청산
    별곡>에 대해서는 구체적으로 남녀상열지사로 기록한 문헌은 찾을 수 없다.
26) 본가는 '뛰어난 서정성과 진솔·소박한 정서를 표출한 노래'라는 평가와 함께 남녀
    상열지사를 의식한 '음란성의 노래'라는 평가가 공존하는 모순을 빚고 있다.
27) 본가는 <納氏歌>의 가사로 대치되어 궁중악으로 쓰였다.

어놓는 일이어야 하고 미래의 지평을 향해 열어놓았을 때 고전의 세계가 현대에도 살아 숨 쉴 수 있기 때문이다.

이러한 관점에서 <청산별곡>을 '피안 지향성'[28]과 '욕망의 보편성'[29]으로 명명한 김대행의 논의에 주목할 필요가 있다. 김대행은 <청산별곡>이 오늘날에도 애송되고 있음에 착안하여 김소월의 시 <엄마야 누나야>와 예이츠(W. B. Yeats)의 <이니스프리 湖島(The Lake Isle of Innisfree)>를 예를 들어 전세계적인 보편성에 맥을 같이 하고 있음을 주장하였다.

사실, <청산별곡>이 민요로 구전되었느냐 아니면 개인 창작물이냐 하는 문제라든지, 특정한 삶의 조건과 관련된 것이냐 아니냐 라는 문제라든지, 작중 화자가 여자[30]냐 남자[31]냐 하는 문제 역시 그들이 가지고 있는 타당성에도 불구하고[32] 문학 연구의 본령은 아닐 것이다.

문학 연구는 미래의 지평을 위해 항상 열어놓는 작업임을 염두에 두면서 『악장가사』에 수록된 <청산별곡>의 내용 분석을 시도하고자 한다.[33]

3.1 1연과 6연

1연과 6연은 서로 대응되는 내용을 담고 있다. 신화적 해석으로는 산과

---

28) 김대행, 『한국시의 전통연구』, 개문사, 1980, 150~151쪽.
29) 김대행, 「고려시가의 문학적 성격」, 앞의 책, 1996, 24~26쪽.
30) 작중 화자를 여자로 본 대표적인 견해 김완진이다. 김완진은 끝연의 '잡스와니'의 문법적 기능에 주목하여 '나'는 '잡스와니'의 목적어가 될 수 없다하고 '나'는 여성으로 귀결된다고 하였다.
31) 작중 화자를 남자로 보는 대표적인 견해는 신동욱이 제기하였다. 신동욱 3연의 '이끼 묻은 쟁기를 가지고 물 아래 갈던 사래를 본다'와 끝 연의 '술'에 주목하여 작중 화자를 남성으로 보았다.
32) 이러한 논의들이 의미가 없다는 말은 결코 아니다. 문학 외에도 미술, 음악과 같은 예술이나 모든 문화 형식들은 그 것을 배태한 배경의 연구가 필수적이다. 가령, 그림을 명확하게 이해하기 위해서는 그림 속에서 화가의 시각적 위치를 정확히 찾아내야 하는 것처럼 문학 작품에서도 작품을 있게 한 시대 상황과 시대 의식을 연구하는 일은 매우 의미 있는 일이다.
33) 본고에서는 연구의 편의상 관련 있는 연을 짝을 이루어 연구하고자 한다.

바다(물)는 남성적 의미와 여성적 의미로 대립되지만 <청산별곡>의 '청산'
과 '바다'는 지향성이라는 공통 분모를 가지고 있다.

(1연)
살어리 살어리랏다
청산에 살어리랏다
머루랑 다래랑 먹고
청산에 살어리랏다
얄리얄리 얄랑셩 얄라리 얄라

(6연)
살어리 살어리랏다
바다에 살어리랏다
나문자기 굴조개랑 먹고
바다에 살어리랏다
얄리얄리 얄라리 얄라리 얄라

　1연과 6연은 사실 '청산'과 '바다'라는 공간보다는 인간의 현실 세계를
떠나 현실 세계에서 받은 상처를 치료하고 현실 세계에서 잃은 것들을 되
찾고자 하는 정서 표출을 목적으로 하고 있다.

　고전 문학에서 산은 대부분 '비속세적인 곳', 또는 '은둔의 장소'나 '재기
를 꿈꾸며 때를 기다리는 장소' 등으로 나타나고 있다. 그러나 <청산별곡>
에서는 후자 쪽보다는 전자 쪽의 의미가 강하다. 이는 다음 3연의 '쟁길랑'
을 '농사의 도구(쟁기)'나 '전쟁의 도구(兵器)' 그 어느 것으로 해석해도 상관
없이 지금 작중 화자가 삶의 고뇌와 갈등을 겪지 않을 새로운 공간으로 파
악되기 때문이다.

　"살어리랏다"는 '살으리로다', '살으리라' 혹은 '살아갈 것이리', '살아야
했을 것을' 등으로 해석된다. 즉 "살어리랏다"가 미래 원망이냐 아니면 과
거 원망이냐[34] 둘 중의 하나로 해석된다. 그러나 작중 화자가 과거에 청산
에 살았었느냐 살지 않았었느냐 하는 문제는 그리 중요하지 않다. 작중 화
자가 과거에 청산에 살았다는 것을 고집한다면 6연의 내용에 비추어 다시
작중 화자는 바다에도 살았던 경험이 있어야 한다.

　중요한 것은 미래 원망이나 과거 원망 그 어느 쪽으로 해석해도 '살고
싶다'라는 공통적인 지향성을 갖고 있다는 것이다. 그리고 살고 싶은 곳이
'청산'이든 '바다'이든 현실 세계를 벗어난 곳이면 어디든지 상관이 없다.

---

34) 미래 원망이 일반적인 해석이었으나 과거 원망으로 해석하기도 한다. 과거 원망으
　　로 해석하려는 논의는 이인모, 앞의 논문, 563~564쪽.

- 머루랑 다래랑 먹고 / 청산에 살어리랏다
- 나문자기 굴조개랑 먹고 / 바다에 살어리랏다

위의 해석도 두 가지로 해석될 수 있다. "○○랑 ○○랑 먹고 ●●에 살어리랏다"의 형태로 해석해보면 다음과 같다.

- (먹을 깃이 없으니) ○○와 ○○을 먹기 위해 ●●에 살고 싶다.
- (먹을 것이 있으나 차라리) ○○와 ○○을 먹으면서도 ●●에 살고 싶다.

이러한 해석이 가능한 이유는 거격접미사(접속 조사) '랑'이 단어와 단어를 연결시켜 주는 '와/과'의 역할만을 하지 의미를 생성하거나 한정하지 않기 때문이다. 그러나 8연의 중심 소재인 '술'35)을 감안하면 후자의 해석이 바람직하다. 즉 현대에서도 그런 것처럼, 일용할 양식이 없는데 술을 빚어 마셨다는 것은 논리상 부합되지 않는 점이 있다. 따라서 머루랑 다래, 나문조개랑 굴조개를 먹을지언정 현실 세계를 떠나고 싶다고 해석할 수 있다.

결국 〈청산별곡〉의 1연과 6연은 작중 화자나 작자의 역사적 경험이나 신분을 떠나 현실 세계의 갈등과 고민에서 벗어나 새로운 세계를 찾아 떠나고픈 보편적인 정서를 표현한 것으로 여겨진다.

3.2 2연과 3연

2연과 3연은 '새'를 감정 이입의 대상으로 삼아 작중 화자의 심정을 토로하고 있다는 점에서 하나로 묶을 수 있다.

(2연)	(3연)
우는구나 우는구나 새여	가던 새 가던 새 보느냐
자고 나면 우는구나 새여	물 아래 가던 새 보느냐

---

35) 당시 술은 제례에 널리 쓰였으며, 상류층의 전유물이었다는 연구가 있다.

너보다 시름 많은 나도   이끼 묻은 쟁길랑 가지고
자고 나면 우는구나   물 아래 가던 새 보느냐
얄리얄리 얄라리 얄라리 얄라   얄리얄리 얄라리 얄라리 얄라

2연과 3연의 '새'가 화자의 심정과 동일화한 대상이라는 점에서는 같지만 그 의미는 각기 다르다.

2연[36]의 '새'는 새로운 세계인 청산으로 떠나고자 하는 화자가 현실 세계에서 일어나 울음소리를 들은 '새'라면, 3연의 '새'는 화자를 현실 공간에 남겨 두고 어디론가(청산) 떠나가는 새이다. 즉 2연의 '새'는 현실 세계에서 시름이 많은 화자가 자고 일어나 새의 울음소리를 듣고 자신의 정서를 일치시키는, 자신과 동일하게 생각하는 '새'라면 3연[37]의 '새'는 자신은 벗어날 수 없는 데 비해 시름이 많은 현실 세계를 벗어나 떠나가는 '새'이다.

2연과 3연에서도 우리는 어느 특정한 인물이 아닌 공간과 시간을 초월한 보편적 상황과 정서를 확인할 수 있다. 2연에 나타난 '자고 일어나'서 느끼는 슬픈 감정은 현대에도 느낄 수 있는 감정이다. 인간은 누구나 자고 일어나면 신체 리듬이 떨어져 있기 때문에 감정에 더욱 민감하다. 때로는 낮잠[38]을 자고 문득 깨어나 알 수 없는 슬픔에 쌓였던 추억들을 모두 가지고 있을 것이다. 2연의 '자고 일어난'이라는 상황은 인간이 가지고 있는 슬픔을 더욱 확대시키는 문학적 장치이다.

---

36) 2연을 '너보다도 근심 걱정이 많은 나도 자고 일어나 운다. 따라서 나보다 근심 걱정이 적은 너도 자고 일어나 울어라'의 맥락으로 도치시켜 해석해야 한다(김쾌덕, 「고려가요의 사회배경적 연구」, 박사학위논문, 부산대, 1987, 50쪽.)는 견해가 있다. 그러나 '나보다 적은 너도 울어라'는 통사적 의미로 성립되지 않는다. 적어도 '나도 우니 나보다 근심 걱정이 많은 너도 울어라'의 의미를 가져야 한다고 여겨진다.
이러한 해석으로 2연과 3연의 '새'를 '간신배'로 파악하는 것도 옳지 않다. <청산별곡>이 간신배를 지칭하는 것이라면 본가는 아예 처음부터 궁중 속악으로 채택되지 않았을 것이다.

37) 3연에서는 '믈 아래'와 '잉무든'이 해석상 논란이 되고 있다. 자세한 논의는 생략하겠지만 지평을 열어놓는 문학적 해석을 위해 '저 멀리에 보이는 물가를 지나 저 멀리' 혹은 '평원이 펼쳐진 곳의 저 멀리'로 해석하는 견해(나정순, 앞의 논문, 97쪽)를 따른다.

38) 혹자는 2연의 "자고니러"의 시간이 아침이라 주장할 수도 있겠지만 4연의 "나즈란 디내와 손뎌"를 보면 <청산별곡>에서의 시간이 낮에 더 가깝다는 것을 알 수 있다.

3연에 오면 이러한 슬픔은 더욱 확대된다. 2연에서 나와 동일한 슬픔에 싸여있던 '새'는 현실 세계를 떠나고 있는데 비해 '나'는 떠날 수 없음이 더욱 화자가 지니고 있는 시름과 슬픔을 확대하고 있다. 이러한 이유로 화자는 7연에서 어디론가 떠날 것을 결심하는 것이다.[39]

2연과 3연은 1연의 '살고 싶다'의 정서를 '운다' → '본다'로 일관되게 진행시키고 있음을 확인할 수 있다.

3.3 4연과 5연

2연과 3연이 '새'라는 대상물을 통해 화자의 심경을 표현하였다면 4연과 5연은 '현실 세계 속의 나'가 겪고 있는 상황을 표현했다는 점에서 관련 있는 연으로 묶을 수 있다.

(4연)	(5연)
이러고 저러고 하여	어디라 던지던 돌인고
낮일랑 지내왔구나	누구라 맞추던 돌인고
올 이도 갈 이도 없는	미워할 이 사랑할 이 없이
밤일랑 또 어찌할꼬	맞아서 울고 있네
얄리얄리 얄라리 얄라리 얄라	얄리얄리 얄라리 얄라리 얄라

우선 4연은, 3연의 새는 가지만 나는 '가지 못하는' 상황을 받아 화자의 절대 고독을 시·공간적으로 표현하고 있다. 그래도 낮에는 '이러고 저러고(이링공 뎌링공)'하여 지냈지만 모든 것이 소멸하고 시각적인 확인도 차단된 밤은 어떻게 지내야 하는가 라는 절규가 숨어있다. 특히, 2연의 시름을 공유했던 새와도 차단되고 3연의 가는 새를 보는 행위와도 차단되어 시름은 더 커질 수밖에 없으며, 결국 이러한 차단 속에서 '올 이도 갈 이도 없

---

39) 3연에서 "가던(가다)"이 4번이나 반복되는 것은 현실 세계를 떠나고 싶은 화자의 심경을 강조하는 것으로 여겨진다.

는’ 현실에 대한 자각은 화자를 더욱 슬픔에 잠기게 한다.

5연은 4연의 현실 상황을 확장하며 상징적으로 형상화하고 있다. 4연이 ‘낮’이라는 시간 속에서 ‘올 이도 갈 이도 없는’ 인간 관계의 부재를 슬퍼한다면 5연은 ‘어디’라는 공간과 ‘누구’라는 대상을 찾지 못하고 결국 ‘미워할 이 사랑할 이’ 없는 인간 관계의 부재를 확대해 나가며, ‘맞아서 울고 있네’를 통해 현실 세계의 일그러진 인간 관계로 인한 슬픔으로 이어나가고 있다.

5연의 ‘돌’은 상징적인 의미를 갖는다. 물론 ‘돌’이 ‘민중의 피해와 몽고군의 침공으로 인한 비극의 돌’이라든지 ‘민속놀이 중 투석전의 돌’이라는 해석도 역사적 사실이나 하나의 문화 현상을 근거로 하고 있다는 점에서 가치 있는 견해이다. 그러나 5연의 ‘돌’은 물질적으로 존재하는 돌이 아니라 현실 세계의 ‘미움과 시기, 음해와 오해’ 등을 의미하는 상징적인 돌이다.[40]

그러면서 4연의 ‘올 이도 갈이도 없는’, 5연의 ‘미워할 이 사랑할 이 없이’의 인간 관계의 현실 부재는 2연과 3연에서 화자가 지닌 시름의 원인이 되며, 1연과 6연의 ‘떠나고 싶다’의 주요 동인이 된다. 결국 4연의 ‘밤일랑 어찌할꼬’와 5연의 ‘맞아서 울고 있네’는 2연의 ‘운다’, 3연의 ‘(울고 싶은 마음으로) 본다’와 일관된 정서의 맥을 이어가고 있다.

4연과 5연은 <청산별곡>의 연 바뀜의 문제에 핵심적인 위치에 있다. 5연과 6연의 순서가 바뀌었다는 주장은 4연과 5연의 관계가 느슨하다는 것을 지목하고 있다. 그러나 살핀 바와 같이 4연과 5연은 2연과 3연의 정서적 맥락을 이어가면서 동시에 작품 전개의 주요한 동인이 된다. 아울러 2연과 3연이 대상에 감정을 이입하여 화자의 심경을 표현하고 있다면 4연과 5연은 화자인 ‘나’의 현실 상황으로 돌아와 인간과 인간 사이의 관계성을 밝히는 역할을 담당하고 있다.

---

[40] 이러한 표현법은 일상 생활에서도 사용된다. “장난 삼아 던지는 돌에 개구리는 맞아 죽는다”는 표현에서 ‘돌’은 장난 삼아 던지는 ‘잘못된 말’, 혹은 괜한 ‘미움·오해’ 등을 뜻한다. 또한 “돌로 치면 돌로 치고 떡으로 치면 떡으로 친다”의 ‘돌’ 역시 ‘원수’, ‘잘못된 관계’를 뜻한다.

3.4 7연과 8연

　7연과 8연은 '현실을 떠나려 하지만 떠나지 못하는 상황'을 노래하고 있다는 점에서 서로 관련 있는 연으로 묶을 수 있다.

(7연)	(8연)
가다가 가다가 듣네	가다가 배부른 독이
에정지 가다가 듣네	설진 강술을 빚고 있네
사슴이 짐대에 올라 있어	조롱꽃 누룩이 매워
해금을 켜느니 듣네	마시면 어이하리
얄리얄리 얄라리 얄라리 얄라	얄리얄리 얄라리 얄라리 얄라

　우선 7연은 "에정지"와 "사슴"의 해석이 문제되고 있으며,[41] 8연은 7연의 "에정지"와 더불어 "술" 때문에 화자의 성별이 각기 다르게 논의되고 있다.[42] 그러나 본고에서는 작품 내용 안에서 해석하여 논의를 진행하도록 하겠다.

　즉, "에정지"는 1연과 6연에 나타난 '청산'과 '바다', 즉 현실 세계가 아닌 화자가 가기로 결심한 곳으로 해석하고, "사슴"은 산대잡희의 한 장면으로 사슴으로 분장한 놀이꾼으로 해석하고자 한다.[43]

　결론적으로 7연과 8연은 1연에서부터 6연까지 일관되게 표현된 떠나고 싶은 마음을 실행에 옮기는 연(7연)이며, 동시에 현실 세계를 떠나지 못하는 인간 삶의 보편적인 원리를 드러내는 연(8연)이다. 그리고 떠나지 못했기에 〈청산별곡〉의 감동은 큰 것이며 현대까지 보편적인 정서로 읽히는 이유 역시 떠나고 싶지만 떠날 수 없는 대다수의 삶과 닮아 있기 때문이다.

　1연에서 6연까지가 현실 세계의 시름과 시름의 동인, 그로 인해 청산과

---

41) "에정지"에 대한 어석은 크게 '부엌'이라는 견해와 '예정된 갈 곳(유배지)'라는 견해가 있고, "사슴"은 최근 사슴 가면을 쓴 사람으로 견해가 정리되고 있다.
42) 화자가 여성이라는 견해는 김완진(앞의 책, 1976)에게서 살필 수 있다.
43) 화자가 남성인가 여성인가 하는 문제는 본고의 논의 내용과 거리가 멀기 때문에 생략하기로 한다.

바다로 떠나고 싶다는 것을 정연하게 밝히고 있다면, 7연에서는 떠나려 하지만, 8연에서는 삶 속의 즐거움(산대잡희)과 어우러짐(술)이 떠나가려는 화자를 떠나지 못하게 한다는 대립 구조로 작품의 대단원을 맺는 것이다. 현실 세계는 시름을 안겨다 주기도 하지만 주위의 가까운 사람이나 삶의 터전을 버리고 떠날 수는 없다. 이것이 공감의 원리이자 문학적인 장치이다.

7연의 핵심 의미는 "가다가"에 있는 것이 아니라 "듣네"에 있다. 7연의 핵심 의미를 "가다"로 읽으면 떠나지 못하는 8연과 융합하지 못한다. 7연을 "듣네(청각)"로 읽어야 8연의 "누룩이 매워(후각)"와 이어 읽을 수 있다. 즉 '청각'과 '후각'으로 대표되는 '오감(五感)'은 인간의 삶에 대한 욕망이며 본능이다. 따라서 떠나고 싶은 화자가 현실적인 삶의 본능에 의해 결국 떠나지 못하고 있음을 보여주고 있다.

그러면서 <청산별곡> 전체의 맥락은 '운다' → '본다' → '운다' → '듣는다'로 이어지면서 일정한 정서를 창출해내고 있으며, 떠나고 싶은 마음은 있지만 7연과 8연에서처럼 사스미 짒대에 올아서 '해금을 켜는 소리'와 '조롱꽃 누룩이매워' 때문에 현실 세계를 버리지 못하고 다시 눌러 앉게 되는 것이다.

따라서 7연의 "사슴"을 2연의 "새"와 동일한 감정 이입의 대상으로 파악한다든지, 7연을 앞 연들과 이어서 '외부 세계와의 단절'로 읽으려는 태도는 재고해야 한다. 이러한 논의는 <청산별곡>을 1연과 6연에서 새롭게 시작하는 것으로 파악하는 오류를 범하거나 청산의 노래와 바다의 노래가 합쳐진 작품이라는 모순된 결론에 도달하게 되는 것이다.

위에서 살펴 본 바와 같이 <청산별곡>은 현실 세계를 떠나고 싶어하는 인간의 본성과 그러면서도 삶 속에서 즐거움과 어우러짐을 찾으며 결국 떠나지 못하는 인간의 현실적인 삶의 모습이 서로 교차하고 대응하는 문학적 장치를 통해 문학성을 한층 높이고 있다. 떠나고 싶다고 하여 모두 현실 세계를 버리고 떠날 수 없는 것이 우리의 삶이듯, <청산별곡> 역시 떠나지 못하는 우리의 모습을 보여줌으로 해서 감동의 폭을 넓히고 있는 것이다.

4. 〈청산별곡〉의 구조

〈청산별곡〉의 5연과 6연의 뒤바뀜에 관한 논의는 연의 분단과 깊은 관련
이 있다. 〈청산별곡〉의 연 구분은 크게 2분단 설과 3분단 설이 있다.[44] 이
중 2분단 설은 다시 두 가지 설로 나뉘어지는데, ① 1~4연 : 전반부, 5~8 :
후반부로 나누는 설과, ② 1~6 : 전반부로 7~8연 : 후반부로 나누는 설이
있다. 대체적으로 ①은 5연과 6연이 바뀌었을 가능성을 인정하는데 근거를
두고 있으며, ②는 5연과 6연의 바뀜을 인정하지 않으려는 이론들이다.

①의 논의를 살펴보면, 1・2・3・4연은 청산의 노래로, 6・5・7・8연은
바다의 노래로 재배치하면 소재가 대응 관계를 이루고 모두 기・승・전・
결의 구성 양상을 띠게 된다는 것이다.

우선 소재가 대응 관계를 이루고 있다는 것을 도표로 확인하면 다음과 같다.

1) 청산, 머루 다래　　---------- 6) 바다, 나마자기 구조개
2) 자고 니러 울다.　　---------- 5) 돌에 맞아 울다
3) 잉무든 장글란 가지고 ---------- 7) 짐대에 올라 해금을 켜는 사슴
4) 밤, 고독.　　---------- 8) 술, 체념[45]

그러나 이러한 논의는 5연가 6연이 바뀌었다는 것을 전제하고 접근한
결과이다. 〈청산별곡〉은 소재(대상)를 형상화하는데 목적이 있는 작품이 아
니라 시적 화자인 '나'의 상황과 정서를 형상화하는 데 목적이 있는 작품
이라는 점을 상기할 때 소재 중심의 내용 분석은 작품 전체의 의미를 파악
하는 데 방해가 된다.

---

44) 이승명은 (『高麗時代의 言語와 文學』, 형설출판사, 1975, 124쪽.) 5연이 1분단, 1・
2・3・4・5・6・7연이 2분단, 8연이 3분단이라는 3분단 설을 내세웠다. 그러나 작품
전체의 내용과 형식적 통일성을 볼 때 균제미와 안정성이 없다는 점이 문제로 제기
되었다(최용수, 앞의 책, 296쪽.)

45) 5연과 6연이 바뀌었다고 주장하는 이유 중 소재의 대응을 지적하는 의견은 거의 비
슷하다. 본고의 예는 김명호, 〈靑山別曲〉의 俗樂的 二重性, 『한국고전 시가작품론
1』(백영 정병욱 선생 10주기추모논문집) 간행위원회, 집문당, 1995, 306쪽.

  그리고 이를 기초로 기·승·전·결의 구성으로 파악하려는 견해가 일반적이다.

```
1연 - 자연에의 갈망 ┐
2연 - 화자의 시름   ├ 기
3연 - 떠나가는 새를 봄 ┘
4연 - 화자의 고독   ┐
5연 - 화자의 시름   ├ 승
6연 - 자연에의 갈망 ┘
7연 - 화자의 떠나가는 상황 ── 전
8연 - 술로 달래는 현실 ──── 결
```

  이러한 견해는 한시의 기·승·전·결이 <청산별곡>에도 영향을 미치고 있다는 의견에 기초를 두고 있는 듯하다. 그러나 이런 견해들은 7연과 8연을 분리해 고찰함으로써 2개의 연이 짝이 되어 진행되는 구성의 특성을 간과하고 있으며, 결국 8연만을 떼어냄으로써 <청산별곡>을 '체념의 문학'으로 특징짓게 하고야 말았다.

  <청산별곡>은 소재 중심으로 분석해서도 안 되고, 7연과 8연은 서로 분리하여 고찰해서도 안 된다. 7연과 8연은 앞의 연과 마찬가지로 두 개의 연이 짝을 이루어 현실 세계를 떠나고 싶지만 떠나지 못하는 인간의 모습을 보여 주고 있는 연이다.

  3장의 내용을 토대로 <청산별곡>의 의미 구조를 도식화하면 다음과 같다.

```
1연: 청산에 살고 싶다 - 현실 세계를 떠나고 싶다 ┐
2연: 시름이 많아 운다(새에 감정 이입) - 슬픔 ┐ 개인적   │ 속세를 떠나고
3연: 떠나가는 새를 바라본다 - 떠나지 못한 슬픔 ┘ 정서 표출 │ 싶은 욕망
4연: 올 이도 갈 이도 없다 - 표면적 인간 관계의 무너짐 ┐   │ 속세상황
5연: 미워할 이도 사랑할 이도 없다 - 내면적 인간 관계의 무너짐 ┤ (동인)
6연: 바다에 살고 싶다 - 현실 세계를 떠나고 싶다 ┘
7연: 현실 세계를 떠나고자 하나 민중의 사는 모습이 마음을 잡는다 ┐ 떠나지 못하는
8연: 술이 현실 세계 떠나지 못하게 하니 현실 세계를 떠나지 못한다 ┘ 현실
```

　　〈청산별곡〉은 '새(2 · 3연) → 이(인간 관계, 4 · 5연) → 나(7 · 8연)'로 이어지는 시각의 이동을 통해 현실 세계를 떠나고 싶은 욕망과 현실 세계를 떠날 수 없는 상황 속에서의 '나'가 갈등을 경험하고 결국은 떠나지 못하는 보편적인 삶의 모습을 담고 있다. 이점이 〈청산별곡〉을 현대인도 애송하는 이유이다. 〈청산별곡〉 안에는 떠나고 싶어하는 사람들의 공감을 얻으면서 동시에 떠나지 못한다는 인간의 현실적인 삶을 보여줌으로써 또 다른 공감을 얻게 하는 2개의 문학적 장치가 내재해 있다.

　　이처럼 〈청산별곡〉의 구조는 '현실 속에 사는 개인의 정서 표출(2 · 3연)'과 이러한 정서의 원인이 되는 '속세 상황(4 · 5연)', 그리고 이를 동인으로 '속세를 떠나고 싶음'(1 · 6연)으로 2~5연을 감싸고 있는 것으로 분석된다. 그 다음 '떠나고 싶으나 떠나지 못하는 현실의 자각(7 · 8연)'이 대단원을 이루는 것이다.

　　이를 연의 분단 이론으로 재해석하면 '속세를 떠나고 싶은 마음과 그러한 마음의 동인으로 작용하는 현실 상황'를 표출한 전반부(1~6연)와 '떠나려 하지만 결국 떠날 수 없다는 자각'을 나타낸 후반부(7 · 8연)의 2분단으로 짜여져 있다고 할 수 있다.

　　이렇게 〈청산별곡〉을 짝수연 구조로 파악할 수 있는 근거는 연시형 속요 중의 하나인 〈가시리〉[46]에서도 찾을 수 있다.

(1연)	(2연)
가시리 가시리잇고 나는	날러는 엇디 살라 ㅎ고
ᄇ리고 가시리잇고 나는	ᄇ리고 가시리잇고 나는
위 증즐가 太平聖代	위 증즐가 太平聖代

(3연)	(4연)
잡스와 두어리마ᄂᆞᆫ	셜온 님 보내ᇰ노니 나는
선ᄒ면 아니 올셰라	가시ᄂᆞᆫ듯 도셔 오쇼셔 나는
위 증즐가 太平聖代	위 증즐가 太平聖代

---

46) 〈가시리〉를 짝수연 구조의 대표적인 예로 드는 이유는 〈가시리〉가 〈청산별곡〉의 전승 과정과 유사한 전승 과정을 겪기 때문이다. 즉 다른 기록에는 나타나 있지 않고 『악장가사』에 전하는 국문 표기의 고려 가요라는 점에서 〈청산별곡〉과 유사하다.

<가시리> 역시 '1연 - 2연', '3연 - 4연'이 서로 하나의 의미 단락으로 묶일 수 있어 고려 속요의 다양한 형식 중 두 개의 연을 의미 단위로 묶은 '짝수연'47) 기법을 이해할 수 있다.

5. 결 론

이상으로 <청산별곡>의 원전을 확정하기 위해 5연과 6연의 뒤바뀜 문제를 다루어 보았다. 이를 위해 고려 가요의 생성·전승 과정 속에서 <청산별곡>의 생성·전승 과정을 살펴보았고, 『악장가사』와 『시용향악보』의 성격도 규명해 보았다. 그리고 <청산별곡>의 문학적 내용 분석과 의미 구조의 형태도 살펴보았다.

이러한 논의는 다음과 같이 정리될 수 있을 것이다.

첫째, <청산별곡>은 민요로 구전되어 오다가 궁중의 속악으로 쓰기 위해 『악장가사』에 실리게 되었다. 전승 과정이나 궁정 악곡에 맞추어 부르기 위해 가사의 변형은 예상되나 그 변형은 곡에 맞추기 위한 글자 수의 늘고 줄어듦, 또는 유행하던 연의 삽입 등의 정도이지 연이 뒤바뀔만한 근거는 찾을 수가 없다. 오히려 악곡과 같이 전승되었기 때문에 5연과 6연이 바뀔 가능성은 더욱 희박한 것이다.

둘째, 연이 바뀔 때마다 'O'표시로 연을 구분하였고, 동일한 곳에서 동일한 형태로 반복되는 후렴구를 생략하지 않고 일일이 다 기록한 『악장가사』 편찬자의 기록 태도로 보았을 때에도 연이 바뀔 가능성은 크지 않다.

셋째, 『악장가사』에 수록된 작품의 연 순서를 그대로 하여 문학적인 분석을 했을 때 <청산별곡>은 매우 정제된 형태를 가지고 있으며 문학성 또한 더욱 높다.

---

47) 짝수연을 채용하는 전통은 상고시대의 <구지가>, <황조가>에서부터 비롯되었다고 할 수 있다.

작품의 내용 구조를 살펴보면 다음과 같이 파악할 수 있다.

1연: 청산에서 살고 싶다 ─┐
2연: (슬픔 때문에) 운다 ─┐ 개인적인 정서 표출
3연: (슬픈 마음으로) 본다 ─┘ ('새' - 감정이입)
4연: 표면적 인간관계의 부재 ─┐ 현실(속세) 상황
5연: 내면적 인간관계의 무너짐 ─┘ (떠나고 싶은 동인)
6연: 바다에서 살고 싶다 ─┘
7연: (해금 켜는 소리를) 듣는다 ─┐ 떠나려 하나 떠나지 못함
8연: (누룩 냄새를) 맡는다 ─┘ (인간의 보편적인 정서)

현실 세계를 떠나고 싶다.

〈청산별곡〉은 '새(2·3연) → 이(인간 관계, 4·5연) → 나(7·8연)'로 이어지는 시각의 이동을 통해 인간 관계의 부재와 일그러진 인간 관계로 인해 현실 세계를 떠나고 싶어 하지만, 결국 현실 세계의 인간적인 애착 때문에 떠나지 못하는 보편적인 정서를 담고 있다. 이 점이 〈청산별곡〉을 현대인도 애송하는 이유이다. 〈청산별곡〉 안에는 현실 세계를 떠나고 싶어하는 사람들의 공감을 얻으면서 동시에 떠나지 못한다는 인간의 현실적인 삶을 보여줌으로써 또 다른 공감을 얻게 하는 2개의 문학적 장치가 내재해 있다.

이처럼 〈청산별곡〉은 '현실 속에 사는 개인의 정서 표출(2·3연)'과 이러한 정서의 원인이 되는 '속세 상황(4·5연)', 그리고 이를 동인으로 '속세를 떠나고 싶음'(1·6연)으로 2~5연을 감싸고 있는 전반부와 '떠나려 하나 떠나지 못하는 현실적 상황(7·8연)'을 나타내는 후반부로 짜여져 있다.

결국 〈청산별곡〉은 『악장가사』에 수록된 그 형태 그대로를 원전으로 삼아야 의미의 맥락도 이어갈 수 있으며, 문학성의 올바른 감상과 우수성을 파악할 수 있고, 전대(前代)의 전통시가를 계승한 것으로 파악할 수 있다.

새로운 매체문화시대의 글쓰기와 시조

1. 서 론

고전 시가 중 가장 널리 알려진 것이 시조다. 시조는 '민족시'라는 명칭을 얻을 정도로 관심을 받았다. 또한 시조는 근대 문학이 시작되면서 '시조부흥운동'으로 고전 시가 중 제일 먼저 현대화의 가능성을 검토하고 현대 시조로 발전하여 신문이나 잡지에 실리는 등 빠르게 현대화의 길을 걸었다.

하지만 시조가 '민족시'라는 껍질만 남기고 우리 문학사에서 사라지고 있는 것은 아닌지 염려스러울 때가 많다. 물론 문학 양식은 시대의 변천에 따라, 사유 방식과 대상을 인식하고 향유하는 태도 변화에 따라 자연스럽게 소멸과 탄생을 반복하는 것이기는 하다. 향가나 고려 속요 등 고전 시가 양식들이 소멸의 길을 걸은 것은 필연적인 것이라 해도 무방할 것이다.

그러나 시조는 사정이 다르다. 시조의 위기는 문학 양식의 자연스러운 탄생과 소멸의 과정에 의한 것이 아니라 서양의 자유시에 대한 무분별한 신봉에 기인한 것이다. 이제 시조는 민족시로서의 생명력과 기능을 상실한 채, 무기력하게 서양의 자유시에 시의 중심을 내주고 있다.

시조의 무기력은 시조 연구에 대한 무관심에 따른 것이다. 특히, 현대 시조에 대한 관심과 연구는 매우 미미한 실정이다. 고전 문학 연구자들은 현대 시조가 현대어로 쓰여졌다는 이유로, 현대 시조 연구자들은 시조가 고전 문학의 장르라는 이유로 연구 대상으로 삼지 않는다.

이러한 무관심은 시조의 전수와 창조적 계승에 대한 논의 전개를 어렵게 하였다. 뿐만 아니라, 시조 연구와 시조 교육 연구가 서로 무관하게 진행된 것도 시조 위기의 한 원인으로 작용하였다. 교육과 떨어진 시조 연구는 미래 지향적인 힘을 갖지 못했고, 연구와 떨어진 교육은 추상적이어서 학습자들의 흥미를 불러내지 못했다. 따라서 시조는 현대사회의 표현 양식이나 의사소통 구조에 영향을 미치지 못한 박제가 될 위기에 처한 것이다.

이제 현대 시조에 대한 관심을 높여서 현대 시조가 어떻게 하면 시조의 전통을 올곧게 전수하면서 창조적인 힘을 갖게 할 수 있을 것인가를 진지하게 논의하여야 한다. 뿐만 아니라 시조 연구와 시조 교육을 동시에 생각하는 논의도 구체적이고 다양하게 이루어야 할 것이다.

2. 새로운 시대의 글쓰기와 시조

문학이 의사소통의 한 수단이라는 논의를 받아들일 수 있다면 시조 또한 의사소통의 한 수단이라는 것 역시 받아들일 수 있을 것이다. 특히, 시조는 우리 민족의 민족시로서 과거와 현재, 선인들과 현대인 사이의 의사소통 수단으로서 작용할 수 있다. 바로 이 점이 매체 변화가 가져온 새로운 시대의 글쓰기와 시조를 같이 논의해야 할 가장 큰 이유이다.

주지하다시피, 시조는 유일하게 현대까지 전승과 변모의 길을 걸어 온 우리 민족 고유의 민족시이다. 따라서 시조를 통해 발견할 수 있는 전통은 새로운 시대의 시조와 글쓰기의 중심 내용이며 가장 핵심적인 지향점이라고 할 수 있다. 이 때 전통이란 과거성을 지니면서도 미래를 수용하고 미래를 건설하는 힘을 말한다. 즉, 전통이란 현재 혹은 미래가 역사적 질서에서 벗어나지 않도록 하는 구심점 역할을 한다.

따라서 새로운 시대의 시조는 이제까지 시조문학이 지켜온 전통을 되살려야 하며, 글쓰기는 시조가 이룩해 온 전통 속에서 신화적 상상력과 역사적 상상력을 복원하여야 한다. 그래야만 과거와 단절된 삶을 사는 현대인들이 겪는 병증(病症)을 발견하고 치료할 수 있을 것이며 민족적 정체성을 회복할 수 있을 것이다.

시조와 글쓰기를 같이 논의해야 하는 또 하나의 이유는 시조의 '3장'이 지니고 있는 원리를 새로운 시대의 글쓰기에 접목해야하는 필연성이 있기 때문이다. 시조는 3장의 틀을 500년이 넘도록 유지하였다. 그 이유를 찾기 위하여 많은 학자들이 노력하였다.

김대행은 시조의 초·중·종장이 '대상 - 관계 - 의미'의 연결인 OMR 구조를 지니고 있으며 다시 대상(O - R)과 주체(M)로 양분되어 시가의 기본적 속성이 대상과 주체의 병렬의 양식을 가지고 있다고 하였다.[1] 이영지는 시조 3장의 의미를 한정된 시간 속에서 매일 반복적인 삶을 사는 인간의 삶의 모습에서 찾았다. 그는 3장의 시조 형식이 500여 년 동안 반복된 것은 365일 반복되는 삶과 관련이 있으며, 3장 형식은 하늘·땅·인간이라는 3등분된 우주의 구조에서 찾았다. 그리고 시조의 초·중·종장을 이끌어 가는 힘은 아침·점심·저녁이라는 일상생활의 이야기라고 생각하였다.[2] 원용문은 훈민정음의 창제, 제상차림, 태극기 등이 동양철학(성리학)의 원리를 그대로 적용한 것이라면서 시조의 3장 6구 12마디의 형식도 역학(易學)에 근원을 두고 있다고 하였다.[3]

이들 논의의 공통점은, 시조의 형식이 민족의 일상적인 삶과 밀접한 관련이 있으며, 그 삶을 지탱하고 형성하는 사유와 관습의 원리, 근원과도 맞닿아 있다는 것이다. 시조 형식이 지니고 있는 '일상적인 삶', '사유와 관습의 원리, 근원' 등과 같은 속성들은 현대사회의 시와 글쓰기의 병폐를 획기

---

1) 金大幸, 「時調形式의 意味」, 『時調學論叢』 第11輯, 韓國時調學會, 1995.
2) 이영지, 「시조창작론 - '물'과 '불'의 시조 창작적 一例」, 『새국어교육』 52, 새국어교육학회, 1996, 425쪽.
3) 원용문, 「시조의 형성 원리」, 『時調學論叢』 第17輯, 韓國時調學會, 2001.
   원용문은 3장은 天地人 3재에서 시작되었으며 12마디는 절기의 12개월을 상징한다 하였다. 그래서 초장에서 시상이 시작되고 중장에서 그 시상을 이어 받아 발전시키고 종장에서는 최상의 상태를 이루면서 결말을 맺는다고 하였다. 시조에서 구의 의미도 제1구는 시상이 시작되는 곳이니 가장 미미하고, 제2구에서는 그 시상이 발전 상승되고, 제3구, 제4구에서 고조시키다가, 종장의 앞구인 제5구에서 절정기를 맞고, 제6구에서 완결 짓는 순차적인 원리에서 찾았다.

적으로 치료할 수 있는 기재로 작용할 수 있을 것이다.

뿐만 아니라 시조가 가지고 있는 여러 가지 특성들, 즉, ① 주제를 밝히기 수월하고 ② 창작 배경을 구체적으로 형상화할 수 있고 ③ 길이가 짧아 고쳐 쓰기 활동에 적합하고 ④ 다른 장르나 일상적인 언어 형상과 연관짓기, 쉽다4)는 특성들도 시조 교육을 통한 글쓰기 교육의 필연성으로 작용할 수 있을 것이다.

3. 새로운 시조의 기반과 원리

매체 변화에 따른 새로운 시조5)를 논의할 때 논의의 대상으로 떠오르는 것은 한두 가지가 아니다. 그러나 논의에서 가장 중요시해야 할 것은 새로운 시조가 시조를 시조답게 하면서도 창조성을 담을 수 있도록 해야 한다는 것이다.

시조를 시조답게 하면서도 새로운 시대의 창의성을 담을 수 있는 특성은 크게 두 가지로 요약할 수 있다. 하나는, 시조가 일상적인 삶과 정서를 담았다는 것이다. 시조의 3장 형식은 그것을 '天·地·人'으로 해석하든 '아침·점심·저녁'으로 해석하든 아니면 '역학(易學)'에 근원을 둔 것으로 이해하든 일상적인 삶과 보편적인 삶의 철학과 원리를 내용으로 담고 있다는 것이다. 또 하나는 4음보 율격의 리듬을 지니고 있다는 것이다. 즉, 우리 언어의 특성을 효율적으로 살리면서도 민족의 정서와 친근한 4음보의 율격

---

4) 姜明慧, 「時調敎育의 현황과 학습자 활동 중심의 교수·학습 모형」, 『時調學論叢』第20輯, 韓國時調學會, 2004. 참고.
   강명혜는 이 4가지 특성 외 시조가 현대까지 이어지며 지속된다는 점을 들어 시조 교육의 필요성을 논하고, 더불어 학습자 활동 중심의 시조 교육을 구안하였다.
5) '현대시조'라 하지 않고 '새로운 시조'라 하는 이유는 본고에서 제시할 시조의 모습과 몇몇 논란거리를 지닌 현대시조와 구분하기 위한 의도 때문이다.

을 가지고 음악에 붙이고 리듬을 창출해냈다는 것이다.

이 두 가지 특성을 시조의 내용과 형식으로 이해할 수 있을 것이다. 내용과 형식은 모든 문학 장르와 글쓰기에서 가장 근본이 된다. 따라서 본고에선 논의의 집약을 위해, 또 가장 근본이 되는 요소를 중심으로 논의를 선명하게 위해 새로운 시조가 담아야 할 내용과 그것을 풀어내는 형식, 두 가지에 대해 집중하고자 한다.

3.1 생태학적 세계관

한국 시사(詩史)를 살펴보면 각 시대마다 다양한 목소리와 함께 중심 화두가 있었음을 확인할 수 있다. 때로는 종교가 중심 화두였으며 개인의 애정이, 자연 예찬이, 횡포를 부리는 기득권 세력에 대한 저항이, 억눌린 여성의 삶이 화두가 되었다. 경기체가나 악장 같은 특수 집단과 왕권에 대한 자족과 찬양의 노래가 있었지만 그들은 단명하고 말았다.

시대에 따른 중심 화두가 있었다는 것과 특수 집단을 위한 노래들이 단명했다는 사실은 크게 두 가지 시사하는 바가 있다. 하나는 시가가 당대인이 겪는 삶의 문제를 어떻게 개선할 것인가를 고민하여 담론을 형성하고 삶의 문제를 해결하거나 뛰어넘으려고 했다는 것이고, 다른 하나는 기득권 세력이나 사회를 이끄는 사상에 비판적이며 동시에 다분히 서민 지향적이라는 것이다.

시는 기본적으로 개인의 내적인 정서와 주관적인 인식 태도에 의한 대상의 형상화를 추구한다. 따라서 시는 공공적 가치와 교육적 목적, 또는 맹목적인 이데올로기를 거부하고 그것들에 이용당하지 않도록 끊임없이 스스로를 정화하는 노력을 기울여왔다. 하지만 시 역시 의사소통의 매체로서 삶의 문제를 외면할 수 없으며 정치·사회적인 문제와 길항관계를 통해 나름의 목소리를 내었음을 부정할 수 없다.

　따라서 시는 끊임없이 개인의 삶을 억압하는 기득권 세력이나 사상, 환경에 대해 비판적 담론을 형성하여 삶의 조건과 입지를 변화시키고자 하는 열망에 화답할 필요가 있다.

　그렇다면 새로운 시대에 맞는 시조의 화두는 무엇인가. 그것은 앞으로 인간의 삶과 문학을 가장 위협하는 것이 무엇인가에 대한 자각에서 출발하여야 한다.

　　현재 우리의 강하는 물론이고 바다도 썩어가고 있다. 피보다 진하다는 성스러운 물이 썩어갈 때 우리는 다시 소생하기 어렵다. 이런 측면에서 신화비평은 생태비평과도 손을 잡게 될 것이다. 공해 물질에 가리운 달은 디 이상 딜 본연의 생명력을 가질 수 없다. 「원왕생가」나 「찬기파랑가」에 나오는 달과 현대 매연이 뿌옇게 낀 도시의 달은 전혀 다른 달로 인식된다. 작렬하는 태양마저도 공해 속의 도심에서는 그 빛을 잃고 있다. 극단적으로 말해서 모든 것이 죽어가고 있다. 그 속에서 인간이 죽어가고 시인 역시 죽어간다면 이 대지에는 비가(悲歌)마저 사라지고 음울한 독수리의 울음소리만 가득할 것이다. 사막의 열풍이 회오리치는 대지는 더 이상 '위대한 어머니'가 될 수 없을 것이다. 시인과 작가는 이러한 암울한 현상의 심연에서 솟아올라야 한다.6)

　1990년대 들어서면서 한국시의 중요한 화두는 생태주의였다. 생태주의는 인간끼리의 관계나 자연과의 관계에서 끊임없는 정복으로 이루어진 인류역사에 대한 반성과 회의에서 시작하였다. 현대사회의 물질적 풍요와 생활의 편리를 가져다 준 과학문명은 인간에 의한 자연 정복을 의미한다. 이러한 정복의 이념과 과학적 자연관을 통틀어 인간 주체 중심주의, 또는 인간 중심적 세계관이라 할 수 있다.

　그러나 인간중심적 세계관은 심각한 환경오염, 생태계 파괴를 일으켰고 인류의 멸망과 지구의 죽음이라는 가능성을 뜻하게 되었다. 뿐만 아니라, 개발과 발전의 논리가 가져다준 '소외'는 현대인의 삶을 본질적으로 위협

---

6) 김병욱, 「문학과 신화」(한국문학이론과 비평학회 제9회 전국학술발표대회 발표요지 별지), 2004. 7~8쪽.

하기에 이르렀다. 이에 생태주의는 철학적, 사회적, 정치적 담론을 일으키면서 현대사회의 가장 전위적인 문화운동의 하나로 자리 잡았다.

문학에서도 몇몇 시인들이 매우 적극적으로 생태주의에 관한 시를 발표해왔다. 시인들이 생태주의에 대해 관심을 갖고 시로 형상화하는 일은 시의 고향이 자연이라는 점에서 매우 바람직한 일이다.[7] 그러나 시가 생태주의를 화두로 현대인의 삶을 치료하고 미래지향적인 가치관으로 작용하기 위해서는 세계관의 전환을 전제로 하여야 한다.

현대사회가 직면한 절박한 문제의 근본적인 바탕에는 정복과 과학적 자연관으로 표현된 인간중심적 세계관이 존재한다면, 그 인간중심적 세계관을 원천적으로 제거해야만 현대사회가 안고 있는 문제를 해결할 수가 있다. 인간중심적 세계관을 생태학적 세계관으로 전환해야 한다.

자연은 인간이 필요에 따라 취하거나 정복할 수 있는 자원이나 도구가 아니라 인간 생명의 근원적 모체라는 인식의 전환이 필요하다. 인간과 마찬가지로 자연 역시 정복과 탈취의 대상이 아니라 공생할 권리를 갖고 있으며, 인간의 삶은 자연과 조화를 이룰 때 가장 인간적인 삶을 영위할 수 있다는 깨달음이 절실히 필요하다.

따라서 이제까지 즐겨 써오던 발전과 진보의 개념 역시 달라져야 한다. 진정한 발전과 진보는 정복과 탈취로 이루어지는 것이 아니라 나와 다른 것의 존엄성을 인정하고 다른 것과의 화해와 조화 속에서 공존하는 도덕적 태도와 그를 실천하는 과정에서 달성되는 것이다.

시조가 진정한 생태학적 세계관을 갖기 위해서는 순수한 자연을 복원하여야 한다. 순수한 자연이란 인간의 관념을 대입하거나 인간의 욕망을 표현하기 위한 형상화의 소재적 대상으로 삼지 않는, 자연 그 자체를 말한다.

> 시조에서 자연의 위상은 매우 각별하다. 자연을 소재로 한 작품의 편
> 수 자체가 의미의 질량을 보증해 주는 것은 아니지만, 자연이 시조의 소
> 재적 차원에서만이 아니라 시조 시인들의 실존과 관련해서도 매우 중차

---

7) 이런 점에서 시조학회가 "생태주의 문학으로서의 시조"라는 주제로 전국학술발표대회를 개최한 것은 매우 바람직한 일이라 할 수 있다.

대한 위상을 지니고 있음을 부인할 수는 없다. 시조에서 자연은 세상의 지배원리이기도 하고, 미적 존재이기도 하며, 현실의 반대항에 위치해 있는 피안이기도 하다. 그런가 하면 극복 대상이 되기도 하는 등 시조에서 자연은 매우 넓은 가치의 스펙트럼을 가진다. 그러나 굳이 실증적인 계산에 기대지 않는다 하더라도, 자연을 대하는 시조 시인들의 태도가 대체로 상찬(賞讚)으로 수렴되고 있다는 점은 어렵지 않게 확인된다. 그것은 오히려 상투적일 정도로 보편화된 관습이다.[8]

시조에서 자연은 다양한 모습으로 제시된다. 그리고 자연 속에 삶의 터전을 마련하고 자연과 조화를 추구하는 것은 조선조 유학자들의 삶의 철학이자 형상화 방식의 한 유형이었다. 그러나 엄밀하게 따진다면 시조에 나타난 대다수의 자연은 생태주의적 세계관을 담은 순수 자연이 아니라 유학자들의 관념을 확인하고 확고히 하는 기재로 사용되거나 정치·사회적 의미를 강하게 지니고 있다.

> (가) 江湖에 봄이 드니 미친 興이 절로 난다
>   濁醪溪邊에 錦鱗魚 安酒ㅣ로다
>   이 몸이 閑暇히옴도 亦君恩이샷다
>
> (孟思誠, 「江湖四時歌」中)

> (나) 高山九曲潭을 사롬이 모로더니
>   誅茅卜居ᄒ니 벗님니 다 오신다
>   어즈버 武夷를 想像ᄒ고 學朱子를 ᄒ리라
>
> (李珥, 「高山九曲歌」中)

(가)는 자연 속에서 풍요롭고 여유 있게 지내는 것은 다 인군의 은혜라며 정치적 욕망을 간접적으로 드러내고 있으며, (나)는 자연 속에서 기거하면서 무이와 주자를 숭상하고 배우겠다며 시적 화자의 관념에 대한 확인과 지향점을 드러내고 있다. 이처럼 많은 자연 시조들이 순수 자연이 아닌 시적 화자의 관념과 정치·사회적인 욕망을 간접적이고 잠재적으로 드러내기

---

8) 류수열, 「시조의 자연, 그 '말없음'의 의미론」, 『時調學論叢』第20輯, 韓國時調學會, 2004, 6쪽.

위한 도구로 자연을 형상화하고 있다.

하지만 생태학적 세계관을 담을 시조는 순수 자연이 주체가 되는 시조이어야 한다. 그래야만 우리는 정복과 복종, 훼손과 파괴를 개발과 진보의 개념으로 받아들였던 인간중심주의 세계관을 근원적으로 치료하고, 자연과 인간이 조화롭게 공생하는 진정한 행복과 발전을 획득할 수 있다. 진정한 행복과 발전은 인간의 생물학적 욕망의 이기적 충족이 아니라 오히려 생물학적 욕망을 극복해 다른 것의 존엄성을 인정하고 다름의 공존 속에서 통합된 도덕 규범을 이루는 실천적 태도를 갖게 될 것이다.

민족의 일상적인 생활과 정신을 담아냈던 시조가 생태학적 세계관으로 전환함으로써 매체 변화가 가져온 장점들, 즉 평등·자유·인권·조화·친환경의 가치를 극대화할 수 있다. 그래야 시조의 세계관이 글쓰기의 세계관으로 이어져 모든 인간 관계와 사유 방식의 내면화에도 영향을 끼칠 수 있다. 그렇게 된다면 생태학적 세계관이 인간 관계에도 빠르게 적용되어 물질만능주의와 이기심에 사로잡힌 자본주의 이념이나 개인의 자유를 억압하는 모든 전체주의 이념을 몰아내고 진정한 행복과 발전, 진보를 이룰 수 있다.

3.2 음악, 음성언어와의 뜻깊은 해후

최근 매체문화의 관심은 시각매체가 절대적 우위를 차지하는 상황에서 전통적인 형식들이 어떻게 대응하느냐 하는 것이다. 그 대응 방식은 전통 형식을 시각적으로 재조직하여 시각매체 문화에 적절히 적응하려는 태도와 전통 형식을 고수하려는 태도로 나눌 수 있을 것이다.

시조에서도 시각매체 문화에 적응하려는 시도들이 나타나고 있다. 이러한 시도들은 시조의 시행 배열의 개성과 자유로움을 획득하려는 의도로 해석할 수 있을 것인데 현대 시조들에서 이러한 시도들이 빠르게 확산되고 있다.

따끈한 찻잔
감싸쥐고

지금은 비가 와서

부르르
온기에 떨며

그대는 여기 없으니

백매화
꽃잎 지듯이

바람 불고 날이 차다.

(홍성란, 「바람불고」)9)

그 동안 현대 시조의 시행 배열에 관해 적잖은 고민을 해왔다. 시조의
양식적 정체성을 상실하지 않는 범위 내에서 개성과 자유로움을 표현해야
한다라든지, 전통적인 양식을 좀더 고려해야 한다라든지, 시행의 자유로운
변형을 통해 시각적인 창의성을 표현해야 한다는 논의들이 제기되었다.10)
뿐만 아니라, 시조의 미적 가치를 음성의 조화, 율격, 리듬 등 표현 형식에
서 찾고자 하여 시조 낭송법을 콘텐츠하려는 시도와 시조의 낭송법과 외국
정형시의 낭송법을 비교 고찰하는 논의들도 이루어졌다.11)

그러나 시조의 시행 배열에 대한 고민과 전통적 표현 양식에 대한 논의
의 속도보다 훨씬 빠른 속도로 시조의 시각화가 이루어지고 있다. 시조의

---

9) 홍성란은 중견 시조작가이다. [문학사상] 2004년 6월호에 모두 4편의 시조를 발표하
   였는데, 4편 모두 다양한 시조 형식을 실험하고 있다.
10) 시조의 시행 배열에 관한 최근의 논의로는, 김학성, 「시조의 정체성과 현대적 계승」
   (『時調學論叢』第17輯, 韓國時調學會, 2001). 졸고, 「大韓民報」 所載 時調의 형식적 특
   성과 글쓰기 교육으로서의 含意」(『時調學論叢』第18輯, 韓國時調學會, 2002), 류해춘,
   「한국 시조문학의 존립 기반과 그 본질에 관한 시고」(『時調學論叢』 第19輯, 韓國時
   調學會, 2003) 등이 있다.
11) 이찬욱, 「時調 朗誦의 콘텐츠화 研究」, 『時調學論叢』 第19輯, 韓國時調學會, 2003.
   이산호, 「콘텐츠를 위한 한·불 정형시가 낭송법의 비교 고찰」, 『時調學論叢』 第17
   輯, 韓國時調學會, 2001.

시각화는 매체 변화에 민감하게 적응하고 있다는 측면에서 나름의 의미가 있을 것이다. 하지만 시각매체 절대 우위 속에서 전통적인 문학 양식인 시조마저 시각화의 방향으로 치닫는 것이 과연 옳은가 되짚어 볼 필요가 있다.

시조의 시각화는, 현대 시조가 부르는 노래, 또는 읊는 노래에서 '보는 시'로 변환하고 있음을 의미한다. 시조가 보는 시로 변환한다는 것은, 시조의 언어가 음성언어 위주에서 문자언어 위주로 바뀌고 있음을 의미하기도 한다. 이는 다시 시조가 말로 구현되는 정서보다는 글로 구현되는 정신세계에 몰입하고 있다는 것을 의미하는 것이다. 과연 이러한 현상은 시조의 전통과 미래를 위해 바람직한 것인가?

이 물음은 다지 시조에만 국한한 것이 아니라, 한국 현대시를 위한 근원적인 질문일 수도 있다.

고전 문학에서 운문 형식의 고전시는 '시가(詩歌)'라는 명칭으로 통용되었다. 이는 고전시는 어떠한 형태이든 노래와 밀접한 관련을 맺었다는 것을 의미하기도 하지만, 문자언어에 대한 권력이 엄연히 존재했음을 나타내기도 한다. 즉, 상류층은 문자언어로 시를 짓고 하층민은 음성언어로 노래하는 것이라는 이분법적 인식이 짙게 깔려 있는 것이다. 따라서 노래는 누구나 할 수 있는 저급한 문학 행위라는 인식이 시와 노래를 전혀 별개의 장르로 만들었던 것이다.

노래와 시를 별개의 장르로 인식하기 시작한 것은 1920년대의 일이다. 서양의 자유시가 등장하면서 시와 노래의 결별은 빠르게 진행되었다. 자유시의 등장에도 한동안 노래와 시는 밀접한 관계를 유지하였다. 그 시기에 시나 시조를 서양의 곡조에 붙이거나 새로운 작곡을 통해 노래로 불렀다는 사실은 이를 증명해 준다. 그러나 해외 유학파 문인들이 문단의 중심 세력으로 떠오르면서 시와 노래의 결별은 빠르게 진행되었으며, 시를 통해 문자 권력을 누렸다.

문제는, 당시의 문인들이 우리 민족의 전통적인 정서와 리듬으로 시를 지으면서도 그것이 우리 시이고 노래임을 외면하고 자유시라는 이름으로 발표한 데 있다.

> 해와 / 하늘빛이 / 문둥이는 / 서러워 //
> 보리밭에 / 달 뜨면 / 애가 하나 / 먹고 //
> 꽃처럼 / 붉은 울음을 / 밤새 / 울었다 //[12]

위 시는 4음보, 3장, 종장 첫 음보 3자와 둘째 음보 5자까지 평시조 형식을 정확하게 갖추고 있다. 그럼에도 불구하고 위 시는 시조로 발표한 것이 아니라 자유시로 발표하였다. 그렇다면 그 이유는 무엇인가. 민병기[13]는 시조 가락을 지닌 그 많은 자유시들이 시조로 발표했다면 오늘날 그렇게 유명해졌을까 반문하면서, 시조보다 자유시는 새 시대의 장르요, 화려하게 각광받는 장르라는 고정관념이 만들어 낸 오류의 결과라고 하였다.

이는 일정 부분 자수의 제한을 받는 시조보다는 자수의 제한을 받지 않는 자유시의 매력에서 기인하는 것이기도 하다. 그러나 이런 고정 관념은 시조를 자수 중심의 시라는 편견 때문에 생긴 것이다. 시조를 포함한 민족시는 음보, 즉 4음보 중심의 노래라는 점은 이미 주지의 사실이다. 그럼에도 불구하고 자수에 연연하는 고정 관념이 시조의 발전과 보급에 늘 걸림돌이 되었다.

시조 역시 4음보 중심의 노래라는 인식은 시조와 음악의 행복한 해후를 가능하게 할 것이다. 사실, 시와 노래의 만남은 동서고금을 통해 줄기차게 시도되었다.

> 한시가 율시나 절구라는 형식을 개발하여 고저의 평 - 측(平仄)을 가지고 시의 리듬을 삼는다든지, 영시가 강 - 약(强弱)을 가지고 이러저러한 시의 정형을 만들고 리듬을 구현하고자 한다든지, 일본이 7-5의 음절수

---

12) 서정주의 「문둥이」의 원래 표현은 아래와 같다.

해와 하늘빛이
문둥이는 서러워

보리밭에 달 뜨면
애가 하나 먹고

꽃처럼 붉은 울음을
밤새 울었다.

13) 민병기, 「현대시와 전통율격」(박노준·이창민 외, 『현대시의 전통과 창조』, 열화당, 1998), 47~48쪽 참고.

를 가지고 이러저러한 시형을 바꾸어 가면서 리듬을 살려 보고자 한 것
은 잃어버린 노래의 꿈을 어떻게든지 다시 이루어 보려는 안간힘으로
이해할 수 있다.14)

이러한 시도는 시가 노래와 결별하고 문자언어만으로 시정신을 구현하
려고 할 때 생기는 한계를 극복하기 위한 노력의 결과였다. 시가 노래와
결별하고 문자언어만으로 시정신을 구현하려고 할 때 생기는 문제점은 일
일이 다 들지 않아도 될 것이다. 그 이유는 노래와 결별한 뒤 현대시가 겪
는 고초에서도 잘 드러나기 때문이다.

그 동안 시와 노래의 만남을 지속적으로 시도했지만, 시와 노래는 별개
이며 노래는 하층민의 것이라는 인식 때문에 줄곧 둘의 만남은 실패하고
말았다. 시조 역시 시조창에 대한 잘못된 인식 때문에 노래(리듬)와 결별하
고 빠르게 '보는 시'로 변모하고 말았던 것이다.

하지만, 시조창은 전문적인 악공이 필요한 가곡창과는 달리,15) 악기와
장소의 제약을 받지 않는 서민의 향유 방식이었으며, 아울러 서민들의 호
흡과도 일치하여 즉흥적인 감흥을 솔직하고 담백하게 표현할 수 있었다.
특히, 시조창이 가곡창과 달리 전·후주곡과 간주곡에 해당하는 대여음과
중여음를 생략하였다는 것은 시조를 음악 중심이 아니라 우리말의 특성을
최대한 살리는 리듬에 얹어 향유하였음을 보여준다.

따라서 새로운 시조는 우리말의 특성을 최대한 살리면서 리듬을 느끼고
경험할 수 있는 형식을 갖추어야 할 것이다. 그래도 좀더 자유로운 형식을
찾는다면, 엇시조와 사설시조에서 그 해결점을 찾아야 할 것이다. 특히 사
설시조는 조선 후기 근대 서민의식을 무난히 담아낸 시조 양식이다.

---

14) 김대행, 『노래와 시의 세계』, 도서출판 역락, 1999. 11쪽.
15) 권영민은 「시조의 시적 형식과 그 창곡의 음악적 형식과 상호 관계」(『韓國學報』, 12
　　집, 1978, 80쪽 참조)에서 가곡창과 시조창의 다른점을 다음과 같이 정리하였다.
　　(1) 가곡창과는 달리 전·후주곡과 간주곡에 해당하는 대여음과 중여음이 생략되었다.
　　(2) 모두 293박의 가곡창에 비해 시조창은 94박으로 매우 빠르다.
　　(3) 5장인 가곡창과는 달리 3장 분장이다.
　　(4) 시조창은 가곡창의 5장 끝부분(시조로 치면 12번째 마디)이 생략되었다.

일반적으로 사설시조는 많은 경험이나 대상에 대한 묘사를 중심으로, 대상의 이미지를 구체적으로 형상화하기 위하여 구를 거듭해 나가거나 마디를 늘여나간다. 그러면서 동시에 평시조가 지니고 있는 음악적 리듬을 깨게 된다. 즉, 가곡창이나 시조창을 하면서 소리를 길게 빼는 대신 여러 마디를 촉급하게 넣었다. 따라서 사설시조는 민요의 자유로운 형식과 그에 따른 정서를 긍정적으로 계승하고, 평시조의 격조를 부정적으로 계승했다고 할 수도 있을 것이다.16) 따라서 사설시조의 형식을 통해 새로운 시대의 정신과 창조성을 형상화할 수 있을 것이다.

따라서 우리말의 특성을 효과적으로 살린, 4음보·리듬을 구현하기 위한 정형·일상적인 말(음성언어)의 사용 등, 시조가 지닌 표현 양식 안에서도 충분히 시대정신과 창조성·실험 정신을 확보할 수 있다는 자각이 필요하다. 오히려 이러한 시조의 표현 특성을 최대한 살림으로써 매체 변화가 불러일으킨 현대사회의 병폐를 치유할 수 있을 것이다. 즉, 시각 매체 우위가 가져온 단절·분리·분열·소외·정신병적 증후군 등등의 현대사회의 부정적인 면을 극복할 수 있을 것이다.

시각은 분리하고 청각은 통합한다. 시각의 전형적인 이상은 명료성과 명확성을 추구하는 나누어 보기인 반면, 청각의 이상은 통합과 조화를 추구하는 종합적 듣기이다. 우리는 잘 보기 위해 한 곳에 집중해야 한다. 그래서 전체를 보기 위해서는 시선을 이동하여 부분 부분을 토막내어야 하는 반면 잘 듣기 위해선 눈을 감고 집중하여 모든 방향에서 몰려오는 소리에 잠긴다.

시각과 청각의 이러한 특성 때문에 보기를 중심으로 한 문자문화는 분석적이고 추론적이며 종속적이고, 듣기를 중심으로 한 음성문화는 통합적이며 구체적인 일상성을 띠고 조화를 추구한다. 따라서 문자문화가 일으킨 병폐를 치유하기 위한 대안을 음성문화에서 찾을 수 있을 것이다. 이것을 시에 적용하면 '보는 시'가 가져온 현대시의 고초에서 벗어날 수 있는 길은 우리말의 리듬과 일상적인 말을 효과적으로 살려온 시조의 전통에 있으며, 그 안에서 창조와 실험정신을 구현하여야 할 것이다.

---

16) 조동일, 『한국문학통사』 3, 지식산업사, 1989, 291~292쪽 참조.

그래야만 시조를 중심으로 한 새로운 시대의 글쓰기가 현대사회가 지닌 단절·분리가 가져온 극심한 개인주의와 소외, 그에 따른 정신병적 증후군을 치료할 것이며, 인간적인 것의 성질까지 변형시킨 자본주의와 편협한 전체주의를 극복할 수 있을 것이다.

4. 결 론

컴퓨터와 인터넷의 발달은 시각매체의 절대적 우위의 문화를 형성하였다. 하지만 컴퓨터매체문화가 지닌 장점을 살리지 못하고 자본주의와 편협한 전체주의의 폐단 속에 함몰되고 말았다. 따라서 현대 사회는 단절·분리·분열의 현상이 더욱 심화되어 철저한 개인주의와 물질만능주의의 나락으로 빠져들었고, 개인은 소외·강박관념·우울증 등 정신병적 증후에 시달리고 있다.

현대시, 시조 역시 '보는 시', '관념의 시'로 급속하게 변화하면서 '그들만의 시'로 전락하고 말았다. 이러한 고통은 음악과 결별하면서 비롯된 것이다. 우리말의 특성을 효율적으로 살린 4음보 율격, 민족의 철학과 정서를 담은 3장의 정형성과 리듬, 표음문자인 우리말의 목소리와 결별하면서 추상과 관념에 빠지고 현학적인 표현에 매몰되고 말았다.

이제 추상과 관념에서 벗어나 일상의 생활, 자연의 목소리에 귀기울여야 한다. 현대사회가 직면한 절박한 문제의 근본 바탕에는 문자 권력이 조성한 인간중심주의가 존재한다는 자각을 통해 생태학적 세계관으로의 전환을 이루어야 한다. 그러기 위해서 새로운 시조는 순수 자연과 인간의 몸이 전해주는 목소리에 귀기울여야 한다. 진정한 행복과 발전은 정복과 탈취로 이루어지는 것이 아니라 자연과 공생하며 다른 것들의 존엄성을 인정하는 과정 속에서 이루어진다는 깨달음이 절실하다.

민족의 일상적인 생활과 정신을 담아냈던 시조가 생태학적 세계관을 적극적으로 끌어안음으로써 컴퓨터매체 변화가 가져온 장점들, 즉 평등·자유·인권·조화·친환경의 가치를 극대화할 수 있다. 그래야 시조의 세계관이 글쓰기의 세계관으로 이어져 모든 인간 관계와 사유 방식의 내면화에도 영향을 끼칠 수 있다. 그렇게 된다면 생태학적 세계관이 인간 관계에도 빠르게 적용되어 물질만능주의와 이기심에 사로잡힌 자본주의 이념이나 개인의 자유를 억압하는 모든 편협된 전체주의 이념을 몰아내고 진정한 행복과 발전, 진보를 이룰 수 있을 것이다.

새로운 시조의 이 모든 변화는 시조의 전통적인 표현 형식 안에서 이루어지고 재창조되어야 한다. 시조의 미적 가치는 음성의 조화, 율격, 리듬 등 표현 형식에서 찾아야 할 것이다. 그래야만 분리와 단절을 기본 속성으로 하는 시각의 본성에서 빠져 나와 조화와 통합을 기본 속성으로 하는 청각의 본성으로 되돌아 올 수 있을 것이며, 적어도 시각과 청각, 문자문화와 음성문화가 균형을 이룰 수 있을 것이다.

그래야만 시각 매체 우위가 가져온 단절·분리·분열·소외·정신병적 증후군 등등의 현대사회의 병리 현상들을 극복할 수 있을 것이며, 동시에 현대시와 시조, 글쓰기의 병폐를 획기적으로 치료하여 진정한 행복과 발전을 이룰 수 있을 것이다.

『大韓民報』에 실린 시조의 형식적 특성과 글쓰기 교육으로서의 含意

1. 시조의 창조적 계승에 대한 논의

선학들의 노력에 의해 시조 연구가 양과 질적으로 업적을 더해가면서 시조의 창조적 계승에 대한 논의가 활기를 띠고 있다.[1] 이러한 논의는 '문화의 전수' 차원에서뿐만 아니라 시조의 문학적 영역을 올곧게 확대하려는 노력의 일환이라고 여겨진다.

다시 말하여, 시조를 '현대'라는 시대적 범위 안에 끌어들여서 현대인의 정서와 감흥을 담아낼 수 있는 양식으로 발전시키는 일은 시조 연구의 미래지평을 여는 일이라 할 것이다. 이러한 노력이 결실을 맺기 위해 시조의 형성 원리를 다시 되짚어보고,[2] 시대 정신을 담기 위해 시조는 시대별로 어떠한 변화를 겪고 있으며, 현대시조의 창작은 어떠한 문제점을 갖고 있는지[3]에 대한 새로운 논의들이 필요하게 되었다.

그럼에도 불구하고 시조를 현대로 끌어들이는 일은 그리 쉬운 일이 아닌 것처럼 보인다. 시조는 시조다워야 한다는 점과, 동시에 현대인의 시대 인식과 미적 정서를 담아야 한다는 점이 시조의 현대적 수용에 대한 논의를

---

1) 선학들의 연구는 모두 시조의 창조적 계승과 일련의 관계가 있을 것이다. 최근에 이루어진 시조의 창조적 계승에 관한 대표적인 논의는 김학성의 「시조의 정체성과 현대적 계승」(『時調學論叢』第17輯, 韓國時調學會, 2001)을 들 수 있다.
2) 이영지, 「시조창작론 - '물'과 '불'의 시조 창작적 一例-」, 『새국어교육』 52, 새국어교육학회, 1996.
원용문, 「시조의 형성 원리」, 『時調學論叢』第15輯, 韓國時調學會, 1999.
3) 임종찬, 「現代時調 作品을 통해본 創作上의 문제점 연구」, 『時調學論叢』第12輯, 韓國時調學會, 1996.

어렵게 하고 있다.

그리고 문학은 작자의 전유물도 아니고 그렇다고 독자의 전유물도 아닌, 작자와 독자 사이에 일어나는 교류적 의사소통이라는 깨달음도 현대시조를 연구하는 연구자들에게 또 다른 어려움을 주고 있다. 연구자들은 늘 시조의 전형적 틀을 강조할 수도, 그렇다고 독자의 기대지평을 강조할 수도 없는 미묘한 입장에 빠지고 만다.

이러한 상황에서 시조의 문학 교육적 가치4)를 논하고 고전 시가 교육론5)을 통해 시조 교육론의 기틀을 마련하는 일은 시조를 현대로 끌어안는 좀더 적극적인 의미를 갖는다. 아울러 교육 현장에서 이루어지는 시조 교육의 문제점을 살피고 시조 교육을 구체적인 활동으로 전환하기 위한 일련의 노력6)은 시조 교육의 한 방향과 구체적인 교수·학습 모형을 구안하는데 도움을 줄 수 있을 것이다.

하지만 이러한 모든 논의와 노력들이 시조 연구의 풍부한 자산이 되고 시조의 창조적 계승이 되기 위해서는 몇 가지 더 자세히 들여다보아야 할 부분이 있는 것 같다.

우선, 고전 시가와 현대시조의 중간 단계에 있는 시조 작품의 개별 연구에 대한 논의가 자세히 이루어져야 한다. 고시조와 현대시조 사이에 '개화기 시조'를 설정하든, 아니면 '개화기 시조-근대 시조'의 단계를 설정하든, 이 시기에 창작된 개별 시조 작품들의 형식과 미의식, 사유 방식 등을 자세히 분석하는 작업이 필요하다. 사실, 이 시기의 시조들은 급변하는 사회와 시대정신을 담기 위해 여러 가지 형식적 실험을 하고 있다. 따라서 이 시기 작가들이 세계를 어떻게 인식하고 있으며 그것을 어떤 미적 형식에 담고 있는가 하는 개별 연구 업적들이 더욱 많이 이루어져야 한다.

그 다음, '적극적인 전수'와 '창조적인 계승'을 위해 시조 교육 이론과

---

4) 한창훈, 『시가와 시가교육의 탐구』, 월인, 2000.
  ______, 『시가교육의 가치론』, 월인, 2001.
5) 권오경, 『고전 시가작품교육론』, 月印, 1999.
6) 졸고, 「시조 교육의 문제점과 학습자 감상 활동의 유형」, 『時調學論叢』 第16輯, 韓國時調學會, 2000.

교수·학습 방식에 대한 다양한 실험과 구체적인 활동 경험들을 축적하여야 한다. 전통적, 또는 관습적인 틀을 가지고 있는 시조와 자유분방한 미적 감각을 가진 학습자들의 거리에서 끊임없이 고민해야 하겠지만, 이러한 고민마저도 시조 연구자들의 몫이고 그를 통해야 만이 우리가 소원하는 시조의 창조적 전승과 계승이 이루어질 수 있다는 믿음이 필요하다.

본 장에서는 위와 같은 생각을 담았다. 그래서 우선, 개화기 시조 중『大韓民報』에 실려 있는 작품을 연구 대상으로 삼았다. 연구 대상을『大韓民報』에 실린 작품으로 한정한 이유는 첫째, 그 동안 개화기 시조에 대한 연구가 개화기 시가 연구의 한 부분으로 다루어 개화기 시조의 포괄적이고 전반적인 성격을 밝히는 데에는 공헌을 하였지만 개별적인 연구에 대한 아쉬움을 남기거나,7)『大韓每日申報』에 실린 작품 중심으로 논의가 진행되었기 때문이다. 둘째, 당시의 신문·잡지 중 유독『大韓民報』만이 시조 작품만을 싣고 있기 때문이다.『독립신문』과『경향신문』은 가사 작품을 만을 싣고 있고, 그 외 다른 신문과 잡지들은 가사·시조·민요·언문풍월·창가·변조체·자유시·번역시 등 다양한 시가 양식을 싣고 있다. 그런데 유독『대한민보』만이 270수의 시조 작품만을 싣고 있다. 이로 미루어『大韓民報』는 시조에 대해 남다른 관심과 장르적 인식을 갖고 있음을 확인할 수 있다. 셋째, 당시의 신문·잡지 등이 우국·애국·사회 비판과 같은 사회 의식을 중점적으로 담고 있는데 비하여,『大韓民報』에 실린 시조들은 사회 의식을 포함하여 다양한 내용을 담고 있어 문학적 미의식과 더불어 현대인의 의식과 정서를 담는 글쓰기를 논의하는 데 효율적이라는 것이다.

본 장은 이러한 이유로『大韓民報』에 실린 시조의 형식적 특성을 중심으로 글쓰기 교육의 한 영역으로서의 시조 교육, 또는 시조 창작 교육적 관점에서 글쓰기 교육의 함의를 고찰하는 데 목적을 두었다. 시조에 대한 논의에서 음악적 측면을 배제할 수 없지만, 밀도 있는 논의를 위해 다음 연구로 남겨 두었다.

---

7) 林種贊,『開化期詩歌論』, 國學資料院, 1993.
　金英喆,『韓國近代詩論攷』, 螢雪出版社, 1988.

2. 『大韓民報』와 매체적 상관성

글쓰기는 대상을 통한, 대상에 대한 자아(작가)의 관념과 태도를 형상화하는 의사소통 행위이다. 특히 시조에서 자아의 관점은 작가의 세계관에 의해 결정된다. 문학은, 구체적인 설명이거나 거침없는 주장이 아니고 심미성을 중심으로 한 예술적 형상화이긴 하지만, 사회구성원인 작가가 시대 현실 속에서 일정 부분 사회적 담론을 담아내게 된다. 사실 좋은 문학 작품은 시대 현실과 작가의 세계관 사이에 상호 교호적인 작용이 이루어질 때 생성되는 것이다.

특히 '쓰기는 적극적인 읽기'라는 공식은 시조를 통한 글쓰기, 시조 창작에도 적용되는 공식이다. 따라서 『大韓民報』 소재 작품을 분석하고 그를 바탕으로 현대적 글쓰기 교육을 구상하기 위해서는 『大韓民報』가 세계를 어떻게 읽고 있는지, 그 결과 어떠한 세계관과 목적을 가지고 매체로서의 사명을 다하고 있는지를 살펴볼 필요가 있다.

우선, 『大韓民報』는 1909년(隆熙 三年) 6월 2일에 창간되어 1910년 8월 31일까지 발행한 일간지이다.[8] 『大韓民報』 제1호에 실린 창간 축사를 살펴보면, 『大韓民報』는 대한협회 회보였던 『大韓協會月報』(1908. 4~1909. 3)가 일간지 형태로 바뀐 것이며, 대한협회 회원이면 규칙상 반드시 읽어야 할 기관지적 성격을 지닌 신문이었음을 알 수 있다. 그러나 협회 회원만을 위한 신문이 아니고 일반 국민을 위한 신문이었다.[9]

창간 중심 인물은 오세창, 장효근, 이종린이었으며, 오세창이 사장이었

---

8) 『대한민보』라는 이름으로는 1910년 8월 18일까지 발간하고 그 후 폐간되는 1910년 8월 31일까지는 『민보』라는 이름으로 발간하였지만 같은 신문이다.

9) 신문의 편집 태도나 내용을 살펴보면 일반 대중을 염두에 두고 있다는 것을 확인할 수 있다. 대한협회 월보를 일간지인 『大韓民報』로 바꾸어 발행한 목적도 일반 대중에게 널리 읽히기 위한 것이다. 창간호 사설에서도 이러한 의도를 밝혔다.
"本報의 名義는 雖一公黨의 機關이라 稱ᄒ올지ᄂ 其實은 國民의 要求物이오 時代의 産出兒라 將來의 養育에 對ᄒ야는 社會의 扶導擁護홈을 血心祝望ᄒ노라"

다. 이 중 사장 오세창에 대해 좀더 살펴보기로 한다. 현재의 신문사 상황과는 달리 당시 신문사의 규모가 작았으므로 사장에 의해 사시(社是)가 결정되고 편집 방향, 기사 내용 등을 결정하는 데 사장이 주도적으로 참여했을 것이기 때문이다.10)

　위창(葦滄) 오세창(吳世昌)은 1886년(高宗23년) 박문국 주사 겸 『한성순보』 기자로 활동하다가, 1894년(高宗31년)에는 군국기무처 총재 비서관, 농림공부 참의, 우정국 통신국장 등을 역임하였다. 1896년에 일본으로 건너가 1년간 일본 외국어학교 조선어 교사로 재직하기도 하고 1902년에는 개화당 사건으로 일본에서 망명 생활을 하던 중 손병희를 만나 천도교(天道敎)에 입교하기도 하였다. 1907년에 귀국하여 『만세보』와 『대한민보』 사장, 그리고 대한협회 부회장 등을 역임하면서 개화운동에 힘썼다. 1919년 기미독립 운동 때에는 독립선언서에 서명한 죄로 3년간 옥고를 치르기도 하였다. 출옥 후에는 대한서화협회(大韓書畫協會)를 창설하여 서화를 통한 예술 활동에도 참가하였다.

　이와 같은 오세창의 활동을 통해 몇 가지 사실을 확인할 수 있다. 우선 그가 우리 신문의 출발에서부터 언론계에 종사한 상당한 위치의 언론인이었다는 것과 당시 국가 상황과 국정 운영에 대한 정보도 상당히 많이 알고 있었을 것으로 짐작된다. 그리고 편지 왕래가 통신의 주요 수단이었던 당시에 우정국 통신국장으로 일하면서 효율적인 정보 전달 방식에도 상당히 능통했을 것으로 생각된다. 뿐만 아니라, 민족주의적 사상을 바탕으로 개화운동에도 적극적이었으며 예술에 대해 남다른 조회도 가지고 있었음을 확인할 수 있다.

---

10) 『大韓民報』 창간호 사설을 보면 당시 신문사의 상황을 엿볼 수 있다.
　　"我韓新聞界는 아직 幼穉時代에 處ᄒ야 海外에 通信人員이 未備ᄒ고 國內에 探報機關이 不完ᄒ야 間或誇張妄報흠을 免치 못흠은 勢所固然이라 是를 深咎흘바ㅣ안이로다 旣히 報舘이된 以上에는 冷靜ᄒ 態度로써 愼重히 觀察ᄒ야 社會에 報道흠이 當然底義務어늘 往往히 無根ᄒ 荒說虛報를 記載ᄒ야 單純ᄒ 人民의게 疑感의 種子를 傳播ᄒ야 誤解怪愕을 層生케ᄒ니 實로 慨歎不已者ㅣ라"
　　당시 신문사는 해외 주자 기자를 둘 형편이 못되었고 정보를 얻을만한 기관도 없어서 사장이 사장의 역할과 더불어 편집자와 기자의 역할을 담당해야 했음을 알 수 있다. 게다가 신문의 중요성에 비추어 당시의 신문들은 사실 무근의 오보를 기재하여 대중에게 상당한 피해를 주고 있음을 아는 터라 이를 아는 사장으로서 사장의 역할은 자못 컸으리라 짐작된다.

오세창의 이러한 경력과 사상은 『大韓民報』에 그대로 나타나 있다. 1909년 6월 2일 창간호의 사설에는 창간 정신과 발행 목적을 소상히 기록하고 있다.

> 民聲이 時代를 造ᄒ고 時代가 民聲을 造ᄒ니 是日 呱呱 一聲이 即 我 大韓民報ㅣ라 本報의 目的은 時代의 要求에 依ᄒ야 此離零落ᄒ 國民의 思想을 統一ᄒ야 內로 氣魄을 祖國에 注ᄒ며 外로 智識을 世界에 求ᄒ야 一方으로 教育實業을 獎勵ᄒ야 國家의 實力을 養成ᄒ며 一方으로 天下大勢를 周察ᄒ야 自國의 地位와 國是가 列國에 對ᄒ야 如何ᄒ 關係가 有홈을 冷靜히 觀破ᄒ고 國民의 行動을 一致ᄒ야 國運의 發展을 是圖호디 由來國民의 浮虛輕薄ᄒ 思想을 打破ᄒ고 穩健確實ᄒ 精神을 鼓吹ᄒ야 保守에도 不膠ᄒ며 急進에서 不偏ᄒ야 自强不息ᄒᄂᆞᆫ 信念으로써 一步에 一步를 更進ᄒ야 最後 目的地에 到達홈을 期홈에 在홈이라

우선 관심을 끄는 것은 국민의 소리(民意)가 시대를 만들 수 있다고 생각한 것이다. 시대가 민의를 만들기도 하지만 국민의 소리 하나 하나가 모여 시대를 만들 수 있다고 믿었던 것이다. 따라서 "此離零落ᄒ 國民의 思想을 統一"하는 것과 "國民의 行動을 一致"하는 것을 제1 목적으로 내세운다. 이러한 목적을 이루기 위해 신문의 영향력[11]과 함께 "教育實業을 獎勵"하고, 그를 통해 "國家의 實力을 養成"하여야 한다고 역설하였다. 국가의 실력을 키우고, 최종 목적인 20세기에 세계 열강들과 어깨를 나란히 하는 국가, 영원한 복지를 누리는 민족으로 거듭나겠다는 의지가 확고하다.

이러한 목적을 달성하기 위해 『大韓民報』는 관보(官報)와 외보(外報)란을 통해 나라의 사정과 외국 정세를 알리고 사설(社說)과 논설(論說)을 통해서는 사회를 통렬히 비판하여 국가를 바로 세우고 국민에게 시대 상황을 정확히 알리는 데 주력하였다. 외래성어문답(新來成語問答)란에서는 새로운 문명과 문화에 눈 뜰 수 있도록 하면서도 사조(詞藻), 보감(寶鑑)란에서는 전통적인

---

11) 대중 매체가 발달하지 않은 당시에 신문의 영향력은 현재와는 달랐을 것이 분명하다. 당시 『大韓民報』는 신문의 영향력에 대해서도 정확하게 간파하고 있었다.
　近世報舘이 偉大ᄒ 勢力을 有ᄒ야 其一言一句가 小而言之컨디 個人의 利害浮沈에 關係가 有ᄒ고 大而言之컨디 國家社會의 安危存亡에 影響이 有ᄒ도다 故로 今日 文明國人이 新聞을 指ᄒ야 社會의 主權者ㅣ라 稱ᄒᄂᆞᆫ 것이 實로 其所以가 有홈이라

정서와 윤리를 전파하려고 하였다.

한 마디로 『大韓民報』는 신문의 역할에 충실하면서 국민의 단결을 도모함과 함께 세계 정세를 자세히 알리려고 노력하였다. 그리하여 국민을 교육·계몽하여 진정한 국민을 형성하고 그것을 바탕으로 민족의 복지를 구현하고자 하였다.

> 蓋本報는 我韓의 時代精神을 代表ᄒ며 發揮ᄒ며 實踐ᄒ기 爲ᄒ야 創立혼 者ㅣ라 變遷時代에 處한 我韓民族은 二大自覺心을 要ᄒᄂ니 團合ᄒᄂ 者ᄂ 必興ᄒ고 分裂ᄒᄂ 者ᄂ 必亡ᄒᄂ니 故로 國民團結이 第一要求오 大勢를 知ᄒᄂ 者ᄂ 必敗ᄒᄂ니 故로 宇內的智識이 第二要求니라 如此한 時代精神으로 標幟를 立ᄒ고 我同胞를 指導啓發ᄒ야 二十世紀에 適合혼 國民을 造成ᄒ야 我韓은 我韓의 民族으로써 維持發展ᄒ야 永遠혼 福利를 享有코저 홈이라

『大韓民報』는 같은 사설에서 창간 정신을 다시 명확히 밝히고 시대적 요구를 요약 강조하면서 국가 운영의 최종 목표를 설정하였다. 『大韓民報』의 창간 정신과 미래 국가 목표는 적극적인 세상 읽기를 근간으로 한 것이다.

『大韓民報』는 당시를 "變遷時代"로 읽고 있으며, "國民團結"과 "宇內的智識"이 필요한 시대로 읽고 있다. 열강의 각축장이 되었던 당시의 현실 상황과 일제의 군사·행정·경제적인 침략을 객관적으로 읽어내고 있다. 그리고 급변하는 현실 속에서 대한과 대한국민이 갖추어야 할 것으로는 국민의 단결과 세계, 세계 정세에 대한 지식과 정보라고 간파하고 있다. 즉, 반(反)민족적인 행위와 매국을 일삼는 이들에 의해 국민의 소리(民意)가 분열되고 세계에 대한 지식과 정보 부족이 국가와 국민을 도탄의 지경에 빠지게 하였다고 세상을 읽고 있는 것이다.

『大韓民報』는 세상 읽기를 통해 국민의 단결과 행동 일치를 제시하였는데 이를 위해 어떠한 노력을 하였는가. 우선, 『대한민보』의 편집 구성을 살펴보면, '삽화·소설·가요(시조)·사조·보감'란을 1면에 고정적으로 배치하였음을 들 수 있다. 이들 란들을 1면에 배치한 것은 사장인 오세창의 문화·예술에 대한 관심과 문학의 효용적 가치에 대한 믿음 때문이라고 생각

된다. 즉, 다른 신문처럼 사설이나 관보, 외보란을 1면에 배치하지 아니하고 문학과 문화적 성격이 짙은 란들을 1면에 배치함으로써 문학과 문화를 통해 "我韓은 我韓의 民族으로써 維持發展"할 수 있다고 여겼던 것이다.

또한, 국가를 바로 잡고 민족이 영원한 복지를 누리기 위해서는 세계 정세나 세계에 대한 이해보다는 국가를 바로 잡고 "我韓은 我韓의 民族으로써 維持發展"시키는 것이 급선무라고 믿었던 것이다. 그래서 '삽화·소설·가요(시조)·사조, 보감'란을 1면에 배치하여 반(反)민족적 인물과 행위를 비판하여 일제에 강력히 항거하고 민족의 전통적인 윤리와 정서를 함양하고 계승하고자 하였던 것이다.

특히, 삽화는 한국 신문 최초의 시사 만화라는 의의를 가지고 있다. 이 삽화는 한 칸 만화로 전통적인 화법으로 그리고 있는데 이 신문의 기사, 사설 등과 함께 일제 침략과 친일 매국노들의 반(反)민족적 행위를 신랄하게 비판하고 풍자하였다. 삽화는 그림과 함께 글로 구성되었는데 글은 일반적으로 인물간의 대화체 형식을 띠고 있어, 비판과 풍자의 현실감을 더해 주면서 국민 계몽의 효과를 극대화하고 있다. 또한 1910년 6월 5일부터 '금수재판'이라는 제목의 소설을 연재하며 신문 소설의 삽화를 싣기 시작하는데 이 삽화는 삽화라기보다는 정치만평에 가까운 것이다.

연재 소설 역시 당시 사회의 부조리와 비합리적인 요소를 날카롭게 비판하고 있다. 일제의 침략을 야만적인 행동이라고 풍자한 '금수재판(禽獸裁判)'을 비롯하여 '병인간친회록(病人懇親會錄)', '박정화(薄情花)' 등을 연재하여 일제 침략의 만행과 친일파들의 반(反)민족적 행동을 강력하게 비판하였다.

기사, 사설 뿐 아니라 삽화, 연재 소설을 통한 비판적 세상 읽기는 일제의 강력한 탄압을 받는다. 일제 당국은 『大韓民報』를 검열하여 빈번하게 신문을 압수하거나 기사를 삭제하였다. 삽화 역시 일제 당국의 검열 대상이어서 자주 삭제 당하곤 하였다. 『大韓民報』는 일제 당국에 의해 삭제 당한 삽화를 먹칠된 그대로 내보내서 간접적으로 저항하기도 하였다. 당시 민중들은 이렇게 삭제 당한 채 까맣게 먹칠된 신문을 '벽돌신문', 또는 '흑관신문'이라고 부르며 『大韓民報』의 항일정신에 동조하였다.

『大韓民報』는 일제 당국의 검열과 신문 압수, 기사 삭제, 발행 정지 등 온갖 탄압에도 불구하고 신문을 계속 간행하면서 일제 당국에 대한 비판과 저항을 멈추지 않았다. 그러나 소위 '한일합방'과 함께 사명을 다하고 만다. 일제 당국은 '대한', '황성'이라는 신문 제호 사용을 금지시켰고, 『大韓民報』도 '大韓'을 떼고 『民報』로 이름을 바꾸어 간행하게 된다. 그러나 이름을 바꾼 지 며칠 되지 않은 8월 31일 제357호를 끝으로 일제 당국에 의해 강제로 폐간 당하고 말았다.

이처럼, 『大韓民報』의 세상 읽기는 세계 정보와 새로운 문물에 대한 정보 전달로 세계 흐름에 뒤처지지 않는 국민과 나라를 만들어야 한다는 의식과, 국민을 탄압하는 일제와 반(反)민족적 행위를 일삼는 친일파에 대한 비판과 호통으로 그들의 만행을 저지함과 동시에, 민족의 정체성을 세워야 한다는 절박성으로 발전하였다. 그래야만 민족의 영원한 복지를 이룰 수 있다고 여겼던 것이다.

그러나 『大韓民報』는 비판적인 세상 읽기만으로 일관하지 않았다. '사조(詞藻)'란을 통해 한시(漢詩)적 정서와 감흥을 이야기하고 '보감(寶鑑)'란을 통해서는 전통적인 윤리를 강론하기도 한다. 이러한 활동이 "我韓은 我韓의 民族으로써 維持發展"할 수 있는 근간이라고 여겼다.

그렇다면 이제, 『大韓民報』는 1면에 고정적으로 시조를 싣고 있는데, 어떤 형식으로 무엇을 의도하였나를 논의할 차례이다. 이를 구체적으로 살피기 위해 『大韓民報』 소재 시조 작품들을 면밀히 검토해야 할 것이다.

3. 전통적 형식의 고수와 시대적 변용

세계를 읽는 시각과 방법은 각기 다르다. 뿐만 아니라 때와 장소, 시대 상황에 따라서도 다 다르게 마련이다. 거기에 인간의 감정과 표현 욕구는 고정되어 있지 않아 일정한 표현 양식과 틀로는 그것을 담아낼 수가 없다. 사람마다 사유 방식이 다르고 세계에 대해 느끼는 정서와 흥취는 제 각각 인데 반해 시조는 3장 6구 12마디라는 한정적인 틀을 500년이 넘게 유지하고 있다.

때로는 엇시조, 사설시조가 등장하여 이 한정적인 틀을 깨기도 하였지만 이내 3장 6구 12마디의 한정적인 틀로 돌아오곤 하였다. 단시조를 엮어 연시조 혹은 연작시조로 발전시키기도 했지만 역시 시조의 본령은 3장 6구 12마디의 단시조가 본령임을 부인할 수는 없다.

『大韓民報』 소재 시조들의 형식적 특성은 다음 몇 가지로 분류할 수 있다. 그것은 첫째, 3장 6구의 전통적인 시조 형식을 철저히 고수하고 있다. 둘째, 종장 마지막 마디, 즉 12번째 마디를 생략하고 있다. 셋째 종장 2번째 마디가 확충되고 있다는 것으로 살필 수 있다.

3.1 3장 6구 12마디의 '철저한' 고수

『대한민보』에 소재 시조는 3장 6구 12마디의 단시조(평시조) 형식을 '철저하게' 유지하고 있다. 우선 각 장마다 '▲' 표시를 하여[12] 세로로 이어 쓰기가 가져올 수 있는 장 구분의 모호성을 사전에 예방하고 있다.

(가) 大團結

土壤이泰山되고, 細流모혀河海로다
▲ 二千萬衆圍結하던, 獨立富强非難事-니
▲ 願컨데, 우리同胞님들, 合心同力

(1909년 9월 15일)

---

12) 초장 시작은 '▲' 표시가 필요 없으므로 생략하고 있다. 모든 시조의 장 구분을 위해 '▲'표시를 하였으니, 앞으로 인용하는 작품에는 '▲' 표시를 생략하기로 한다.

(나) 萬波息笛

萬波息笛新羅笛은, 鷄鳴玉簫後身인가
▲ 古來風浪險커니와, 今日風浪비훌소냐
▲ 願컨대, 한曲調길게불어, 風靜浪息

(1909년 9월 23일)

그렇다면 『大韓民報』는 왜 3장 6구 12마디의 전통적인 시조 형식을 고수하는 것일까. 그에 대한 해답을 구하기 위해서는 우선, 3장 6구 12마디의 한정적인 틀을 가진 시조가 500년이 넘는 유구한 세월동안 유지해온 원동력을 찾는 데에서부터 출발하여야 할 것이다.

이 답을 찾기 위해 많은 학자들이 노력하였다. 그리하여 '안정적이고 조화로운 양식'이라든지, '사대부의 이데올로기를 잘 담을 수 있는 그릇'이라는 논의도 있었고, 시조의 초 - 중 - 종장이 '대상 - 관계 - 의미'의 연결인 OMR 구조를 지니고 있으며 다시 대상(O-R)과 주체(M)로 양분되어 시가의 기본적 속성이 대상과 주체의 병렬의 양식을 가지고 있다고도 하였다.13) 또는 한정된 시간 속에서 매일 반복적인 삶을 사는 인간의 삶의 모습에서 그 이유를 찾기도 하였다.

　　이 해답은 간단하다. 1년은 365일이며 이 365일은 매년 반복된다는 의미부터 출발한다. 하늘과 땅과 인간의 3요소는 변함없는 인간의 매일 만나는 테두리다. 그렇다면 시가 인간의 감성을 전제로 한 굴곡의 심성을 표출하는 것이라면 이 매일 되풀이되는 매일매일의 일들이 곧 시조의 반복성이 된다. 3재 즉 하늘과 땅과 인간의 이야기, 아침 점심 저녁에의 이야기의 되풀이가 곧 시조의 반복성이 된다. 왜냐하면 우주의 모든 구조는 이 3등분 안에 있기 때문이다. 우리들이 이 굴레를 벗어날 수 없는 것처럼 시조도 우리들의 일상성에서 울어나오는 것이다. 우리는 매일을 반복하며 살고 있고 이러한 반복은 매일 이 테두리 안에서 살고 있는 삶을 가진 사람이기 때문이다. 매일의 같은 나날 그 속에서 시조를 쓰는 사람들이라면 이 반복되는 이야기를 우리의 정서에 맞게 표시하면 된다.14)

---

13) 金大幸, 「時調形式의 意味」, 『時調學論叢』 第11輯, 韓國時調學會, 1995.
14) 이영지, 앞의 논문, 425쪽.

3장 6구의 시조 형식이 500여 년 동안 반복된 것은 365일 반복되는 삶과 관련이 있으며, 3장 형식은 하늘, 땅, 인간이라는 3등분된 우주의 구조에서 찾았다. 그리고 시조의 초·중·종장을 이끌어 가는 힘은 아침·점심·저녁이라는 일상생활의 이야기라고 생각하였다.

원용문은 훈민정음의 창제, 제상차림, 태극기 등이 동양철학(성리학)의 원리를 그대로 적용한 것이라면서 시조의 3장 6구 12마디의 형식도 역학(易學)에 근원을 두고 있다고 하였다.[15] 이처럼 시조는 민족의 일상적인 삶과 밀접한 관련이 있으며, 그 삶을 지탱하고 형성하는 사유와 관습의 원리, 근원과도 맞닿아 있다.

따라서 『大韓民報』가 전통적인 시조의 3장 6구의 형식을 가진 시조만을 실은 결정적인 요인은 3장 6구의 전통적인 형식의 시조만을 '我韓의 民族的' 시조로 파악하고 있다는 것을 의미하는 것이다.

그러나 『大韓民報』만이 3장 6구의 전통적인 형식을 가진 시조들을 실은 것은 아니다.

(다) 고슈력

득실이즈ㅣ 슈라ᄒ나, 사룸의게잇느니라
ᄒ번일흔후는, 다시찻기어렵도다
아마도, 일치아니랴면, 직횔밧게
　　　　　　　(『대한매일신보』 제470호. 1909년 1월 6일)

(라) 檀祖有國四千年에, 半島日月밝갓더니
　　東海에一點妖雲이, 獰風부러가리우니,
　　아마도, 씨러업시기는忠義高風
　　　　　　　(碧眉山人:『대한학회월보』 3호, 1908년 2월)

---

15) 원용문, 앞의 논문 참조.
　　원용문은 시조의 3장은 天地人 3재에서 시작되었으며 12마디는 절기의 12개월을 상징한다 하였다. 그래서 초장에서 시상이 시작되고 중장에서 그 시상을 이어 받아 발전시키고 종장에서는 최상의 상태를 이루면서 결말을 맺는다고 하였다. 시조에서 구의 의미도 제1구는 시상이 시작되는 곳이니 가장 미미하고, 제2구에서는 그 시상이 발전 상승되고, 제3구, 제4구에서 고조시키다가, 종장의 앞구인 제5구에서 절정기를 맞고, 제6구에서 완결 짓는 순차적인 원리에서 찾았다.

작품 (다)와 (라)에서 살필 수 있듯이 당시 신문과 잡지에 실린 시조들을 보면 3장 6구의 단시조 형식을 갖춘 것들이 많다. 이는 3장 6구의 전형적인 시조 형식이 당대의 표현 양식으로, 더불어 의사 소통의 한 형태로 꾸준히 향유되고 있었음을 말하는 것이다. 『大韓民報』 소재 시조들은 당대인들에게 익숙한 표현 양식과 의사 소통 방식을 수용함으로써 국민들에게 친근하게 접근하여 국민 단결과 행동 일치라는 목적을 달성하고자 하였던 것이다.

『大韓民報』는 '我韓의 民族的' 사상과 정서를 표현하고 국민에게 친근하게 다가가 국민적 단결을 도모하기 위해 전통적인 3장 6구, 단시조 형태를 철저하게 유지하고 있는 것으로 해석할 수 있다.

『大韓每日申報』를 비롯한 당시의 신문들과 『少年』을 비롯한 당시의 잡지들이 연시조나 사설시조를 싣거나, 혹은 민요·가사 등과 같은 다른 시가들과 교섭을 이룬 시조들을 게재하고 있는 데 반하여, 『大韓民報』는 일탈 없이, '철저하게' 3장 6구 단시조 형식을 고수하고 있다.

사실, 『大韓民報』에 실린 시조들 중에도 위의 형식에서 일탈한 형식이 있기는 하다. 그러나 일탈한 시조의 수는 아주 미미하여 민요, 또는 가사의 형식을 닮은 시조가 각 1수, 그리고 사설시조 또는 사설시조와 구분하기 모호한 시조를 포함하더라도 전체 4수를 넘지 않는다.

논의의 집중을 위해서 『大韓民報』 소재 시조들 중 3장 6구의 단시조 형식에서 일탈하거나 다른 시가 장르와 교섭한 작품을 예로 살펴보겠다.

(마) 播 種

봄이왓네, 봄이왓네, 靑구江山, 봄이왓네
農夫들아, 農夫들아, 始파百곡, 힘써보세
眞實로, 秋收를, 잔할야면, 春種부터

(1910년 3월 15일)

(바) 守錢虜

自持牙籌半夜中은王凱之가瘻骨이오,　堆積黃金北斗邊은元脫脫이空想이라

生前事業無聞ᄒ니草木同腐可憐ᄒ고, 死後睡篤不絶ᄒ니竹帛遺嗅是惜
이라
嗟홈다, 知聚不知散ᄒᄂ, 저收錢虜들

(1909년 10월 12일)

(사) 大韓國民

三千里錦繡江山, 天府金湯이아닌가
荒山谷깁흔밤에風雲이杳沒ᄒ고, 韓半島저믄날에波濤가藻勇ᄒ다
決斷코, 大韓國管理ᄂ, 大韓國民

(1909년 10월 17일)

(마)는 시조가 민요의 장르적 특성을 끌어들인 작품이다. 시조의 일반적인 표현 방식인 'aaba'의 형태가 초장에 실현되고 중장 역시 첫 마디와 둘째 마디를 반복함으로써 민요의 제시 형식을 수용하였다. 이처럼 시조가 민요의 표현 방식을 끌어들일 수 있는 요인은 두 장르 모두 '노래(唱)'라는 향유 방식을 갖고 있기 때문이라고 여겨진다. 물론, 시조와 민요의 '노래' 방식은 서로 다른 것이지만 우선 곡조에 실어 전달할 수 있다는 공통점이 시조 안에 민요를 끌어당길 수 있는 동인이 되었음직하다.

그러나 시조가 민요를 끌어당기는 결정적인 요인은 시대 상황의 변화와 더불어 문화의 변화라 할 수 있다. 문학 장르간의 장르 교섭이 조선 후기에 집중적으로 일어나고 있다는 사실이 이를 증명한다. 중세의 문화와 이데올로기가 마무리되고 당대인들에게는 아직 낯선 문화 양식에 적응하지 못하고 있던 때에 새로운 사유 방식과 문화를 담기 위해 장르간에 교섭을 도모하게 된 것이다. 따라서 장르간의 교섭은 문학적 사실에서 그치는 것이 아니라 문화의 교섭이면서 문화의 변화를 의미한다. 이러한 거대한 변화 속에서 일반 민중들에게 낯익은 민요의 표현 방식을 빌어 민중의 각성과 참여를 유도하려는 계몽적 의도와 맞물리면서 시조의 표현 양식 안에 민요의 표현 양식을 끌어들이게 된 것이다.

(바)는 시조가 가사의 표현 양식을 끌어들인 작품이다. 시조의 초장과 중장이 두 배로 늘어난 형식을 취하고 있지만, 장을 구분하고 각 마디를 띠

어 쓰면 '4·4'의 음수율을 정확히 지키는 당시의 가사 형식과 같음을 알 수 있다.

　시조와 가사가 서로 교섭할 수 있는 요인은 두 장르의 향유 계층이 같다는 것이다. 주지하다시피 시조와 가사는 사대부 층의 향유물로서 단아함과 유장함을 띠고 있었다. 조선 후기에 오면 작가 층이 서민과 부녀자 층으로 확대되지만 그래도 한자를 자유롭게 쓸 수 있는 지식인이어야 시조와 가사를 지을 수 있었다.

　『大韓民報』에 수록된 작품에는 작가의 이름이 명기되어 있지 않지만 작품 면면을 살피면, 한자와 한시에 대한 지식, 역사적 사실과 유교의 기본 이념에 대해 나름의 소양을 가진 사람들이 지었음을 알 수 있다. 이러한 작가층의 유사성이 시조와 가사의 교섭을 가능케 하는 동인으로 작용하고 있어서 시조와 가사는 언제든지 교섭할 수 있는 가능성을 갖고 있었다.

　또한 가사는 4·4조, 4음보의 형식만 유지하면 얼마든지 길게 쓸 수 있는 장르 특성을 가지고 있어서 변화한 새로운 시대와 문화를 구체적으로 담을 수 있다. 조선 후기에 장편의 가사들이 등장하는 이유도 새로운 사회 읽기와 경험을 무한정 담을 수 있는 가사의 장르 특성 때문이다. 그리고 개화기에, 적어도 개화기 신문이나 잡지에, 많은 수의 가사 작품을 수록한 것도 가사의 장르 특성과 당대의 시대상황을 담으려는 의도가 맞아 떨어졌기 때문이다.

　(사)는 중장이 늘어난 사설시조의 형식을 지닌 작품이다. 두 장 이상이 여섯 마디로 늘어나거나 어느 한 장이 여덟 마디 이상 늘어난 시조부터 사설시조라 하는데, (사)는 중장이 여덟 마디로 늘어나 있으므로 사설시조치고는 아주 짧은 길이지만 평시조의 형식을 파괴한 사설시조라 할 수 있을 것이다.

　일반적으로 사설시조는 많은 경험이나 대상에 대한 묘사, 대상의 이미지를 구체적으로 형상화하기 위하여 구를 거듭해 나가거나 마디를 늘여나간다. 그러면서 동시에 평시조가 지니고 있는 음악적 리듬을 깨게 된다. 즉, 가곡창이나 시조창을 하면서 소리를 길게 빼는 대신 여러 마디를 촉급하게 넣었다. 따라서 사설시조는 민요의 자유로운 형식과 그에 따른 정서를 긍

정적으로 계승하고, 평시조의 격조를 부정적으로 계승했다고 할 수도 있을 것이다.[16)]

　이러한 사설시조의 특성 역시 개화기의 새롭고 다양한 경험과 신기한 대상의 구체적인 묘사, 대중의 정서를 적극적으로 담아내기에 적합한 양식이었을 것이다. 그리고 이러한 것들이 동인으로 작용하여 시조의 형식 안에 사설시조의 표현 양식을 끌어들어 새로운 형식의 시조를 창작할 수 있었을 것이다.

　그러나 『大韓民報』에 수록된 시조는 3장 6구 형식을 그대로 고수하고 있다. 앞에서 밝혔듯이 단 몇 수를 제외하고는 민요·가사와 교섭하지 않고 사설시조의 형식도 허용하지 않은 채 3장 6구의 전통적인 시조 형식을 철저하게 유지하고 있다.

　이는 앞에서도 논의하였듯이 3장 6구의 전통적인 시조 형식이 '我韓의 民族的' 사상과 정서를 표현하는 데 적합하였으며, 당시의 표현 방식과 의사 소통의 수월성을 가지고 있어서 국민에게 친근하게 다가가 국민적 단결을 도모하기 위한 효율적인 형식이라고 여겼기 때문이다.

3.2 종장 마지막 마디의 생략과 새로운 창법 시도

　『大韓民報』 소재 시조들은 앞 절, 3.1에서 소개한 작품 (가)와 (나)에서 볼 수 있듯이 종장 마지막 마디를 생략하고 있다. 이러한 생략 표기법은 고시조에서는 찾아 볼 수 없고 18세기부터 시작되었다. 『歌曲源流』나 『詞』, 『調』 등에서는 종장 마지막 마디의 생략이 불규칙적으로 일어나지만 다른 가집에서는 생략이 규칙적으로 일어나고 있다.

　시조는 창곡을 염두에 둔 명칭이다. 조선시대의 악곡은 가곡창과 시조창으로 나뉘어지는데 가곡창은 전통 음곡이 발전하여 형성된 정악(正樂)이다. 반면 시조창은 가곡창의 형태가 간소화 된 것으로 조선 후기 서민 의식을 바탕으로 대중적인 음악으로 변화된 것으로 이해할 수 있다.[17)]

---

16) 조동일, 『한국문학통사』 3, 지식산업사, 1989, 291~292쪽 참조.

시조창은 가곡창과는 창법이 달랐다.

1️⃣ 가곡창과는 달리 전·후주곡과 간주곡에 해당하는 대여음과 중여음이 생략되었다.

2️⃣ 모두 293박의 가곡창에 비해 시조창은 94박으로 매우 빠르다.

3️⃣ 5장인 가곡창과는 달리 3장 분장이다.

4️⃣ 시조창은 가곡창의 5장 끝부분(시조로 치면 12번째 마디)이 생략되었다.18)

따라서 시조창은 전문적인 악공이 필요한 가곡창과는 달리, 악기와 장소의 제약을 받지 않았기 때문에 서민의 향유 방식으로는 효과적인 것이었다. 아울러 서민들의 호흡과도 일치하여 즉흥적인 감흥을 솔직하고 담백하게 표현할 수 있었다.

특히, 19세기 후반 가집의 시조들이 보편적으로 종장 끝마디를 생략한 것은, 이러한 표기법이 하나의 시조 형식으로 정립되어 개화기로 확산되었음을 유추할 수 있다. 따라서 12번째 마디의 생략은 개화기 시조의 특성이라기보다는 18세기 가집에서 출발한 전통 계승 양식으로 시조창에 의한 표기법으로 인식하여야 할 것이다.

그렇다면 개화기 시조는 이러한 생략 표기법을 사용하였을까.

‘러라’ 체가 주는 悠長하고 완만한 느낌이 아니라 단호하고 힘찬 결의를 실감ㅎ게 하는 효과를 거두고 있다. 시조가 저항의 노래로서의 내용을 담고 이처럼 적극적으로 현실에 민감한 반응을 보여준 것도 과거에 없었던 일일뿐만 아니라, 전통적 定型詩를 가지고 저항의 노래를 담기 위하여 形態面에서까지도 적극적인 배려가 있었음을 알 수 있다.19)

즉, 서민들의 호흡과 향유 여건에 맞고, 개화기의 저항 정신을 담기 위한

---

17) 정병욱, 「李朝後期詩歌의 變移科程」, 『創作과 批評』 31호, 創作과 批評社, 1989. 152쪽.
18) 권영민, 「시조의 시적 형식과 그 창곡의 음악적 형식과 상호 관계」, 『韓國學報』 12집, 1978. 80쪽 참조.
19) 鄭漢模, 『韓國現代詩文學史』, 일지사, 1974. 150쪽.

형태적인 배려라고 할 수 있다. 특히, '~더(러)라', '~(하)노라' 등과 같은 유장하고 완만한 느낌을 주는 어미 사용 마디를 생략함으로써 개화기의 시대 정신을 표출하는 데 알맞은 표기법을 찾았다고 할 수 있다.

그러나 이러한 생략 표기법은 『少年』이나 『靑春』으로 오면 무너지고, 전반적으로 종장 마지막 구를 표기하고 있다. 『我聲』(1921년)에 수록된 시조 역시 보편적으로 마지막 구를 표기하고 있고, 「百八煩惱」(1926년) 이후에는 마지막 구를 생략한 작품을 거의 찾아 볼 수 없다.

이는 시조가 '부르는 시조'가 아닌, '읽는 시조'로 전환하고 있는 것으로 이해할 수 있다. '~더(러)라', '~(하)노라' 등과 같은 어미는 유장한 느낌을 주어 시조 전체의 분위기를 지배하지만 노래의 특성이 많아 시적 분위기를 자아내지는 못하였다. 따라서 당시의 급변하는 시대를 표현하고, 사회를 비판하고 국민적 단결을 도모하는 형식으로 맞지 않았다고 할 수 있다.

『大韓民報』역시 1911년 2월 3일수록 작품에서부터 앞의 (가)·(나)와 같은 전통적인 표기법에 변화를 갖기 시작한다.

(아) 酒中憂

술아, 물러보자, 네이흠이, 忘憂物로
晉七賢은, 從事혼들, 屈三閭야, 째을손야
至今에,가득혼, 國憂民憂는, 醉혼들이질가

(1910년 2월 3일)

(자) 舊曆元朝

陽曆元朝, 지냇더니, 舊曆元日, 쏘만낫다
革舊從新, 此時代에, 在逢春이, 반갑구나
願컨대, 三千里, 四時長春에, 邦舊命新

(1910년 2월 10일)

『大韓民報』는 1910년 1월 5일부터 시조를 싣는 고정란의 이름을 '가요(歌謠)'에서 '청구신요(靑丘新謠)'로 바꾼다. '청구신요(靑丘新謠)'의 '청구(靑丘)'는 영조 때 가곡의 가사를 모아서 엮은 김천택의 『靑丘永言』의 '청구(靑丘)'를 지칭하는 것이다.

『靑丘永言』은 18세기 전기의 삭대엽이 17세기 말기의 전통을 그대로 전승하면서 새로운 형태의 변주곡으로 발전하는 가곡의 가사를 모아 놓은 가집이다. 그리고 말씨가 음란하고 뜻이 옹색하다고 하면서도 사설 시조도 수록하였다. 한마디로 『靑丘永言』은 당시 시조창의 변화를 한 눈에 볼 수 있는 자료라고 할 수 있다.

그렇다면 '가요(歌謠)'에서 '청구신요(靑丘新謠)'로 이름을 바꾼 것은 무엇을 의미하는 것인가. '신(新)'으로 보아 전대(前代)와는 다른 무엇이 있을 것이고, '요(謠)'로 보아서는 노래라는 뜻이니, 이를 묶으면 전대와는 다른 새로운 노래라는 뜻이 된다.

아직은 『大韓民報』 소재 시조들이 삭대엽의 변주 형태인 창으로 향유되었는지, 아니면 '부르는 시조'에서 '읽는 시조'로 전환하여 읽혔는지는 속단하기 힘들다. 단지, '청구신요(靑丘新謠)'의 '신요(新謠)'로 보아서는 삭대엽과는 또 다른 새로운 곡에 맞춰 노래하지 않았나 하고 유추할 뿐이다.

더욱이, '읽는 시조'로 전환하기 위해서는 작품 (아)처럼 마지막 마디의 채움이 있어야 하지만 『대한민보』소재 시조들 중 작품 (아)와 같이 마지막 마디를 채운 시조는 찾기 힘들다. 오히려, 작품 (가)와 (나) 같이 시조창으로 부르기에 편리한 시조들이 많고 작품 (자)와 같이 종장 2번째 마디를 ' , ' 찍어 마지막 마디를 생략했음에도 불구하고 종장을 4마디로 맞추고, 4자의 한자로 끝맺음하는 것이 많다.

결국, 『大韓民報』 소재 시조들은 (가)·(나) 유형을 기본 형식으로 출발하여 1911년부터 시조를 싣던 고정란의 이름을 '청구신요(靑丘新謠)'로 바꾸면서 (가)·(나) 유형과 (자) 유형을 주도적으로 실어 시조의 전통적인 가창 방식을 주도적으로 따르면서 한편으로는 가창 방식의 시험을 꾀했다고 이해할 수 있다.

3.3 종장 2번째 마디의 확장을 통한 시대 의식 강조

『大韓民報』 소재 시조를 포함한 개화기 시조의 형식 특성 중 또 한 가지
는 종장 2번째 마디의 확장이라고 할 수 있다. 시조를 시조창에 얹을 때,
시조창은 종장 2번째 마디에 변화와 융통성을 두었던 만큼, 종장 2번째 마
디의 확장은 항상 가능한 것이었다.[20)

    (차) 勢力勢力

        項羽의拔山力도, 烏江을못근너고
        拿破侖의掀天勢도, 孤島中에終身이라
        至今에, 자勢자力傲慢不法者의, 그末路를

                                (1909년 11월 24일)

    (카) 太極旗

        茫茫한大海中에, 一葉船을저어갈제
        前頭에風浪이오, 後面은暗초로다
        沙工아, 저근너雲霧자욱혼데, 太極旗발

                                (1910년 1월 23일)

종장 2번째 마디를 보면 작품 (차)는 10자, (카)는 9자이다. 이를 다시 의
미 마디로 나누면 (차)는 '자勢자力 / 傲慢不法者의' 2마디로 (카)는 '저근너
/ 雲霧(가) / 자욱혼데' 3마디로 이해할 수 있다. 따라서 전통적인 시조의
글자 수 '5'에서 다소 확장되었다고 할 수 있다.
  이러한 종장 2번째 마디의 확장을 종장 마지막 마디의 생략과 결부하거
나,[21) 종장을 '떨어진 구'로 규정하고 종장의 불완전한 3마디가 4마디의 형
태를 실현하기 위한 것[22)이라는 견해들이 있었다. 또한 "개화기에 들어 표

---

20) 고시조에서도 종장 2번째 마디가 4자로 축소되거나 6~8자로 확장되기도 하였다.
    그러나 일반적으로는 5~7자로 그 변화의 폭은 크지 않았다.
21) 趙東一, 「時調의 律格과 變形 規則」, 『國語國文學研究』 第18輯, 嶺南大國語國文學科,
    1987. 48쪽 참조.
22) 權寧珉, 「開化期 詩歌의 詩的 形式에 대하여」, 『韓國學報』 15, 一志社, 1976. 167쪽 참조

현하고자 하는 주제를 한정된 틀에 넣을 수 없었기 때문에 융통성이 많은 제2구(마디)가 자연스럽게 확정되었을 것"23)이라는 논의도 있었다. 이러한 논의들은 음악적인 측면에서, 그리고 현실 인식을 담은 문학적 장치로 해석한 결과들이다.

본디 시조의 종장은 첫째 마디에서 '전환'을 이루고 둘째 마디에서 '완결'를 한 다음 셋째 마디에서는 '사상을 마무리'하는 역할을 하였다. 그리고 넷째 마디는 할 말을 다했으니 생략하여도 무방한 것이었다.

그러나 『大韓民報』에 실린 시조들의 종장의 기능은 약간 다르다. 첫째 마디가 3글자로 '전환'을 이루는 것이나 넷째 마디를 생략한 것은 전통적인 시조 형식을 계승하려는 의도 때문에 변할 수 없는 것이다. 하지만 둘째 마디와 셋째 마디는 성격이 달라진다.

우선, 작품 (차) '자勢자力傲慢不法者의'와 (카) '저근너雲霧자욱혼데'를 보면 주제가 미치어 가는 대상을 지칭하거나((차)), 주제를 이루기 위한 행동(태극기를 꽂는다)이 이루어질 장소를 밝혀 놓고((카)) 있다. 그러면서 셋째 마디에서 주제를 구현하는 것이다.

이러한 표현 특성은 『大韓民報』 소재 시조들 모두 제목을 갖고 있는 것과도 관련이 있다. 이는 문학적인 기능을 담당하려는 당시의 작가 의식의 발로이면서 동시에 작품의 내용을 흐트러짐 없이 강조·전달하려는 의도와도 관계가 있다.

즉, 종장의 2번째 마디가 확장된 것은 주제가 미치어 가는 대상과 실현되는 위치를 명확히 하려는 의식 때문이라고 할 수 있다.

결국, 『大韓民報』 소재 시조들의 종장 2번째 마디의 확장은, "我韓은 我韓의 民族"으로 유지·발전해야 한다는 민족 전통 고수와 함께 주제를 명확하고 강하게 제시하려는 작가 의식의 결과라고 할 수 있다.

---

23) 蔡宰錫, 『開化期時調研究』, 朝鮮大學校 大學院 國語國文學科, 1993. 62쪽.

4. 시조 쓰기가 지닌 글쓰기 교육으로서의 함의

시조 연구의 목적을 어디에 두느냐에 따라 다를 수 있지만, 시조를 잘 전수하여 창조적으로 계승하는 일은 매우 중요한 일이다. 특히 7차 교육 과정에서는 문학의 이해와 감상뿐 아니라 수용과 창작을 강조하고 있다. 7차 교육 과정에서 문학의 수용과 창작을 강조한 것은 무척 다행스러운 일이라 할 것이다. 특히, 그 동안 교실에서 이루어졌던 교사 중심의 고착화된 암기 위주의 문학 수업을 상기한다면, 비로소 문학을 문학답게 학습하는 계기를 마련했다고 보아야 한다. 따라서 시조 형식을 익히고 시주를 쓰는 일은 시조 교육에서 반드시 거쳐야할 구체적인 문학, 교육 활동이 되었다.

그러나, 시조 교육을 통해서 시조의 형식을 익히고 시조답게 쓰는 교육 활동의 목적은 모든 학습자를 훌륭한 시조 작가로 만드는 데 있지 않다는 것을 상기해야 한다. 그것은 초등학교 때부터 시와 소설을 배우지만 모든 학습자가 시인이나 소설가가 되는 것은 아니라는 이치와 같다.

시조 교육을 통하여 이루어지는 시조 쓰기 활동은 시조 역시 일반 글쓰기의 기본 원리에서 출발하여야 한다. 체계적으로 양식화 된 장르 글쓰기는 그 다음에 이루어져야 할 일이다. 바꾸어 말하면, 시조 교육을 통해 얻어야 할 것은 시조 쓰기를 통해 일반 글쓰기의 원리에 더욱 친숙해지고, 그것을 바탕으로 시조라는 장르가 지닌 체계화된 양식의 글쓰기를 이해하고 시조를 시조답게 쓰는 것이다. 그리고 시조 쓰기를 통해 다시 시조를 더욱 이해하게 되고 그것이 다시 시조 쓰기로 이어지는 반복·상승의 효과를 얻어야 시조 교육이 도달해야 하는 목표에 다다를 수 있다.

4.1 시조 쓰기와 일반 글쓰기의 넘나듦

그러나 시조를 통한 글쓰기 교육, 또는 실제 교육 현장에서 이루어질 시조 창작 교육적 측면에서 바라본다면, 선학들의 논의를 전면에 내세우는 것은 쉽지 않은 일이다. 특히, 정의적 지식보다는 절차적 지식을 앞세우고, 교사의 이론 제시보다는 학습자 중심의 구체적인 활동이 되어야 하는 7차 교육 과정의 특성상 원리 학습을 선행하는 것은 시조와 학습자의 거리를 더 멀어지게 할 위험 요소가 있다.[24)]

시조 쓰기를 일반적인 글쓰기 절차에 대입한다면 '대상과의 만남·교감 → 대상·자아의 행동에 대한 구체적인 기술, 또는 대상과 자아의 관계 → 자아의 생각과 주제 완결'의 절차로 이해할 수 있다. 이러한 절차는 대상에 대한 글쓰기뿐만 아니라 대상을 통한 글쓰기, 더 나아가 모든 글쓰기에 적용되는 것이다.

이 절차가 일반 기술문에서는 '도입 → 전개 → 결말'로, 논증문에서는 '서론 → 본론 → 결론'의 절차로 실현된다. 서사물은 '발단 → 전개 → 위기 → 절정 → 대단원'의 짜임을 갖기도 하지만 서사물은 서술자를 내세워 인물과 사건을 통해 갈등을 증폭하고 갈등을 조정하는 글쓰기이므로 시조의 글쓰기와는 다른 차원에서 논의하여야 한다.

주지하다시피 시조는 절제와 제어의 원칙을 철저히 지키는 글쓰기이다. 여기서 절제란 표현 욕구의 절제를 뜻한다. 하고 싶은 이야기, 드러내고 싶은 경험을 다 펼치는 것이 아니라 3자, 4자, 많게는 8자 사이의 글자를 가지고 3장 6구 12마디 안에서 완결하여야 한다. 따라서 잡다한 수식어구를 제어하고 조사와 어미도 뜻을 해치지 않는 범위에서 생략하거나 가다듬어야 한다. 뿐만 아니라 단어 사용도 이 절제와 제어의 원칙에 따라야 한다. 그래야 '정갈하고 단아한' 시조 쓰기를 이룰 수 있는 것이다.

절제와 제어의 글쓰기 원칙으로 정서적 감흥을 노래하기 위해서 '만남 → 과정 → 주제 완결'이라는 시조의 3장 구성은 가장 효율적인 형식이라 할 수 있다.

---

24) 7차 교육 과정에 의한 시조 교수·학습 방법은, 졸고, 앞의 논문, 231~232쪽 참조.

> (파) 江湖에 봄이 드니 미친 興이 절로 난다
>   濁醪 溪邊에 銀麟魚 안주ㅣ로다
>   이 몸이 閑暇히옴도 亦君恩 이샷다

위 시조를 일반적인 글로 환원하면, '봄이 와서 흥이 났다' → '(그래서) 물고기를 안주로 술을 마셨다' → '내가 한가롭게 흥을 즐길 수 있는 것은 임금님의 은혜이다'로 정리할 수 있다.

여기에서 '興'은 봄과 자아의 만남에서 생긴 것이며, 또한 냇가에 앉아 술을 마시는 동인이 되기도 한다. 만남은 대상에 대한 확인이고 자아의 위치와 상태를 확인하는 구체적인 행위이다. 자아는 봄이 온 것을 확인하고 자아 안에 봄을 끌어들이는 상태를 만듦으로써 '興'을 발현하게 된다. 그래서 시냇가에 나가 고기를 안주 삼아 탁주를 마시는 행동으로 발전시키게 되는 것이다. 그리고는 이러한 한가함을 갖는 것이 '임금의 은혜'라는 주제로 글쓰기를 마무리하는 것이다.

만남을 더욱 구체적으로 이루게 하는 방식으로 '대상을 부르는' 행위를 설정하고 대상에게 말을 건네기도 한다.

> (하) 靑山裡 碧溪水ㅣ야 수이 감을 쟈랑마라
>   一到滄海ᄒ면 도라오기 어려오니
>   明月이 滿空山ᄒ니 수여 간들 엇더리

대상인 '벽계수'를 부르고 대상과의 관계를 더욱 적극적으로 확인하기 위해 대상에게 자아의 가치를 부여하거나 자아가 생각하는 대상의 상태를 알려 준다. '수이'와 '쟈랑마라'는 대상의 보편적인 상태나 대상 중심의 가치 부여가 아니라 자아의 시각이나 자아의 가치 판단 기준에 의한 표현이다. 즉, 대상 자체는 스스로 '수이' 간다고 생각하지 않을 뿐만 아니라 '쟈랑'하려는 의도를 가지고 있지 않다. '수이'와 '쟈랑마라'는 자아가 파악한 대상의 상태이며 자아가 대상에게 내린 가치 판단일 뿐이다.

자아는 자신이 파악한 대상의 상태와 가치 판단을 강화하기 위해서 '도라오기 어려오니'를 근거로 제시한다. '一到滄海ㅎ면'을 가정으로 내세우지만 여기서 '一到滄海ㅎ면'은 가정이 아니라 '도라오기 어려오니'를 강조하고 '수여 간들 엇더리'를 정당화하기 위한 역근거의 역할을 한다.[25]

시조 (파)와 (하)는 대상의 성격, 대상과 자아의 관계, 표현 기법에 따라 다소 차이가 있지만 '대상과 만남(자아로 대상을 끌어들임) → 대상과의 교감(만남을 통한 자아의 행동이나 만남의 당위성) → 주제의 마무리(자아의 의도 표출)'라는 일반적이면서도 정제된 글쓰기의 절차를 그대로 담고 있다.

『大韓民報』 소재 시조들이 시조의 전형적인 형식인 3장 6구 12마디를 지키는 것은 시조의 형식이 일상적인 삶과 친연성을 지니고 있으며, 삶을 지탱하는 역학적인 근원을 바탕으로 일반적이면서도, 정제된 일반 글쓰기 절차를 담고 있기 때문이다. 더불어 당시의 익숙한 형식이었기 때문에 대중과 함께 호흡하고 대중을 하나로 묶고자 한 『大韓民報』의 창간 정신과도 맞아떨어졌기 때문으로 여겨진다.

4.2 '변화하지 않는 것'의 교육적 가치

'무엇을' 가르칠 것인가 하는 문제는 교육에서 항상 고민거리이다. 그 고민은 '변화하는 것'과 '변화하지 않는 것' 사이에서 일어난다. 사회가 변화하였으니 '변화하는 것'을 교육하여야 한다는 당위성과 인간의 참 모습은 '변화하지 않는 것'이라는 원심력과 구심력 사이에서 늘 고민하게 된다.

서양의 교육은 일상 생활을 영위하기 위하여 자전거 타기가 필요하다면 자전거 타기를 가르쳐야 한다는 '변화하는 것' 중심의 교육이다. 이러한 교육적 사고가 우리 교육 현장에도 투영되어 컴퓨터를 중심으로 한 IT 교육

---

25) 황진이 시조의 우수성이 이 시조에서도 확인된다. 중장의 '도라오기 어려오니'는 가운데에서 초장의 '수이 감을 쟈랑마라'와 종장의 '수여 간들 엇더리'의 복합 근거가 된다. 황진이는 일반적인 기술의 형태- '돌아오기 어려우니' → '쉽게 감을 자랑하지 말고' → '쉬어 가라'-를 사용하지 않고 '도라오니'를 가운데 두어 시적 긴장성을 높이고 시조의 구성 형식을 잘 지키고 있다.

과 다양한 매체를 매개로 한 국어 교육에 관심을 두게 되었다.

그러나 동양의 교육은 전인 교육, 즉 사람다운 사람을 키우는 것이 교육 활동이요 목적이었다.[26] 그래서 '변화하지 않는', 인생의 참 의미를 되살리는 선인들의 말씀을 교재로 하고 그것을 일상 생활에 적용하는 것을 교육이 담당해야 한다고 생각하였다.

'마음속에 고향을 담고 있는 사람 중에 악한 사람이 없다'는 말은 고향이라는 낱말 안에는 '변화하지 않는' 그 무엇이 담겨 있기 때문이다. 우리가 고향을 그리워하는 것은 그 곳에 부모와 친척이 있기 때문이기도 하지만 고향에는 '변화하지 않는' 것이 있기 때문이다. 고향에 부모와 친척이 없어도 고향을 그리워하고 찾는 것은 고향에는 '변화하지 않는 것'이 있기 때문이다. 그래서 고향을 찾았을 때 고향의 변화한 모습을 보면 실망하게 되고 다시는 고향을 찾지 않는 것이다.

고전 문학은 '변화하지 않는 것'으로 작용한다.[27] 따라서 고전 문학의 한 축을 담당하고 있는 시조 역시 우선 '변화하지 않는 것'으로 존재하여야 한다. 시조 교육을 통한 창조적인 계승 이전에 시조의 전통성이 먼저 교육되어야 한다.

시조의 3장 6구 12마디의 정형성은 '변화하지 않는 것'의 핵심에 자리잡고 있다. 현대 사회가 아무리 자유주의 시대요, 개성의 시대라고 하지만 사람은 '변화하지 않는 것'에 대한 그리움과 '변화하지 않는 것'에 기댄 편안함을 얻고자 하는 기본적인 욕망을 가지고 있다. 따라서 시조 쓰기 교육에서 자유시를 흉내내거나 자유시를 본뜬 어줍은 시조 쓰기는 우선 경계하여야 한다.

김학성은 현대시조는 법고(法鼓)와 창신(刱新) 사이에서 균형을 잡아야 한다는 것과, 개성과 자유로움을 시대 정신으로 하는 현대인의 감수성을 충족하여야 함을 들어 다음의 시조를 현대 시조의 한 모범으로 제시하였다.

---

26) 동·서양의 교육 목적과 인성 교육의 중요성은, 졸저, 『인성교육과 국어교육』, 도서출판 역락, 2001. 1장과 2장 참조.
27) 고전 문학의 교육적 의미는 졸저, 위의 책, 253~265쪽 참조

무심한 한 덩이 바위도
바위소리 들을라면

들어도 들어 올려도
끝내 들리지 않아야
그 물론 검버섯같은 것이
거뭇거뭇 피어나야

(조오현, '일색변1' 전문)[28]

그러면서 "이 작품은 시조의 양식적 틀을 그대로 준수하여 전통적 미학을 유지하면서도 초 중 종장을 각각 2행의 시행 발화로 배분하여 의미론적 율동화를 안정적으로 실현함으로써 정인보와 같은 복고적 정통시조와는 다른 참신성(현대성)과 안정감(전통성)을 동시에 보여준다"고 하였다.

김학성의 논의는 모든 시조 연구자들이 갖는 고민, 즉 고전 문학의 특성과 현대인의 특성 사이, '변화하는 것'과 '변화하지 않는 것' 사이의 갈등을 그대로 보여주고 있다. 그리고 깊은 갈등 끝에 걷어올린 해맑은 시각이다. 어쩌면, 위 작품은 컴퓨터의 'Enter' 키를 즐겨 사용하는 현대인의 글쓰기 방식과도 잘 어울리는 새로운 현대 시조의 형식일지도 모른다.

『문심조룡』에 장과 구에 대한 설명이 있다.

天設情有宅置言有宅情曰章位言曰句故　章者明也句者局也

정(情)이 사는 곳을 장(章)이라 하고 말(言)이 위치하는 곳을 구(句)라고 하는 데 그런 까닭에 장(章)은 정(情)을 밝히는 것이고 구(句)는 말(言)의 자리라고 하였다.

집에 비유하자면 구는 벽이요, 장(행)은 방이요. 연은 집이다. 그래서 이 벽과 저 벽의 구분은 일정하지 않고, 방에서 방으로 옮겨가는 것은 수월하여도 집에서 집으로 옮겨가는 가는 것은 쉬운 일이 아니다. 번지수가 다르고, 그 집에 사는 구성원이 다르고, 가족 구성원이 다르기 때문이다.

---

28) 김학성, 앞의 논문, 2001. 72쪽.

3.1에서 논의한 시조의 구와 장의 형식과 기능은 일반적인 것일 뿐이다. 앞의 시조 작품들에서 보았듯이 3장 6구의 정형적인 틀에도 다양한 내용을 담을 수 있고 다양한 형상화 방식을 사용할 수 있다.

가령, 초·중·종장의 의미 관계나 표현의 절차가 서로 독립적인 작품이 있고, 초·중장이 병렬적인 관계의 작품이 있고. 초·중·종장이 한데 어우러져 하나의 의미와 이미지를 형성하는 작품이 있을 수 있다.

위의 작품을 이에 대입하였을 때 위의 작품은 초·중장의 의미와 이미지가 연결되고 종장은 초·중장의 의미와 이미지를 완결하는 표현 방식을 갖고 있다. 그렇다면 위의 작품은 다음과 같이 연을 구분하여야 할 것이다.

> 무심한 한 덩이 바위도
> 바위소리 들을라면
> 들어도 들어 올려도
> 끝내 들리지 않아야
>
> 그 물론 검버섯같은 것이
> 거뭇거뭇 피어나야

그래도 연 구분은 다시 숙제로 남는다. <강호사시가>나 <오우가>와 같은 연시조를 보면 시조의 연 구분법을 명확하게 알 수 있다. <강호사시가>에서 연은 각각의 계절로 구분되어 있고 <오우가>는 대상(소재)이 바뀐다. 그러므로 연은 시간·공간·대상(소재)·문체·사고의 단위가 바뀔 때 나뉘는 것이다.

구와 장, 연의 구분을 포함한 시조의 현대적 계승은 앞으로도 오랫동안 시조 연구자들의 숙제로 남을 것이다. 그러나 고전 문학으로서의 시조 쓰기는 3장 6구가 갖는 안정성을 우선하여야 한다. 그러면서 사설시조가 한 장에서 구를 중첩시켜나갔다든지, 『大韓民報』 소재 시조들이 전통적인 형식을 유지하면서도 시대 정신을 강조하고 주제의 완성도를 높이기 위해 종장 2번째 마디를 확장한 것에서 시조 형식의 현대적 계승 방법을 찾아야 할 것이다.

4.3 시조의 낯섦과 창의성

TV 드라마에서 역사물은 항상 중요한 소재가 된다. 지나간 이야기라 고리타분함을 느낄만하기도 한데 방송사에서는 역사 드라마를 제작하고 방영하는 데 열을 올린다. 그렇다면 왜 역사 드라마는 항상 관심을 끌까.

그 이유 중에 하나는 현대인에게 역사 드라마는 항상 낯설게 다가오기 때문이다. 역사 드라마가 항상 관심을 끄는 이유를 '낯섦' 하나에서 찾을 수는 없겠지만, 현대인의 생활과 드라마 속의 생활이 다르다는 것이 '낯섦'을 창출한다. 그래서 역사 드라마 속의 인물이 하던 말투를 흉내내기도 하고 촬영 현장을 찾아가고 전통 의상을 한 모델과 함께 사진을 찍기도 한다.

고전 문학 역시 이미 지나간 과거 속의 의미요 표현물이지만, 동시에 낯선 의미요 표현물이다. 시조 역시 현대인에게 낯선 것임이 분명하다. 학습자들이 시조를 어렵고 고리타분한 것으로 여기는 것은 시조 교육 방식에 문제가 있기 때문이다. 즉, 그 동안 시조 교육은 옛글자에 대한 해독과 암기 위주의 수업 방식 때문에 학습자와 시조의 거리가 멀어진 것이다.

옛글자에 대한 해독의 문제를 슬기롭게 극복한다면 시조가 지닌 3장 6구의 정형성은 '낯섦'의 동인으로 작용할 수 있다. '낯섦'이 창의성과 얼마나 근접한 거리에 있는가하는 것이 문제겠지만, 시조의 정형성은 창의성과 친근한 기재로 작용할 수 있다. 다시 말하면, 시조의 3장 6구 정형적인 틀 속에서도 창의성을 발휘할 수 있다는 것이다.

7차 교육 과정에서 인성교육과 함께 또 하나의 축을 담당하는 것이 창의성 함양이다. 창의성을 정확히 이해한다면 창의성은 무(無)에서 유(有)를 창조하는 것이 아니라 'A+B=C'의 공식을 갖는 것으로 이해할 수 있다. 그리고 진정한 창의성은 주어진 조건에서 발휘되는 것이다.[29]

그렇다면 시조의 정형적인 틀 어디에서 창의성을 발휘할 수 있는가. 그

---

[29] 창의성에 대한 이해와 창의성 개발을 위한 교수·학습 방법은, 졸저, 『창의성을 개발하는 독서지도법과 독서신문 만들기』, 도서출판 역락, 2001. 1장 참조.

것은 글자 수 3·4와, 4음보 6마디를 지키려는 언어사용, 즉 언어의 조탁에서 발휘될 수 있다. 4.2에서 언급한 시조의 안정성과 시조의 간결하고 단아함을 살리면서도 언어의 조탁을 통해 창의성은 발휘될 수 있다.

개성과 자유로움을 시대 정신으로 하는 현대인의 감수성을 담아내는 표현 방식을 자유시에 한정하는 것은 옳지 않다. 오히려 자유시는 내재율을 바탕으로 작품 하나 하나가 또 다른 새로운 형식을 창출해야 한다는 어려움을 지니고 있다.

하지만 시조는 이미 안정된 형식을 가지고 있어서 그 틀에 자아의 생각과 정서를 담으면 그만이다. 3.1에서 소개한 이영지의 주장처럼 365일, 아침·점심·저녁을 반복하여 사는 우리들은 시조의 반복적이고 한정적인 틀에 일상 생활에서 갖는 생각과 정서를 담으면 그만이다.

학습자들과 '연상훈련 → 연상 훈련한 내용을 글로 쓰기 → 글을 3문장의 줄글로 바꾸어 쓰기 → 줄글을 시조의 형식에 맞춰(3또는 4자, 시조 종장의 규칙에 따라) 쓰기' 과정을 거쳐 시조 쓰기 활동을 하면 일반적으로 "재미있다", "편하고 쉽다", "참신하다" 등의 반응을 보인다.

학습자들의 이러한 반응 안에는 학습자들이 글을 이끌어 나가는 힘이 부족한 것도 숨어 있지만, 교수·학습 방법에 따라 시조 쓰기가 신나고 창의적인 활동이 될 수 있음을 확인할 수 있다. 더불어 일반 글쓰기를 시조 쓰기로 전환하면서 일반 글쓰기와 시조 쓰기의 공통점과 차이점을 알게 하고 동시에 장르에 대한 지식도 교육할 수 있다.

『大韓民報』에 수록된 시조들이 3장 6구의 정형적인 형식을 철저하게 고수하고 있는 이유도 단순한 전통 잇기가 아니라 전통적인 시조 형식으로도 변화한 시대 정신과 정서를 창의적으로 담을 수 있었기 때문이다.

시조의 안정성과 창의성은 서로 다른 것이 아니라 동전의 앞뒷면처럼 공존하는 것이라는 인식을 갖는다면 전통적인 시조 형식을 유지하면서도 시조의 창의적인 계승을 이끌어 낼 수 있을 것이다.

5. 결 론

　본고는 시조의 전통적인 형식, 즉 3장 6구 12마디의 형식 안에서 시조의 창의적인 계승이 우선적으로 논의되어야 한다는 것을 밝혔다. 이러한 논의 전개를 위해 현대의 바로 앞선 시대인 개화기 시조 중『대한민보』에 수록된 시조를 대상으로 삼았다.

　『大韓民報』에 수록된 시조들은 "我韓은 我韓의 民族으로써 維持發展"시키고 "我同胞를 指導啓發ㅎ야 二十世紀에 適合혼 國民을 造成"하여야 한다는『大韓民報』의 창간 정신에 부합된 것이다. 따라서 보수와 급진 사이에서 고민하는『大韓民報』와 같이 '변화하는 것'과 '변화하지 않는 것' 사이에서 고민하여야 했다.

　특히, 국민의 단결과 행동을 일치시켜야 하고, 변화하는 세계 정세를 꿰뚫어야 하는 시대 정신의 구현을 위해 고민하여야 했다. 그 결과 시조의 전통적인 형식인 3장 6구 12마디를 철저하게 지키면서 한편으로는 시조 창법의 변화를 꾀하고 동시에 종장 2번째 마디를 확장하여 시대 정신을 올곧게 강조하는 표현 방식을 택했다.

　3장 6구의 전통적인 형식을 따른 것은 그것이 민족의 일상적인 삶과 사상을 효율적으로 담고 있어서 민족 정신을 잘 구현할 수 있을 뿐 아니라 당대인들에게 친숙한 표현 양식이었으며, 당시의 보편적인 의사 소통 구조였다는 것이다. 그러면서도 시조의 창법에 변화를 주려한 것은 '부르기'에서 '읽기'로 변환되는 향유 방식의 변화를 담기 위한 시도였다. 그리고 종장 2번째 마디를 확장한 것은 당대의 시대적 요구를 구체적으로 구현하고 국민의 소리를 하나로 모으는 데 적합했기 때문이다.

　즉,『大韓民報』소재 시조들이 3장 6구 12마디의 형식을 철저하게 고수하면서도, 창법의 변화와 함께 종장 2번째 마디를 확장하는 표현 방식을 선택한 것은, 전통적인 시조 형식이 가져다주는 안정적이고 단아함을 유지하면서도 국민을 20세기에 적합한 인간으로 계몽하는 하기 위한 적극적인 장치였던 셈이다. 그러면서도 종장 2번째 마디의 글자 수를 다양하게 열어 놓음으로써 다양한 시대 정신과 정서를 시조에 담을 수 있도록 하였다.

『大韓民報』 소재 시조들의 이러한 특성은 시조의 창의적 계승에 많은 시사점을 주고 있다. 특히, 7차 교육 과정에서는 문학의 감상과 이해뿐만 아니라 수용과 창작까지 요구하고 있다. 이는 시조 교육이 구체적인 시조 쓰기로 이어져야 한다는 것을 의미하는데, 교실 현장에서 이루어지는 시조 쓰기 교육에서도 『大韓民報』소재 시조들이 전범으로 작용할 수 있다.

시조 쓰기, 또는 시조 교육의 목적을 전문적인 시조 작가 양성에 두지 않는다면 시조 교육을 통해 일반 글쓰기의 원리와 절차를 심화시키고 동시에 시조 장르에 대한 관심과 인식을 높일 수 있다. 더욱이 현대인의 개성과 자유로움, 현대적인 감수성을 너무 인식하여 전통적인 시조 형식을 변화시키려 하지 않는다면, 시조의 정형성을 유지하면서도 시조의 창의적 계승이라는 교육적 의미를 실현할 수 있다.

고전 문학 교육으로서의 시조 교육은 '변화하는 것'들 사이에서 '변화하지 않는 것'의 소중함을 일깨우고, 늘어놓는 것 사이에서 절제와 제어를 경험하게 하는 교육적 가치를 함의할 수 있다. 그럼으로써 안정과 조화, 간결함과 단아함을 일상적인 의사 소통 구조로까지 확대할 수 있다. 그러면서 '변화하지 않는 것'을 통해 인성 교육의 핵심 요소인 그리움을 키울 수 있고, 정형의 틀에 맞추기 위한 언어의 조탁을 통해서 창의성을 발휘할 수 있도록 유도할 수도 있다.

무엇보다 중요한 것은 고전 문학 교육, 시조 교육은 항상 미래 지평을 향해 열려 있어야 한다는 것이고 그와 동시에 고전 문학을 고전 문학답게, 시조를 시조답게 계승하여야 한다는 것이다.

현대 가사 문학의 모습과 새로운 글쓰기

1. 가사 문학과 글쓰기

본 연구는 의사 소통 구조의 변화[1]에 따른 새로운 시대의 글쓰기 방식을 가사 문학을 중심으로 고찰하는 데 그 목적이 있다. 새로운 시대의 글쓰기 방식을 고찰하는 데 고전 문학, 그것도 국문학계에서 장르의 소멸이 논의되는 가사 문학을 대상으로 삼은 데에는 몇 가지 이유가 있다.

첫째, 우리 민족은 예로부터 말하기 방식보다는 글쓰기 방식에 더욱 익숙하다는 것이다. 글쓰기 방식에 더 익숙한 우리 민족은 다양한 양식의 글쓰기를 발전시켜 왔고 우리 민족의 특질과 속성에 맞는 대상에 대한 인식 태도와 글쓰기 방식을 다듬어 왔다.

따라서 매체 변화에 의해 글쓰기 방식의 혼돈을 겪고 있는 현 시점에서 우리의 전통적 글쓰기 방식을 살펴보는 일은 새로운 글쓰기 방식을 논의하는 데 매우 효율적이라 할 수 있다.

둘째, 가사 문학은 바로 앞선 시대에 주도적인 글쓰기 방식의 하나였다는 것이다. 물론 가사 문학 외에도 시조와 소설이 있지만, 현대 문학의 지속적인 발전 과정에 있는 시조, 소설과는 달리 가사 문학은 현대 문학의 한 장르로 발전하지 못해 새롭게 변화할 수 있는 기회를 얻지 못했다.

가사 문학이 이처럼 현대 문학의 한 장르로 발전, 변모하지 못하고 소멸

---

1) 컴퓨터와 인터넷을 중심으로 한 매체 변화는 현대 사회의 의사 소통 구조를 변화시켰고, 이에 따라 사회 구조가 변화하게 되었다. 이에 대한 논의는, 졸저, 『읽기 교육의 이론과 실제』, 도서출판 역락, 2000. 제Ⅰ장에서부터 제Ⅲ장에 자세히 소개되어 있다.

하였다는 것은 단순히 하나의 전통적인 글쓰기 방식이 우리 문학에서 사라졌다는 문학사적 사실에 그치지 않는다. 그것은 우리의 노래, 우리 민족 고유의 정서와 표현 방식, 나아가 일상 생활의 의사 소통 구조와 방식의 단절이라는 문화적 손실을 의미하는 것이다.

셋째, 가사 문학은 '관습적 갈래', '역사적 갈래'라고 할만큼 우리에게 친숙한 장르였다는 것이다. 이러한 가사 문학의 친연성은 우리 언어의 특성을 살린 4·4조의 기본 음수율과 4음보를 지니고 있음과 동시에 표현 방식의 '개방성'을 갖고 있다는 것이다.

이는 가사 문학이 우리말이 지니고 있는 음성, 음운, 통사적 구조를 잘 드러낼 수 있을 뿐만 아니라 우리말이 갖고 있는 표현 특성을 효과적으로 살린 장르라는 것을 의미한다.

논의를 전개하면서 늘 염두에 둔 것이 있다.

하나는, 가사 문학이 현대를 사는 우리들에게 유용한 글쓰기 방식이 될 것인가 하는 점을 우리말의 특질을 과학적으로 이해하면서 논의하고자 했다. 가령, 우리말은 항상 자음과 모음이 대비되면서 소리를 구성한다는 것이 그것이다. 우리말은 모음 중심으로 소리를 구성하기 때문에 125Hz~1,500Hz 사이의 주파수를 갖고 있다. 그러나 영어나 서양 음악은 자음 수가 많아 주로 2,000Hz 이상의 주파를 나타내며 경우에 따라서는 10,000Hz 이상의 소리가 포함되어 있다.

따라서 한국인은 고주파음을 소음으로 파악할 뿐 아니라, 전통적으로 빠른 리듬과 음악에 거부감을 느끼게 된다. 현대 사회의 젊은이들이 고주파음과 빠른 박자의 음악을 선호하는 것은 순간적인 반응에 의한 것이지 그것에 대한 항존성을 갖고 있기 때문은 아니다.

바꾸어 말하면, 모음 중심의 소리에 익숙한 우리가 고주파의 빠른 음악 속에 빠져 있을 때 겪을 정서의 뒤틀림과 사고 구조의 파괴 현상은 실로 심각한 것이다. 그리고 우리말은 장단이나 고저, 혹은 강약 등에 의해 독자적인 변별을 갖지 못한다는 것도 염두에 두었다.

또 하나는 문학을 문학의 이론 안에서만 논의해서는 안 된다는 점이다.

이미 우리가 겪고 있는 인문학의 위기는 우리가 우리 문학을 문학의 범주 안에서만 다루고 향유하려고 했기 때문이라는 인식이 필요하다.

따라서 문학을 적어도 그 시대의 의사 소통 구조와 표현 방식, 그리고 새로운 문화 창달이라는 커다란 관점에서 다루려고 노력하였다. '문학은 사회의 반영'이라는 말을 빌릴 필요도 없이 문학이 사회를 구성하고 사회 변화를 민감하게 반영한다는 대원칙 안에서 논의를 전개하였다.

이러한 관점에서 문화는 '옛 것'과 '새 것'의 대립 속에서 생성되고 주류를 이루어 간다는 것을 새삼 확인할 필요가 있다. 그리고 이 때 대립이란 어느 한 축의 일반적인 우세를 의미하기보다는 소용돌이를 지칭하는 것으로 이해할 필요가 있다. 그래야만 소용돌이의 한 축을 담당하고 있는 '옛 것'에 대한 논의가 더욱 진지할 수 있다.

2. 가사 문학 소멸론에 대한 재논의

가사 문학은 소멸하였는가?

이 물음에 대한 국문학계의 전반적인 분위기는 '그렇다'로 모아지고 있는 듯하다. 정재호,[2] 박요순,[3] 홍재휴[4] 등이 가사 문학의 시대 구분 하한 선을 현재까지로 잡고 가사 창작이 현대에도 이루어지고 있음을 피력하며 가사를 부활시키고 민족시로 부흥하도록 노력할 것을 역설하였다. 그럼에도 불구하고 국문학계는 가사를 소멸한 장르로 인식하는 분위기다.

---

2) 鄭在鎬, 「歌辭文學의 史的 槪觀」, 『韓國歌辭文學硏究』, 太學社, 1996.
3) 朴堯順, 「近代期의 女流歌辭攷」, 『湖西文學』, 湖西史學會刊, 1983.
　　　　, 「20世紀 歌辭攷」, 『韓南語文學』 14輯, 1988.
　　　　, 「歌辭傳統의 現代的 發現狀 硏究」, 松溪 李元皜 博士 回甲 論文集.
　　　　, 「桂汀의 平生經歷所感錄」, 『韓南語文學』 22輯, 1997.
　　　　, 「現代期의 歌辭 進行狀 硏究」, 『韓南語文學』 25輯, 2001.
4) 洪在烋, 「歌辭文學硏究史 論考」, 『慕山學報』 4·5, 慕山學術硏究所, 1993.

그러나, 가사 문학의 소멸 문제를 논의하기 전에 우리 시가 문학의 발달 과정을 살펴 볼 필요가 있다. 우리 시가 문학은 그 시원으로부터 오늘에 이르기까지 여러 유형이 생성되고 발전·변모하였다. 고대(상고)시가에서부터 민요·한시를 비롯하여 향가·고려속요·경기체가·악장·시조·가사 등이 우리 시가의 맥을 이어왔다.

위의 시가들이 현재 우리 문학에서 완전체 형태로 존재하지 않는 것은 사실이다. '소멸'이라는 낱말의 의미를 어떻게 파악할 것인가가 문제겠지만, 그러나 위의 시가들이 우리 문학에서 아무런 의미 없이 사라진 것은 아니다.

다시 말해 고대시가·향가·고려속요·경기체가·악장 등은 민요·한시를 포함해 앞 시대의 시가에서 영향을 받아 생성되었으며, 시대 정신을 올곧게 표현하다가 뒤 시대의 시가에 영향을 주며 새로운 형태로 탄생하였다. 가령, 시조의 연원을 향가나, 고려 속요, 민요, 한시에서 찾으려는 논의들은 우리 시가가 개별적이고 단선적인 생성·발달 과정을 갖는 것이 아니라 서로 영향을 주고받으며 복선적이고 통합적인 생성·발달 과정을 갖고 있음을 증명하고 있다.

특히 가사는 '역사적 갈래', '관습적 갈래'라 할만큼 우리 민족의 보편적인 정서를 열린 형식으로 받아들인 전통적인 갈래이다. 이는 가사 문학이 우리 전통 시가의 모든 요소들이 함축적으로 내재한 종합적 성격을 띠고 있음을 증명하는 것이다.

가사의 기본 율격인 4음 4보격은 모든 고전 시가의 모태라고 할 수 있는 민요와 무가를 비롯하여 시조와 개화 시가 및 현대시에 이르기까지 가장 흔하게 발견되는 율격 양식이다. 가사가 이처럼 우리 시가의 전통적이고 보편적인 율격 장치로 표출된다는 것은 그만큼 친숙한 갈래적 속성을 자체 내에 지니고 있다는 사실을 말해준다.5) 여기서 '친숙한 갈래'란 앞 시대 고전 시가의 특성을 오롯하게 지니고 있음을 말한다고 할 수 있다.

---

5) 金學成, 「가사의 실현화 과정과 근대적 지향」, 『近代文學의 形成過程』, 한국고전 문학연구회 編著, 文學과 知性社, 1983, 232쪽.

가사는 그만큼 앞 시대 고전 시가와 일정한 영향관계를 형성하면서 태어난 갈래이고, 앞 시대 시가의 새로운 모습이라고 할 수 있다. 바꾸어 말하면, 앞 시대의 시가는 완전한 형태로는 존재하지 않지만 가사에 그 특성들을 담으면서 새로운 모습으로 탄생하였다고 할 수 있다.

그렇다면 가사는 왜 시조처럼 구체적인 모습을 띠며 현대에 계승하지 못하였을까? 적어도 시조처럼 '현대시조'라는 명칭으로 부활하지 못하고 소멸된 갈래로 인식되고 있을까? '현대시조'는 존재하나 '현대가사'는 존재하지 않는다는 시조와의 비교 논의에서도 반드시 짚어 봐야할 사항이 있다.

첫째, 시조는 주로 사대부들이 창작하여 양성적인 발표 활동이 가능했지만, 가사는 중인·부녀자들의 창작물로 음성적인 발표 활동에 그쳐야 했다는 것이다. 즉 시조는 지식인, 전문 문학인들의 향유물로 인쇄 매체를 빌려 널리 발표될 수 있었지만, 가사는 인쇄 매체를 빌릴 수 없는 형편의 중인·부녀자들의 향유물이었기에 손으로 필사되어 한정된 범위 내에서 유전될 수밖에 없었다.

따라서 조선후기에서부터 근대 이후까지 시조는 널이 유포되어 남아 있는 작품들이 상당수이지만, 가사는 작자 개인의 사정과 일제 침략, 6·25 한국전쟁 등의 역사적 상황에 의해 상당수가 유실될 수밖에 없었다.

이러한 상황은 시조와 가사를 비교함에 있어 발표 양상과 남아있는 작품 수를 비교 대상으로 삼을 수 없음을 말해준다. 오히려 아직도 빛을 보지 못하고 있는 개인·가문 소장의 필사본 가사들을 발굴하는 데에 노력을 기울이고 그들 작품의 문학적 가치와 사회적 의미를 연구하는 데에 관심을 보여야 할 것이다.

이러한 논의를 더욱 중요하게 받아들여야 하는 이유는 근대 문학 형성 과정에서 우리 민족의 전통적인 글쓰기 방식이 철저하게 외면 당했기 때문이다. 조동일은 "언문일치의 표현으로 전환되면서 새로운 글쓰기 방식이 요청될 때 서구적 문학관과 엘리트 의식을 가진 문학인들이 전통을 부정하는 바탕 위에서 미문(美文) 위주의 작문법을 심었다"[6]고 주장하였다.

논의를 조금 더 확장하면, 하나의 문학 유형은 단독으로 생성되고 발전·전수되는 것이 아니라 그 민족의 문화 안에서 통합적인 성격을 띠고 생성·발전, 전수된다는 것이다. 이러한 관점에서 가사 문학의 소멸 문제 역시 우리 민족의 문화 안에서 다루어야 한다.

둘째, 가사 문학의 전통을 잇기 위해 어떠한 노력을 하였는가도 따져 보아야 한다. 시조는 만해 한용운의 노력과 가람 이병기를 중심으로 한 '시조 부흥운동'에 힘입어 전통을 잇게 되었다. 그러나 가사는 앞에서 말한 바대로 향유층이 주로 중인과 부녀자였기 때문에 시조부흥운동과 같은 부활과 발전의 기회를 갖지 못했다.

그러나 다행히 가사에 대한 관심이 조금씩 일고 있다. 전라남도 담양군이 남면 지곡리 지실에 가사 문학관을 건립한 사실이라든지, 가사 창작대회 개최, 한국가사 문학회 설립 등이 그 좋은 예라 할 것이다. 이러한 노력들이 가사 문학을 현대인의 일상적인 삶 속에 정착시킬 수 있을지는 아직 단언하기에 이르다. 그러나 이러한 노력들이 그 동안 철저하게 외면당했던 가사 문학의 부활과 부흥에 하나의 기틀을 제공할 것이라는 믿음을 갖게 한다. 그리고 이러한 노력들은 더 넓게 퍼져나가야 할 것이다.

셋째, 가사 문학의 소멸 문제는 문학적 논의뿐만 아니라 음악적 측면에서의 논의도 이루어져야 할 것이다. 고전 시가는 그 명칭(詩歌)을 통해서도 알 수 있듯이 음악과 밀접한 관련을 가지고 있다. 가사 역시 조선 초에는 노래(창)의 방식으로 향유되다가 조선 후기에는 음영의 방식으로, 그리고 근대 이후에는 노래(창)와 음영, 율독의 방식을 공유하면서 사회 흐름에 맞는 표현 방식을 꾸준히 찾아내고 있었다.

그러나 근대기에 접어들면서 서양 음악이 유입되면서 우리의 노래와 음악은 설 곳을 잃고 말았다. 학교 교육에서도 우리의 전통적인 노래와 음악을 가르치기보다는 서양의 노래와 음악을 교육하는 데 몰두하였다. 이러한 현상은 현대 교육에서도 시정되지 않고 있다. 한 가지 예로, 중·고등학교 음악 선생님 중 우리 음악을 전공한 선생님의 비율이 4%에 그치고 있다.

이러한 문화적·교육적 배경에 의해, 지금 우리의 노래와 음악은 국적

---

6) 조동일, 「작문의 난관과 과제」, 『국문학 이해의 길잡이』, 집문당, 1999, 253쪽.

불명의 것이 되고 말았다. 시대 변화에 따른 표현 방식의 변화와 다양한 표현 방식의 창출이라는 시각을 가진다 하여도, 요즘 젊은이들 사이에 유행되는 노래와 음악은 전통의 창조적인 계승이라기보다는 서양 음악의 무분별한 모방이라고 할 수밖에 없다.

3. 개화 가사와 이행기 문학, 그리고 글쓰기

3.1 개화 가사의 변모 양상

가사 문학을 중심으로 새로운 글쓰기 방식을 논의하는 데 개화 가사의 양상을 살펴보는 것에는 몇 가지 이유가 있다.

우선 개화 가사가 가사 문학의 발달 과정상 마지막 시기, 즉 현대 가사와 새로운 글쓰기 방식의 논의 대상으로 삼은 현대 가사의 전범이 되기 때문이다. '가사는 현재까지 지속적으로 창작되었다'거나 '현재 가사 창작은 극히 예외적인 것이어서 현대 문학의 한 갈래라고 생각하는 사람은 아무도 없다'는 대립적인 논의를 잠시 접어 둔다면, 개화 가사를 현대 가사의 전범으로 삼는 데에는 큰 무리가 없을 것으로 보인다.

그리고 개화 가사를 현대 가사의 전범으로 삼는 또 하나의 이유는 현대 사회의 시대·문화적 상황과 개화기의 시대·문화적 상황이 매우 유사하다는 것이다.

이미 알다시피 개화기는 '개항'이라는 국제적인 사건이 요인이 되어 서구 문화의 유입이 본격화되었던 시기였다. 따라서 '기존에 있었던 것'과 '새로 유입된 것' 사이의 고민과 갈등이 첨예하게 개진되었다. 당시의 지식층은 이러한 상황 속에서 개화기 시가를 통해 자신들의 사상과 주장을 구체화하고 문화적 운동으로 전개하기에 이르렀다. 따라서 개화기 시가는 문학의 속성과 더불어 문화적 생산물이라는 특성을 동시에 지니게 되었다.

　개화기의 시대적 상황이 일본을 비롯한 서구 열강들의 강요에 의한 것이라면 현대 사회의 그것은 다분히 자발적인 경향이 짙다. 미국을 중심으로 한 선진국들의 의도적인 개방 압력이 거세기도 하지만, 인터넷과 미디어의 발달이 사회 전반에 걸쳐 '세계화'라는 이름으로 자의적인 외국 문물의 유입을 활성화하고 있다.

　특히, 외국의 문물 도입을 정부가 주도하고 있다는 점도 유사하다. 개화기에는 고종이 외국 문물 도입에 적극적이었고,7) 현재는 정부가 '문화 개방' 정책을 주도하고 있다는 점에서 그렇다. 단지, 개화기에는 지식층들이 민족운동을 주도하면서 '동도서기(東道西器)'와 같은 원칙을 내세우고 있었던 반면, 현재는 지식인들의 목소리가 상업주의의 목소리에 묻히는 경향이 짙다는 점이 다르다.

　개화기의 지식인들은 위정척사사상(衛正斥邪思想), 개화사상(開化思想), 동학사상(東學思想)을 중심으로 한 사상 체계를 가지고 민족운동을 주도했고, 그 일환으로 개화시가의 창작과 보급에 나섰다. 하지만, 현대 사회에서는 미래를 위해 우리가 가져야 할 사상이 무엇인지 뚜렷하게 도출된 것이 없었으며, 고민과 제안은 있지만 뚜렷한 활동으로 이어지지 못하고 있다. 그리고 고민과 제안은 상업주의에 편승한 '세계화', '문화개방'의 물결에 휩쓸려 관심을 끌지 못하고 있다.

　그러나, 우리가 새로운 세계 물결을 타고 있는 것이 확실한 만큼 우리가 가져야 할 새로운 사상과 의식은 무엇인지 고민하여야 한다. 그리고 고민에서 끝나는 것이 아니라 고민에서 얻은 미래 지평을 적극적으로 제안하고 대중적인 목소리를 갖도록 노력해야 한다. 더불어 결과적으로 그것들은 구체적인 활동으로 나타나야 한다.

　이러한 시대적 사명을 달성하기 위해 현대 사회와 유사한 시대 상황에 놓여 있던 개화기의 문화 활동, 개화가사의 변모 양상을 살피는 것이다. 단

---

7) 震檀學會, 『韓國史(最近世篇)』, 乙酉文化社, 1978. 425쪽 참조.

적으로, 개화 가사는 새로운 사상체계를 표현하기 위해 전통적인 글쓰기 방식인 가사를 표현 수단으로 삼으면서 그에 맞는 적절한 형식을 찾으려고 다양한 시도를 하였다.

특히, 신문과 잡지에 개화 가사를 발표하면서 개화 가사는 다양한 형식 변모를 시도하게 된다.8) 이러한 시도는 위로부터의 개혁에 실패한 개화 세력들이 국민적 계몽 운동으로 방향을 선회하면서 신문과 잡지를 발간한 데에서 기인한다. 즉, 개화사상을 중심으로 한 내용의 변화, 국민적 계몽운동이라는 방향 선회, 신문과 잡지라는 발표 지면의 한정 등이 개화 가사의 다양한 형식 변모를 모색하게 된 동인이라 할 수 있다.

이러한 요인과 더불어 신소설이 신지식 보급과 당시의 시대 정신을 담아내지 못하고 풍속 묘사의 호기심 차원 이상으로 발전하지 못함에 따라 시가 장르가 주도적으로 창작되고 발표되었다.9)

신문별 장르 분포를 간단하게 도표화하면 다음과 같다.10)

	가사	시조	민요	언문 풍월	창가	변조체	신시	자유시	역시	계
1910년 이전(11)	791	562	4	8	35	22			1	1423
1910년 이후(2)	47	32	16	31	41	10		18	1	196
총계	838	594	20	39	76	32		18	2	1619

---

8) 이러한 시도는 초기 신문인 『독립신문』에도 극명하게 나타나는데 이에 대한 논의는, 졸고, 「[독립신문] 所載 開化歌辭硏究」, 『韓國言語文學』 제24집, 韓國言語文學會, 1999. 121~147쪽. 참조.

9) 개화기에 소설보다 시가 장르가 주도적으로 창작·발표된 이유로는 김용직(『한국근대시사』, 새문사, 1983. 70쪽)과 조동일(『개화기의 우국문학』, 신구문화사, 1974. 71쪽)의 논의를 참고할 수 있다.
　　김용직은 비분석, 미분화의 율문 양식의 속성과 논리를 세우고 사실을 서술하는 데 요구되는 절차를 시가 장르는 생략할 수 있다는 점을 들었고, 조동일은 시가 장르가 갖는 비전문성과 비상업성을 이유로 삼았다.

10) 신문·잡지별 장르 분포는, 金英喆, 『韓國開化期詩歌의 장르 硏究』, 學文社, 1990. 69~87쪽 참고.

특히, 「대한민보」는 다른 시가 장르는 싣지 않고 '고정란'에 집필진의 시조 155수만을 싣고 있어 이를 제외하면 가사의 비중은 더욱 높아진다. 그렇다면 가사 문학의 어떠한 특성이 다른 시가에 비해 월등히 많은 창작되고 보급되었는가 하는 점과, 이 시기에 활발히 창작·보급되었던 가사가 어떠한 이유로 현대 문학의 한 장르로 자리 잡지 못했는가 하는 의문이 생긴다.

이를 단계적·체계적으로 논의하기 위해서는 우선 개화 가사 이후의 글쓰기 상황을 먼저 살핀 다음, 글쓰기 방식으로서의 가사 문학의 특성을 살펴야 할 것이다.

3.2 1910년 대 이후의 글쓰기와 가사 문학

개화기에는 가사의 창작과 보급이 큰 비중을 차지하고 있었으나, 아직도 새로운 글쓰기 방식으로 현대 가사의 가능성을 논의하기에는 석연치 않은 점이 있다. 그것은 1910년 이후에서부터 현대에 이르기까지 가사 문학이 왜 적극적인 글쓰기 방식이 되지 못했느냐 하는 의문이 남아있기 때문일 것이다. 이러한 의문은 이 시기에 가사 문학이 글쓰기 방식으로 부각되지 못한 상황에서 필연적으로 갖게 되는 의문이다.

이미 알려진 대로, 이 시기에는 가사와 민요, 시조와 민요 등 전통 시가끼리 상호 작용한 변형들뿐만 아니라 민요와 시조를 변형하기도 하고,[11] 가사와 창가, 민요와 창가, 시조와 창가, 언풍명월과 창가와의 혼용을 통해 전통시가와 신흥 장르의 상호 작용을 통한 다양한 글쓰기를 시도하였다.

그러나 이러한 글쓰기는 외국 시를 우리의 문학 형태로 삼으려는 지식층들의 의도에 의해 새로운 글쓰기 방식으로 발전하지 못하고 말았다.

외국 시를 우리의 문학 영역 안에 유입하려는 지식층들은 크게 두 가지 경향을 보였는데, 하나는 전통적인 시가 형태에 외국 시의 형태를 가미하

---

11) 민요와 시조를 변형했음을 구체적으로 보이기 위해, 전통적인 민요와 시조를 '구조'로, 변형한 작품을 '신조'라 하여 나란히 대비하여 놓기나 끼워 넣기도 하였다.

려는 경향이고 또 다른 하나는 전통 시가의 형태에서 나타나지 않는 외국 시를 그대로 우리 시가 형태로 받아들이려는 경향이다.

전자의 경향을 보이는 대표적인 경우는 최남선을 통하여 확인할 수 있다. 최남선은 『大韓學會月報』, 『少年』, 『百八煩惱』 등을 통하여 많은 시를 발표하였는데 그의 시는 우리의 전통 시가에서 찾을 수 없는 외형률을 적극적으로 시도하고 있다.

최남선은 우리 전통 시가가 음수율이 정확하지 않아서 외국 시에 비해 산만하다는 생각으로 외형률을 적극적으로 수용하였다. 그에 따라 자유로운 음수율에서 폭넓은 사고와 정서를 함유하려했던 전통 시가의 시정신은 빛을 잃고 말았다. 뿐만 아니라, 외형률을 지키려 하다 보니, 서술어로 끝을 맺으면서 부드러운 정서를 살리는 전통 시가와는 달리, 명사로 끝맺음을 하면서 딱딱한 느낌을 갖게 하였다. 최남선의 이러한 시도는 시의 형식이나 기교보다는 시의 정신을 높이사는 전통 시가의 정신과 문학적 안목을 크게 바꾸어 놓고 말았다.

또한, 최남선은 그 당시의 시대정신, 예를 들어 국난타개와 같은 당대의 민족적인 가치를 추구하는 대신 일본 시가를 그대로 모방한 시를 짓기도 하였다. 그가 지은 「京釜鐵道歌」는 일본인 大和田이 지은 「鐵道唱歌」를 흉내낸 것이며, 그의 신체시는 일본 시집 『新體詩抄』의 시들과 유사한 점이 많았다.[12]

최남선의 창작 태도는 김동환, 노은상, 주요한 등 뒤를 이은 시인들에게 상당한 영향을 끼쳤으며, 우리 시가가 형태적인 변모를 겪으면서 전통 시가가 담으려는 사상과 글쓰기 방식을 되살리지 못하는 상황을 형성하였다.

시가에 대한 관심이 외국 시로 돌려지면서 이광수, 현상윤 등은 전통 시가와는 관계가 먼 외국 시의 형태를 그대로 한국 시가의 형태로 삼으려는 태도를 나타내었다. 1914년에는 『靑春』에도 여러 편의 자유시가 실리고, 1915년에는 『學之光』에 여러 편의 산문시가 실리면서 자유시 시대를 예고하였다.

---

12) 이에 대한 논의는, 박철석, 『한국현대문학사론』, 민지사, 1990. 371~376쪽에서 찾아 볼 수 있다.

자유시 시대는 1818년 9월 26일 『泰西文藝新報』가 창간되면서 더욱 활발하게 전개되는데, 이는 이미 『泰西文藝新報』의 '泰西'라는 명칭에서부터 읽어낼 수 있다. 즉, '泰西'는, 영국·프랑스가 중심이 된 서구를 세계의 중심으로 보고 다른 지역은 주변지대로 인식하고 있음을 나타내는 것이다.

이러한 서양우월주의적 세계 인식 태도는 문학에도 그대로 나타나 한국 시가의 형태는 자유시어야 한다는 적극적인 주장을 개진하였으니, 백대진·김 억·황석우 등이 이러한 주장을 편 대표적인 인물들이다.

백대진과 김 억은 프랑스 상징주의 문학에 심취하여 한국 시가의 형태를 프랑스 상징주의 시들에서 찾으려고 노력하였으며, 황석우는 낭만주의적 시 세계관과 이론을 한국 시가에 적용하기에 이르렀다.

> 헌데 쏘한 現在朝鮮詩壇에 잇셔는 詩를 理解하는 독자가 얼마나 되며 쏘는 詩답은 詩를 짓는이가 얼마나 되는가를 생각할 必要도 잇겟스나 새 詩風을 樹立하기 위하여 作者 그 사람의 音律을 존중히 녁기지 안을슈업 습니다. 兄의 말슴과 갓치 詩는 詩人 自己의 主觀에 맛길 쌔 비로소 詩歌 의 美와 音律이 생기지요13)

김 억이 '독자다운 독자', '시인다운 시인'이 얼마나 되는가 라고 말한 것은 전통 시가의 형태와 향유 방식을 전면 부인한 것이라 할 수 있다. 그리하여 전통 시가를 버리고 서구의 시 형태를 한국 시의 새로운 글쓰기 방식으로 채용하여야 한다는 태도를 취하고 있는 것이다.14)

외국의 시를 한국 시가의 새로운 형태로 받아들이고자 한 인식은 전통적인 사상과 체제에서 시급히 벗어나야 한다는 강박 관념과 서양 사상에 대한 정확한 인식이 확립되지 않은 당시의 시대 상황에 비추어 본다면, 나름대로 의미 있는 고민이었다고 할 수는 있으나 모방이 아닌 창조적인 계승의 태도를 가졌다면 한국 전통 시가의 속성과 특성을 유지하는 새로운 글쓰기 방식을 구현할 수 있었을 것이라는 아쉬움이 남는다.

---

13) 金億, 「詩形의 音律과 呼吸」, 『泰西文藝新報』, 1919. 1. 13, 5면.
14) 외국 시를 한국 시가의 새로운 형태로 삼으려 했다는 논의는, 林種贊, 『開化期詩歌論』, 國學資料院, 1993. 제2장에서 살필 수 있다.

4. 가사 문학의 표현 양식적 특성

세계가 바뀌고 이를 창조적으로 계승하려던 전통 시가의 글쓰기는 해외 유학파인 지식층에 의해 철저히 차단되고 말았다. 역사 진행 과정 안에서 이루어져야 할 글쓰기 방식의 전수가 전통을 부정하고, 서구의 것을 우리 것으로 삼으려는 지식층에 의해 단절된 것이다.

이는 새로운 시대의 새로운 표현 방식과 의사 소통 구조가 사회 구조 안에서 자연스럽게 발달하지 못하고 서구의 문학관을 가진 문학인들에 의해 서구의 것으로 강제로 이식되었음을 의미하는 것이다.

즉, 전통 시가의 글쓰기 방식이 민족 공동체의 문화 형성 과정에서 제외되었고, 그 결과 전통적인 글쓰기 방식이 우리 민족의 정신적·문화적 자산을 풍성하게 하는 실천과 행위가 되지 못했다는 것이다.

이제, 가사 문학이 새로운 시대의 글쓰기 방식으로 가능한지를 고찰하기 위해 가사 문학의 본질과 표현 양식적 특성을 살펴야 할 것이다. 그리고 이는 개화기 다른 시가 장르에 비해 가사가 왜 활발히 창작·보급되었는가라는 의문에도 답이 될 것이다.

4.1 가사 문학의 제시 형식

가사 문학의 본질과 특성을 살피기 위해, 우선 가사 문학의 제시형식[15]을 살펴볼 필요가 있다. 제시형식은 해당 양식의 정체성, 곧 본질을 파악하는데 상당한 근거로 작용할 수 있다. 이러한 이유로 가사의 연행이나 향유 방식이 어떠했는가에 대해 선학들은 주목하였던 것이다. 그 결과 구체적인

---

15) 예술이나 문학 양식에 있어서 그것이 어떤 방식으로 연행되고 향유되는가, 즉 텍스트가 어떤 방식에 의해 심미적 대상물로 구체화되는가를 문제를 '제시형식'이라고 명명하고자 한다.

실현양상에 대해서는 많은 견해 차이가 있으나, 가사의 제시형식은 가창과 음영 그리고 완독(율독이라는 용어를 쓰기도 함)의 세 가지로 실현되는 것으로 파악하였다.

가사의 제시형식에 대한 발전적인 논의는 먼저 조규익이 제기하였다. 조규익은 우리의 고전시문학을 '부르고 듣는 문학'과 '기록하고 듣는 문학'의 양분체계로 나누고 전자에 향가나 가사 같은 우리의 고유한 노래들을, 후자에 한시를 대표적인 양식으로 들었다.16)

이에 김학성은 가사를 '볼거리(可觀)'·'들을거리(可聽)'로 존재의미를 밝히고 볼거리와 들을거리 모두로 존재하는 작품이 상당수 달한다고 하였다. 또한 임재욱은 가능태와 실현태의 개념을 설정하여, 전기 가사의 가창성에서 후기 가사의 음영성으로, 그리고 개화가사의 율독성으로 가사는 점차 음악과 멀어지는 방향으로 변천해갔다고 보았다.

결국 가사는 원래 볼거리로 지어지고, 좋은 작품으로 평가받은 상당수의 작품이 가창으로 향유되면서 볼거리와 들을 거리의 양가성을 갖게 된 것으로 정리할 수 있다. 그런데 여기서 '볼만하고 들을 만하다(可觀而可聽)'는 말에 좀더 면밀한 천착이 필요하다. 상당수의 가사가 볼거리와 들을 거리로 양가성을 동시에 가질 수 있다는 것은 그 이면에 가사는 '可觀'의 제시형식이 자연스러운 것임과 함께 언제든 그것이 인구에 회자되기만 하면 '可聽'의 제시형식으로 전환될 수 있는 잠재력을 자체에 갖고 있다는 사실을 말해주는 것이기 때문이다. 이처럼 가사가 가관과 가청의 어느 쪽으로도 실현이 가능하고 양가성을 동시에 가지고 있는 것은 그 제시형식의 본질이 가창과 완독(율독)의 중간 단계라 할 수 있는 '음영'에 있음을 의미한다. 이 음영의 특징은 볼거리로만 고정되어 있는 '기록하고 보는 문학'과도 변별되고, 들을 거리로만 고정되어 있는 '부르고 듣는 문학'과도 변별되는 제3의 시가문학 형태로 존재함을 의미한다.17)

---

16) 부르는 방법 외에도 '읊어서(吟)' 향유하는 방법도 있을 수 있으나 음(吟)이 영(詠)·동성(動聲)·가송(歌誦)·가음(歌吟) 등을 의미함으로 넓은 의미의 부르는 행위에 속할 수 있다.

4.2 가사 문학의 담론 특성

가사의 제시형식이 '음영'으로 규정된다하더라도 그것이 심미 대상으로 형상화될 때는 그때 그때의 상황에 따라 볼거리로서 완독물로, 혹은 들을 거리로서 가창물로, 혹은 볼거리와 들을 거리의 양가성을 동시에 가짐으로써 다양한 실현태를 보인다고 할 때, 가사의 관습적인 명칭으로 통용되었던 '歌辭·歌詞·가亽(ᄀᄉ)'는 그 구체적인 실현태로서의 3가지 층위와 연관된 것으로 보인다. 이 가운데 歌詞는 들을 거리로서의 가창에 비중을 둘 때 연관되고, 歌辭는 볼거리로서의 완독물로 일단 지어지고 그것이 인구에 회자되기만 하면 언제든 가창으로 전환될 수 있어 가창과 완독의 양가성을 가진 '음영'에 비중을 둘 때 연관되고, 가亽는 가사가 다른 문화권(가령 규방 문화권 등)에 전이되어 텍스트화될 때 연관되는 것으로 파악하고 있다.[18]

그런데 가사의 본질태 그대로 실현되는 경우 歌辭라는 명칭이 가장 적절하고 대표성을 띠며, 그것이 가창문화권으로 이끌릴 때는 '歌辭의 歌詞化'가 일어나고, 가사의 본래문화권을 이탈하여 타문화권으로 전이될 때는 '歌辭의 가亽화' 현상이 일어난다고 이해할 수 있다.

가사의 이러한 진술 특성에서 특히 주목되는 것은 두 가지다. 하나는 가사가 실존적 서술자의 인격적 목소리로 진술되므로 작자성, 다시 말하면 기술성을 확보한다는 것이고, 다른 하나는 4음 4보격의 연속체 율문으로 화행을 짜나감으로써 서술의 평면적 확장을 이룬다는 것이다.[19] 가사의 갈래적 정체성과 담론화 양상은 이 두 가지의 진술 특성을 고려할 때 명쾌하게 드러나게 된다.

---

17) 이에 따르면 시조는 들을거리로서 가창성이 본질이고, 한시는 볼거리로서 완독성이 본질이고, 가사는 볼거리와 들을거리의 양가성을 가지면서 양쪽으로 전환이 가능한 음영성이 본질이라 할 수 있다.

18) 김학성, 「가사의 본질과 담론 특성」, 『제1회 가사 문학 학술대회』 발표 요지집, 2000. 33~34쪽 참조.

19) 가사의 진술적 특성에 대하여는, 성무경, 『가사의 시학과 장르 실현』, 보고사, 2000. 참조.

가사가 4음 4보격 연속체라는 특유의 안정된 율동으로 구현되는 것은 '정감과 사유의 조화'라는 진술 특성을 배태하는 기반으로 작용한다. 즉 4음 4보격의 서술 견제 장치는 노래하기와 결부되어 '정감'을 배태하는 장치로 기능하며 연속체로서 서술 문맥의 연계성은 '사유'의 합리성과 설득력을 배태하는 장치로 기능하게 된다. 그런데 이 두 장치의 조화가 구체적으로 실현되는 양상은 담론화 양상에 따라 다르게 나타난다. 즉 정감에 보다 비중을 둘 경우는 노래하기 쪽으로 더욱 이끌려 4음 4보격의 견제 장치를 준수하기보다 율동의 다양성을 보여줌으로써 정감성을 더욱 두드러지게 하고, 사유에 보다 비중을 둘 경우는 서술 연계성에 더욱 이끌려 4음 4보격을 철저히 준수하는 기계적 율동에 내맡김으로써 서술의 견제를 덜 받는 대신 서술의 연계적 확장에 의해 사유의 논리나 의도를 더욱 명징화하는 효과를 얻게 된다.[20]

가사의 담론 특성과 연관하여 또 하나 고려해야 할 사항은 작자성과 기술성에 관한 것이다. 즉 가사는 원칙적으로 실제 작가의 현실적 목소리를 함유한 작자 인격으로서의 직접 서술에 의거하기 때문에 작자가 서술에 책임을 지며 작품 전반을 통어한다는 것이다. 따라서 가사는 작자와 화자가 분리되지 않고 동질성을 갖는다. 즉 가사의 화자는 곧 작자이다. 그런데 가사가 발화의 중점을 어디에 두느냐에 따라 그 구체적인 담론 양상은 다르게 나타난다. 이를테면 화자 중심 발화는 화자의 의도를 드러내는 데에 주목적이 있으므로 '표현적 언어'로 '진지성'에 가치를 두는 담론 특성을 드러낸다.[21]

그리고 청자 중심 발화는 청자를 설득하는 것이 긴요하므로 '선언적 언어'로 '정당성'에 가치를 두는 담론 특성을 드러낸다.[22] 지시대상물에 중심

---

20) 김학성, 앞의 논문, 34쪽.
　　정감과 사유를 조화한 작품으로는 송강가사를 비롯하여 <상춘곡>·<면앙정가> 등이 있으며, 정감에 비중을 둔 작품으로는 <매창월가>·<강촌별곡>·<환산별곡>·<낙빈가> 등이 있고, 사유에 비중을 둔 작품류는 교훈가사, 기행가사, 계녀가사, 도덕가사 등과 불교가사, 동학가사, 천주교가사 등 종교계가사들이 있다.

21) 이러한 담론 특성을 나타내는 작품으로는 <상춘곡>·<면앙정가>·<사미인곡>·<만분가>·<태평사>·<용사음> 등이 대표적이다.

을 두는 발화는 대상물을 알려주거나 설명하는 데 주목적이 있으므로 '지시적 언어'로 '사실성'에 가치를 두는 담론 특성을 드러내고,[23] 전언 중심 발화는 작품 자체를 향유하는 데 주목적이 있으므로 '시적언어'로 '탐미성'에 가치를 두는 담론 특성을 보인다.[24]

이처럼 가사는 담론화 방향에 따라 그 운용하는 언어적 기능과 지향하는 가치가 다르므로 각기의 작품 성향에 맞게 가치평가가 이루어져야 한다. 이를테면 정당성을 추구하는 청자 중심 발화 작품을 놓고 시적언어에 의한 탐미성 결핍을 지적하는 것은 옳지 않다.

4.3 가사 문학의 양식적 특성

염은열[25]은 기행가사를 중심으로 가사의 내용 생성 방식으로 '대상에 대한 즉물적 인식의 질서화'·'대상에 대한 관념적 인식의 구조화'·'대상에 대한 주정정 인식의 투사' 등을 제시하였다. 그리고 이러한 내용 생성 방식이 기행가사가 아닌 다른 가사에 적용될 수 있음을 보여주기 위해 내용 생성의 일반 기제에 대해 논의하였다. 염은열이 밝힌 내용 생성의 일반 기제는 ① 관찰을 통한 내용 생성 기제 ② '앎'을 이용한 내용 생성 기제 ③ 투사를 통한 내용 생성 기제 등이다.

이러한 내용 생성 방식이나 내용 생성의 기제들이 다른 갈래에도 적용될 수 있는지 하는 것은 이 곳에서 논의할 수 없지만, 가사의 내용 생성 방식과 내용 생성 기제로 작용한다는 것은 충분히 설득력이 있다. 이는 가사 문학의 갈래적 개념을 말할 때 '관습적 갈래'라는 용어를 사용하는 것으로도 알 수 있다. 가사가 창작되던 당대인의 생활은 개체적 변환보다는 보편

---

22) <권선지로가>·<오륜가> 같은 교훈가사가 대표적이다.
23) <관서별곡>·<일동장유가>와 같은 기행가사와 <역대가>·<한양가>와 같은 역사나 풍물을 읊은 가사들이 이에 해당한다.
24) 12가사 같은 가창가사가 이에 해당한다.
25) 염은열, 『고전 문학과 표현교육론』, 역락, 2000.

적 규범에 따라야 했으므로 표현 행위 역시 어떤 관습의 틀에 의하여 실현된 것이 일반적이기 때문이다. 따라서 문예 양식도 갈래의 개신이라는 급속한 방식보다는 갈래의 계승이라는 온건한 방식에 의하여 유지되었다.[26]

그렇다고 가사가 비전환체계에만 의존하지 않은 것은 같은 시대의 대상을 놓고 형상화하였다 하더라도 다양하고 개성적인 작품을 산출하였다는 사실에서만도 확인할 수 있다. 문제는 무엇을 형상화하였느냐 하는 대상의 선택이 아니라 어떻게 형상화하였느냐 하는 것이다.

가사는 교술적 서술이나 서정적 통합, 또는 이 둘의 특징을 구유하는 진술 방식에 근접하는 속성이 혼효되어 있기도 하다. 또는 가사는 기록문학의 양식과 양식 사이의 비어 있는 공간에 위치한다고 바꿔 말할 수 있다. 교술적 본질을 남겨두고 서정적 통합으로 이동할 때, 서정적 본질을 남겨두고 교술적 의도로 넘어갈 때, 그 이동하는 사이의 빈 공간에는 글쓰기의 시원적 욕구가 반영되어 있는 여유로운 변경이 존재한다. 가사의 즉흥적 감발은 이 공간에서 이루어진다고 볼 수 있다. 이 공간은 아직 갈래 채택 이전의 미지의 공간이면서 동시에 모든 갈래의 채택가능성을 내포하고 있는 예비 공간이기도 하다.

가사에서 작품 공간의 행위 주체와 작가가 동일시되는 면모는 어찌보면 가사는 대상에 대한 작자의 간섭이 없는 비전환 표현에 의존하는데 연유한다고 볼 수도 있지만, 그 본질은 글쓰기의 재료가 곧 글쓰기의 내용이 되는, 아직은 갈래화하기 이전 단계에서 글쓰기가 시작되는 가사의 갈래적 성격에 연유한다. 물론, 가사가 즉흥적 감발에 의지해야 하는 갈래 관습이 거기에 크게 작용하였다. 특히 경상(景象)을 재빠르게 자기화하여 문학적 표현으로 전환하려면 천태만상의 공간을 시시각각으로 변화하는 시간대로 바꾸어 읽어야 한다.

가사의 장면 독립의 원리는 개별 대상에 대한 형상화의 독립성을 보존하면서, 전체적인 의미의 제시라기 보다는 개별 대상에 대한 의미를 재조합하는 방식으로 이루어진다. 그러나 집영의 단계에 들어서면 전체 주제에

---

26) 윤덕진, 「가사의 정경론과 양식적 본질」, 제1회 가사 문학 학술대회 발표지, 2000. 57쪽.

포괄되어야하는 구조적 전제 때문에, 개별 장면을 잇는 고리를 설정할 수밖에 없다. 이 때 사용되는 방식은 '선경후정(先景後情)'의 원리를 바탕으로 하여, 장면 사이를 정서의 표출로 메꾸어 가는 방식과, 보다 큰 의미의 단위 설정 등을 들 수 있다.

이처럼 가사의 주제 구현 방식은 부분의 독립과 나열을 기반으로 하여, 부분의 통합과 단락의 독립이 이루어지고, 단락들도 다시 나열되어 더 큰 전편에 귀속되어 주제적 통합을 이루게 된다는 견해[27]를 재확인하게 된다.

5. 새로운 글쓰기 방식으로서의 현대 가사의 가능성

국문학계에서 가사를 소멸된 갈래로 결론을 내리고 가사에 대한 관심을 접어놓은 이 때에, 새로운 가사 창작에 대한 가능성을 열어놓는 젊은 작가들의 작품이 있다. 비록 발표된 작품 수는 적고 시작에 불과하지만, 가사의 현대적 모습을 찾아낼 수 있는 단초를 제공하고 있으니 매우 의미 있는 일이라 할 것이다.

중요한 것은 새로운 젊은 작가들과 작품을 바라보는 우리의 자세이다. 젊은 작가와 작품을 바라보는 우리의 자세가 고답적이거나 권위주의적이어서는 안 될 것이다. 젊은 작가와 작품을 바라보는 우리의 자세는 보다 창의적이고 발전적일 필요가 있다. 조선조 가사 형식을 전형으로 고집하여 젊은 작품들을 평가절하 하거나 외면해서는 안 될 것이다. 젊은 작가들이 살고 있는 현대의 의사소통 구조와 표현 방식을 이해하고 그 안에서 젊은 작품들의 창의적인 요소와 발전적인 요소를 찾아내는 자세가 필요하다.

가사의 현대적 양상을 찾아내는 일이나, 가사의 부활을 논의하는 일은 고전 시가의 한 맥을 이루었던 가사를 현대에 그대로 복원하려는 작업이

---

27) 박연호, 「장르 구분의 지표와 가사의 장르적 성격」, 『고전 문학연구』 제17집, 2000. 178쪽.

아니기 때문이다. '가사'와 '현대'를 결합하려는 일련의 노력들은 '문화의 창조적 계승과 발전'이라는 큰 울타리 안에서 이루어지는 현실적·실천적인 언어적 행위이어야 한다. 그래야 만이 가사를 통해 '일상적인 언어생활'을 풍부하게 하는 문학교육의 목적에도 접근할 수 있을 것이다.

　이러한 논의들을 구체적으로 전개하기 위해 우선, 젊은 작가들의 작품을 눈여겨볼 필요가 있다.

(예문 가) 백 가 녀

합성이라 발뺌하세	조작이라 우겨보세
뽀록났네 큰일일세	사랑해서 그랬다네
이말로도 안통하네	일단튀고 수습하세
꽘에가서 뭣을할꼬	2탄이나 찍어볼까
기자회견 하자했네	어떤말로 구랄칠꼬
올타꾸나 몰카로세	몰카라면 만사형통
변호사가 동의했네	매니져도 오케했네
신문에서 특필했네	오열했다 기사났네
눈물없는 오열인가	보다보다 처음일세
여기에다 언론까지	몰카로세 밀어주세
여성단체 몇푼주니	죽기살기 구명운동
몸을팔아 얻은인기	더한것은 못팔소냐
아이스타 돈준다네	2 0 억원 껌값일세
엠비씨가 뒤질소냐	일밤출연 하라했네
여론조작 언론조작	돈주는데 안해줄까
이미버린 몸뚱아리	백번인들 마다하리

(중 략)

부모님은 아실런지	너이런줄 아실런지
어머님은 통곡일세	아버님은 실성일세
부모님이 먼대순가	나잘돼면 장땡이지
떡잘치면 가수하는	우리나라 조은나라
립싱크도 장르라는	우리나라 어절씨구

(http://kukmunin/uindex.htm. 2000. 12. 09. 작성자 : 시인)

국어사용에 대한 고정된 관점으로 바라보면 몇 가지 문제점을 담고 있다. "뽀록났네 / 일단튀고 / 구랄칠꼬 // 콩밥 / 장땡 / 떡잘치면" 등과 같은 속어와 은어의 사용, "매니져 / 엠비씨 / 풀버젼 / 립싱크" 등과 같은 외래어의 왜곡된 표기, "몰카 / 일밤 / 조은나라" 등과 같은 컴퓨터 시대의 언어사용 등은 앞으로 바로 잡아야 할 언어사용이다. 단지 이 작품이 젊은이들이 공유하는, 비공식적인 인터넷 속의 작품임을 감안하여 사용 언어에 대한 논의보다는 작품의 형식, 대상에 대한 인식 태도, 작품에서 구현하려고 한 정신세계 등을 우선 논의하여야 할 것이다.

(예문 가)는 형식상 조선 후기 가사의 형식을 상당 부분 계승하고 있다. 이는 (예문 가)의 대상 인식 태도와 세계관, 표현하고자 하는 내용이 조선 후기 가사와 상당 부분 일치한다는 것을 의미한다.

우선, 엄격히 4·4조를 채택하고 있는 것이 조선 후기 가사의 형식과 닮아 있다. 조선 초기의 가사는 2자, 3자, 4자, 5자 등 글자 수에 크게 구애받지 않았다. 초기의 가사가 이처럼 자유로운 글자 수를 채택한 것은 조선 초기의 가사들이 주로 서정적인 내용을 담고 있었기 때문이다. 그러나 조선 후기에 오면서 가사는 현실 비판적 내용을 담기 시작하였고, 그 결과 4·4조를 견고히 하였다. 이처럼 (예문 가)는 조선 후기 가사의 비판적 세계 인식 태도를 받아들이면서 동시에 4·4조를 이어가고 있다.

'4음 4보격의 연속체'의 가사 형식은 정감과 사유의 합리성이라는 진술 특성에 의한 것이고, 대중을 향한 사유의 합리성에 비중을 두면서 4·4조의 음수율을 강화하는 것이다. 이러한 형식적 장치의 글쓰기 방식은 ① 현실 사회에 무감각하고 사회 문제에 무관심한 세대들에게 사회적 관심을 일으키고, 모범적 규범을 형성하는 데 유리하고, ② 순간적인 것, 재미있는 것에 빠진 세대들에게 진지한 태도를 가도록 할 수 있다는 점에서 새로운 글쓰기 방식으로서의 가능성을 갖는다.

개인의 자유 역시 중요하지만, 개인의 자유는 사회적 사유 체제 안에서 풍성해 질 수 있다. 다른 선진국들이 시민정신, 종교, 영화, 음악, 미술 등 등 다양한 문화적 기재를 통해 사회적 사유 체제를 형성하는 반면, 이러한 기재를 갖지 못한 우리로서는 우리 민족이 지닌 글쓰기의 우월성을 통해 사회적 사유 체제를 형성하는 것은 매우 중요한 일일 것이다.

그리고 이러한 표현 형식이 새로운 글쓰기 방식으로 가능성을 갖는 또 다른 이유는 4·4조가 '부르기(歌唱)'로 쉽게 전환할 수 있는 장치이기 때문이다. 문자로 정착된 4·4조의 형식은 기본적으로 '보기(可觀)'의 성격을 띠지만 이에 익숙해지면 언제든지 '부르기(歌唱)'로 전환할 수 있는 속성을 갖고 있다. 따라서 서양의 노래와 음악에 젖어 있는 젊은 세대들에게 전통시가의 리듬과 박자에 익숙하게 만드는 효율적인 형식이라 할 수 있다.

(예문 가)는 조선 후기 가사들의 세계 인식 태도와 표현 방식을 상당부분 답습하고 있다. 조선 후기 작자들이 국가적 차원을 지니고 있다면 (예문 가)는 문화, 그 중에서도 대중가요와 대중가수의 문제를 다루고 있다는 것이 다를 뿐이다.

문학을 문학 안에서만 다루려는 태도가 인문학의 위기를 가져왔다는 사실을 어느 정도 인정한다면, 문학이 당대의 문화를 끌어안아 비판하고, 비판을 통해 그 사회가 추구해야 할 문화의 형태를 제시하는 것 역시 문학이 추구해야 할 영역이다.

좀 더 구체적으로 작품을 들여다보면, 작자는 현 가요계와 사회 문제를 복합적으로 파악하고 있음을 알 수 있다. 우선 비디오 속의 여가수가 비디오가 유통되고 문제시되자 이를 숨기고 변명하려는 태도를 풍자적으로 꼬집고 있다. "합성, 조작, 몰카(몰래 카메라)"라고 발뺌하고 변호사와 매니저를 이용하여 억울함을 호소하는 행동을 비판하고 있다.

이에 그치지 않고 작자의 시선은 여가수에서 언론, 여성단체 등 사회 일반의 의식과 반응으로 옮겨가고 있다. 비디오 속의 여가수에게도 문제가 있지만 이를 옹호하고 있는 언론과 단체는 이러한 풍속에 면죄부를 주고 있을 뿐만 아니라, 성을 상품화하거나 출세의 도구로 삼는 사회 전반의 죄의식을 무감각하게 만들고 있는 주체라고 인식하고 있다.

작자는 마지막에 가요계의 비뚤어진 현실을 고발한다. 노래 이외의 것으로 가수를 할 수 있는 현실과 입술로만 노래하는 립싱크가 하나의 가요 장르로 인정받는 가요계의 풍토를 역설적으로 비판하고 있다.

(예문 가)는 이처럼 여가수의 헤픈 몸가짐과 그를 숨기려는 행위를 비판하면서 시작하고 있다. 그러나 여가수의 개인적인 문제보다는 그것을 가능하게 하는 가요계와 사회 전반적인 인식을 문제 삼고 있다.

몸을 팔면 인기인이 될 수 있는 현실, 노래라는 가수 본래의 능력보다는 가사의 춤 실력과 기획사의 기획력이 본질이 되고 있는 가요계의 현실에 대한 비판이 중심이 되고 있다. 그러면서 이를 감싸는 언론과 단체들에 대해서도 비판한다. 돈을 받고 여론을 조작하는 언론이나 역시 돈을 받고 구명 운동을 펼치는 단체는 몸을 팔아 인기를 얻는 스타들을 양산하고 있다고 보고 있다.

결국, (예문 가)는 돈과 인기를 위해 몸을 파는 연예인과 그를 옹호하고 감싸는 사회 전체적인 분위기, 그에 따라 문제가 더욱 확산되는 현실을 고발하고 있다. 그러면서 이러한 일이 자행되는 배경에는 상업성의 노예가 되어버린 우리 가요계가 있음을 비판하고 있다.

(예문 가)가 4·4조의 정형화된 율조를 바탕으로 비판 정신을 높이고 동시에 음수율의 흐트러짐이 가져오는 내용과 심상의 흐트러짐을 방지하고 있다면 다음의 예문들은 좀 더 자유스러운 형식 속에서 작자의 정서와 사유를 표출하고 있다.

(예문 나) 대 나 무

김승봉(광주 남구 진월동)

인생여정 지친 걸음 구름처럼 떠돌다가 비로소 이르렀네, 남도땅에 이르렀네. 넓은 들판 가로질러 무등산 훌쩍 넘어 바람소리 시원한 대나무골 도달하니 마중나온 죽마고우 죽순주를 내어온다. 한 잔 두 잔 오고 가니 우정도 깊어가네. 이보게, 친구들아 술만 마실건가, 창문을 활짝 열고 대나무도 마셔보세. 힘겨운 인생살이 어지러운 정치 경제 끝없는 난제(難題)들을 나무에게 물어보세.

여보게, 사람들아 내 말좀 들어보게. 내 속이 비었다고 그대들 비웃지만 만고풍상(萬古風霜) 아픈 역사 가슴에 담으려니 이 내 몸 커갈수록 구멍 더욱 커가네. 내 안으로 들어와 신(神)의 소리 들어보게.

(중　략)

　개인주의, 이기주의, 혈연주의, 지역감정, 군웅할거, 남북분단, 동서간의 모든 담을 내 몸 비워 내어놓은 희생정신 발휘하여 배고픈 자 죽순요리, 가난한 자 대바구니 내 가진 것 모두모두 이웃에게 내어주니 나의 생명 다하여도 이름만은 길이 남네.

　친구여 들었는가, 대나무의 힘찬 소리 행동으로 말을 짓는 속 빈 나무의 함성, 침묵으로 말하는 속 찬 나무의 웅변. 이렇게 변덕스런 우리 모습 부끄러워 세심정(洗心淨) 맑은 물에 부끄러움 씻어 걸고, 늘 푸르게 서서 하늘을 응시하는 강직함을 배워보세. 담양골 대나무의 희생정신 배워보세. 흰걸같은 모습으로 역사를 지켜보는 대나무의 기상으로 남은 생애 살아보세.

　친구여, 대나무 외에 좋은 스승 없네그려.
(제1회 전국 가사·시조 창작대회 일반부 가사부문 최우수작)

　강호가사를 읽는 듯, 기행가사를 읽는 듯하다가 현실비판가사를 읽는 듯하기도 하고 교훈가사의 묘미를 읽는 듯하기도 하다. 이처럼 (예문 나)는 가사 문학의 전통을 이어받고 다양한 유형의 가사 문학을 조합하면서 새로운 변화를 시도하고 있다. 우선, 전통적인 가사 배열법에 의한 표기 방식이 아닌, 현대시의 한 부류인 산문시의 표기 형식을 띠고 있다. 그러면서 동시에 현대시의 연구분법에 의해 연을 구분하고 있으며, 띄어쓰기를 지키고 있다.

　그러나, (예문 나)는 가사의 전통적인 창작 방식을 무시하고 있는 것이 아니다. (예문 나)는 가사 전통적인 표기 방식인 배열법에는 어긋나 있지만 이를 다시 전통적인 표기 방식으로 바꾸어 보면 다음과 같다.

인생여정 지친 걸음	구름처럼 떠돌다가
비로소 이르렀네,	남도땅에 이르렀네.
넓은 들판 가로질러	무등산 훌쩍 넘어
바람소리 시원한	대나무골 도달하니

마중나온 죽마고우　　　　　죽순주를 내어온다.
한 잔 두 잔 오고가니　　　　우정도 깊어가네.
이보게, 친구들아　　　　　　술만 마실건가,
창문을 활짝 열고　　　　　　대나무도 마셔보세.
힘겨운 인생살이　　　　　　　어지러운 정치 경제
끝없는 난제(難題)들을　　　　나무에게 물어보세

이처럼 전통적인 표기 형식으로 바꾸어 보면 (예문 나) 역시 3·4조와 4·4조를 주요 음수율로 한, 4음보 형태를 띠고 있음을 알 수 있다. 단지 (예문 가)와 비교하였을 때, (예문 가)가 4·4조를 일률적으로 적용하고 있는 반면, (예문 나)는 3·4조와 드물게 4·3조와 2·4조 등을 채용하고 있다는 것을 알 수 있다.

이러한 음수율의 차이는 두 작품이 가지고 있는 대상에 대한 태도와 언어 의식의 차이에 의한 것이다. (예문 가)는 작품 전체를 통해 일관되게 비판적인 태도를 보이는 반면, (예문 나)는 세계에 대한 비판적 반응과 함께 자연물(대나무)에 대한 정서적 반응을 동시에 보이고 있으며, 자연물에 대한 주관적인 인식으로 세계의 부조리를 순화하려는 의도를 가지고 있기 때문이다.

즉, (예문 가)는 화자 중심의 발화로 '표현적 언어'로 '진지성'에 가치를 두는 반면, (예문 나)는 청자 중심의 발화 태도를 주로 하다가 주제를 드러내기 위해 지시 대상 중심 발화를 채용하고 있기 때문에 '선언적 언어'를 중심으로 '지시적 언어'를 채용함으로써 정당성과 사실성에 가치를 두고 있다. (예문 가)와 (예문 나)의 이러한 차이는 음수율에도 그대로 드러나는 것으로 이해할 수 있다.

(예문 나)는 다양한 서술 방식, 대화 방식을 가지고 있다는 점에서도 조선 후기 가사의 전통성을 이어받고 있다. 대화체는 담론 주체의 갈등을 담아내고 상대주의적 사유를 표현하기에 적절한 방식이다.

뿐만 아니라, 문자로 기록한 작품은 그 순간 현재적 사유와 일상적인 언어 소통과는 단절되게 되는데, 이 때 대화체 표기는 현재적 사유와 일상적인 언어 소통과 끊임없이 교류할 수 있는 방식이라는 강점을 갖게 된다.

따라서 작품을 쓴 과거 시간과 작품을 읽는 현새 시간이 교류하어 과거가 현재로 현재가 과거로 혼효되면서 항상 현재성을 갖는 것이다. 가사 문학의 대화체 방식은 이런 점에서 '실시간'의 문화를 즐기는 젊은 세대들이 향유하기에 적합한 의사 소통 구조를 갖게 하는 것이다.

이러한 특성은 현재에만 관심을 두지 과거에는 무관심한 젊은 세대들에게 과거를 현재 속에서 음미하고, 현재를 과거 속에서 되새김할 수 있는 기회를 제공한다.

(예문 나)의 또 다른 특성은 작품 안에서 대상의 목소리와 작자의 목소리를 번갈아 사용하면서 작품의 긴장감을 높이고 있다는 것이다. 작자의 목소리는 대상을 바라보는 관찰자의 목소리와 대상이 되어 인간 세상을 진단하고 풍자하는 목소리로 변화를 주고 있다.

이러한 다양한 목소리를 사용하여 인간 세상을 평면적으로 확장함으로써 현실 문제를 실감나게 드러내고 그 문제를 해결할 수 있는 의식의 전환을 도모하고 있다.

작자가 화자가 되고, 화자가 대상이 되며, 대상이 작자가 되는 시선의 변화는 오히려 작자와 화자, 대상이 동질성을 갖는 것을 의미한다. 시선의 이동을 통한 진술의 목적은 다양하고 이질적인 관념들을 제시하기 수월하다는 이점과 그러면서도 자신의 사유와 주장을 구체적이고 명확하게 표현할 수 있다는 이점을 동시에 얻으려는 데 있다.

따라서, (예문 나)의 각 부분은 각각의 독립성을 가지고 있으면서도 주제의 통합에 기여하고 있음을 알 수 있다.

결국, (예문 가)와 (예문 나)는 전통적인 가사 표현 양식을 창조적으로 계승하고 있음을 알 수 있다. 문제는 이러한 젊은 작가들의 작품을 어떤 태도로 바라볼 것인가 하는 것과 이들 작품의 문학성과 교육적 필요성을 어느 관점에서 접근할 것인가 하는 것이다.

(예문 다) 대 동 시 조

햇살만발	하늘아래
반짝이는	푸른두눈
신명나게	즐겨보세
붉은열기	축제한판
휘황찬란	조명아래
게슴츠레	풀린두눈
신명나게	마셔보세
벌건열기	축배한판

(H대신문, 2002. 6. 3)

(예문 다)는 신문에 실린 글이기에 앞에서 살핀 개화 가사와 동일한 형식을 취하고 있다. 즉, 작품이 길이가 짧고, 짧은 작품이 갖는 한계를 극복하기 위하여 4·4조를 엄격하게 유지하여 사회적 사유 체제를 형성하며, 부르기로의 손쉬운 전환을 꾀하고 있다.

그러나 (예문 다)가 새로운 글쓰기 방식으로 가능성을 갖는 진정한 이유는 작자 스스로가 자기가 속해 있는 문화를 비판적인 안목으로 바라보고 있다는 것이며, 우리 민족이 지니고 있던 은유하기, 풍자하기의 방식으로 표현하고 있다는 것이다.

'세계화'와 '문화개방'을 위협적으로 받아들이는 진짜 이유는 우리가 그것을 건전하게 소화할 수 있는 준비가 되어 있지 않기 때문일 것이다. 우리가 세계의 문화와 문물, 사유 체제를 건전하게 받아들이기 위해서는 제일 먼저 상식적인 비판의식을 키워야 할 것이다.

먼저 현재 우리 모습을 객관적으로 비판할 줄 알아야 하고 그 다음, 다른 것을 전통적인 것 안에서 효율적으로 비판할 줄 알아야 한다. 그리고 그 비판이 갈등과 다툼으로 번지지 않고 우리 스스로를 발전시키는 기재로 적극 활용되어야 한다.

이러한 의미에서 가사 문학은 '세계화'와 '문화개방'의 시대를 살아야 하는 현대 사회의 새로운 글쓰기 방식으로서 가능성을 갖는 것이다.

6. 결 론

격동하는 개화기에 가사 문학은 새로운 글쓰기 방식으로 변모를 꾀하면서 활발하게 창작·보급되었다. 단지 전통적인 시가가 지니고 있던 글쓰기 방식이 외국 시를 우리의 새로운 글쓰기 방식으로 받아들인 지식층에 의해 그 창조적 계승의 기회를 박탈당했고, 그러한 과정에서 가사 문학은 새로운 글쓰기 방식으로 거듭나지 못하고 우리 문학사 속에서 흔적만을 남기고 사라지게 되었다.

하지만 가사 문학은 세계화, 문화개방 시대인 현대 사회의 글쓰기 방식으로 그 가능성을 자체적으로 지니고 있다. 가사 문학은 역사적 갈래, 관습적 갈래라 불릴 만큼 우리 민족의 보편적인 정서를 열린 형식으로 받아들인 전통적인 갈래이기 때문이다. 이러한 근본적인 자질 외에도 가사 문학은 현대 사회의 새로운 글쓰기 방식으로서의 가능태를 지니고 있다.

특히, '개인주의', '폐쇄적 인간관', '사회에 대한 무관심', '공격적 기질' 등등이 만연한 현대 사회의 구조적 문제를 적극적으로 끌어안고 치유할 수 있는 민족 전통의 정신을 가사 문학은 오롯이 본존하고 있다. 뿐만 아니라 '실시간성', '쌍방향성', '다양성', '다변성'의 문화를 즐기는 젊은 세대들이 손쉽게 접근할 수 있는 개방성과 수월성을 가사 문학의 형식은 갖고 있다.

문학을 문학의 영역 안에서만 다루려고 하지 않고, 문화 전반의 표현 형식과 의사 소통 구조 안에서 다루려는 의지만 있다면, 이질적인 관념들을 가사 문학의 글쓰기 방식을 통해 통합하여 현실 세계를 확장하고 미래 사회를 향해 지평을 여는 작업은 가능하다.

이미 5장에서 살핀 것처럼, 가사 문학은 ① 개인적인 정서와 사회적인 사유 체제를 동시에 담아낼 수 있으며, ② 可觀에서 歌唱으로 손쉽게 전환할 수 있어 현대 사회의 노래와 음악을 우리의 것으로 거듭 태어나게 할 수 있는 형식을 지니고 있고, ③ 작자와 화자, 대상을 자유롭게 넘나들 수 있는 진술 방식으로 글쓰기의 수월성과 함께 진지성을 확보할 수 있으며,

④ 대화체의 적극적인 활용으로 기록 문학이 갖는 현재성과 일상적인 의사 소통 구조의 단절을 극복할 수 있다. 뿐만 아니라, ⑤ 독립적인 부분에서는 다양한 목소리를 담아내다가도 전체적인 주제로 통합하는 서술 구조를 가지고 있으며, ⑥ 무엇보다도 작자 스스로 책임 있는 목소리로 비판하고 그 비판이 갈등과 다툼으로 발전하지 시키지 않는 은유와 풍자를 형상화 방식으로 지니고 있다.

이러한 점들이 가사 문학이 현대 사회의 새로운 글쓰기 방식이 될 수 있음을 보여 주고 있다. 또한, 가사 문학이 현대 사회에서 적극적인 글쓰기 방식으로 거듭 태어나기 위해서는 문학 외적인 영역에서도 가사 문학을 바라 볼 수 있어야 한다. 즉, 음성학, 언어구조학, 언어·사회 심리학, 의사소통학 등등 다른 영역에서도 가사 문학을 과학적으로 연구·분석해야 한다는 것이다.

최근 우리 음식에 대한 관심이 높아지고 있는데, 이는 '우리 것'이라는 민족주의적 의식이나 '身土不二'와 같은 문구 때문이 아니라는 사실을 직시할 필요가 있다. 우리 음식에 대한 높은 관심은, 우리 음식이 지닌 성분과 효능을 과학적으로 분석하고 우리 몸의 장기의 형태와 체질에는 기름진 서양 음식보다는 단백질과 섬유질을 많이 함유하고 있는 우리 음식이 적합하다는 의학적인 연구가 있었기에 가능하였다는 것을 인식할 필요가 있다.

조선 후기 사상과 서민가사

1. 조선 후기의 역사적 흐름과 왜곡

일반적으로 '조선 500년'하면, '관념(觀念)', '사화(士禍)', '당쟁(黨爭)' 등의 단어를 떠올린다. 특히, 조선 후기에 대해서는 '자신들의 기득권을 지키려는 사대부들의 당파 싸움 때문에 국운이 위태로워지고, 급기야 나라를 빼앗기게 되었다'고 인식하고 있다.

이러한 잘못된 인식은 우리 역사에 대한 몰이해와 연구자들의 무관심에서 기인한 것이다. 때로는 이에 대한 변명으로 '식민주의 사학', 또는 '식민주의 역사관'을 거론하기도 한다.

사실, 제국주의에 편승한 일본은 '힘의 논리'에 의해 우리의 역사를 평가절하하였다. 일본은 1868년 명치유신을 단행하여 제도와 문물뿐 아니라, 역사 서술 방식 역시 서양의 것을 받아들였다.[1] 1894년 청일전쟁에서 승리한 일본은 대륙 정복을 달성할 절호의 기회라고 생각하여 제국주의 시각에서 우리나라 역사를 왜곡하여 우리 민족의 존재 자체를 말살하려 하였다.

실재로, 일본의 사학자들은 '지리적 결정론',[2] '사대주의론',[3] '당쟁론'[4]

---

[1] 랑케(ranke) 사학의 역사 서술 방식을 도입한 일본은 조선과 만주를 하나로 묶어 「滿鮮史」라 이름 짓고, 우리나라 역사를 왜곡하기 시작하였다.

[2] 지리적 결정론은 우리나라가 반도 국가여서 주변의 강대국에 의지하여야만 한다는 이론이다. 이 이론을 바탕으로 우리나라가 중세 이전까지는 중국에 의지하여만 했고, 근대에 들어서는 일본에 의지하여만 한다고 주장하였다.

[3] 사대주의론이란, 우리나라가 중국에 대해 조공을 바치는 등, 사대로 일관하였으니 자주 국가가 아니라는 이론이다. 그러나 우리나라는 당대에 걸맞은 외교 절차로 중국과 교역을 하였던 것이지 굴종과 복종을 하였던 것은 아니다. 특히, 양란(兩亂)이후 화이

등 타율성과 정체성론(停滯性論)[5]을 바탕으로 식민주의 사학 이론을 견고히 하고, 그것을 우리 민족의 머릿속에 강하게 심어 놓기 위해 힘을 쏟았다. 조선은 당쟁만 일삼은 무능한 왕조이기 때문에 일본의 보호를 받아야 하며, 한일합병은 정당한 것이라는 식의 논리를 펼쳐나갔다.

그리고 이러한 전략은 대단히 성공을 거두어서 조선 왕실과 백성들 사이를 이간시키고, 양반문화(고급문화)에 대한 부정적 시각을 갖게 하였다. 뿐만 아니라 우리 민족 스스로 자기 부정, 자기 비하에 빠지게 하였다. 우리 민족을 팽이, 엽전 또는 모래에 비유하여 스스로의 가치를 평가 절하하는 의식은 현재에도 망령처럼 살아 있다.[6]

이제, 이러한 인식에서 벗어나기 위한 적극적인 노력이 필요하다.[7] 한 민족은 그 민족의 전통 속에서 생활하며, 역시 그 안에서 시대에 맞는 새로운 문화와 사상을 창조한다. 즉, 전통을 씨줄로 하고 새로운 시대정신과 변화의 욕구를 날줄로 하여 민족의 운명과 번영을 이끌어 나가는 것이다.

따라서 면면히 이어온 전통을 올바르게 세우는 일은 무엇보다 중요하다. 특히, 조선시대의 사상과 문화를 올바르게 정립하고 그것을 일상적인 삶으로 펼쳐나가는 일은 무엇보다 시급하다. 그 이유는 조선시대가 현대 사회의 바로 앞선 시대여서 현대 사회에 가장 큰 영향을 끼치고 있어서도 이기도 하고, 그러면서도 우리 민족의 역사상 가장 왜곡된 시대이기도 하기 때문이다.

조선시대의 역사 왜곡에 대해 반성하고 책임 소재를 따지는 일도 나름대

론(華夷論)에 입각한 조선중화주의(朝鮮中華主義)를 제창하여 조선 고유의 문화를 갖게 되었다.
4) 당쟁론은 조선은 사화와 당쟁이 빈발하고 극심하여 망하지 않을 수 없다는 이론이다.
5) 정체성론이란 우리나라가 왕조는 바뀌었어도 발전하지 못하고 정체되어 있었다는 이론이다.
6) 팽이 - 조선 민족은 때려야 돌아간다.
   엽전 - 가운데 구멍을 뚫어 꿰어야 한다.
   모래 - 개인은 가치가 높으나 모으면 다 부서진다.
7) 우리 역사학계에서는 민족주의 사학, 실증 사학, 사회경제 사학, 신민족주의 사학을 성립하여 일본의 식민주의 사학에 대응하고 그 허구성을 지적하였다. 그러나 아직 세밀한 이론을 세우지 못한 감이 있다.

로 가치 있는 일이다. 반성과 원인 규명을 통해 올바른 역사를 세울 수 있으며, 다시는 굴욕의 길을 걷지 않을 수 있기 때문이다.

그러나, 반성과 책임을 어느 일부에게 돌린다든지 특정한 분야에 돌려서는 안될 것이다. 바꾸어 말하면 고전 문학 연구자 역시 반성과 책임에서 자유로울 수 없으며, 고전 문학 교육 환경 역시 전면적으로 검토해야 할 시점에 와 있음을 깨달아야 한다.

고전 문학은 현대 문학과 달리 당대의 역사, 문화, 사상(철학)을 모두 아우르고 있으며, 정치와도 뗄 수 없는 관계에 있다. 즉, 고전 문학은 우리 민족의 생활과 사회 변화의 중심 역할을 하였으며, 우리 민족의 인식과 사상 형성에도 주도적인 기능을 담당하였다.

그러나, 고전 문학 연구와 교육은 작가와 작품 연구에 몰두할 수밖에 없었다. 특히 조선 후기 문학은 임진, 병자 양란 이후의 사회적 후유증을 중심으로 논의하고 있는 실정이다. 이에, 조선 후기 문학을 좀더 정확히 이해하기 위해 조선 후기의 사회상과 사상에 대해 세밀히 천착할 필요가 있을 것이다.

2. 조선 후기 사상과 중인 계층의 성장

인류의 역사는 인간 이성의 발달사로 볼 수 있다. 힘의 논리가 부족과 부족 사이, 국가와 국가 사이, 그리고 사람과 사람 사이에서 통용되었던 시기도 있었다. 하지만, 안정된 농경 사회에 접어들면서 힘의 논리가 국가나 개인의 발전이나 영원한 평안을 가져다주지 않는다는 진리에 눈을 뜨는 데는 그리 오래 걸리지 않았다.

특히 조선시대에는 宋을 모범으로 삼아, 宋의 성리학을 국학으로 받아들여 성리학적 이념을 국시로 삼았다. 宋은 중국 역대 왕조의 평균 수명인 200여 년을 뛰어넘는 300여 년을 유지하였는데 역대의 지식인들은 그 원동력을 宋의 '문치주의'에서 찾고 있다. 조선의 문치주의는 조선 사회에 성리학을 심화·발전시켜 중화주의(中華主義)를 성립하고 북방민족에 대한 항쟁의식을 고취하였다.[8]

宋의 체제와 학문을 중시한 조선은 임진·병자, 양란을 겪고 나서도 250여 년간 왕조를 유지하였다. 조선을 침범한 일본과 중국의 지배 세력이 패퇴한 것에 비교하면 선뜻 이해하기 어려운 대목이다. 이에 대한 해석은 다양하나 대표적으로 '왕통을 이은 것은 하느님의 도움이다'는 해석과 '허약한 왕조와는 대조적으로 민족의 역량은 외침을 물리치고 문화공동체를 수호하고 새로운 역사를 창조하는 데 모자람이 없었다'[9]는 해석이 있을 수 있다.

그러나, '하느님의 도움'이나 '민족의 역량'만으로 조선이 양란을 겪은 후 250여 년간 국가를 지탱한 사실을 설명할 수 없을 것이다. 또는 그 250여 년간을 '쇠퇴기', '해체기'로 설명할 수도 없을 것이다. 하나의 국가가 250여 년 동안 서서히 멸망한 사례는 동서고금을 통해 그 유례를 찾을 수 없기 때문이다.

그렇다면 양란 이후 250여 년 동안 조선을 지탱해온 힘은 무엇인가. 정확한 해답으로 단정할 수 없지만, 조선이 추구한 사상, 국가 이념의 체계에서 그 답을 찾을 수 있을 것이다.

> 조선시대에 이르러서는 성리학의 이념을 국가·사회·가정·개인에게 모두 적용하여 그 시대 나름의 합리주의를 추구하려는 경향을 보이고 있었다. 욕망의 극대화가 아니라 욕망의 자제를, 소비보다 검약을, 과시보다 겸양을, 물질주의보다 정신주의를 지향하면서 유교적 명분주의(名分主義)를 가치 기준으로 삼은 사회였기에 오늘날 신봉하는 공리주의(功利主義)나 실용주의(實用主義)와는 본질적인 차별성을 내포하고 있었다.
> 국제 관계 역시 중국을 중심으로 한 '천하(天下)'라는 동북아시아 세계 질서를 인정하고, 그 질서 속에서 자주보강(自主保强)하고자 내수외양(內修外攘)에 힘쓰면서 평화적 공존체제를 모색하였다.[10]

---

8) 조선은 宋의 문치주의에 영향을 입어 그 영향 아래에서 양란을 일으킨 일본과 淸에 대한 항쟁의식을 불태웠으며, 문화적 우월 의식을 가졌던 것으로 이해된다.

9) 조동일, 『한국문학통사』 3권, 지식산업사, 1990. 12쪽.

10) 정옥자, 『조선후기 역사의 이해』, 一志社, 1993. 9~10쪽.

한 국가의 사상이나 이념은 그 국가가 멸망하여도 쉽게 사라지지 않고 그 민족의 사고방식과 생활 습관에 남아 있게 마련이다. 조선의 사상과 이념의 큰 뿌리였던 성리학뿐만 아니라 양명학, 도교, 불교 역시 조선 사회를 이끌었던 저류(under stream)로 작용하였고 지금도 우리의 사상과 문화를 지탱하는 틀이 되고 있다. 풍수지리사상 역시 조선의 지배층으로부터 외면당했지만 오늘날까지 우리의 일상생활에 영향을 미치고 있다.

그리고 조선의 주체성을 담고 있는 동학사상 연구를 통해 우리 민족이 물밀 듯 들어오는 서구 사상에 대해 어떤 생각을 가지고 있었으며, 그것을 우리 것으로 수용하기 위해 어떤 노력을 했는지도 관심을 가져야 할 것이다.

조선, 특히 조선 후기 사상사를 검토하는 일은 조선 후기 문학을 올바르게 이해하는 일임과 동시에 현재를 살고 있는 우리들의 정체성과 관련 있는 일이다. 이러한 관점에서 본고에서는 서민가사와 관련 있는 조선 후기 사상의 흐름을 논의하기로 한다.

2.1 조선 후기 사상의 한 흐름

조선 후기의 시발점을 논의하는 것도 의미 있는 일이지만,[11] 조선 후기 사상의 흐름을 이해하는 것은 그보다 더 중요한 일이라 할 수 있다. 그 이유는 이미 앞에서 약술한 바와 같이 조선 후기 사회상과 조선 후기 사상에

---

11) 조선 후기의 시발점에 대한 논의는 크게 두 가지로 요약할 수 있다. 하나는 조선 전기와 후기로 나누는 의견과 전기·중기·후기로 나누는 의견이 그것이다. 전·후기로 나누는 의견은 다시 양란 이후를 조선 후기의 시발점으로 삼는 의견과 仁祖反正을 후기의 시발점으로 삼은 의견이 있다. 전자는 양란 이후 조선 사회가 많은 변화를 겪었다는 데 착안한 것이고, 후자는 이를 부정하고 성리학의 이념으로 다시 돌아가 올바른 정치를 구현하려 했던 데 착안한 것이다.
조선을 전기·중기·후기로 살피려는 의도는 16·17세기 士林의 등장과 활동에 초점을 맞춘 결과이다. 이에 따라 15세기를 초기로, 16·17세기를 중기로, 18·19세기를 후기로 설정하고 있다.
본고에서는 조선 후기의 시기 설정은 일반적인 의견에 따라 양란 이후에서부터 을사보호조약 이전까지로 설정하고자 한다.

대한 이해가 자못 한쪽으로 치우친 면이 있기 때문이다.

문제는, 사회를 바라보는 시각은 단일하지 않으며 그 시대의 사상은 단선적이지 않다는 데 있다. 사회 현상이라는 '사실'은 하나인데, 그것을 가슴에 담은 '진실'은 다 다를 수 있다. 그 원인을 분석하는 잣대도, 해결책으로 제시하는 열쇠도 각기 다 다를 수가 있다는 것이다.

하지만, 임진왜란 이후 지방 사림이 중앙에 진출한 사실과, 인조반정(仁祖反正) 이후 율곡의 학풍을 이어받은 서인이 정권을 주도하였다는 사실은 조선 후기의 사상을 이해하는 하나의 단초가 될 수 있다.

임진왜란이 일어나자 明에 원병을 청하고 지방 사림이 주축이 된 의병들의 놀라운 전과로 전쟁을 마칠 수 있었다. 그 결과 주전론(主戰論)을 주장하며 많은 의병장을 배출한 북인은 중앙에 진출하여 세력화 한 반면, 그렇지 못한 기성세력은 경제적 기반마저 상실하면서 중앙 무대에서 사라지게 되었다.

임진왜란 이후 중앙 정계에 진출한 사림의 면모를 보면, 16세기 신·구 세력의 무오·갑자·기묘·을사의 네 번의 사화를 겪었던 신진 세력이었다. 그들이 지녔던 사상은 매우 이상적이었고, 또한 급진적인 성향을 띠고 있었다. 이로 인해 일반 지식인들에게 공감대를 형성할 수 있는 시간적인 여유를 갖지 못하고 네 번의 사화를 통해 큰 화를 입고 말았다. 그 결과 이들은 낙향하여 학문적 이론을 깊게 하고 제자 양성에 힘썼으며, 자신들의 사상과 신념을 널리 퍼뜨리는 데 열중하였다.

임진왜란이 일어나자 이들이 중심이 되어 지역민을 모아 왜병과 전쟁을 수행하였다는 사실은 이들의 사상과 신념이 일반 대중에게 설득력을 얻고 있었음을 말해 준다. 일반 대중의 지지를 얻은 신진 사림들은 광해군이 즉위하자 대북(大北) 정권을 구성하였다. 그러나 순수 성리학을 주창하던 서인계와 남인계의 비판을 받게 되고 인목대비를 유폐시키고 영창 대군을 살해하는 등 과격한 행보로 정치 생명에 치명적인 타격을 입게 된다.

이는 율곡의 순수(조선) 성리학적 이념이 겉으로 드러나 큰 사상적 줄기였다면 신진 사림들의 혁신적인 사상은 또 다른 큰 줄기가 되어 조선 후기의 시대정신을 형성하였음을 의미한다. 즉, 일반 대중의 일상적인 사고와 관습의 저변에 순수 성리학적 이념과 혁신적인 사상이 동시에 내재되어 시대정신을 이루고 있었던 것이다. 순수와 혁신은 두 날을 가진 칼처럼 작용하여 사회 변화에 따라, 또는 개인적 관점에 따라 시대 이념을 형성해 나갔던 것이다.

인조반정(1623년)은 조선 전기의 중종반정과 같이 성리학을 국학으로 채택한 조선 왕조의 특수성에서 일어난 사건이다. 순수 성리학을 주창하던 서인과 남인이 실권을 갖게 됨으로써 전쟁으로 와해된 조선을 순수 성리학으로 다시 재정비하게 되었다.

하지만, 농경사회에 기반을 두고 문화 국가임을 자처하던 조선이 이적(夷狄)으로 폄하하던 북방민족에게 치욕을 당하는 병자호란을 겪고 나서는 상처받은 국민적 자존심을 회복하고 와해된 사회 구조를 재정비하는 데 온 힘을 기울이게 된다.

서인과 남인의 연립 정권은 성리학적 이념과 정치 현실을 결합하여 예로써 나라를 다스린다는 예치(禮治)와 淸을 쳐서 삼전도(三田渡)의 치욕을 갚겠다는 북벌론을 내세워 백성의 힘을 한 곳으로 모으는데 전력투구하였다.

예치(禮治)에 힘쓴 결과, 수기(修己)에 치중했던 16세기의 심성론(心性論)과는 달리 17세기에 이르러서는 치인(治人)에 비중을 둔 예론(禮論)이 발달하였다. 예론(禮論)은 실천적 윤리와 사회적 윤리의 성격을 띤 것으로 사회 정의를 이루려는 강한 의도를 담고 있었다. 17세기 후반에 서인학계와 남인학계의 서로 다른 예론(禮論) 때문에 두 차례의 예송(禮訟)이 일어나게 되는데 이는 예(禮)가 개인의 윤리 차원에서 국가 운영 논리로 진전된 것을 말해주고 있다.

예치(禮治)를 위해서는 대외적으로도 예(禮)의 모습을 추종할 필요가 있었다. 따라서 무력으로 국제 평화를 무너뜨린 淸을 몰아내는 일은 시급한 일이었다. 淸을 몰아내야 하는 또 다른 이유는 임진왜란 때 구원병을 보내주었던 明에 보답하기 위한 것이기도 하였다. 明 멸망 이후 중화문화(中華文化)의 유일한 계승자가 된 조선이 이적(夷狄)인 淸을 몰아내고 유교적 이념을 실현하여야 한다는 것은 당시 조선 사회의 여론이자 정서로 확산되어 있었다.

그러나, 삼전도의 치욕을 씻겠다던 북벌론(北伐論)은 시간이 지남에 따라 서서히 퇴색하여 '조선 중화주의'를 형성하였다. 이는 대외적인 북벌론이 내적으로는 조선의 정체성을 다지기 위한 문화보전의 논리를 함축하고 있었음을 말해주는 것이다.

숙종 30년(1704년) 1월 대보단에 첫 제의를 행하면서 숙종은 조선이야말로 明의 유일한 적통이므로 조선이 중화(中華)임을 내외에 천명하였다.[12) 그리고는 단종의 복위와 문묘(文廟) 정리 사업을 단행하였다. 문묘(文廟)는 성균관의 중심이다. 숙종은 文廟에 저항하는 인물들은 당대인의 사표(師表)가 되어야 한다는 논리를 내세워 성리학적 이념의 실천 여부를 근거로 정리하였던 것이다.

숙종은 이에 그치지 않고 전국적으로 서원(書院)과 사우(祠宇)를 설치함으로써 성리학적 이념을 전국 방방곡곡에 확산시켰다. 서원은 제사와 교육기능을 함께 수행하는 지방문화의 중심이었으며, 사우는 학행으로 지역민의 존경을 받거나 양란 때 목숨을 바쳐 전쟁에 참가한 충신열사(忠臣烈士)의 제사를 모시는 장소였다. 이러한 기능을 가진 서원과 사우를 전국적으로 확산시켰다는 것은 성리학적 이념을 국민적 사상으로 널리 보급하였다는 것을 의미한다.

18세기 전반에 중농학파(重農學派)가 형성되었다. 중농학파를 형성하는 데에는 광해군 때 대북정권에 참여했던 소북계 후예인 허목(許穆, 1595~1682)의 학풍을 이어받은 이익(李瀷, 1681~1763)의 힘이 컸다. 따라서 중농학파의 사상에는 순수 성리학과는 다른 학풍을 가지고 있었던 北人의 사상이 녹아 있어 농촌 현실에 기반한 비판적인 시각을 갖고 있었다.

중농학파는 성리학과 예학(禮學)의 관념성과 형식에 치우친 면을 비판하고 농촌 사회의 문제를 해결하는 데 주목하였다. 그들은 낙향하여 농촌 생활을 하였기 때문에 농촌 사회의 구조적인 문제를 잘 알고 있었다. 이들의 개혁은 정전제(井田制)를 근본으로 하되, 조선의 농촌 현실을 반영한 토지개

---

12) 조선 중화주의는 고유문화를 창달하여 17세기 말부터 18세기 전반에는 진경문화(眞景文化)를 이룩하였다.

혁과, 지방관의 횡포를 줄일 수 있는 지방행정기구 개편에 관심을 가졌다.

18세기 중반에 들어서면 조선은 중세 농경사회에서 근대 상공업사회로 전환하기 시작한다. 중세 농경사회에서 국가 운영의 사상이 되었던 성리학은 근대 상공업사회에서는 치세(治世)의 이념을 제공하지 못했다.

이때 홍대용(洪大容)·박지원(朴趾源) 등이 낙론(洛論)13)을 바탕으로 북학운동을 전개하였다. 이들은 자제군관의 명목으로 淸의 건융문화(乾隆文化)를 목격하고는 적지 않은 충격을 받는다. 이들은 북벌론을 버리고 淸의 선진문화를 받아들여 조선의 발전을 꾀하려는 북학운동을 제창하기에 이른다.

이들은 도시에서 자란 집권층의 자제였기에 농촌보다는 도시 소시민층의 생활에 관심을 가지고 부국강병을 위한 기술 혁신과 상공업에 대한 개혁을 주도하였다. 이들을 중상학파(重商學派)라 하기도 하는데 이들의 사상이 심화되면서 18세기 후반에는 이용후생학파(利用厚生學派)로, 19세기 전반에는 실사구시학파(實事求是學派)로 발전하게 된다.

> 초기 운동으로 시작한 북학은 19세기 초에 와서 청나라의 고증학을 적극 수용하면서 실사구시 무징불신(實事求是 無徵不信 : 실사에서 진리를 구하고 징험하지 않고는 믿지 않는다)이라는 학문 정신하에 학문적 성숙을 한 후 김정희(金正喜) 문하의 중인계층(中人階層)에 확산되었다.14)

처음에는 운동으로 시작한 것이 淸의 고증학과 결합하면서 학문의 차원까지 발달하여 북학사상을 이루었다. 그리고 이 사상은 새로운 상공업사회에서 가장 큰 적응력을 가졌던 중인 계층의 정신적 지주가 되었고, 이들은 초기 개화 운동의 행동대원이 되었다. 때문에 중인 계층에 대한 이해는 중세 봉건사회에서 근대 사회로 넘어오는 이행기, 즉 조선 후기 사회 상황과 사상, 문학에 대해 이해하는데 필수적이다.

---

13) 18세기 초 노론 내에서 호락논쟁(湖洛論爭)이 일어났는데 충청도 지방의 호론은 이물성이론(人物性異論)을, 서울 지방의 낙론은 인물성동론(人物性同論)으로 요약할 수 있다. 전자는 인성(人性)과 물성(物性)은 본질적으로 다르다는 주장이고 후자는 인성과 물성이 본질적으로 같다는 주장이다.

14) 정옥자, 앞의 책, 27쪽.

2.2 중인 계층의 성장과 역할

조선의 신분 제도는 성종 대에 편찬한 경국대전(經國大典)에 의해 법제화되었다. 신분은 아홉 단계[15]로 구분하였으나, 크게 양반, 중인, 상민, 천민으로 대별할 수 있다. 그리고 경국대전에 신분적인 제약을 규정하는 조항이 많다고는 하였지만 기본적으로 양인과 천인의 이원 체제를 지향하고 있었다.

조선 전기에는 양인이면 누구나 과거를 볼 수 있도록 법제화되어 있었다. 즉, 조선 전기에는 신분적 제도 속에서도 그 제약을 뛰어넘을 수 있는 돌파구가 마련되어 있었다. 하지만, 조선 후기에 접어들면서 법전보다는 관례가 중시되면서 신분 제도는 빈틈없이 운용되었다. 이에 중인들의 불만이 높아지고 중인들은 신분 상승 운동을 전개하기에 이르렀다.

원래 중인이란 조선의 지배 계층인 양반 사대부의 보조 역할을 담당하고 있었다. 중인은 의학(醫學), 역학(譯學), 천문(天文), 지리(地理), 법률(法律), 산학(算學), 사자(寫字), 도화(圖畵) 등 기술직에 종사하는 계층이었다. 이 중 의관과 통역관의 기술직을 세습해온 의역(醫譯) 중인과 서얼(庶孼), 하급 행정 관료인 이서(吏胥(혹은 아전)) 등이 중인의 주축을 이루었다.

이들의 신분 상승 운동은 크게 두 분야에서 이루어졌다. 하나는 인삼을 중심으로 한 對淸 무역에 종사하여 막대한 경제적 부를 구축하고 그를 바탕으로 한 경제적인 신분 상승이고 또 하나는 경아전(京衙前)을 중심으로 한 이서층(吏胥層)의 위항문학운동(委巷文學運動)이다. 이처럼 이들은 경제적·지적 토대를 마련하면서 자신들의 신분 상승을 꾀하였다.

특히, 당대 명문가의 서얼들을 중심으로 통청운동(通淸運動)을 벌여 적극적으로 신분 상승운동을 전개해 나간다. 통청운동은 양반 사대부에서 신분하락되었던 서얼 계층이 사대부와 동등한 자격에서 벼슬길을 열어달라는 운동이었다.

---

15) 第一 宗親, 第二 國舅, 第三 駙馬, 第四 兩班(鄕班), 第五 中人, 第六 庶孼, 第七 胥吏, 第八 常民, 第九 賤民

　이들은 18세기 전반에 실시한 탕평책(蕩平策)에 기대어 한품서용(限品叙用)의 벽을 뛰어넘어 사대부와 동일한 벼슬길을 확보하기 위해 체계적으로 힘을 모았다. 비록, 자기 자신을 해바라기에 비유하여 왕을 향한 끊임없는 충성심을 각인시키기 위한 것이었지만 이들의 결집력과 집념은 대단한 것이었다.

　탕평책을 내건 영조는 궁중의 하녀(무수리) 소생이어서 이들에 대해 상당한 관심을 보였고, 이들을 등용하려 했지만 사대부들의 반대에 부딪혀 뜻을 이루지 못했다. 하지만, 정조는 선왕의 뜻을 받들어 서얼 출신의 북학자들인 이덕무, 유득공, 박제가, 서이수 등을 규장각 검서관에 임명함으로써 서얼통청이라는 사회적 요청에 부응하고 이미 생명을 다한 성리학 대신에 새로운 시대사상인 북학사상을 규장각에 수용하기에 이른 것이다.

　정조의 이러한 등용 정책은 사검서 중 한 사람인 박제가의 제자였던 김정희에 이르러 무징불신(無徵不信), 실사구시(實事求是)의 학문 정신 아래 북학사상을 꽃피우게 한다. 그리고 김정희 문하에는 수많은 중인 출신의 제자들이 배출됨으로써 북학사상은 새로운 사회의 시대사상으로 확산되기 시작하였다.

　중인들의 활동을 바라보는 양반 사대부의 시각은 일반적으로 부정적이었다. 특히, 중인들이 연행사신(燕行使臣)의 임무를 띠고 있으면서도 淸을 상대로 사사로이 무역하여 경제적인 부를 축적하는 행위는 국가의 경제 질서를 문란하게 하는 행위로 인식하였다. 그러나, 위항문학운동에 대해서는 대체로 긍정적이었다.

　　그들의 의식도 17세기에는 비분강개하는 단계에 머무나 18세기에 와서는 직접 운동을 벌여 활성화를 통한 의식화와 문화영역의 확대를 꾀하고 19세기에는 결과물로서 詩・書・畵 兼修의 藝術家들을 대량 배출하면서 文化界의 中樞的 위치로 부상한다. 나아가 새로운 時代思想으로 부각된 北學思想을 그들의 思想的 基盤으로 삼아 다음 시대의 주도 세력으로 성장해 나간다. (중략)
　　18세기에서 19세기 전반까지의 활동은 仁旺山을 주무대로 하는 文學運動으로서 집권층인 兩班士大夫의 지시 수준에 도전하며 結集을 꾀하는 단계라면 19세기 후반 六橋를 중심으로 하는 이들의 움직임은 開化運動을 통한 社會變革까지 꿈꾸고 있었던 것이다.16)

즉, 중인 계층의 활동은 상당히 높은 결집력을 가지고 있었고, 17세기에는 조직적이지는 않으나 힘을 모았고, 18세기는 본격화되어 의식의 변화와 그를 통한 문화운동을 전개하였고, 19세기에는 사회 전반에 끼치는 영향력이 막강하여 사대부 중심의 조선 사회에서 실세로 군림하였다고 정리할 수 있을 것이다.

이렇듯, 조선 후기에 중인 계층이 사회의 주도 세력으로 확장할 수 있었던 이유로서 위항문학운동을 빼놓을 수 없다. 물론, 중인 계층의 조직적이고 적극적인 신분상승운동도 동인이 되었지만, 그들이 조선 사회의 주도적 세력으로 클 수 있었던 또 하나의 동인은 당시 집권층이었던 사대부와의 밀접한 관련을 맺고 위항문학운동을 펼쳤기 때문이기도 하다.

그들은 통청운동으로 신분상승을 꾀하면서 한편으로는 경아전을 중심으로 한 위항인들이 당시 사대부들의 문학이었던 한문학의 소단(騷壇)에 대거 진출하여 활발한 문학운동을 전개함으로써 적극적으로 신분상승을 꾀하였다.

> 이러한 일련의 움직임은 상호 밀접한 연관관계를 맺고 추진되는 것으로 이해되는데 양반사대부들은 그 중에서 가장 온건하고 부작용이 적으며 역대로 右文政治를 표방해 온 왕조의 국가 이념에도 부합되는 위항문학운동을 적극 후원한다. 그 이유는 그들 중인계층의 불만이 체제부정 등 극한상황을 촉발할까 하는 의구심에서 그들에게 숨구멍을 터주는 의미에서 찾을 수 있겠고 근본적으로는 문화의 저변화 내지 평준화라는 時流에 대한 양식 있는 사대부들의 대세 파악에서 찾아야 할 것이다.
> 따라서 이들 委巷詩人들은 당대의 文名 있던 사대부들과 여러 가지 형태로 맺어져서 그들의 推轂으로 文力을 증진시키고 書記로서 문학적 소양을 요하는 임무를 다하기도 하며 使行에 隨員으로 동반하여 製述文을 짓기도 하고 沿路에 詩吟의 사대가 되기도 하였다. 이러한 과정에서 사대부들은 그들의 한미한 처지를 동정하고 재질을 아껴 微官末職의 벼슬길에 천거하기도 하였다. 어쨌든 한시를 매개로 하는 이들 위항시인들은 사대부와 밀접한 관계를 그 문학적인 배경으로 삼고 있다.17)

---

16) 鄭玉子, 『朝鮮後期文化運動史』, 一潮閣, 1997. 189~190쪽.
17) 鄭玉子, 『朝鮮後期 文學思想史』, 서울대학교 출판부, 1997. 116쪽.

앞서 말한 바, 사검서는 서얼 출신 북학파로서 이러한 위항문학운동의 영향으로 규장각에 진출할 수 있었다고 보아야 한다. 이는 위항문학운동이 상층문화의 하층 지향적 현상을 나타낸 것이며, 사대부들의 적극적인 후원을 받았음을 말해주는 것이다.

중인 계층의 이러한 활동은 북학파들이 서울이라는 공간에서 자라면서 도시 서민들에 대해 관심을 갖은 것과, 당시 조선 사회가 농경사회에서 상공업사회 전환하는 시기였다는 점이 맞물리면서 개화운동의 핵심으로 떠오름과 동시에 새로운 시민사회의 주역이 될 요소들을 갖추고 있었다.

3. 서민가사에 내재된 사회 인식 태도와 형상화 방식

김문기는 "'서민가사'란 '서민이 짓거나 서민적 사고방식, 즉 서민 의식을 바탕으로 하여 이룩된 가사'를 뜻한다"라고 서민가사에 대한 용어 개념을 정리하였다. 그러면서 동시에 "서민의 사상·감정과 서민의 생활상"을 잘 반영한 것이어야 한다고 하였다.[18]

그러나, 서민가사를 논의하기 전에 몇 가지 따져 보아야 할 문제가 있다. 그 중 '서민'이라는 용어의 개념과 '서민'과 '사상'이라는 두 단어를 결합하는 것이 적절한 하는 것은 반드시 집고 넘어가야 할 문제이다.

우선, 김문기는 '서민'의 용어 개념을 다음과 같이 풀이하였다.

> 여기서 말하는 '서민'은 지배 계층인 양반 귀족에 대하여 피지배 계층인 중인 이하 양민(良民 : 常民)과 천민(賤民)을 의미한다. 일반적으로 불려지는 '평민가사'라는 용어를 쓰지 않고 '서민가사'라고 한 것은 양민(良民)을 흔히 '상인(常人)' 또는 '평민'이라 하므로, '평민'이라 하면 '양민(良民)'만을 지칭하는 계층적 용어로 받아들여질 가능성이 있기 때문에 중인 이하 양민, 천민 등 피지배 계층 모두를 포괄하는 용어를 쓰기 위해서다[19]

---

18) 金文基, 『庶民歌辭硏究』, 螢雪出版社, 1983. 14쪽.

즉, 중인 이하의 양민과 천민 등 피지배 계층을 포괄하는 용어로 '서민'을 택한 것이다. 그러나 과연 '서민'이 양민과 천민을 아우르는 용어가 될 수 있을지는 의문이다. 아울러 중인을 지배 계층으로 볼 것인가, 아니면 피지배 계층으로 볼 것인가 하는 것도 또 다른 논의가 필요하다.

하여튼 '서민가사'라는 용어를 보편적으로 쓰기 위해서는 '서민'이 양민과 천민을 포괄하는 복수 계층적 용어로 객관성을 갖든지, 아니면 서민가사의 향유층(적어도 작가층)을 지칭하는 문학적 용어로서 보편성을 지녀야 할 것이다.

또한 '서민'을 계층적 용어로 사용할 때에도 어느 시기의 용어 개념을 기준으로 할 것인가도 면밀하게 따져 보아야 할 것이다. 즉, 조선 후기를 기준으로 할 것인가 아니면 현대의 용어 개념을 따를 것인가도 고려해야 해야 할 것이다.

이미 말한 바와 같이 조선 전기에는 경국대전에 법제화되어 있는 신분 제도와는 달리 양인과 천인의 이원체제를 갖고 있었다. 그러다 조선 후기에 진입하면서 법전보다는 관례가 중시되고 이에 따라 양반·중인·상민·천민의 신분 체제가 자리 잡았다.

조선 후기에는 의역(醫譯) 중인과 양반 가문의 서얼들이 신분 상승 운동이 전개되면서 신분 체제에 대한 변동이 일어난다. 이중환의 『擇里志』에 보면 당대의 신분 체제는 '① 양반 : 품관·사대부 ② 중인 : 서얼·잡색인 ③ 하인 : 경외이서·노비'의 구분이 일반적이었음을 알 수 있다.

그렇다면 현대 사회에서 '서민'은 어떤 계층을 지칭하는 용어일까. 이에 대한 대답은 그리 쉬운 일이 아니다. 적어도 현대 사회에서 '서민'은 계층어가 아니라 문맥적 개념어의 범주에 속한다. 즉, 용어를 사용하는 사람이 나타내고자 하는 의도적 문맥 안에서 다양한 의미를 내포한다. 따라서 현대 사회에서는 '서민'에 대한 객관적이고 보편적인 의미를 도출할 수 없다.

그렇다면 '서민'은 가사 향유층으로서의 양민과 천민을 뜻하는 것일까. 그러나 '서민'을 가사를 향유하는 양민과 천민 등 피지배층을 포괄하는 용어로 이해하기에도 석연치 않은 점이 있다.

---

19) 金文基, 위의 책, 14쪽.

[예문 1] 閑暇혼　　　處士歌는　　　樂民歌로　　　和答ᄒ고
　　　　　多情혼　　　相思歌는　　　春眠曲　　　和答ᄒ고
　　　　　虛蕩ᄒ다　　漁父詞는　　　梅花曲　　　和答ᄒ고
　　　　　듯기됴혼　　길고락은　　　勸酒歌로　　　和答ᄒ고
　　　　　凄凉ᄒ다　　老姑歌는　　　花階타령　　和答ᄒ고
　　　　　怪妄혼　　　南行親舊　　　活潑혼　　　無弁親舊
　　　　　庸拙혼　　　선븨親舊　　　톄셜구진　　閑良親舊

(老人歌, 校註歌曲集)

[예문 2] 놋소리가　　　두셋치라　　　짐군읍서　　　어니ᄒ고
　　　　　상단아널낭　기름여라　　　삼월이불너　가로여라
　　　　　취단일난　　가로이고　　　향난이는　　놋소리여라
　　　　　열여서 열열일곱　신부여는　가진단장　　올케혼다
　　　　　청홍사　　　가마들고　　　눈썹乙　　　지워ᄂᆞ니
　　　　　세부스로　　그린다시　　　아미팔자　　어엽부다
　　　　　양싀단　　　접져고리　　　길상사　　　고장바지
　　　　　잔줄누이　　겹허릿듸　　　밉시잇게　　잘근미고
　　　　　광월사 쵸미의　분홍단기　　툭툭터러　둘터입고
　　　　　머리고기　　곱게비셔　　　잣지름발나　손실ᄒ고

(화전가: 小白山大觀錄)

　「老人歌」에 나타난 문자 표현 능력과 문학적 소양은 상민과 천민의 작품이라고 보기에는 어려움이 있다. 문자를 사용한다는 것과 문학 작품으로 형상화하는 문자 표현 능력은 엄밀하게 다른 것이다. 일상생활에서 수행하는 언어 능력과 달리 문학 작품 안에서 문자를 조직하고 작품의 흐름 안에서 소재, 또는 주제로 형상화하는 작업은 보다 높은 수준의 정신 활동이며 구체적인 문학 행위이다.

　[예문 1]에 나타난 것처럼 「處士歌」·「樂民歌」·「相思歌」·「春眠曲」·「漁父詞」·「梅花曲」·「길고락」·「勸酒歌」·「老姑歌」·「花階타령」을 줄줄이 말할 수 있는 능력도 예사롭지 않지만 그 노래들의 내용을 파악하고 대구로 삼아 문학적 표현을 할 수 있다는 것은 누구나 쉽게 할 수 있는 일이 아니다. 그리고 여러 친구들을 성격과 직분에 따라 대응 구조로 서술할 수 있

다는 것도, 현실 생활에서 친분 관계를 맺고 있느냐 하는 사실 관계를 떠나 수준 높은 문학 표현 방식으로 이해할 수 있다.

「화전가」에서도 작가의 신분을 읽어낼 수 있는 부분이 여러 곳이 있다. 화전놀이를 준비하는 과정이나 규모를 보아도 그렇고 [예문 2]에서 볼 수 있는 것처럼 '상단이·삼월이·취단이·향난이'에게 짐을 지고 이게 하는 것으로 보아서도 화전놀이를 가는 이들이 몸종을 거느릴 수 있는 위치에 있음을 짐작하게 한다. 또한 '청홍사 가마'에 몸단장을 한 모습에서도 그들의 신분을 가늠할 수 있다. 가는 붓으로 눈썹을 그리고 '양식단 접저고리', '길상사 고장바지', '잔줄누이 겹허릿듸', '광월사 쵸민'를 입고 어리에 '잣지름'으로 단장할 수 있는 신분은 일반 상인이나 천인은 아닐 것이다.

「화전가」에는 작자의 신분을 더욱 구체적으로 파악할 수 있는 부분이 있다.

[예문 3] 임상찰의	짜임이요	니상찰의	아들노셔
돈도돈도	좃치만는	니사니사	못ㅎ긴니
그런더로	다니면셔	빌어먹다가	죽고마지
아무리 신셰가	곤궁ㅎ나	굴노놈의	사환듸여
혼슈만갓듯	잘못ㅎ만	무지혼욕乙	웃지불고
니심사도	훌말읍고	자니심사	웃더훌고

(화전가: 小白山大觀錄)

덴(된)동어미와 두 번째 남편이 손굴노의 집에서 부엌살이를 놓고 대화하는 장면이다. 덴동어미는 남의 밑이지만 둘이 힘을 합쳐 일을 해서 빚을 갚고 고향에 가서 살자고 하지만 남편은 자신들의 신분을 들어 남의 밑에서는 일을 할 수 없다고 말하고 있다. 결국 덴동어미가 강태공과 주문왕의 예를 들어 남편을 설득하지만 이들이 몰락한 양반 가문의 후손임을 말해주고 있다.[20]

이처럼 작품을 통해 살폈을 때에도 '서민'을 가사 항유계층의 용어로 파

---

20) 덴동어미는 이후에도 세 번째 남편과 엿을 고아 파는 독립적 상행위를 한다. 이처럼 남의집살이와 엿장수이긴 하지만 독립된 경제 행위를 할 수 있는 것으로 보아 덴동어미의 신분이 천민이나 하인의 위치가 아니었음은 확실하다.

악하는 데에도 어려운 점이 있다. 이밖에도 서민가사를 본격적으로 연구하기 위해서는 몇 가지 풀어야할 숙제가 있다. 우선, 잡가와 분명하게 구분하는 논의가 필요하고 동학가사, 의병가사, 규방가사21) 등을 서민가사의 범주에 넣어 연구할 것인가 아니면 다른 하위 갈래에서 독립적으로 연구할 것인가 하는 것도 학계의 중론을 모아야 할 것이다.

문학 연구의 출발은 연구 대상 작품을 확정하는 데에서부터 시작해야 한다. 그러나 최근의 연구 상황을 보면 이러한 협의 없이 연구가 이루어져 다소 혼란을 느끼게 한다. 본고에서는 이러한 숙제는 다음 기회로 미루고 김문기의 『서민가사연구』에 수록된 작품을 대상으로 연구를 진행하고자 한다. 더 많은 자료를 대상으로 연구를 진행하여야 하나 위에서 말한 바와 같이 협의 없이 새로운 작품을 연구 대상으로 하는 것은 또 다른 혼란을 불러일으킬 수 있기 때문이다.

3.1 일상성과 일상생활의 대상화

문학은 대상(세계)을 설명하거나 사상을 논리적으로 서술하지 않는다. 문학을 문학답게 하는 최소 요소는 대상과 사상을 이미지로 형상화하고 다양한 표현 방식으로 녹여내는 것이다. 따라서 문학 작품에서 대상과 사상은 문학적인 소재나 주제를 형상화하는 기재로 작용하거나 시적 화자의 다양하고 독특한 표현 방식으로 형상화된다.

문학 작품에서 대상과 시적 화자의 거리, 그리고 대상 인식 태도는 다음

---

21) 東學歌辭·義兵歌辭·閨房歌詞에 대한 논의는 이제 더 폭 넓은 자료를 대상으로 이루어져야 한다. 東學歌辭의 자료는 한국정신문화원에서 발간한 『東學歌辭』 I·II가 있는데 원래는 III권이 계획되어 있었으니 적어도 『東學歌辭』 III권의 자료를 첨가하여 연구를 진행해야 할 것이다. 義兵歌辭 역시 자료를 더 섭렵하여야 할 것이니 최근에 『의병가사 초』(이종운 편, 제천문화원, 2002. 12)가 발간되었다. 이 책에는 의병·의병활동에 대한 서민들의 작품이 가사를 중심으로 한시·일반시가가 실려 있다. 閨房歌詞도 권영철님이 수집한 두루마리 형태의 가사가 6,000 여 편이 넘고 계속 자료집을 발간 중이니 최대한 연구 자료의 범위를 넓혀야 할 것이다.

과 같이 도식화 할 수 있다. 물론, 대상과 시적 화자의 거리, 그리고 대상 인식 태도는 더 다양한 모습으로 형상화된다.

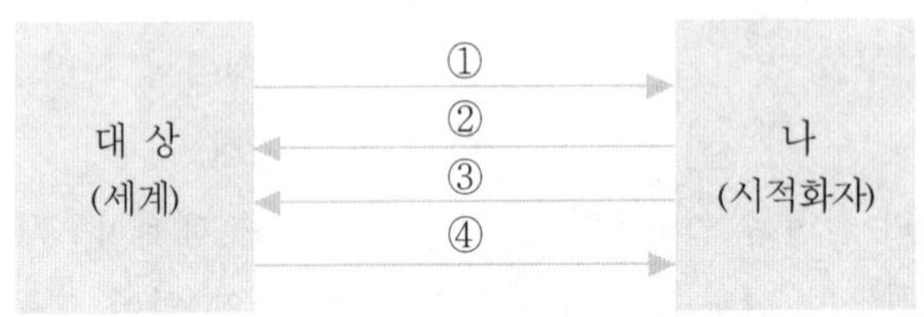

즉, ① 대상을 나에게 끌어들여 이미지와 하거나 대상을 통해 나를 확인하고 ② 나를 대상에 이입하거나 투사하고 또는 대상 속에 있는 나를 확인하고 ③ 대상과 나 사이에 상호적인 관계를 설정하거나 서로 교감하고 ④ 대상과 나를 동일화하거나 대상과 나를 구분할 수 없는 혼재의 상태를 경험하기도 한다.

그런데, 서민가사에 나타난 대상과 시적 화자의 거리, 대상 인식 태도는 뚜렷한 차이를 보인다. 이러한 차이는 그들이 지닌 사상과 문학관의 차이에서 오는 것이다.

문학이 사회적인 기능을 갖는가, 또는, 문학의 사회적 기능은 어떤 모습이어야 하는가에 대한 생각과 주장은 다 다를 수 있다. 하지만, 문학이 일상적인 삶에서 출발하고 일상적인 생활이 단편적으로 또는 주제를 형성하는 전체적인 기재로 작용한다는 진실에는 이론(異論)이 없을 것이다.

서민가사는 일상생활을 주된 형상화 대상으로 삼는다는 점에서 양반가사와 다르다. 물론, 양반가사에도 일상생활을 형상화 삼은 작품들이 있다. 하지만 서민가사의 그것처럼 본격적이거나 구체적이지는 않다.

일반적으로 양반가사는 자연을 관념적인 형상화의 대상으로 삼아 '忠'을 근본으로 지조와 절개를 노래하였다.

> 양반적 사고의 특징은 관념적(觀念的)이고 인습적(因襲的)이라 한다면 서민적 사고의 특징은 현실적(現實的)이고 경험적(經驗的)이라 할 수 있다. 양반은 객관적 현실을 있는 그대로 수용하거나 이해하지 아니하고,

기존 관념 즉 도덕적 기준에 입각하여 인습적으로 수용하거나 이해하려고 한다. 지배자의 입장에 있는 양반들은 사회 제도와 현실적 질서를 잘 유지하기 위해서는 자신들의 사고와 행위에 일관성이 필요했으므로 다양한 현실, 일관성 없고 모순된 현실을 그대로 수용할 수 없었다. (중략) 이에 비해 피지배자의 입장에 있는 일반 서민들은 다양한 현실을 있는 그대로 수용하면서 실제 생활에서의 경험을 통하여 사고하고, 경험에 입각하여 보다 합리적인 가치를 추구한다.[22]

서민가사에서 일어나고 있는 '일상생활의 대상화'는 피지배 계층의 사유 방식에 기인한 것이기도 하다. 그러나 이를 가능하게 한 동인은 16세기 신진 士林들이 낙향하여 일반 서민들을 '의식화'하고 중농학파들의 농촌 현실에 대한 비판적 태도와 중상학파들의 도시 소시민에 대한 비판적 사상이 일반 서민의 생활 원리와 대상인식에 뿌리깊게 자리잡고 있었기 때문이다.

이미 앞에서도 말한 바와 같이 한 민족의 생활 방식과 인식 태도는 하루아침에 생성되거나 소멸하지 않는다. 신진 士林의 사상과 신념이 북학사상으로 크게 흐르고 그들의 사상과 이념이 민족의 사유 방식과 생활 관습으로 남아 서민가사의 현실 인식으로 드러나는 것이다.

[예문 4] 뇨상으로	볼죽시면	뵈젹슘이	긱문남고
허리아리	구버보니	헌좀방이	노닥노닥
곱장할미	압희가고	젼틱발이	뒤예간ᄃ
십니길을	할녀가니	몃니가셔	업쳐디리
내고을의	양반사롬	틱도틱관	온겨살면
천이되기	상ᄉ여든	본토군쳥	슬타ᄒ고
ᄌ니쏘흔	도망ᄒ면	일국일토	흔인심의
근본슘겨	살녀흔들	어딕간둘	면홀손가
츠라리	네ᄉ던곳의	아무케나	쑬희박여
칠팔월의	치슘ᄒ고	구십월의	돈피잡아

(甲民歌: 海東歌曲)

---

22) 金文基, 앞의 책, 18쪽.

[예문 5]　닉일은　　들거두시　　새벽밥　　일즉ᄒ소
　　　　　낫갈아　　손의들고　　지겟구며　　등의걸고
　　　　　뷔거니　　묵거니　　이거니　　디거니
　　　　　졈으신니　　도리치질　　늙으신니　　그늬질
　　　　　셔우기니　　삿깃고니　　어즈러이　　구는지고
　　　　　자내밧희　　멋뭇신고　　내논소츌　　잇분일식
　　　　　공순치　　다갈희면　　남은거시　　언마칠고

(기음노래: 李秉岐著 國文學槪論)

[예문 6]　남의말　　말젼쥬와　　들며는　　음식공논
　　　　　제조상은　　부지허고　　불공허기　　위업헐제
　　　　　무당소경　　푸닥거리　　의복가지　　다니쥬고
　　　　　남편모양　　불쑥시면　　삽살기　　뒷다리요
　　　　　즈식거동　　볼작시면　　털버슨　　솔기미라
　　　　　엿장ᄉ야　　쩍장ᄉ야　　아희핑계　　다부르고
　　　　　물네압희　　션합품과　　씨아압희　　기지기라
　　　　　이집져집　　이간질과　　음담퍼셜　　일슘는다

(용부가: 高大本 樂府)

현실 세계에 대한 비판과 일상생활의 모순을 구체적으로 노래하고 있다. 잘못된 조세 제도와 지방 관리들의 횡포, 그리고 일상생활에서 겪게 되는 모순된 모습을 하나도 빼놓지 않고 작품화하고 있다.

이렇게 현실 세계와 일상생활을 비판적으로 대상화하고 있다는 사실도 중요하지만 대상을 어떤 방식으로 표현하는가 하는 것도 눈 여겨 볼일이다. 작품의 문학성 또는 문학적 가치는 대상화보다도 표현 방식에 의해 좌우되기 때문이다.

서민가사는 현실 세계와 일상생활의 묘사에서 출발한다. 기본적으로 묘사는 가장 일차적인 이미지 생산 방식이다. 다시 말해 문학 작품의 이미지는 묘사로부터 발생한다는 뜻인데 묘사는 축자적인 언술 방식을 따르는 이미지 생산 방식으로 이미지를 생산하는 원초적이고 일차적인 방식인 것이다.

시의 언어는 본래 형상을 추구한다. 이는 실용적인 언어, 가령 학술 논문의 언어가 개념을 추구하는 것과 대조되는 것이다. 그리고 시적 형상을 이루는 주요 자질은 이미지, 이야기, 정서이다. 구체적인 작품 속에서 이미지, 이야기, 정서는 항상 상호성을 갖게 마련이어서 이미지는 정서와 이야기 산출에, 정서는 이미지와 이야기 산출에, 이야기는 이미지와 정서의 산출에 상호 관련되며 이들은 언제나 상호 적층되는 가운데 존재한다.

묘사는 일단 어휘 차원에서부터 출발하여 이미지를 생산하는데, 이때 상대적으로 이미지의 밀도가 높은 어휘는 보편적이고 일반적인 관념어나 추상어가 아니라 구체적이고 개별적인 구상어나 구체어이다. 다시 말해 관념어나 추상어보다는 사물어나 구체어를 포함한 일상어가 이미지의 밀도를 더욱 높인다는 것이다.[23]

이러한 관점에서 서민가사는 일상어와 토속어를 통해 축자적인 이미지를 올곧게 형성하고 있다. 특히 빠른 리듬과 가사의 틀을 갖춘 대응적 구조, 그리고 평면적인 배열과 현실적인 비유는 문학적 이미지의 밀도를 훨씬 높이고 있다.

서민가사의 화자는 자기 자신의 외적 모양을 대상화하기도 한다. 양반가사는 관념적인 정신세계를 형상화하는 데 주력한 반면, 인간의 몸을 형상화하는 것을 주저하였다. 이는 주지하다시피 '도이재문(道而在文)'의 사상을 바탕으로 몸은 정신을 담은 그릇에 불과하다는 인식에 의한 것이다. 그러나 조선 후기 서민가사는 몸을 형상화의 대상으로 삼는 것을 주저하지 않았다.

[예문 7] 늙기도	셜운中의	貌樣조차	그러홀까
곳又히	곱던얼골	검버섯	무슴일꼬
玉삼又히	희던술은	動士등걸	되얏고나
삼단又히	기던머리	불앙당이	되얏고나
볼다기	잇던술은	麻姑할미	쑤어가고
새별又히	붉던눈은	판수거의	되야간다
설째又히	곳던허리	질마又히	무슴일꼬
流水又히	조턴말은	半벙어리	무슴일꼬
얼른ᄒ면	듯던귀가	層巖絶壁	막혓고나

(老人歌, 校註歌曲集)

---

23) 묘사와 형상어, 이미지에 대한 논의는 이은봉의 「리얼리즘 시의 세계관과 창작방법에 대하여」(『실사구시의 시학』, 새미, 1994)를 참조할 수 있다.

　무궁한 대 자연의 조화 중에 자신이 늙어가는 것을 한탄한 노래이다. 작품 초반에서는 세월이 귀밑의 흰 머리로(귀밋히 半白이라)온다 하여 漢詩나 時調의 표현을 쫓으면서 모르는 동안 흰머리가 되어감을 덧붙여 서술하고 있다. 그러나 늙음은 흰머리로만 오는 것은 아니다. 세월은 몸 곳곳에 찾아들어 젊었을 때의 모습을 송두리 채 앗아가고 있다.

　늘어가는 모습이 좋은 모양새는 아니어서 감출 수도 있겠지만 검버섯이 핀 얼굴을 비롯하여 살결·머리·얼굴의 살·눈·허리 등 몸의 여러 부분들과 함께 말하기 능력과 듣기 능력까지도 쇠락해감을 구체적으로 묘사하고 있다. 점잖은 표현으로 바꾸어 놓을 수 있었겠으니 추하게 쇠락하는 몸의 부분들을 비유를 통해 배열함으로써 이미지를 구체적이고 강력하게 형상화하고 있다.

　몸, 그것도 추하게 변해가는 몸을 대상화하는 것은 당시 사회적 담론이 정신에 국한되었던 것을 풀어 몸에게까지 미치어 가는 것을 의미하고, 미의 인식도 정제된 관념적인 것에서 일상적인 미의식으로, 나아가, ‘추함’의 미학까지 발전할 수 있는 가능성을 열어 놓고 있다.

　서민가사를 포함한 조선 후기 가사들은 ‘나’를 관념화된 대상(주로 자연)에 이입하고 그것을 통해 자신을 발견했던 양반가사와 달리 ‘일상적인 나’에 주목하기에 이른다. 이러한 모든 경향 정신과 육체, 관념과 일상, 정연함과 일그러짐의 균형 속에서 새로운 미적 가치를 추구하는 사회적 담론을 담아내려는 인식에 기인한 것이다.

[예문 8] 우리님	이별후에	이내거동	볼작시면
聖人못된	麒麟이오	임자없는	용마로다
날개없는	봉황이오	구슬없는	용이로다
물없는	기러기오	꽃없는	나비로다
줄없는	거문고오	짝일흔	원앙이라
우리님	이별후에	잠은어이	아니오나
몽중상봉	하랴한들	잠을자야	꿈을꾸지

(斷腸離別曲 Ⅱ: 申明均編 歌詞集)

　사랑하는 임과 헤어지는 일은 예나 지금이나 사람의 마음을 애절(斷腸)하게 한다. 그 애절함을 "우리임은 온대없고 / 두견성 슬프운다 // 너는무삼 수심으로 / 저대도록 슬피우나"와 같이 관습적인 표현을 하기도 한다. 헤어 진 임을 꿈에서 보아 반가워하다가 지는 개에 잠을 깨고는 임이 가신 것을 개의 탓으로 돌리는 기법은 멀리 고려 가요 <쌍화점>에서 볼 수 있는 전 통적인 방식을 따르기도 한다.

하지만, 관습적이고 전통적인 기법에서 머무는 것이 아니라 임과 이별한 후 자신의 외형적 모양을 대상화하여 형상화한다. 이러한 형상화 방식을 채택할 수 있는 것은 가사이기 때문에 가능한 것이기도 하다. 그러나 일상 적인 가신의 외형을 담아내는 데에 가사 형식이 알맞았기에 가사화하였다 고 생각할 수도 있다.

화자가 형상화하고자 하는 이미지를 추상어나 관념어를 쓰지 않고 구체 어와 사물어를 비유적으로 사용하여 배열해 놓음으로 해서 좀더 효율적으 로 이미지를 형상화하는 방식을 택했다.

이와 같이 시적 화자의 시선을 관념화하여 외부로 지향하는 방식 대신 일상의 형상을 통해 화자의 시선을 내부로 끌어들이는 것은 정신보다는 육 체를, 관념보다는 일상을, 정연함보다는 일그러짐을 대상화하여 그들 간에 균형을 이루어 보다 참다운 인간을 형성해가려는 조선 후기의 사상과 밀접 한 관련이 있다.

3.2 다성적 목소리와 담론적 소통

양반 가사가 철저한 유교적 관념에서 하나의 목소리를 가지고 있다면 서 민가사는 다성적 목소리를 가지고 있다. 다성적 목소리는 크게 두 가지 방 향에서 이해할 수 있다. 하나는 작품에 시적 화자가 두 명 이상 등장하는 경우이고 하나는 시적 화자가 두 개 이상의 목소리를 갖는 경우이다.

전자의 경우에는 주로 대화체에 의해 실현된다. 가사 작품에서 두 명 이

상의 시적 화자가 등장하고 그들의 소통을 대화체로 실현한 경우는 송강의
「사미인곡」과 몇몇의 작품에서 볼 수 있었다. 그러나 서민 가사를 포함하
여 조선 후기 가사에서 두 명 이상의 시적 화자가 등장하여 대화체를 이어
가는 것을 자주 볼 수 있다.

[예문 9] 어와   싱원인디   초관인지
         그디말슴   그만두고   이니말슴   드러보소
                                     (甲民歌: 海東歌曲)

[예문 10] 그여자   대경하야   자븐손을   뿌리치고
          남녀유별   분명커든   남이알가   두렵도다
                          - 중 략 -

          호탕한   마음으로   너를조차   예올적에
          절대가인   예다두고   내어대로   갈가보냐
                                  (離別歌, 申明均編 歌詞集)

[예문 11] 그중의도   청츈과여   눈물콘물   귀쥐ᄒ다
          혼부人이   이른마리   조은풍경   존노름의
          무슨근심   디단히셔   낙누한심   원일이요
          나건으로   눈물짝고   니사졍乙   드러보소
                          - 중 략 -
          텬동어미   듯다가셔   썩나셔며   ᄒ눈마리
          가지마오   가지말오   제발격션   가지말계
          팔자혼탄   읍실가마ᄂ   가단말이   웬말이요
          잘만나도   니팔자요   못만나도   니팔자지
          百연희로도   니팔자요   十七셰의   쳥상될가
                                  (화전가: 小白山大觀錄)

[예문 9]은 [예문 4]에 대해 대응한 부분이다. [예문 4]의 화자는 군사도
망하는 [예문 9]의 화자에게 너 또한 고을을 떠나면 고생할 것이요, 한 나라
안이니 어딜 가도 지금의 신세를 면할 길 없음을 내세워 떠나지 말고 부모
처자 보전하고 새 즐거움을 찾을 것을 종용하자 [예문 9]의 화자는 [예문 4]
의 화자의 말을 자르고 나서 자신이 고향을 떠날 수밖에 없음을 구구절절이

읊어내고 있다. 이때 「甲民歌」의 두 화자는 직접적인 대화체를 구사한다.

[예문 10]은 춘흥에 겨워 나들이들 나온 남자 화자가 여자 화자의 미색에 반해 그녀의 손을 잡자 여자 화자가 이를 뿌리치고 다시 남자 화자가 달래고 위협하는 부분이다. 외설스러워 숨기거나 점잖게 수식할 법한데 투박하게 있는 그대로를 드러내고 있다. 있는 그대로를 드러내기 위해 대화체를 사용하고 있다.

[예문 11]는 청상과부의 신세 한탄과 청상과부의 신세 한탄을 듣던 덴동어미가 자신의 신세 한탄을 이어가는 대목이다. 「화전가」에는 작품 전체를 이끄는 화자와 청상과부, 덴동어미가 등장하여 세 명의 화자가 등장한다. 한 작품에 세 명의 화자가 등장하는 것은 작품의 완결성과 문학성에 치명적인 약점이 될 수 있음에도 불구하고 「화전가」는 화자를 바꾸어 가며 그들의 직접적인 목소리를 담아내고 있다.

이처럼 서민가사는 일상생활을 그대로 담아내기 위해 두 명 이상의 화자의 목소리를 직접 담아낼 뿐만 아니라 한 명의 시적 화자가 두 개 이상의 목소리를 담아내기도 한다. 한 명의 화자가 두 개 이상의 목소리를 갖는 경우에는 시적 화자의 갈등과 후회, 또는 체념의 형태로 표현된다.

[예문 12] 불쌍한	저늙은이	내어찌	잊은손고
다시마음	고쳐먹어	저노인	귀키보자
양미간	찡글기는	조심하난	알공배요
안박구억	즐기기는	나를못내	하심이라
밤새와	진기침은	고무도독	지킴이요
많이먹고	체잫기는	자릅없는	장군이요
새벽담배	석주기는	불안끄잔	경륜이라
낙치하신	입모습은	자색이	드러치고
백설같은	센털은	은사실로	서러난듯
잔삭가리	건찮기는	시간살이	자미로다
미운애기	품에품고	궂인일을	귀케보아
휘씰어	덮어두고	내배필	천성일세

(원한가: 朝鮮民謠集成)

[예문 13] 그로숭   ᄒᆞ는말이   젼싱에   부인계셔
         이절법숭   되엿슬째   부쳐임끠   득죄ᄒᆞ여
         인간에   내치심애   쳥룡수   부쳐임이
         불샹히   넉이시샤   이리로인도   ᄒᆞ엿스니
         쳥춘에   죄밧읍은   조곰도   슬허마오
         어화   내일이야   이제야   알니로다
         이것뎌것   다ᄇᆞ리고   불문에   귀의ᄒᆞ여
         후싱   길이나   닥가볼가   ᄒᆞ노라

(쳥춘과부곡: 新纂古今雜歌)

[예문 14] 항긔러운   꼿화자젼乙   우리만먹어   되깃는가
         꼿화자젼乙   만니부쳐   꼿가지썩거   만니쓴다가
         장싱화갓튼   우리부모   꼿화자로   봉친ᄒᆞ서
         꼿다울사   우리아들   꼿화자로   먹여보세
         꼿과갓튼   우리아기   꼿화자로   달니보세
         꼿화자타령   잘도ᄒᆞ니   노릭속의   향긔는다

(화전가: 小白山大觀錄)

[예문 12]의 화자는 결혼식의 화려한 모습을 묘사하고 결혼이 인간에게 있어서는 제일 재미있는 일이라고 서술한 다음에 "젊어도 같이젊고 늙어도 함께늙고"를 전제한 다음에 자신이 열일곱 살에 늙은 남편을 만났음을 한탄하고 있다. 젊어도 같이 젊고 늙어도 같이 늙어야 한다는 것을 전제했기에 열일곱 나이에 늙은 남편을 만난 한탄은 독자들에게서 충분히 공감을 자아낼 수 있었다.

또한 화자는 자기를 끔찍이 아껴 키웠음을 말한 다음 부모의 입을 통해 "당면황의 대비치로 / 만승천자 너를줄가 / 삼태육경 안해될까"를 말하여 자기의 결혼에 대해 부모뿐만 아니라 자기 자신도 자기 결혼에 대한 꿈과 희망이 컸음을 나타낸다. 그러나 신세가 기구하여 늙은 남편을 만나게 되고 늙은 남편에 데 대한 미움은 클 수밖에 없다.

         동지섣달   긴긴밤에   잠은어이   없어신고
         자진해소   코눈물이   아니꼽고   더러워라
         닭이울면   담배질에   온방안이   굴뚝이라

남에없는	수양증은	쉴새없이	긁어내니
갓입은	상하작의	저다지	물어운가
짜른한숨	긴한숨	궁청치통	품은다시
궁성궁성	하는소리	저성기별	문답일세
육천마디	뿌러진가	꼼짝하면	애고애고
난장맞고	와기신가	숨차기도	무서워라
수전증은	어이나서	두손결	벌벌하니
나름때를	잡으신가	골맥이를	나리신가
일장	가취가	식성하나	뿐이로다

(원한가: 朝鮮民謠集成)

　[예문 12]과 같은 작품이라는 것이 믿기지 않을 정도로 서로 반대되는 정서를 나타내고 있다. 막걸리를 마시고 배추김치를 찢어 먹는 모습도 추해 보이고, 밤에 슬그머니 곁에 오는 모습을 "능증하고 수상하고 층그럽고 어이없다"로 표현할 만큼 늙은 남편에 대한 미움은 매우 깊은 것이었다. 하지만 화자는 그 미움을 바꾸어 [예문 12]으로 마무리하고 있다. 화자는 자신에게 존재하는 두 개의 상반된 정서를 일관된 목소리가 아닌 다성적 목소리로 형상화하고 있다.

　[예문 13] 역시 젊은 나이에 과부가 된 자신의 처지를 어느 중의 말을 빌어 극복하는 과정을 그대로 보여주고 있다. "긔위부부 되였거든 / 죽지말고 살엇거나 / 그리죽자 홀짝시면 / 맛나지나 말앗거나"를 통해 먼저 간 남편에 대한 자신의 심회를 형상화하고 자신의 슬프고 억울한 사연을 낱낱이 풀어내고는 체념처럼 자신의 운명을 받아들이고 있다.

　[예문 14]는 「화전가」의 뒷부분이다. 「화전가」는 앞과 뒤 부분에 화전놀이의 즐거움을 표현하고 중간에 청상과부와 덴동어미의 기구한 사연을 서술하고 있어 서로 상반된 내용을 구조화하고 있다. 화전놀이와 기구한 사연을 한 작품에 담아내는 것은 아이러니로 볼 수 있다. 화자는 이러한 아이러니를 감수하면서도 다층적 화자와 서로 다른 목소리를 담아내고 있는 것이다.

　이처럼 서민가사가 전기 양반가사와 달리 다층적 화자와 다성적 목소리를 갖는 이유는 조선 후기 사회의 이념과 삶에 대한 인식이 조선 전기 사회와는 많이 달라진 데에 기인한다. 즉, 하나의 이념을 일관되게 형상화할 수밖에 없었던 조선 전기 사회와 달리 조선 후기 사회는 다양하고 평범한 일상의 경험을 중시하였다는 것을 나타낸다.

문학은 인간 삶에서 가치 있는 것을 형상화하며 가치 있는 것을 지향한다. 따라서 서민가사가 문학적 완결성을 담보하면서도 다층적 화자와 화자의 다성적 목소리를 담아내는 것은 그만큼 조선 후기 사회가 일상적인 것, 일상적인 경험들을 중시하고 그것들을 드러내어 비판적 담론으로 삼는 것에 가치를 두었음을 의미하는 것이다.

3.3 공존을 위한 부름과 공유

조선 후기에 서민들은 사회와 삶에 대해 새로운 각성들을 시작한다. 사회는 중세 농경사회에서 근대 상공업사회로 빠르게 전환하고 있었지만 사회 구조와 제도는 지배자들의 논리 속에 갇혀 있었다. 뿐만 아니라 사회가 많은 문제점을 안고 있다는 시각은 일치하였지만 그것을 극복하기 위한 이념과 방식에 대한 의견은 서로 달랐다.

이러한 사회 현상 속에서 서민가사의 향유층은 대중의 사상과 정서를 하나로 모아야 할 필요를 절실하게 느끼고 있었다. 그러나 사회를 혁신할 수 있는 하나의 사상을 내세우는 일은 예나 지금이나 어려운 일이다. 해야 한다는 신념은 같았으나, 방식에 대한 의견은 일치하지 않았다.

따라서 자신의 생각과 정서를 외부로 펼쳐 공유하고 서로의 이념을 오해하지 않고 이야기하기 위해 구체적이고 직접적인 매개가 필요하였다. 이러한 필요성과 가사의 표현 방식의 서로 일치하는 부분이 많아 또 하나의 의사소통 매개로서 가사의 형식을 빌리게 된다.

어와세승　　스람드라　　이닌말슴　　드러보소
(거창ㄱ: 필사본·국어국문학 39·40호)

어유와　　계장님니　　이기음　　미아스라
기음노리　　니브름시
(기음노래: 李秉岐著 國文學槪論)

인간세상　　스룸들아　　이닌말숨　　드러보소
(노처녀가Ⅰ: 增補新舊雜歌)

어화　　벗님네야　　이내말삼　　드러보소
(離別曲: 申明均編 歌詞集)

서민가사의 이러한 서두 방식은 앞선 시대의 가사에서도 볼 수 있다. 「星山別曲」의 서두도 "엇던 디날 손이 / 星山의 머를며서 // 霞接堂 息影亭 / 主人아 내말듯소"하여 하서당과 식영정의 주인을 부르는 것으로 시작하고 있다. 하지만 서민가사에서는 이러한 서두 방식을 더욱 빈번하게 사용하고 있다. 그리고 부르는 대상도 "스람·스룸·벗님네"들로 특정한 범주를 정하지 않고 있다. 특정한 범주를 정하지 않고 부르는 서두 방식은 앞선 시대의 가사에서도 몇몇 볼 수 있다. 하지만, 앞선 시대의 가사들의 시선은 관념적인 자신의 내부로 향하여 있다. 가령, <賞春曲>은 "紅塵에 뭇친분네 / 이 내生涯 엇더ᄒ고" 로 시작하여 시선이 다수에게 향해진 것처럼 보인다. 하지만, 화자와 '紅塵에 뭇친분'은 서로 다른 세계의 사람들이다. 즉, 紅塵에 묻히지 않은 화자가 자신과 서로 다른 紅塵에 묻힌 분을 불러 山林에 묻혀 지내는 즐거움을 서술하기 위한 목적으로 '부름'을 활용하고 있을 뿐이다.

그러나 서민가사의 서두에 나타난 '부름'은 당대의 사회상을 '공유'하거나 자신의 삶의 철학을 드러내어 '공유'함으로써 새로운 담론을 형성하기 위한 것이다. 즉, 서민가사 서두의 '부름' 방식은 나의 이야기로 당대인을 끌어들여서 사회 현상과 자신의 삶의 철학에 대해 논의하고 새로운 담론을 모색하는 전체 과정을 '공유'하기 위한 것이다.

조선 후기에 서서히 일어나기 시작한 사회와 삶에 대한 각성은, 내부에

도사리고 있던 '자기 찾기'의 욕망을 불러내었다. 그러나 진정한 '자기 찾기'는 개별적인 행위에 의해 달성될 수 있는 것이 아니라, 사회적 공존의 이념 안에서 달성될 수 있다는 것을 자각하게 된다.

따라서 대중 - 여기서 대중은 서로 다른 층위를 지닌 대중이 아니라 적어도 같은 층위를 갈망하는 대중이다 - 을 '불러' 모으고 일상적이고 구체적인 대상과 인식을 드러내어 공론화함으로써 새로운 담론을 형성하고 그 모든 것을 '공유'하여 하나의 사상과 정서로 결집하기 위해 노력하게 된다. 이때 가사라는 양식은 이러한 목적과 이념을 가장 잘 담아낼 수 있는 특성을 갖고 있어서 그 시대정신을 담아내는 매개의 역할을 충실히 담당하게 된 것이다.

3.4 자기반성을 통한 회복과 변혁

문제가 무엇인지, 또는 변화하는 정세 속에서 살아남기 위해 변화해야 한다는 당위성은 모두 인식하였지만 어떻게 변화하여야 하는지, 변화를 뒷받침하는 사상과 정서는 무엇인지에 대한 의견은 일치하지 않았다. 사실, 예나 지금이나 변화하는 세상 속에서 살고 있지만 변화하는 세상을 잘 살아내기 위한 사상과 정서가 무엇인지는 고도로 발달한 현대 사회에서도 가늠하기 어렵다.

특히, 서세동점(西勢東漸)의 충격과 더불어 제국주의에 의해 재편되는 세계정세 속에서 열강들의 침략에 직면하여서는 하나의 사상과 신념을 찾는 일이 거의 불가능하였다. 이러한 상황에서 가장 설득력 있는 것은 사회 부조리를 몰아내고 사회 정의를 추구하는 것이다. 문제는 무엇을 내세워 부조리를 타파하고 사회 정의를 세우느냐 하는 것이었는데 이때 가장 설득력을 갖는 것 중 하나가 과거 안정된 사회를 회복하는 것이었다.

따라서 기존의 사상과 신념을 바탕으로 한 반성이 필요했고 반성의 내용이 모두가 공감할 수 있도록 공론화하는 것이 중요했다. 그리고 가장 설득력 있는 반성의 태도는 일상 외적인 곳으로 향하는 것이 아니라 일상 내적인 곳으로 향하는 것이었다. 이러한 관점에서 서민가사는 일상적인 인물, 일상적인 행위들을 반성하고 인간 본연의 자세로 회복하기를 소망하였다.

흉보기도	슬타마느	져부인의	거동보소
시집간지	셕달만의	시집스리	심허다고
친정의	편지허며	싀집흉을	줍아너며
계엄헐스	싀아바니	암상헐스	싀어머니
고즈질의	싀누의와	엄슉하기	맛동셰라
요악헌	아오동셰	여호갓튼	시앗년의
드셰도다	남녀노복	들며나며	흠구덕에
남편이나	미덧더니	십벌지목	되얏셰라

(용부가: 高大本 樂府)

"흉보기도 슬타"는 전제는 여러 가지를 내포하고 있다. 첫째, 형상화할 대상의 행위가 정상적이지 않거나 바람직하지 않다는 것을 표방한 것이고 둘째, 화자의 비판적 태도를 언표한 것이며 셋째, 반성적인 읽기를 통해 공공의 여론을 형성하고자 하는 욕망을 나타낸 것이다.

형상화의 대상은 부인이고 내용은 부인의 잘못된 행동이다. 구체적인 내용은 '시집 흉보기'로 집약할 수 있다. 좀더 살을 붙이자면 자신의 본분은 지키지 않고 시집 식구들의 흉만 보는 부인에 대한 비판이라고 할 수 있다.

작품의 내용을 뒤집어 보면 당시에 시집 식들을 흉보고 모함하는 부인들이 많아 사회적으로 문제가 되었다고 이해할 수 있다. 작품을 통해 '님의 말을 전하고', '조상모시기 보다는 불공에만 정신을 빼앗기고', '무당을 불러 굿을 하느라 가산을 탕진하고', '남편과 아이들을 돌보지 아니하고', '이간질과 음담패설을 일삼는' 부인들이 사회적인 문제를 낳고 있음을 확인할 수 있다.

나아가 부인의 이러한 행동들은 당시 사회적은 여건에서 가정이라는 울타리 안에서는 치유될 수 없는 것들이었다. 따라서 사회 구성원의 여론을 통해 고쳐나갈 수 있는 길을 마련하여야만 하였다. 그리고 부인의 잘못된 행동을 고치는 일은 개인이나 가정의 차원이 아니라 사회 질서와 정의를 바로 세우기 위한 것이다.

급변하는 세계정세 속에서 고작 부인의 잘못된 행동을 문제삼느냐는 비판이 있을 수 있지만 사회 질서를 회복하기 위해서 일상을 반성하고 치유하는 것이 급선무라고 생각할 수 있다.[24]

입구멍이	졔일이라	돈날노릇	흐야보셰
전답파라	변돈쥬기	종을파라	월슈쥬기
구목버혀	장스허기	셔칙파라	빗쥬기와
동니상놈	부역이요	먼데사람	흉악이며
줍아오라	쩌믈니라	즈장격지	몽동이질
견당줍고	세간쎗기와	볼호령에	숏쎗기와
여긔져긔	간곳마다	격실인심	허겟고나
사람마다	도젹이요	원망허는	소리로다

(우부가: 高大本 樂府)

<우부가>에는 안정된 사회에서는 허용할 수 없는 일들이 벌어진다. "부모덕에 편이놀고~시체짜라 의관허고 / 남의눈만 위허것다"는 중세 사회에서도 일어날 수 있는 일이다. 하지만 "허욕으로 장스허기 / 남의빗시 틱산이라"와 같은 상황은 당시 사회가 근대 상공업시대 상당히 진입하고 있음을 나타낸다.

이러한 상황에서 "입구멍이 졔일이라 / 돈날노릇 흐야보셰"는 예사롭게 해석할 수 없다. 작품의 내용으로 보아 '입구멍'은 살기 위한 경제적 가치를 담고 있는 것이라 탐욕이라는 욕망의 가치를 담고 있다. 허욕에 가득 차 남의 돈을 빌어 장사를 벌이고는 "돈쥬졍"을 일삼는다. 그래서 부모조상이 도망가고 일가친척의 구박을 받는다.

---

24) 이러한 현상은 현대 사회에서도 볼 수 있다. 국영 방송을 비롯한 방송사들이 『논어』, 『장자』 등 우리의 정신적 뿌리가 되었던 고전에 대해 다시 이해하려는 방송들을 내보낸다든지, '기초 질서' 확립이 사회의 구호가 되는 예들이 이를 말해준다. 인간 본연의 모습에 대한 회복의 갈망과 사회 질서와 정의가 바로 서야 변혁을 이룰 수 있다는 생각은 동서고금에서 통용되는 화두이다.

부모조상이 도망가고 일가친척의 구박을 받을 수밖에 없는 상황을 소상하게 묘사하고 있다. 부모 조상이 도망가는 이유는 전답과 종을 팔아 이자를 갚는 것도 문제지만 종손이라는 핑계를 대고는 종토를 팔고 제사를 핑계 대고는 제기를 팔아 투전질을 하기 때문이다. 전답과 종을 파는 행위는 가정 경제를 무너뜨리는 데에서 그치지만 조상 대대로 내려오는 가문의 땅을 팔고, 제사 때 쓰는 제기를 판다는 가문을 파괴하는 행위이며 동시에 옛 가치를 소멸하는 것이다. 이러한 행위는 현대 사회에서도 용납될 수 없는 것들이다.

화자는 이러한 행위에 대해 간명하게 "뉘라셔 도라볼가"로 평가하고 있다. 아무도 돌아볼 사람이 없다는 것은 그 누구도 대상의 행위를 용납하지 않는다는 뜻이며, 다른 사람들과 관계가 단절되었다는 것을 의미한다. 따라서 화자는 대상의 망한 모습을 구구절이 나열하고 있다.

<우부가>에 등장하는 세 명의 우부, 개똥이·꼼생원·꾕생원의 공통적 특징을 묶어본다면 ① 웃어른 몰라보기 ② 가문 재산 팔아먹기 ③ 잘못된 돈 쓰기 ④ 이간질 ⑤ 주먹다짐 ⑥ 아내와 아이들 돌보지 않기 ⑦ 투전질·술내기 장기로 요약할 수 있다. 이는 다시 가정 파괴, 왜곡된 경제생활, 잘못된 인간관계, 놀음으로 정리할 수 있다. 이 중 가정 파괴, 잘못된 인간관계, 놀음은 중세 농경사회에서도 일어날 수 있었던 일이지만 왜곡된 경제생활은 조선 후기 상공업사회로 전환되면서 일어날 수 있는 일이다.

화자는 전자의 패해는 인간 본연의 윤리 의식 회복으로 후자의 모순은 변화한 사회에 걸맞는 의식의 변혁으로 극복하고자 하였다. 한가지 덧붙일 수 있는 것은 회복과 변혁은 서로 다른 개념이 아니라는 것이다. 변혁의 측면에서 보면 회복은 과거로의 회귀기 아니라 변혁할 수 있는 근본적인 힘으로 해석할 수 있고 회복의 측면에서 보면 변혁은 변화하는 사회를 지탱하기 위한 근원적인 힘으로 이해할 수 있기 때문이다.

4. 결 론

문학은 사회를 배경으로 이루어진다. 특히, 역사·철학·정치와 밀접한 관계를 지니고 있는 조선시대의 문학을 논의할 때에는 그 시대의 역사적·사상적 배경뿐만이 아니라 정치적 흐름에 대한 정확한 이해가 필요하다.

그러나 조선 후기 역사에 대한 이해는 자못 한쪽으로 치우친 감이 있다. 따라서 조선 후기 문학에 대한 정확한 논의를 위해서는 조선 후기 역사와 사상, 정치사의 흐름에 대한 재논의가 필요하다.

주지하다시피 조선 후기 역사관은 일본 제국주의의 조선 말산하기 정책에 의해 의도적으로 왜곡된 것이다. 소위 '식민주의 사학', 또는 '식민주의 역사관'에 의해 폄하된 우리 역사는 자기 비하라는 엄청난 결과를 초래하였으니 지금도 망령처럼 살아 있다.

특히 잘못된 역사관은 우리의 상충문학(고급문학)에 대한 몰이해를 넘어 '단절'이라는 비극을 낳게 하였다. 자연 속에서 인간 본연의 모습을 형상화 하려 했던 조선 전기의 문학은 '퇴폐적 낭만주의' 쯤으로 해석되는가하면 버려야할 유산이나 현실 세계와 무관한 관념적 결과물로 취급받고 있다.

이제 고전 문학의 진정한 의미를 재발견하고 새로운 논의를 붙여 현대 사회에서도 고전 문학이 쓰임 받게 해야 하는 사명이 고전 문학 연구자들에게 쥐어졌다. 그 사명을 훌륭하게 수행하기 위해서는 우선 고답적인 연구 태도에서 벗어나야 한다. 아울러 '교육'을 위한 연구를 지향해야 한다. 다시 말해 현대를 살고 있는 학습자들이 쉽게 이해하도록 교육하는 방법과 목소리를 연구자의 태도와 문장으로 녹여내야만 한다. 그래야 전통을 올곧게 전수할 수 있다.

'전통의 전수'라는 차원에서 조선 후기의 사상과 문학은 매우 중요하다. 그것은 조선 후기가 현대의 바로 앞선 시대라는 측면에서도 중요하지만 현대 사회에 아직도 조선 후기의 사상과 표현 방식이 존재하기에 전수와 교육이 수월하다는 측면에서도 중요하다.

뿐만 아니라 사상의 흐름을 인식하는 태도도 바꾸어야 한다. 사상은 단층적이거나 단선적이지 않다. 너무 간단하게 말하는 감이 있지만, 조선 후기 사상 역시 순수 성리학을 지키려는 사상과 변화하는 사회에 적응하려는 북인 중심의 개혁 사상의 복선적으로 흐르고 있다는 것을 인식할 필요가 있다.

서민가사를 이해하는 데에도 이러한 관점이 필요하다. 서민가사에는 인간의 기본적인 윤리를 회복하려는 의지와 변화하는 사회에 걸맞게 변혁하려는 의지가 복선적으로 깔려 있다. 그러나 회복과 변혁의 의지를 대립 구조나 갈등 관계로만 이해하려는 태도는 매우 위험하다.

회복과 변혁은 동일한 개념이다. 회복은 변혁을 위한 근본적인 힘이며, 변혁은 회복을 전제로 한 근원적인 힘으로 작용한다. 다시 말해, 회복을 바탕으로 변혁이 가능하며 변혁을 통해 회복을 이룰 수 있는 것이다. 이러한 이유로 역사를 ‘인간 이성의 발달사’라고 지칭할 수 있는 것이다.

본고에서 살핀 서민가사의 특성은 다시 몇 개의 단어로 축약할 수 있을 것이다. ① 일상성과 일상생활의 대상화 ② 다성적 목소리와 담론적 소통 ③ 공존을 위한 부름과 공유 ④ 자기반성을 통한 회복과 변혁이 그것이다. 그리고 서민가사가 이러한 특성을 배태한 사상적 배경에는 순수 성리학과 북학사상이 자리하고 있으며, 국가의 위기를 벗어나기 위한 사회적 담론 형성의 의지 역시 서민가사의 특성을 형성하는 요인으로 작용하고 있다.

이러한 사상적 배경과 요인은 서민가사의 대상 인식과 형상화 방식, 그리고 미적 가치에 대한 변화를 가져왔다. 관념적인 정신세계를 형상화하였던 양반가사와는 달리 ‘나’를 포함한 일상생활을 모두 형상화의 대상으로 삼는가 하면, 절대 존재는 사라지고 삼라만물 모든 것을 문학 형상화의 대상으로 삼았다. 형상화방식 역시 대상에 기대어 추상적이고 상징적인 어법을 쓰는 대신 사실적인 소재나 행위를 구체어와 일상어를 사용하여 배열함으로써 축자적인 이미지를 형상화하고 은유와 대구를 사용하여 문학적 이미지의 밀도를 높이고 있다.

미에 대한 관점도 달라져서 ‘곧은 것’, ‘완결된 것’, ‘정연한 것’만을 미적 가치로 삼는 것이 아니라 '추한 것', '미완성된 것', '일그러진 것'에도 미적 가치를 둠으로써 미의 절대가치에서 벗어나 미의 영역을 확대하고 있다.

　서민가사는 시민 의식의 확대로 절대존재가 사라지고 일상적인 것으로, 관념적 정신의 세계에서 실생활적인 모든 영역으로, 절대가치가 사라지고 삼라만상의 모든 것의 가치를 인정하는 전체성으로 변모하여 근대 문학으로 발전하는 길을 향해 열려있다.

〈한양가〉, 역사적 반성과 새로운 세계에 대한 갈망

1. 〈한양가〉를 다시 읽는 이유

〈한양가〉란 1844년에서 1960년[1]까지 근 110여 년 동안 꾸준히 창작·필사되었던 작품들로[2] '한양가(漢陽歌)'·'한양풍물가(漢陽風物歌)'·'한양오백년가(漢陽五百年歌)'·'이조오백년가'·'이조오백年歌史'·'漢陽悲歌' 등의 명칭을 가진 작품들을 말한다. 〈한양가〉는 당시의 수도였던 한양의 풍속·전각·복장·제도 등을 노래하거나 왕궁을 중심으로 일어난 역사적인 사실을 노래하였다.

〈한양가〉를 쓰던 1844~1960년 우리나라는 외세의 침탈과 민족의 고난이 계속되었던 시기이다. 〈한양가〉는 이러한 위급하고 혼란스러운 상황에서 민족의 앞날을 걱정하고 국가의 안위에 대해 고민하여야만 하였다. 그래서 한양의 풍물을 노래하여 민족의 자긍심을 높이고 조선 왕들의 행위를 낱낱이 파헤치고 나름의 평가를 내려야했다.

지나간 과거를 들추고 왕들의 행적에 평가를 가하는 일이 뒤늦은 감이 있었으나 민족이 처한 위기에서 벗어나기 위해서는 무엇을 잘못했고 무엇을 살려내야 하는지에 대한 정리와 각오가 필요했다.

그래서 많은 사람들이 〈한양가〉를 창작하고 전수하고 새롭게 이어나갔

---

1) 〈한양가〉의 창작은 현재 진행형이다. 아직도 〈한양가〉는 창작되고 있다. 1960년이라고 하는 것은 단지, 대상 자료를 한정하여 논의의 편하게 하고자 하는 것뿐이다.
2) 연대는 본고에서 다룬 이본을 기준으로 하였다. 그러므로 앞으로도 다른 이본이 소개되면 바뀔 수 있다.(한산거사작 1844년, 조애영작 1960년, 1971년 금강 출판사 간행)

다. 따라서 <한양가>의 역사는 단절되거나 구분될 수가 없었다. 조선과 개화기, 근대화 과정의 우리나라를 하나로 보고 세월이 지나가면 계속 덧붙인 것은 바로 끈질긴 민족의 생명에 대한 경이였으며, 동시에 민족의 생명을 끈질기게 이어야 한다는 작가 의식의 표현이었다.

지금 다시 <한양가>를 읽는 이유도 여기에 있다. 세계화, 국제화 시대를 표방하며 외국의 문물과 문화들이 물밀 듯이 들어오고 있다. <한양가>를 쓰던 시대에는 타의에 의한 것이었다면 지금은 시대의 필요에 의해, 자의에 의한 것이라는 점이 다를 뿐이다.

그렇다고 해서 세계의 문물이나 문화를 배척하자는 말이 아니다. 적어도 <한양가>를 다시 읽는 이유는 편협한 민족주의에 기인한 것이 아니다. 지금 우리가 표방하고 있는 세계화, 국제화가 지니고 있는 맹점을 확인하고 좀더 나은 민족의 길을 걷기 위한 것이다.

우리는 <한양가>에서 과거가 아니라 미래를 읽어야 한다. <한양가>에 담겨 있는 반성과 고민을 우리의 것으로 만들고, 새롭게 해야 할 것은 새롭게 하고 버려야 할 것은 버리는 안목을 갖추어야 한다.

2. 각 이본의 계열과 내용

<한양가>의 여러 이본들을 내용에 따라 구분해보면 4가지 계열로 나눌 수가 있다.

첫째, 수도인 한양을 중심으로 조선의 관직·문물·제도 및 태평성대의 모습을 그린 한산거사작 계열

둘째, 조선 오백년의 모든 왕과 사건들을 역사적인 조명 아래 선과 불선으로 나누어 기술한 세창서관본 계열

셋째, 주된 내용은 세창서관본 계열과 비슷하나 작자가 뚜렷이 구별되어

1구1절의 파격이 하나도 없는 형식적인 특색과 문체의 특색, 그리고 사건의 가감과 서술의 차이를 보이는 우강작 계열

넷째, 조선 오백년의 역사는 간략하게 서술하면서 해방 이후의 혼란했던 사회와 부패된 정가, 그로 인한 6·25, 4·19 등의 근대기 사건을 서술한 조애영작 계열 등이 그것이다.

각 계열별로 이본을 정리하면 다음과 같다.

한양가 ─┬─ 한산거사작 계열 ; 악부본·유효공선행록부록본·목판본
　　　　　　　　　　　　　　　　이석래 교주본·박성의 교주본·송신용교주본
　　　　├─ 세창서관본 계열 ; 박요순소장본·최래옥소장본·사공씨본
　　　　　　　　　　　　　　　세창서관본·고대본·지례본·영화출판사간행본
　　　　├─ 우강작 계열 ; 우강본(본고에서는 석판본으로 소개)
　　　　└─ 조애영작 계열 ; 조애영(금강출판사)

2.1 한산거사작 계열

한산거사작 계열의 이본들은 〈한양가〉·〈한양풍물가〉·〈한양태평가〉 등의 명칭을 가지고 있다. 이 이본들은 다른 계열의 이본들과는 달리 긍정적이고도 낙관적인 태도에서 한양의 지세와 조선의 근원, 각종 문물·제도·관직·놀이 등을 노래하였다. 이러한 태도로 태평한 세월을 찬양하며 왕과 하늘에 대한 송축이 주된 내용을 이루고 있다. 한산거사작 계열의 내용 분석은 이석래 교주본을 근거로 하였다.

작품내용을 고찰해 보면 다음과 같다.

문단	주　　제	내　　용	구수
1	한양의 지세	• 곤륜산과 백두산을 타고내린 일지맥이 도봉에 이르러 기세가 더욱 오른다.	95
2	한양의 유래와 정통	• 타락뫼가 청룡을 이루고 길마재가 백호를 이루며 강화의 마니산이 도수구를 이루고 있으니 한양은 하늘이 내신 왕도이다.	148
3	나인과 호위군사	• 조선은 단군의 구족이요 기자의 유풍이다. 그리하여 전봉루가 많고 학관과 린각이 빽빽하다.	120
4	정승 승지의 직책과 고고한 모습	• 내시·무예청·대전별감·무수리·내병조의 직책과 그들의 모습은 기상이 굳고 꿋꿋하다.	107
5	문·무관의 직책과 근엄한 기강	• 육승지는 임금에게 아뢰고 이를 반포하며, 선전관은 임금의 사위와 적간을 맡음에 날쌔게 하고 삼정승은 애민하여 그 위엄을 더한다. 훈련도감은 한 칼로 백만군사를 당하고, 군대의 기는 군사의 사기를 높여준다. • 포도청과 의금부는 명분을 밝힘에 추상같아 그 죄과를 물음이 엄격하여 백성을 평안하게 한다.	96
6	육조의 역할과 기능	• 호조·공조·예조·병조·이조·형조의 역할	96
7	사복사와 장락원의 역할	• 사복사는 교통과 전쟁에 필요한 말을 훈련하고 관리하니 제후국의 면모를 과시하는 관청이며, 장락원은 여민동락의 근원이니 보기에도 신기하다.	92
8	설관분직의 거룩함	• 선혜청·중추부·홍문관·성균관·사간원·사헌부·봉상시·전생서·상서원·상의원·사도서·내탕고·내수사·참홍고·사포서·사재감·장원서·내섬시·약방·공상청·수어청·양향청·예번시 등등의 분직과 설관은 나라 행정의 기초로 그 직분과 직책이 거룩한 것이다.	140
9	국가의 근본이 되는 교육기관	• 명륜당은 국가의 근본이요 어진 선비를 교육하여 국가를 밝히고 존경각에 쌓인 책들은 성현의 태도이다.	31
10	사대문과 인격 및 시전	• 숭례문·여인문·조의문·강의문은 외교의 관문이다. • 백각전은 온갖 과일·쌀·포목·종이·베·과자·비단·여물·비녀·패물·노리개·칼 등 없는 것이 없이 진열되어 있다. 특히 외국물건을 파는 청시전과 육주의 으뜸인 선전은 화려하고 번화롭다.	324

11	그림의 기이함과 화려함	• 광통교 아래까지 걸린 산수도·십장생화·매죽난국화의 기이함과 화려함을 묘사. • 각종 그림은 구운몽의 성진과 팔선녀·어진 인군인 주문왕·강태공·제갈공명·도연명·이태백 등의 이야기로 아름답게 풀어 묘사함.	92
12	만민을 구제하는 약재	• 만민의 수명을 구제하는 한약재들(인삼·사삼·현삼·감초·자초·하고초·우황·우담·사담·당사향·청심환·포룡황·우황고·옥설·금설·진주설·민강·굴병·녹용고·경옥고·상백초 등등)을 나열하여 신전의 유업을 칭송.	52
13	제왕의 은공으로 인한 태평성대 구가	• 남·녀·노·소·귀·비를 막론하고 모두 즐거운 놀음을 놀게 되니 각색 놀음이 장하다. • 모든 루와 정들이 놀이터가 되어 휘장과 차일을 치고 각종 등을 화려하게 달아 가객의 창과 치장한 기생의 춤이 한창일 때 거문고 양금·생황·퉁소·죽장고·해금·장구 등이 흥을 돋구워준다.	512
14	왕의 춘전알과 능행의 행차 규모와 호위군사의 기세	• 왕은 해마다 정월이면 태묘와 사직을 다니신후 능행을 하시는데 이때 농사일을 친히 살피시기도 한다. • 왕이 강을 건너실 때는 크고 작은 나무배를 잇고, 그 위에 널빤지를 깔며 모래를 펴고 모래위에 세사를 펴고 그 위에 황토를 깔고 좌우에 난간을 만든다. 이에 오색기를 들고 군사가 호위하니 과연 천승군왕의 권위이다. 왕이 행차할 때는 한성부·사헌부·기마대 순으로 3열로 행군하니 군사·나장·대장들의 위세는 자못 웅장하다. • 어느 승전선전관이 불선거행지비를 범하나 왕께서 성의를 넓히사 용서하니 천은 입은 승전선전관이 좋으라 축수한다.	765
15	과거를 통한 공정한 인재 등용	• 모양은 조촐하나 기상이 청수한 선비들의 과거장면을 입장·예식·글제발표·시험장면·채점·급제자발표·어사화 하사·과거 후의 선비들의 모습 순서로 체계적으로 묘사함. • 공정한 인재 등용에 왕의 선정 칭송.	452
16	한양의 융성 기원	• 조선은 동방예의지국이요 축복받은 땅이니 백세토록 끊임없이 계승하여 천지와 함께 영원히 해로하게 하소서.	144

내용에서 살펴보았듯이 한산거사작 계열의 작품들은 주로 문물·제도·

관의 직책과 그 모습, 각 관청의 소임 등을 긍정적인 안목에서 노래하고 있다. 한산거사작 계열의 작품을 통해서 당시의 한양의 모습을 그려보면, 임진·병자 양란을 치루어 폐허가 된 한양이 꾸준히 재건되어 왔음을 알 수 있을 뿐 아니라 양란을 통해 위태로운 상태까지 치달았던 군민과 관민의 관계가 매우 잘 회복되었음을 알 수 있다.

> 鸞殿鳳縷 疊疊하고 / 鶴舘麟閣 층층하다.
> 아로새긴 들보보다 / 푸른附椽 붉은기둥
> 春帖詩를 붙였으니 / 그글에 하였으되
> 泰平太平 又泰平에 / 知是如是 復如是라[3]

　　위의 내용은 당시의 사회가 태평스러움을 나타내고 있다. 물론 본가의 제작 시기인 헌종 10년(1844)의[4] 사회상황이 본가에 나타난 내용처럼 긍정적이고 낙관적이었느냐 하는 의문점은 남는다. 양란의 충격이 채 가시지 않았을 뿐더러 세조의 일대 34년간을 보더라도 김대비의 수렴청정과 사옥(邪獄) 및 김씨의 세도로 시작되어 허다한 재난과 재해를 다 겪었다. 대기근·전염병·대홍수 등으로 인한 수난만 하더라도 그야말로 전에 없던 규모로 순조의 말년인 1834년 1월 경성에서 삼영의 장졸들이 치운 길가의 시체만도 1천 5구, 해골이 8백 16개였다 한다. 경성이 이런 상황에 있음인데 전국적인 상황이야 어떠했겠는가. 거기에다 탐관오리의 비리와 횡포, 잦은 사옥, 조씨와 김씨와의 투쟁을 하나도 해결치 못하고 순조가 승하하니 왕권의 쇠미와 백성의 고난은 더 한층 가중되었으리라는 짐작이 어렵지 않다.

　　그렇다면 당시의 상황과 본가의 내용이 정반대인 것은 어떻게 풀어내야 하는가. 그것은 작자의 역설적인 표현 방식에서 찾아볼 수 있을 것이다. 어려운 상황 속에서 그와는 반대로 전대의 문물을 찬양하고 군왕을 추켜세움으로써 작자가 생각하는 유토피아를 이룩하려는 것이다. 태평한 시대가 아니기에 태평하다고 노래함으로써 모두 태평스런 세상을 이룩하기 위해 노

---

3) 이석래 교주본 <한양가>, 14~15쪽.
4) 이기백, 「한국사 신론」, 일조각, 1976. 267~310쪽 참조.

력하자는 작자의 의식을 엿볼 수가 있다.

　〈한양가〉 외에 당시 한양의 모습을 엿볼 수 있는 것으로 초정의 〈성시
전도시〉가 있다. 그 시의 첫머리를 보면

　　　그대는 아는가, 한양의 궁궐 하늘 높이 솟은 것
　　　사십리 층성(層城)으로 둘러친 곳
　　　종묘(宗廟)와 사직단(社稷壇) 좌우로 크게 서 있고
　　　뒤에는 총총한 산 앞에는 먼 강물
　　　천지가 개벽된 듯 그 옛날 남평양(南平壤)
　　　옛터전에 새로운 국운(國運) 선왕(先王)으로부터였네
　　　문명(文明)의 해와 달 동해에 가까운데
　　　훌륭한 인걸들 때 만나 선리(仙李)를 보우(保佑)하네
　　　육조(六曹)는 높다랗게 한길가에 늘어서고
　　　칠문(七門)은 우뚝 붉은 노을 속에 솟아 있네.
　　　주민은 오부(五部)가 통괄하고
　　　병정은 삼영(三營)에서 관리하네
　　　즐비한 4만 호 기와지붕
　　　잔잔한 물결 속의 고기비늘 같구나⁵⁾

이라 하였으니 본가에 나타난 한양의 인상과 거의 같음을 알 수 있다.

　임진·병자 양란 이후의 인구는 대기근·전염병·대화제·대홍수 등 크
고 작은 재난과 재해를 겪으면서도 약간의 증감을 보이며 꾸준히 늘어오다
가 18세기에 접어들면서 급속한 증가를 보여 소비와 소요를 크게 증대시켰
고 이에 따른 수공업의 발달을 가져왔다. 그리하여 바야흐로 한양을 농촌
과는 뚜렷이 다른, 도시로서의 성격을 규정짓게 된다.

　　　남편은 崇禮門과　　/　동편은 興作門과
　　　서편은 昭義門과　　/　북편은 彰義門이
　　　八路를 통하였고　　/　燕京日本 닿았으니
　　　우리나라 所産들로　/　부끄럽지 않건마는
　　　他國物貨 交合하니　/　百各廛 장할씨고

─────────────

5) 이우성, 「18세기 서울의 도제적 양상」, 『한국의 역사상』, 29쪽, 재인용.

　　七牌의 生鮮廛에　　/ 각색生鮮 다있구나
　　민어石魚 石首魚와 / 도미준치 고도어며
　　낙지소라 烏賊魚며 / 조개새우 전어로다
　　南門안 큰果廛에　　/ 각색實果 다있구나6)
　　　　　　< 하 략 >

생선전·모전　외에도　상미전·상전·백목전·지전·베전·청포전·선전·어물전 등이 각종 물품과 함께 소개되어 있어 한양의 활발한 상공업을 짐작하게 한다.

끝으로 '이러한 군관의 위엄과 막중함, 과거제도·경제활동이 제왕의 은공으로 잘 조화되어 노래와 놀음이 끊이지 않으니 태평성대로다'라고 하여 본가의 내용이 갖는 성격이 드러나 있다.

2.2 세창서관본 계열과 우강작 계열

앞에서 소개한 것과 같이 한산거사작 계열의 작품들은 당시의 수도였던 한양의 지세·문물·제도 등을 그 내용으로 하고 있으나, 나머지 세창서관본 계열·우강작 계열·조애영작 등은 조선 오백년의 역사적 사실을 주된 내용으로 담고 있다. 이 중 조애영작은 근대에 지어진 것으로서 조선 오백년의 역사적 사실은 간략히 적고 해방 이후의 사실을 주된 내용으로 하고 있으며, 작자의 독창적인 작품임으로 예외이다. 세창서관본 계열과 우강작 계열은 같은 바탕의 저본에서 이룬 것이냐 아니면 각기 독창적인 작품이냐의 문제가 따른다. 이 문제에 처음 관심을 가진 분은 이동영 교수이다.7) 최강현 교수는 사공본·우강본·고대본·지례본 등의 내용 대비를 간략하게 언급했을 뿐 이 문제에 대한 언급은 없었으나,8) 이동영 교수는 규방의 필

─────────────────────

6) 이석래 교주본 <한양가>, 39~40쪽.
7) 이동영, 「김우강의 한양가」, 『가사 문학논고』, 형설출판사, 1979. 249~261쪽.
8) 최강현 교수는 단지 사공본에는 다른 두 가지 계열이 있는 듯 싶다고만 밝혔다.

사본과 자신이 소장하고 있는 우강본의 차이점에 관심을 갖게 되었다. 그러나 이동영 교수 역시 어느 가집의 저본인지 아니면 독창적인지 분별될 수 있을 것이라는 전제를 달고 규방의 필사본과 우강본의 앞 부분만을 소개한데 그치고 있다. 어느 작품의 개별성을 논하는데 있어서 가장 먼저 언급해야 할 것이 작자이다. 이점에서 두 계열의 작품은 하나는 사공 또하나는 우강으로 되어있다. 그러나 작자가 다르다고 추정된다해서 무조건 개별 작품으로 인식한다는 것은 무리이다. 우리의 고전 작품 중에는 동일한 내용의 작품이 각기 다른 작자의 문집에서 발견되어 작자 문제에 대해 혼란과 이견을 낳게 하는 작품들이 있기 때문이다. 더욱이 필사본이 많은 〈한양가〉와 같은 경우는 필사자가 작자로 오인될 수도 있다. 그렇다면 작자 이외에 또 다른 변별 방법은 없겠는가. 이 점은 주제·소제·내용·필체·사용언어 등을 분석 고찰하는 방법에 가장 정확한 결론을 얻을 수 있을 것으로 본다.

본고에서는 두 계열의 작품의 내용을 비교함으로써 두 계열의 작품의 개별성에 대한 분별을 하고자 한다.(본고에서는 이동영 교수가 우강본과 비교한 규방의 필사본 대신 세창서관본을 사용하고자 한다.) 여기 세창서관본과 우강본의 앞 부분을 대비해 보면 다음과 같다.

세창서관본	우강의 「한양가」
슬푸다 친구님네	어와 벗님내야
이가사 들어보소	이歌詞 드러보소
어느가사 지었난고	이歌詞는 漢陽歌라
한양가를 지었어라	五百年 歷史로다
이가사를 보시오면	二十八君 相傳하샤
한양사적 자세아리	治亂興亡 仔細하다
오백년 지난사적	湯武갓흔 우리太祖
흥망성쇠 여기있소	創業垂統 狀할시고
이십팔왕 치국하신	穆翼度恒 世德으로
선불선이 모도있다.	永興땅에 誕生하니
장할시고 우리대왕	하날이 내신英雄

놀랍도다 우리대왕　　　天日之表 堂堂하다
장략도 장할시고　　　　濟世安民 큰經綸은
문필도 유여하다　　　　出將入賞 大勳業은
아들이 팔형제니　　　　下賞之功 가지섯다
복력이 더욱좋다　　　　잇때는 어느땐고
이십에 등과하자　　　　恭愍王 末年이라
삼십이 못되어서　　　　申肫이 內闕出入
처음벼살 무엇인고　　　所可道也 言之醜라
총무대장 하였어라　　　辛禍이니 王禍이니
이때가 어느때뇨　　　　爲君者諱 그만두고
공양왕의 말년이라　　　우리國家 萬世後에
정포은은 정승이요　　　私說로 爲政할까
권양촌은 판서로다　　　祠를 세운 李仁任은
황방촌은 보국이요　　　집터까지 못을팟다
길야은은 주서로다　　　前王之子 當立昌에
조정은 씩씩하나　　　　李牧隱도 流配로다
임금이 혼암하니　　　　威化鳥 다시건너
그나라를 보전하며　　　倡義旗를 놉피드니
그사직을 지킬손가　　　綜豆蘭이 先鋒이요
왕건태조 전한사직　　　鄭道傳이 謀士로다
사백칠십 오년이라　　　昌을 내치시고
퉁두란은 상징이오　　　赤護王을 세워노니
정삼봉은 모사로다　　　그時에 鄭侍中은
일조예 반정하야　　　　茫然히 몰나던가
수창궁에 등극하니　　　恭讓赤是 下君이라
이때가 어느때뇨　　　　天運이라 할수업다.
임신칠월 열엿세날　　　陳矯驛이 여기런가
　　　　　　　　　　　黃加身 도얏구나

　살펴본 바와 같이 우강본이 세창서관본보다 단문이며 내용면에서도 고려말의 상황 설명이 자세하다.

　다음으로 작품 전체의 내용분석을 통해 사실의 가멸과 표현의 특성을 살펴보면 다음과 같다.

문단	역대왕	문단내용	우강본과의 비교
1	서두	• 한양사적을 자세히 알기 위해 한양가를 지었으니 28왕이 치국하신 선과 불선이 모두 있다.	"어와 벗님내야"로 시작.
2	태조	• 고려의 신하들은 건장하나 임금이 어지럽고 불선하여 나라를 보전하기 어려우니 이성계가 반정하여 등극하였다. • 포은의 절개와 태조의 포은 살해. • 무학과 정삼봉의 싸움에서 정삼봉의 의견대로 한양으로 수도를 옮김. • 대궐·전각·4대문의 건축과 화려한 모습. • 태조의 어진 정사로 백성은 평안한 가운데 태평세월을 누렸다.	• 태조의 출생지 밝힘 위화도 회군. • 무학과 왕십리 설화 누락. • 정치와 문물의 법도 묘사.
3	정종	• 태종이 창업공을 내세워 방연·방석을 살해하므로 정종왕비께서 정종께 권해 태종께 왕을 물리심. <방연·방석 살해묘사 없음>	
4	태종	• 태조대왕이 옥쇄를 빼앗아 함흥으로 내려가니 태종은 이원태를 보내나 이원태는 죽고 계속하여 함흥으로 간 차사는 죽음. • 퉁두란은 새끼 뗀 말을 가져가 태조를 감명시켜 태조가 한양에 오나 태종에게 활을 쏘아 충신 권대구가 죽음. • 아마구의 난을 맹사성이 물리침. • 선정을 한 태종은 세종에서 전위하고 56세에 승하.	• 권대구의 충성과 아마구사건 누락. • 국초명상의 설화. (황희·황허) • 태종우.
5	세종	• 심 왕비의 기이한 탄생설화. • 성삼문 광평군이 중국 천자의 글씨와 그림을 그려서 중국에 이름을 날림. • 과거를 보이시니 전국이 불철주야 공부한다. • 28왕 중에 세종대왕이 제일이니 국사에 한치의 불미스러움도 없었다.	• 훈민정음 창제. • 성삼문 광평군 문필 누락.
6	문종	• 권왕비는 단종을 낳고 죽어 영혼이 남아있다. • 문종은 병약하여 12신하에게 단종을 부탁하고 승하.	
7	단종	• 단종은 나이는 어리나 사서 육경을 통달하고 문장 또한 주옥같다(단종의 칠언율시 소개풀이). • 성삼문이 단종의 시를 보고 단종의 단명을 예고함 • 세조의 반정으로 단종은 절벽과 큰 강에 막힌 청령포로 귀양.	• 수양대군의 왕위 찬탈과정 묘사. • 이익광의 난.
8	세조	• 조회에 참석하지 않은 12신하를 처벌하니 성삼문·박팽년·하위지·유응부·이개·유성원은 죽으러 들어가고 김시습·이맹정·조려·남효온·성담수·원호 등은 달아남.	

8	세조	• 사육신의 죽음. • 성삼문의 세아들 잡아 차례로 죽임. 철없는 셋째 아들의 죽음에 성삼문이 눈물지음. 부모도 잡아들이나 성삼문의 부모 역시 굴복치 않고 죽음을 자청함. • 박팽년 ; 전신을 당금질 당함 - 박팽년은 쇠가 식었다고 더 달구어 오라고 호령함. 박팽년의 자손을 죽일 때 종어미가 자신의 아이를 주고 백팽년의 아이를 데려다 길러 뒤를 있게 함. 　박팽년집 종어미를 칭찬 - 사육신 중 유일하게 자손이 이어짐. • 하위지 ; 말밤쇠를 깔아놓고 걸으라 하니 버선을 훨훨벗고 그위를 걸음. • 유응부 ; 끓는 기름가마에 들어가기를 삼복더운날에 찬물 들어가듯 하다. • 이개 ; 삼척검 입에 물고 앞으로 엎어져 죽음. • 유성원 ; 쇠쩍개로 살덩이를 찍어내도 굽히지 않고 죽음. • 청령포 가련정에서 표주박에 편지를 써서 담으니 강물이 역류되어 소식 전함. • 부원군이 단종 시해를 주장 - 약기 사자를 보내나 세 번 모두 사자들이 약기를 강물에 버리고 자살함. • 단종의 죽음 - 약기 사자들의 자살 소동을 듣고 무죄한 사람들의 죽음을 막고자 함. 　중방밑을 뚫어 명주끈을 잡아당기라 함. • 궁노·궁녀 모두 죽음. • 엄흥도가 삼족형벌을 겁내지 아니하고 신민의 도리로 시신을 거둠 - 엄흥도의 충성찬양. • 숙종 때에 단종 능을 짓고 엄흥도의 자손을 장능 참봉을 시킴. 　사육신과 비교하여 생육신을 나무람. • 꿈에 권왕비가 나타나 낯에 침을 뱉음. 세자의 죽음이 권왕비의 악귀가 한 짓이라 여겨 권왕비의 시체를 파다 한강에 버림.	• 단종살해와 비비의 기록이 단종장에 기록. • 세조의 치적.
9	덕종	• 왕비와 부원군. • 내용없음.	• 추 숭
10	예종	• 등극 1년만에 병환으로 승하.	• 남태장군원사, 간신 한명회.
11	성종	• 예종과 성종의 부원군이 된 한명회에 대한 논의와 부러움.	• 치적과 현석규의 이야기.

12	연산군	• 십일년을 등극하는 동안 음행을 저지름.	• 종침교와 이장신의 이야기, 연산의 음행과 무오사화·갑자사화의 우정 등이 있음.
13	중종	• 기묘사화 때 죽은 명현열사들의 죽음에 대한 노래. 그러나 원인 경과 등 자세한 언급은 없음.	
14	인종	• 신진년에 등극하여 을미년에 승하.	학문의 고명
15	명종	• 등극 후 3년을 우환 때문에 부원군이 섭정하니 조정은 원망으로 가득찼고 백성은 도탄에 빠짐 - 문정왕후의 수렴청정.	• 을미팔월에 윤임·유원·유인숙을 권간의 기제 경복궁의 화재가 기록되어 있고 선조 등극의 비화까지 있다.
16	선종	• 국운은 침체하나 충신열사가 많고 선치는 못하시나 백성은 무사하더니 임진년에 일본에 의해 난리가 남. • 일본군 장군 소개 소서와 청정, 중장군에 성종비와 한아복. • 진주싸움에서 김성일·유천일·최경희 삼장사가 모두 죽음(한시). • 진주기생 논개는 최경희의 첩으로 최경회가 죽은 후 성종비와 한아복 두 일본 장수를 잡고 강물에 빠져 죽음. • 조선 장군의 진침을 소개. • 관운장의 신병이 왜군을 치니 왜군 장수가 백마를 잡아 그 피로 신병을 쫓음. • 천자를 뵙고 청병을 구하나 청을 들어주지 않자 김성일 머리를 땅에 찧어 피가 흘러내림. 천자가 충정에 감탄하여 장덕진을 주시나 김성일이 이여송의 화상을 내놓음. • 여송의 심술 ; 황하수 물로 밥을 짓고 용의 간을 회로 치고 석간적을 구워오라. • 선조의 대가 천 ; 옥쇄만 품에 품고 박한남의 등에 업혀 피신. 박한남은 몸에 박힌 화살을 빼내며 선조를 피신시킴. 박한남의 충성을 칭송. • 김성일과 이항복이 대국으로 청병을 감. 길을 잃고 헤매던 중 외딴 민가에서 할머니를 만나 이여송 화상을 얻어 이여송을 찾음.	• 왕대비의 수렴청정과 척신의 득세와 동서분당이 생기고 정여립의 대주 등이 있다. • 사공 계열의 화월과 김덕분이 주월향과 김덕단으로 소개되고 적장의 이름이 없다. • 선조의 용만 시 김시민의 지모와 보천대 첩란 후인민의 참상 첨가. • 중국의 원병도 정택수가 가서 성공하고 보은철을 받아왔고 이여송 역시 사공본과는 달리 선대가 한인이나 평양에서 대승하였으나, 다시 대패하여 강화를 꾀하고 환국한다. • 정유재란시 명의 원병이 다시 오고 이백사, 월사가 변좌사로 가서 결운하고 옴, 이순신 장군과 거북선 전공, 원균의 패전과노량대첩, 충무공전사 전후 적실 등 사공본과 다름.

16	선종	• 이여송 선조를 보고 국왕답지 않다 함 - 선조의 울음소리에 마음을 돌림. • 고령현에 장성이 떨어지는 것을 보고 김덕령을 천거 - 소서의 목을 베라 함. • 김덕령과 화월 - 화월이 소서의 첩이 되어 있음 - 화월의 도움으로 소서를 없앰 - 화월의 부탁으로 화월의 목을 벰. • 이여송과 김덕령이 왜군을 정벌하는 것을 묘사. • 수길의 산기 ; 목을 치면 맞은 목은 그대로 있고 곁에 있는 군사나 말의 목이 떨어짐. • 이여송과 김덕령의 협공으로 소서의 목을 벰. • 청정이 쓰고 간 방흉시와 그 해석 - 싸움이 양편에 미치는 피해 논함. • 이여송의 반군 ; 삼각산 신령이 이여송을 꾸짖음. • 사명당의 충정과 신기 ; 왜병의 침략을 미리 막기 위해 수신사의 자격으로 일본으로 건너감. • 왜왕의 시험을 거뜬히 해냄 ① 팔만대장경 정문들이 쓰여진 병풍앞을 말을 달려가며 다 외움 ② 쇠방석을 물위에 띄우라 하되 쇠방석을 타고 물위를 자유롭게 다님 ③ 구리쇠로 집을 짓고 사방에서 불을 때니 방에는 얼음 빙 "氷"자, 벽에는 눈 설 "雪"자를 써 붙여 이마에는 서리치고 수염에는 얼음이 달림 ④ 쇠로 말을 만들어 숯불에 달구어 타고 가라 함 - 하늘이 ; 장풍우를 내림 - 왜왕의 항복(조공을 바침).	• 사명당 ; 조선민 남녀 3,000명을 환도함.
17	광해군	추 숭	• 즉위 후 골육상쟁. 강홍립을 명에 원병으로 보냄. • 신궁 건설로 민폐.
18	원종	추 숭	
19	인조	• 병자호란 : 인허·소현·효종대왕 볼모로 잡혀감. 삼학사(오달제·홍익한·윤집)의 죽음 - 3세 세자와 대유녀 3천명·대유마 3천필이 고국으로 돌아올 수 있었던 것은 삼학사의 죽음 덕이라 칭송.	• 신하들을 숙청. • 이괄의 난·정유재란 • 임경업 이야기. • 천왕학과 연초의 전래.
20	효종	• 효종과 이완의 북벌정책 ; 연나라 태자의 예를 들어 북벌정책의 부당함을 피력.	• 인현(사공본 ; 인허) 세자의 이야기가 효종대에 실림. • 인조의 태자 박살설 없음.

21	현종	• 장만석의 의술을 칭찬. • 28왕중 인성으로는 현종이 제일이다 - 현종 효심 칭송.	• 불사이부의 엄행, 예론의 경발 등이 수록.
22 23	숙종	• 성군이나 중전 대접을 잘못함. • 장희빈 이간과 민비의 폐비 - 복위를 청한 신하들의 죽음. • 김익훈의 사씨남정기로 숙종의 마음 변함 - 민비 복위. • 희빈 폐위 - 아들 경종의 님신을 잡아당김.	• 서남 당인을 가둠. • 사씨남정기 - 제문 가사. • 노소론의 서로 죽음과 행·임·시비.
24	영종	• 조옥천의 상소 ; 부인의 꿈에 나타나 말렸으나 이를 듣지않고 상소해 결국 자손 전멸. (사도세자의 죽음 - 두지안에 가두어 쇠말목을 내리쳐서 죽임 - 장조대왕으로 추승)	• 영종·조옥천 이야기 없음.
25	정조	• 의복법 ; 정조가 아버님의 복을 입지 못한 것이 한이 되어 등극 후 흰옷을 입은 (흰옷이 아닐때면 흰 동정을 달음)것이 유래. • 정종의 효성 ; 용주사를 지어 밤낮으로 축원. 소나무의 송충이를 잡아 씹으니 나무마다 많은 송충이가 떨어짐. • 용주사중의 타락을 비판.	• 정조의 문치가 놀랍다. • 삼계서원발문으로 만인속 이야기. • 용주사이야기 없음.
26	순조	• 순조의 부원군인 김조순의 어려움과 김조순을 도운 김선달의 어짊 칭송.	• 순조의 총예와 선치. • 천주교도 주살·정다산에 대한 내용첨가.
27	익종	추 숭	문조라 되어있음.
28	헌종	추 숭	• 대비의 수렴 천주교 선교사 죽임.
29	철종	강화도령.	• 잡기를 엄단해서 부랑자가 없음.
30	고종	• 대원군과 흥인군의 부귀영화. • 병인년의 양요사건 ; 부녀자의 도망, 아내 잃은 사람이 수없이 많다. • 대원군의 허세 ; 황오의 격서와 한성군의 용맹으로 승전했다. • 과거의 부정과 매관매직. • 경복궁의 중수 - 원망 怨者의 원납령, 작자자도 원납령 때문에 폐농하였다. • 서원 철폐. • 몇 만 명을 죽임 - 황우의 반란 상쾌하다 평함. • 무식한 삼부자가 문필을 등한시하여 한양이 말위가 되었다.	• 왜와의 통상조약.

30	고종	• 과거 벼슬 송사가 모두 재물로 되니 선비·백성이 글공부를 전폐함. • 민중전의 행적 : 대원군을 몰아냄. • 최익현의 의절 - 대원군과 민중전의 암투. • 수복다남을 빌기 위해 백성의 돈을 금강산 중에게 주었다. • 방탕한 생활이 재난을 불러 일으킨다. • 동학란 - 반상과노주의 구분없이 안하무인이다. • 병술년의 민란 - 철종대왕 불민하여 수명방백 잘못 낸 탓이다. • 국운이 다해 성군이 날 수 없다. • 왕의 불효를 꾸짖음. • 민·이씨의 행패 - 한심하다. • 민중전의 악함과 상감의 불효가 세자에게 맺혀 요절함.	
31	순종	• 국운이 다되어 한일합방이 됨. • 민영환의 충절 - 충절이 대나무가 됨. • 금산군수 홍범식의 결항. • 역적 윤택영 - 옥쇄를 빼앗아 일본통감에게 줌. • 고종과 순종의 유해 - 가련하고 쓸쓸하다.	경복궁은 총독부가 됨.
32	합방 이후	• 역 등을 부수고 길과 철길을 닦아놓음. • 창덕궁의 파괴 - 기둥과 서까래를 장작으로 팔아먹음. 동물원이 됨. • 인륜을 저버리면 망하고 만다.	

2.3 조애영작 계열

　4·19가 제작동기가 된 본가는 세창서관본 계열이나 우강작 계열과 같이 역사적인 사실을 제재로 하고 있다. 그러나 본가의 내용은 두 계열의 작품들이 한일합방 이전까지의 사실을 내용으로 하고 있는 반면에 해방 이후 4·19까지를 노래하고 있어 좀 더 근대적인 사실을 다루고 있다. 뿐만 아니라 앞의 두 계열이 왕을 중심으로 한 연보와 단종애사·임진왜란·병자호란 등을 깊이 있게 파헤친 데 반해 본가는 이에 대한 언급이 없거나 간략히 처리하여 앞의 두 계열의 작품들과는 판이한 성격을 나타낸다.

예를 들어 앞의 두 계열의 작품들이 단종애사를 비중있게 다뤄 각각 1,000
여 구로 노래한 반면 본가는 단 36구로 노래했을 뿐이다.

어린단종	등극할새	수양대군	환장했네
어린단종	자리뺏은	세조대왕	그분이라
역대충신	잡아다가	주리틀고	악형할제
옳은말은	듣기싫고	곤룡포만	탐이나서
단종애사	사륙신은	세조대왕	저지른죄
못할노릇	하신세조	슬하형제	요사마다
단종모후	꿈에뵈고	자신병도	고질이라
세조대왕	노래에는	자기잘못	후회하사
한양부근	고찰찾아	불공중에	별세했네

거기다가 임진왜란 부분은 전혀 없고 병자호란에 대한 부분 역시 단 4구
밖에 없다. 이로 볼 때 본가는 세창서관본 계열이나 우강작 계열 작품들의
주된 내용인 한일합방 이전의 사실들에 대해서는 단지 구한·신한의 관계
성을 위해 간략히 언급한 것으로 보인다. 그러므로 본가는 세창서관본 계
열이나 우강작 계열의 작품들처럼 역사적인 사실을 제재로 하나 그 내용면
에 있어서는 아주 다른 독창적인 작품임을 알 수 있다.

　다음의 도표를 보면 본가의 내용구조를 일목요연하게 파악할 수 있을 것
이다.

문단	주　　제	내　　용	구수
1	한양의 회고	• 조선의 건국과 역사를 회고-초로인생 떠난후에 전설 만이 남아있다. • 비극적인 조선 오백년은 백성들의 교훈이다.	52
2	태조의 세자책봉	• 방원이 난을 일으켜 방번·방석 두 왕자를 죽임 - 정 도전을 학살.	28
3	정종의 선위	• 용상앞의 피비린내를 싫어하사 동생에게 선위함.	16
4	함흥차사와 대궐의 문란	• 태종의 한양천도 • 함흥차사는 태종에게 뿐 아니라 신하에게까지 불행 • 대궐이 편을 갈라 중상모략하니 싸움만 성행	32

5	훈민정음 창제	• 훈민정음의 창제로 집집마다 언문공부함.	24
6	문종의 별세	• 즉위하자 이내 별세.	6
7	단종의 애사	• 수양대군이 곤룡포가 탐이 나 역대충신을 악형에 처함. • 단종모후에게 얻은 병으로 고생한 세조 - 노년에 후회함.	36
8	단종을 추모하는 성종	• 단종을 추모하여 사육신의 죄를 벗김. • 윤비에게 사약 - 금삼의 피.	36
9	무오사화와 갑자사화	• 훈구파와 사림파의 대결로 인한 무오사화와 갑자사화. • 연산군의 폭정 ; 성균관을 놀이터로, 원각사는 기악 장소, 책을 모아 불사름.	40
10	조광조의 등용과 기묘사화	• 벌레먹은 풀잎으로 조광조를 극형 - 어리석은 대왕. • 기묘사화의 원인은 간신의 악행이다 - 유림들의 자진 투옥.	62
11	을사사화 참극	• 계보인 윤대비가 인종을 해지려고 불냥. • 명종이 등극하자 대비의 섭정으로 대윤·소윤이 싸움.	38
12	광해군의 총애 받음과 패륜	• 선조의 서자 광해군이 총애를 받음 - 왕위계승. • 김대비의 섭정으로 나약해진 광해군이 갖은 패륜을 저지름. • 인조반정과 광해군의 아사.	80
13	인조반정과 약소국의 설움	• 인조반정은 혁명거사이다. • 약소민족인 까닭에 병자호란을 겪어 효종대왕이 호적땅에 계심.	36
14	장희빈과 당쟁	• 장희빈에 혹해 민비 폐위했다가 희빈 사약. • 희빈이 경종을 병신으로 만듦. • 노론·남인의 당쟁으로 서로 피를 뿌림. • 경종왕의 승하.	40
15	탕평책과 사도세자의 죽음	• 탕평책으로 국민단결을 힘쓴 영조 • 사도세자를 두지안에 넣어 죽임 - 조옥천은 상소로 인해 병사함.	36
16	정조의 등극과 왕위에 대한 인식	• 정조대왕 부친의 원수 갚으려 함. • 왕위는 위대한 것인데 세상은 왕위를 좋다고만 함 - 외척들의 섭정으로 서로 죽이고 옳은 신하들이 죽음.	40
17	대원군·민비의 쟁취와 합방	• 한성조약의 체결과 한일합방 - 한양으로 도읍을 옮긴 후 악당요녀 속출. • 청일전쟁과 당쟁 - 민중전의 책임. • 대원군의 원납령 - 백성들의 고충. • 의병의 항일투쟁고혼. • 매국노 이완용은 일본헌병을 불러들여 의병 소탕 - 장군들의 자살.	200

18	합방이후의 참혹과 열사 학생들의 의거	• 고종의 인산일로 배일감정 고조. • 3 · 1 운동 - 일본군의 총칼 앞에 백의민족은 굴하지 않음 - 33인의 선언문. • 이준열사 - 약소민족의 비애. • 융희 황제 - 허수아비 같은 존재. 조대간의 충정이 이완용에 의해 좌절. • 이등박문 양녀인 배양의 간교 • 6 · 10 만세 사건. • 광주학생 의거. • 신간회와 한글학회 해산. • 천도교들을 분열시킴. • 창씨개명 요구. • 만주사변과 백성들의 고충.	264
19	해방과 조국분단	• 해방과 더불어 얄타협정에 의해 조국분단. • 해방 후 망명객이 돌아오나 암살당함.	64
20	정부수립과 6 · 25사변	• 무자년의 총선거로 대한민국 수립. • 이승만의 대통령 당선 - 가신 님이 돌아오듯 반김. • 김구선생의 암살. • 6 · 25사변 - 이 대통령의 서울시민 기만과 한강교 폭파. • 병자호란을 생각하며 남북인사에 대한 동경. • 이승만 대통령에 대한 원망.	92
21	부정선거와 4 · 19	• 부산에서의 선거와 삼선출마가 부당함. • 야당출마 신익희씨의 암살. • 앞당겨하는 총선거가 처음부터 화근. • 마산에서 부정선거 폭로 • 4 · 19의거로 부통령 · 장관 사임. • 4 · 26 하야. • 이기붕 일가의 자결. • 4 · 19의 피의 대가로 고루고루 시정됨. • 과도정부의 내각에는 허정씨가 수반이 됨. • 이 대통령의 하야로 윤비 창덕궁으로 환궁 - 여자신세 한탄.	192
22	한양역사에 대한 정리와 작자의 감회	• 자기의 복 이상으로 과분하게 살지 말자. • 한양의 비극을 누구에게 탓하련만 한양의 지세 독살 맞다. • 학생의거 의령제에 통곡한다.	84

　도표에서 볼 수 있듯이 본가는 한일합방 이후의 사실을 주된 내용으로 하고 있다. 특히 한일합방 이후 일제치하의 고된 생활과 이에 대한 의사 · 열

사·의병 학생들의 의거(264구)와 이 대통령의 부정선거와 이에 대한 4·19 의거(192구)가 내용의 핵심임을 알 수 있다.

천지개벽	탓이런가	신한구한	비극이라
우리나라	착한민족	십여년간	돌아보면
우방나라	원조받아	극사극치	타락생활
적이옴도	모르고서	춤만추던	육이오라
잊으려도	못잊겠네	총소리가	날때마다
서울시민	놀란간장	한양성을	돌아볼제
동북쪽의	수락산은	비수같은	산이로다
백악천봉	늘어서서	한성노려	질색이라
무서워라	무서워라	산세조차	인심조차
한양비극	잦은잦을	누구보고	탓하리요
서북쪽을	두른산은	벌개벗고	엎드린양
식목해서	안되는산	한양밖에	없는지라
악한마음	갖은사람	어육내고	망신한곳
한국역사	들처보면	부정못할	사실이매
슬프도다	이한양아	또비극을	빚으련가
학생의거	위령제에	시민들은	통곡한다.

경자년 늦은 봄
四月革命 피를 보고서 서울시민 대필한다.

본가의 끝부분을 보면 본가 내용의 특성과 작자의 제작 의도를 가히 알 수 있다.

3. <한양가>의 형식과 표현

<한양가>는 전대의 가사작품과 비교하여 형식과 표현에 있어 조금 다른 변모양상을 보이고 있다. 가사의 율격은 4음 4보격을 율격 모형으로 하

여 이루어지지만 그 미세적 구조 양상은 시대의 흐름에 따라 상당한 차이를 드러낸다. 송강가사를 예로 들어보면 4음보를 취하는 행의 자수율로 2334조·2434조·2444조·2244조·3234조·3334조·3434조·3444조·4334조 등 24개형의 율조가 활용되고 있으며 그 외 5음보·6음보의 파격적인 행도 있다. 그러나 후기 내방가사의 경우에는 그 율조가 단순화되어 있다. 곧 4444조·3434조·3444조 등 수개형에 집중되고 있다.

비록 일부 자료에 국한된 통계이긴 하지만 서원섭의 통계에 의하면 전기의 사대부 가사 가운데 66.4%가 3·4조 혹은 4·4조의 음수율을 보이는데 반해 후기의 평민 가사는 87.8%가, 규방가사는 98%가 같은 음수율을 보인다고 한다.9) 이러한 율조의 변화는 천주교가사·동학가사·의병가사·개화가사·계녀가사의 경우에는 99%이상이 3·4조 혹은 4·4조로 나타난다. 그리고 전기의 사대부 가사에서보다 후기의 가사에서 3·4조보다 4·4조가 강세를 나타내게 된다.

〈한양가〉에도 이러한 율조의 변화가 나타난다. 한산거사작 계열에서는 89%가 3·4조 내지 4·4조이며 그 비율은 서로 대등하게 나타나고 세창서관본 계열은 95%이상이 3·4조 내지 4·4조이다. 그 비율을 보면 고대본의 경우 4·4조 3,613구, 3·4조 2,032구, 세창서관본의 경우 4·4조 3,565구, 3·4조 2,078구, 지례본의 경우 4·4조 4,283구, 3·4조 2,278구, 사공씨본의 경우 4·4조 5,984구, 3·4조 2,539구이다. 한산거사작 계열의 작품에서보다 4·4조의 우세가 확실히 드러난다. 그리고 조애영작에 오면 단한구의 빠짐도 없이 모두가 4·4조이다.

이와 같은 가사 율격의 구체적인 현상을 종합해 보면, 전기 가사에는 이른바 4·4조라는 일정한 율격이 흔하지 않으며 대체로 그러한 엄격한 음수율은 자유롭게 이탈하는 유연성을 보이는 반면 후기 가사에 이르면 4·4조의 일정한 율격을 고수하거나 그것을 이탈하더라도 1음절 정도(3·4조)를 넘어서지 않는 율격상의 엄정성을 보이는 차이점을 발견할 수 있다.

---

9) 서원섭, 「가사 문학론」, 169~180쪽 참조.

또한 표현상에 있어서도 변화를 들 수 있는데 한글 사용과 그에 따른 속어 사용, 표현의 풍자성 등이 그것이다.

<blockquote>
늙은기생 젊은기생　/ 명기동기 들어온다.
오동양월 밝은달에　/ 밝고밝은 추월이며
춘래편시 도화수라　/ 벽도홍도 들어온다.
설만장안 학정홍하니 / 외로울사 일점홍이
정부만리 수타향하니 / 바라볼사 관산월이
앵전고지 연입루하나 / 소리좋은 연앵이며,
청천삭출 금부용하니 / 의젓한 부용이며
천리앵제 녹영홍하니 / 탈색할사 영산홍이
구봉침 잠깐보니　　/ 화려할사 체봉이며
옥출곤강 금생여수　/ 보배로운 금옥이며
선성재수 홀사양하니 / 신기롭다 초선이며
낙양장안 봄늦었다　/ 번화로운 만점홍이
강성오월 낙매화하니 / 향기로운 매향이며[10]
</blockquote>

위에서 보는 바와 같이 경쾌한 리듬과 더불어 표현 특성이 잘 나타나 있다.

<blockquote>
/ 임그리운 상사단과 / 천세만세 만수단과
/ 얼룩덜룩 광월사며 / 알쏭달쏭 알롱단과[11]
</blockquote>

위 예문같은 경우는 민속적 언어유희와 같은 특성의 일면을 보여주기도 한다.

또 다른 표현법은 대구법이다. 국호와 지명, 수세와 산기 등의 능란한 대구라든가 기상의 표현은 참으로 화려하고 웅장하다. 역사류 작품들에서는 이러한 표현법이 훨씬 많이 쓰여 역사적 사실이나 상황을 설명할 때 중국의 역사나 이야기를 댓귀시켜 좀더 사실성을 부여하고, 소설적 흥미성을 가미해 긴 분량의 가사를 지루하지 않게 하는 독특한 기법을 쓰고 있다.

---

10) 이석래 교주본 <한양가>, 61~62쪽.
11) 이석래 교주본 <한양가>, 45~46쪽.

　　　　묘창해지 일속이라　/　어느곳에 잡으리오
　　　　이놈을 못잡아서　　/　제살한다 하옵시고
　　　　만사람을 죽여낼제　/　날마다 죽난인명
　　　　몇만명이 되었난고　/　살해인명 이라하고
　　　　국가가 장원할가　　/　옛적에 진시황도
　　　　제혼자 잘난체도　　/　아방궁 지을적에
　　　　진나라 백성목숨　　/　얼마나 죽엇난고
　　　　아방국 지은후에　　/　항우손에 붙질여서
　　　　삼월불멸 이 아닌가　/　아방궁도 지은적이
　　　　준민고택 지엇으니　/　자자손손 전할손가
　　　　항우같은 영웅나서　/　만민설치 시켜주니
　　　　그아니 상쾌하며　　/　이아니 이상할까
　　　　세상이치 이러하니　/　경복궁은 장구할가[12]

　　대원군의 학정을 진시황의 학정에 비유하여 사실성을 획득하고 항우를
등장시킴으로써 읽는 사람으로 하여금 공감대의 폭을 넓게 하고 있다.
　　그 밖의 표현기법으로는 설화성의 가미가 있다. 딱딱한 정사를 그대로
서술하기보다는 일반 민중의 친밀성과 공감성을 위해 설화적 수법을 사용
해 좀더 밀도있게 그려내고 있다. 그리고 한편으로는 적절한 곳에서 개인
사설을 구사하여 읽는 이를 더욱 밀착시키는 효과를 자아내고 있다.

4. 〈한양가〉에 나타난 의식과 지향세계

　　조선말에 독특한 작품군을 이루고 있는 〈한양가〉는 시대상황과 당시인
의 삶에 밀접한 관계를 보이면서 분량면 또한 3,000여구 내외의 방대한 작
품으로, 격동했던 조선말에 한평생을 보낸 작자가 어떻게 전대 세상을 보

---

12) 세창서관본 〈한양오백년가〉, 103∼104쪽.

고 당대 세상을 보았으며 어떻게 문학을 인식했던가 하는 작품의식을 엿볼 수 있는 작품이다. <한양가>는 그 내용적 특성 때문에 문학성에 대한 의혹을 갖기 쉽다. 그러나 문학이 의식의 한 형태이며 일체의 사유적 추상을 포괄하면서도 구체적 체험이 기조를 이루는 예술 형태임을 감안할 때 <한양가>야말로 당시인의 구체적인 체험이며 진솔한 자기 성찰에서 비롯된 훌륭한 문학작품이라 할 수 있다.

문학은 곧 삶의 기록이다. 그러므로 우리들의 삶을 구성하는 모든 것들, 즉 그때의 사회상황과 제도에 밀접한 관계를 맺고 있거나 영향관계에 있는 것임은 더 말할 나위가 없다. 특히 역사적 사실을 내용으로 하고 있는 세창서관본 계열, 우강작 계열과 조애영작 등의 문학세계를 논하는데 있어서는 역사적 인식태도가 우리의 관심을 갖게 한다. 한산거사작 계열에 나타난 문물제도, 사회상황이나 세창서관·우강·조애영 계열에 나타나는 역사적 사실·시대상은 그 자체만으로는 하나의 실상에 불과할지 모른다. 그러나 그 모든 것들이 작자의 눈과 의식을 거쳐 작품화되었을 때 그 과정에서 수반하는 작자의 주관이나 창작성은 문학으로 승화되는 동시에 그 작품에는 작자의 의식이 그만큼 반영되게 되는 것이다. 세창서관본 계열과 우강작 계열의 작품들 또한 조선 오백년의 역사적 사실을 제재로 하고 있으나 각기 의식차에 따라서 역사적 사실의 가감이 생겨나고 작자 개인의 색다른 사설이 붙게도 된 것을 볼 수 있다.

4.1 민족의식

개인은 민족이란 울타리 안에 있으며 국가라는 사회적 운명체 안에 있다. 이는 개인과 민족·국가는 운명체적인 동질성을 갖고 있다는 의미이기도 하다. 개인과 민족, 개인과 국가는 뗄래야 뗄 수 없는 유기적 관계를 갖고 있다. 때때로 민족은 이웃, 국가는 향토를 하위개념으로 설정하기도 한

다. 그러기에 작게는 이웃과 향토, 크게는 민족과 국가에 대한 개인의 의식
은 상호관련 속에서 더욱 밀착되어 나타난다. 더욱이 서구의 내침에 대한
충격과 일제의 침략, 내적 부패와 부조리에 가득찬 시대 상황은 당시인들
에게 민족이란 존재의식을 더욱 굳게 다짐하게 하였다. 따라서 〈한양가〉
를 비롯한 당시의 작품들은 급격한 서구의 충격을 받아들여야 한다는 하나
의 시대적인 조류와, 침략자와 그 추종세력에 대한 저항, 내적인 부패와 비
리 척결이라는 절박한 사정 속에서, 민족적 역량의 자각으로부터 출발하였
다. 그렇기 때문에 〈한양가〉를 비롯한 당시 작품들의 시대의식은 자연 이
쪽으로 귀일할 수밖에 없었던 것 같다.

　한산거사작 계열에 나타난 민족의식은 당시의 긴박한 시대상황과는 달
리 매우 긍정적으로 나타난다. 이러한 작자의 긍정적인 태도는 어려움 속
에서 우리 민족의 굳건한 존재의식과 민족의 역량을 재발견하고자 하는 작
가의식이 표출된 것이라고 보아야 할 것이다.

> 하늘이 내신王都 / 海東에 으뜸이라.
> 國號는 조선(朝鮮)이요 / 都邑은 漢陽이라.
> 檀君의 舊族이요 / 箕子의 遺風이라
> 衣冠도 화려하고 / 文物도 거룩하다.
> 閭閻은 億萬家요 / 城堞은 四十里라.
> 동편은 宗廟되고 / 서편은 社稷되라.[13)]

　위에 나타난 것처럼 작자는 단군과 기자조선을 통해 우리 민족이 뿌리
깊은 단일민족임을 떳떳하게 과시하고 있다. 아울러 한양의 풍물과 도시풍
경의 예찬을 통해 굳건한 나라임을 드러내고 있다. 서부분(1문단) 역시 비록
대국사상이 엿보이긴 하나 우리 민족과 국가가 세상에서 제일이라는 의식
을 나타내고 있다. 이러한 의식은 본가의 중간중간에 "호륵하다", "장할씨
고", "거룩하다", "기이하다", "제일이다" 등등의 단어로 표출되고 있다.

---

13) 이석래 교주본 〈한양가〉, 12~13쪽.

禮儀東方 장할씨고 / 願生高麗 한단말은
中原사람 말이로다 / 推此言而觀之하면
第一江山 可知로다 / 山嶽秀氣 받아나니
忠孝人物 葱葱하다 / 秀凡節이 이러하니
天下諸國 제일일세 / 天時地利 얻었으며
人和조차 되었어라.
         < 중 략 >
太古時節 못보거든 / 우리세계 자세보소
이런國都 이런세상 / 自古及今 또있으랴
엎디어 비나이다   / 北極前에 비나이다.
우리나라 우리인군 / 本枝百世 無彊休를
與天地로 階老하게 / 비나이다 비나이다[14]

위에서 보면 작가는 민족과 국가에 대해 대단한 긍지를 가지고 있다. 중
국사람들 조차 동방예의지국임을 부러워하여 우리 나라에 태어나고자 한다
는 말은 모화사상을 초월한 민족과 국가에 대한 긍지인 것이다. 그러기에
바로 우리 나라가 천하제국 중에 제일이라는 의식을 갖게되는 것이다. 이
러한 작가의 의식은 때로는 인간의 의지적인 것에서 벗어나 주위의 사물이
나 전능한 대상을 통해 구현된다. 이렇게 좋은 나라, 훌륭한 민족이니 백세
토록 끊임없이 천지와 더불어 영원히 계승되길 빌지 않을 수가 없도록 합
리화하고 있다.

한산거사작 계열의 작품들에 나타난 민족의식이 대단한 긍지와 긍정적
인식을 토대로 하고 있는데 반하여, 세창서관본 계열과 우강작 계열의 작
품 속에 나타난 민족의식은 매우 자조적이며 반성적이다. 물론, 작품간에
창작연대의 차이가 있긴 하나 백년이 넘지 않으므로 양계열[15] 작품의 시대
적 상황은 그리 현격한 차이를 갖고 있지는 않을 것이다. 그런데 한 작품
은 "천지 개벽하니 / 일월이 삼겼어라" 또 한 작품은 "슬푸다 친구님네 /
이가사 들어보소"라고 시작하여 양계열간의 서로 다른 성격을 특징지우고

---

14) 이석래 교주본 <한양가>, 101∼103쪽.
15) 수도 한양의 문물 제도를 내용으로 한 한산거사작 계열의 작품과 조선 오백년의 역
    사적 사실을 다룬 세창서관본 계열·우강작 계열·조애영작을 대비키 위해 양계열
    이라 함으로써 혼돈을 피하고자 한다.

있는 것은 무엇인가. 그것은 양계열 작품들의 개별적 의식차 때문이다. 따라서 역사적 사실을 다룬 계열의 작품들에 나타난 자조적이고 반성적인 민족의식은 풍물을 다룬 한산거사작 계열의 민족의식과 같이 하는 것이라 할 수 있다. 덧붙여 말한다면 역사적 사실을 다룬 계열의 작품속에 나타난 자조적이고 반성적인 민족의식은 역설적으로 더 나은 민족, 더 좋은 국가 건설을 위한 기대이기 때문에 한산거사작 계열의 작품들과 함께 민족애의 뿌리를 같이하고 있다는 유사점이 있다. 이러한 민족애와 긍지는 때때로 어느 개인의 행위를 통해 표출되기도 한다.

> 中原서 牌文나와　/ 文章名筆 부르거늘
> 글잘하는 成三問과　/ 글씨잘씬 廣平君이
> 둘이함께 들어가서　/ 天子殿廷 올라가서
> 拜禮하고 앉았으니　/ 天子께서 하신말삼
> 짐에게 있난屛風　/ 畵題가 없었기로
> 天下에 廣告하여　/ 文章名筆 다왔으니
> 아모라도 이屛風에　/ 畵題를 써서내라
> < 중　략 >
> 成三問 거동보소　/ 畵題를 지어내니
> 廣平君 붓을잡아　/ 一筆揮之 써올리니
> 천자보고 탄복하여　/ 글과글씨 칭찬하사
> 千金賞賜 후의하고　/ 大讚하야 가라사대
> 아모래도 朝鮮國이　/ 小中華가 分明하다.
> 이렇코야 文章이요　/ 저리해야 名筆이지16)

　글 잘하는 성삼문과 글씨 잘 쓰는 광평군이 중원의 모든 선비들을 물리치고 천자의 병풍에 글을 짓고 써서 천자로 하여금 조선국에 대해 탄복토록 하는 것은 어느 개인의 힘과 능력을 통해 민족의 긍지를 표출시키고자 하는 의식의 발로이다. 이밖에도 일본에 건너가 일본의 왕을 혼내준 사명당이라든가 흑심을 품은 이여송을 보기좋게 나무란 초립동자 역시 이러한 의식의 표출이다.

---

16) 세창서관본 <한양오백년가>, 13~14쪽.

      장하도다 삼학사여
      삼학사 죽은혼이

      산것같이 호령하니
      호천자 겁이나서

      朝鮮人物 두렵도다
      한사람도 두기실타

      이일을 생각하니
      죽은학사 덕이로다[17]

중국의 천자를 두렵게 한 삼학사의 이야기 역시 작자의 민족적 긍지가 떳떳함을 나타낸다. 삼학사의 굳은 충절을 본 중국의 천자는 조선국을 결코 얕보지 못할 것이며, 조선국이 부럽기까지 한 것이다. 이렇게 작자는 어느 개인을 통해 중국과 대결하여 민족적 승리를 거둠으로써 민족의식을 작품 속에 드높이고 있다. 이러한 작가의 의식은 당시에 밀려오는 외세를 물리치고자 하는 욕망의 발로라고도 볼 만하다.

4.2 권학의식

조선 5백년의 정신적 주류가 된 것은 선비정신이었다. 고려말 무인들이 정권을 장악함으로써 산촌에 묻혀 술과 시가를 즐기던 문인들은 무인정권이 타도된 이후 학문적 실력을 바탕으로 과거를 통해 정계 진출을 꾀하였다. 이러한 사대부들은 태조를 추대하여 유교사상에 입각한 이상정치를 실현하고자 하였다. 그리하여 성종 2년(1471)에 『경국대전』을 보완하여 실제적인 행정체계를 이루었다. 사대부들은 관직을 얻으면 문반이나 무반에 속하여 양반이 되어 조선사회의 정치·경제·문화를 움직여 나갔다. 이같은

---

17) 세창서관본 <한양오백년가>, 81~82쪽.

양반사회 체제는 양반의 수적 증대를 가져와 관사의 등용에 있어서 과거의 중요성은 크게 증대되었다. 과거를 통하여 출세하기 위해서는 유교에 대한 학문적 교양이 필수 요건이었고, 따라서 교육기관이 발달하였다. 교육기관 중 주목할 만한 것은 서원과 향약이었다. 초기의 여러 서원들 중에서 가장 유명한 것은 중원 38년(1543)에 주세붕이 세운 백운동서원이다. 주세붕은 주자의 백록동 학규를 차용해 이름을 백운동서원이라 하였고 이 서원은 뒤에 이황이 풍기군수로 부임하여 조정에 건의해서 왕의 친필로 소수서원이라는 이름을 쓴 액자를 하사받으니 소위 사액서원의 시초가 되었다.

서원과 함께 지방에 있어서 정신적 지주가 된 것은 향약이었다. 향약은 '덕업상권·과실상규·예속상교·환난상휼'의 네 강목을 주된 정신으로 하는 것이었다. 중종 14년(1519)에 조광조가 널리 향약을 실시하려 하였으나 그의 실각으로 성공하지 못하였다가 선조 때에야 비로소 전국적으로 실행되었다.[18]

이렇듯이 과거제도의 정착과 서원·향약의 실행은 조선의 시골 구석구석까지 글읽는 소리를 낭랑하게 하였다.

四學이 분배하여 / 儒學을 敎訓하니
明倫堂 大成殿은 / 우리동방 泮官이라
일백명 太學士는 / 夫子位牌 뫼셔있고
행단에 늦은춤은 / 연비여천 하는구나
國家의 근본이요 / 招賢하는 도리로다.
尊經閣 높은집에 / 萬卷書冊 쌓하놓고
晝誦夜講하니 / 聖賢의 風度로다
추로지방 분명하고 / 程朱之學 장하도다.[19]

조선의 서원은 단순한 교육을 맡았던 여말의 서제와는 달리 선현(先賢)의 봉사하는 사묘를 겸하였고 선현의 사묘는 정신적으로 그들의 권위를 뒷받침해 주는 것이었다. 이러한 서원이 증가하면서 백운동서원이 시초가 된

---

18) 이기백, 앞의 책, 242~248쪽 참조.
19) 이석래 교주본 〈한양가〉, 38~39쪽.

사액서원에는 국가에서 서적·토지·노비 등을 주는 것이 하나의 상례가
되었다. 사화에 의하여 탄압을 받은 사림들에게 그들의 활로를 개척해 주
고 성장의 터전을 마련해 준 것이 서원이었던 것이다.

　서원·향약의 증대와 높은 권위는 사림들의 정신적 요람이자 지주였다.
따라서 학문에 대한 의식은 당연히 드높을 수밖에 없는 것이었다.

　　　세상선비 들어보소 / 飮水讀書 어려워말고
　　　精誠所到金石透는 / 옛말이 들을소냐
　　　隨問隨得 面講하며 / 聖經賢傳 修心하며
　　　忠君孝親 根本삼고 / 濟世安民 재주닦아
　　　반룡부봉 顯達하여 / 立身揚名 하게하소
　　　禮藥法度 이러하니 / 거룩할사 漢陽일다.[20]

　위에 나타난 것처럼 쇠나 돌도 뚫을 수 있는 정성으로 책을 읽자는 권학
의식은 입신양명을 위한 당연한 발상이라고 보겠다. 만권서책 쌓아놓고 주
송야강하는 것이 성현의 풍도이며 또한 국가의 근본이 된다는 것이다.

　　　漢陽都邑 생각하면 / 太祖大王 이후로서
　　　正宗顯宗 그時節이 / 文治가 놀랍지요.
　　　科擧를 보일때에 　/ 文筆로 보이시니
　　　八道에 나는선비 　/ 글공부하였다가
　　　文筆이 부족하면 　/ 科擧저도 한이없고
　　　文筆이 有餘하면 　/ 科擧經營 하였으니
　　　이럼으로 글공부가 / 불꽃같이 이러나서
　　　四書三經 通達하고 / 詩書百家 많은글을
　　　낮밤으로 熟讀하야 / 詩賦疑心 策文글을
　　　모다모다 지어낼제 / 모르는게 없었으니
　　　處處히 文章이오 　/ 집집이 經儒로다.
　　　이럼으로 그때法이 / 이렇타시 좋았으매
　　　重大臣도 글못하면 / 忠臣노릇 못하였고
　　　守令方伯 官員들도 / 글못하고 無識하면
　　　지체가 쓸대없고 　/ 家門이 상관없소[21]

---

20) 이석래 교주본 〈한양가〉, 99쪽.

세창서관본의 내용을 보면 조선의 학문적 풍토를 잘 알 수 있다. 지체와 가문에 상관없이 과거를 통한 관리 등용은 팔도의 모든 선비들이 사서삼경·시서백가를 밤낮으로 숙독케 하였다. 이러한 풍토에서 자연히 선비와 관리들은 시부와 책문을 지을 수 있게 되고 그럼으로 해서 학문의 중요성이 더욱 강조되었던 것이다.

그러나 이러한 풍토가 서서히 깨어지기 시작하였다. 사림이 중앙 정치 무대에서 주도권을 장악하게 되면서, 정치에 참여하는 양반의 수는 더욱 증가하여 갔으나 관직의 수는 일정해서 자연히 대립 투쟁이 벌어질 수밖에 없었다. 이렇게 해서 생겨난 것이 당쟁이다.

당쟁의 특징은 무엇보다도 고정된 당인을 가진 붕당 사이의 싸움이었다는 데에 있다. 당인의 자손 대대로 소속 당파를 세습하였으며, 그의 동족들이 이에 가담하였다. 이러한 당쟁은 한 번의 사건이나 승부로서 결말이 지어질 성질의 것이 아니었다. 비록 한 때 패배하는 경우가 있더라도, 향촌의 농장에 근거를 둔 그의 자손이 어느 시기에 가서 다시 중앙 무대에 등장하여 조상을 위한 복수를 하곤 하였다. 그러므로 당쟁은 다만 중앙 관리들만의 대립 투쟁이 아니라 전국의 모든 사림들의 대립 투쟁이었던 것이다.22)

이러한 당쟁은 끊임없이 일어났으며 크고 작은 사화를 통해 많은 사림들이 몰살당하는 악순환을 거듭하였다. 그러다가 급기야 대원군 때에 와서 서원철폐령이 내려지고 과거제도가 사실상 붕괴되고 만다. 과거에 의한 인재등용보다는 인맥과 당파·재물에 의한 인재등용이 노골화되었다. 〈한양가〉의 작자는 이러한 현상에 대해 다음과 같이 탄식한다.

<blockquote>
文筆은 뒤가지고   / 財物은 앞에서고
科擧에도 財物이오 / 벼살에도 財物이오
訟事에도 財物이오 / 婚姻에도 財物이오
營門에도 財物이오 / 佛庭에도 財物이라
千萬事 온갖일이   / 財物로 위수하니
</blockquote>

---

21) 세창서관본 〈한양오백년가〉, 104쪽.
22) 이기백, 앞의 책, 249~250쪽 참조.

萬白性이 뿐을바다 / 악종으로 행세하니
法之不行 못하기난 / 自上犯之 이아닌가
大院君의 거동보소 / 임금의 父母로서
무엇이 부족하야 / 簒位함을 생각하며
甲辰年에 亂을 꾸며 / 無罪한 重大臣을
逆筆로 죽여내니 / 그것인들 할것인가
科擧라 본다하면 / 進士와 及第값을
疑心없이 아라아라 / 富者는 돈장만코
貧者는 생각없이 / 글공부는 全廢하고
이럼으로 돈 밧치면 / 使令輩도 進士하고
市井輩도 及第하고 / 風憲놈도 찰방하니
아전수령 몇이나며 / 白丁수령 누굴런가
家家及第 이것이오 / 人人進士 이게로다
허무하다 우리한양 / 이렇코야 안망할가[23]

　과거에 떨어져 울분이 쌓인 작자로서는 당연한 탄식이다. 과거를 통해
공정하게 이루어져야 할 인재등용이 재물에 의해 좌지우지 되고 있으니 어
찌 탄식이 없을 것인가. 게다가 송사·혼인 등 모든 일이 재물로 이루어지
니 어찌 나라가 망하지 않겠느냐는 비판은 당연한 논리의 귀결일 것이다.
이러한 인재등용의 부정은 부자에게는 돈을 장만할 생각만 갖게 하고 가난
한 사람에게는 벼슬을 포기하게 하니 글공부할 사람이 어디 있겠는가. 그
렇지만 작자는 후진들에게 학문에 게을리하지 말기를 부탁하고 있다.

이팔청춘　소연들아
부디부디　노지말고
부지런히　글읽어라
세월이　오래잔네

　이러한 작가의 권학의식은 변질된 과거제도에 대한 비판과 아울러 쓰러져
가는 국가를 건전한 학문을 통해 일으키려는 유학자다운 발상이다.

---

23) 세창서관본 〈한양오백년가〉, 105쪽.

4.3 종교의식

　조선의 건국은 곧 숭유배불을 뜻하기도 한다. 고려말의 유학은 인생과 우주의 근원을 형이상학적으로 해명하는 성리학을 받아들였다. 불교와 사장·훈고 중심의 유학에도 만족할 수 없었던 당시의 신진사대부들은 성리학을 그들의 정신적 지주로 삼게 되었던 것이다.

　이러한 성리학의 전파는 불교배척의 기운을 조성하였다. 초기의 이제현·이색 등은 아직 불교 자체를 배격한다기보다는 사원의 폐해와 승려들의 비행을 공격하는데 그쳤다. 이들은 비단 불교 뿐 아니라 친족혼이라든가 지나친 향락 등에 대하여도 공격하였다.

　『주자가례』에 의하여 가묘를 세우고 상장제례에서 불식을 폐하기 시작한 것도 이때부터의 일이다. 불교에 있어서 현실은 무상한 것이니 큰 의미가 없다는 현실 부정에서 생활은 자유분방할 수 있다. 그러나 유교에서는 철저히 현실중심적이며 실질적인 것을 숭상한다. 이러한 유교 윤리에 의하여 국가의 기본을 다진 것이 조선이다.

　조선의 건국은 불교의 고난을 예고하였다. 유교지상주의 사회에서 불교가 위축될 수밖에 없는 것은 마땅한 것이었다. 태조는 도첩제를 실시하여 승려의 증가를 방지하고 사원의 건축을 금했다. 즉 기존의 불교 세력은 승인하되 그 이상의 확대를 금했던 것이다. 그러나 이러한 태조의 불교 배격은 오히려 온건한 것이었다.

　태종은 불교에 가혹한 탄압을 가하여 전국에 242개의 절만을 남겨 두고 그 이외의 절을 폐지하였으며, 동시에 절에 소속된 토지와 노비를 관에 몰수하였다(태종 6년 1406). 이러한 태종의 정책으로 불교계는 재기를 불가능하게 할 정도로 큰 타격을 받았다.[24]

　그러나 불교를 믿는 왕을 만나 간혹 활기를 찾은 적도 있다. 태종의 강압 이래로 기를 펴지 못하던 불교는 세종과 세조의 개인적 신앙을 얻게 되

---

24) 이기백, 위의 책, 240쪽 참조.

었다. 세종은 유신들의 반대를 무릅쓰고 관내에 내불당을 짓기도 하였으며 세조는 원각사를 지었고 간경도감을 두어 여러 불경 언해를 간행하였다. 이러한 결과 불교는 다시 활기를 띠었으며 사찰의 재흥과 승려의 증가도 상당히 있었던 것 같다.

그러나, 성종은 다시 강력한 앙불책을 써서 도첩제를 전폐하고 출가를 일체 금하였다. 더욱이 중종 2년(1507)에는 증과를 폐지하였으니, 이것은 불교와 국가와의 공적인 관계가 끊어졌다는 것을 의미하는 것이다. 탄압을 받던 불교는 명종 때에 문정왕후가 섭정을 하면서 일시 생기를 띠게 되었다. 그러나 문정왕후의 죽음 이후 불교는 다시 탄압을 받아 주로 부녀자의 신앙 대상이 되기에 이르렀다.

<한양가>에도 작자의 배불의식이 강하게 나타나 있다. 물론 종교적인 차원에서의 비판의 아니라 승려의 행동에 대한 비판과 사원에 대한 비판이다.

> 서울서 나려온중   / 일이네 등을대고
> 物件을 파라먹나   / 아모리 중놈인들
> 부처앞에 잇난財物 / 중놈되고 파라먹나
> 龍珠寺에 모인중놈 / 서울중이 태반이라
> 중마다 계집두고   / 중의계집 자식나서
> 절이라고 들어가면 / 어린아해 우난소래
> 저방에도 우난구나 / 절망한게 용주사요
> 중망한게 저중일세[25]

작자는 '중놈'이라 하여 배불의식을 노골적으로 표출한다. 작품의 내용을 보면 당시의 승려와 사원이 얼마나 타락했나 하는 것을 알 수 있다. 물론 유학에 전념한 작자이기에 불교에 대한 편견은 대단하리라 본다. 그러나 당시 불교는 퇴폐적인 성향이 강했음 또한 사실이다. 더욱이 일인과 협작하여 백성의 재산을 빼돌리는 일이었기에 작자의 분노는 더욱 대단한 것이다. 일인도 배척의 대상이 되지만 일인과 손을 잡고 그를 추종하는 내적인 세력 또한 배척의 대상이 됨은 당연하다.

---

25) 세창서관본 <한양오백년가>, 96쪽.

　　　이財物이 어데낫나　/　賣官賣爵 재물이라.
　　　다달이 파는벼살　　/　나날이 파는벼살
　　　억백만냥 많은 財物　/　동대문 남대문에
　　　連續不絶 드러오니　/　百姓財物 이아닌가
　　　아깝도다 저財物을　/　금강산 중놈주어
　　　중놈부자 만들진데　/　戶曹庫에 감췄다가
　　　凶年을 만내거든　　/　기민이나 주실게지
　　　중놈을 다주시니　　/　이러하고 복을받나.26)

　이쯤되면 작자의 배불의식은 더 한층 고조되며, 고차원적인 것이 된다. 효종의 효성과 용주사 중들의 문란한 생활 대비, 민중전의 악덕과 그에 편승한 중들의 퇴폐성 고발은 인륜과 인본주의를 강조함으로써 작자의 배불의식이 깊고 폭넓음을 인식하게 한다.

4.4 인간평등의식

　임진·병자 양란을 겪은 백성들은 양반들의 절대적 지위에 의심을 품게 되었다. 게다가 17·18세기에 들어오면서 정권이 서울을 중심으로 한 일부 양반세력에게 집중되면서 정권에서 소외된 대부분의 양반은 점차 몰락하여 평민과 구별할 수 없게 되었고 상공업이 발달하여 평민들 중에도 상당한 부를 축적한 자가 생기게 되었다. 그래서 18세기 이후로는 이미 신분의 혼돈이 심해져 반상이나 양천의 구별이 모호해지기도 하였다. 평민·군졸·천인들 중에서도 탕건·도포·당혜 등 양반의 복장을 하는 자가 생길 만큼 양반의 지체가 떨어져서 심지어는 서울의 상인마저 서로 '이 양반', '저 양반'으로 호칭하게 되었다는 것이다.

　이러한 상황 속에서 평등사상의 기치를 높이 든 선각자들이 있었으니 곧 김옥균·박영효·유길준 등이 그들이다.

　김옥균은 상소문을 통해 양반제를 폐지할 것을 적극 주장하였고, 박영효

---

26) 세창서관본 〈한양오백년가〉, 106~107쪽.

는『연암집』에서 귀족을 공격하는 평등사상을 얻어 평등론·민권론을 부르 짖었다. 따라서 그들이 주동이 되었던 1884년의 갑신정변에서는 하나의 개 혁정강으로 '문벌'을 내걸었고, 이것이 1894년의 갑오경장에서 현실화 되 었던 것이다.

　평등·민권사상을 체계화시킨 것은 역시 유길준이었다. 유길준은『서유견 문』제4절에서 천부인권(天賦人權) 사상에 입각한 민권론을 전개하고 있다.

　　사람이 태어난 후에 점유한 지위는 세상이 만든 구별이요. 향유한 권 리는 하늘이 부여한 공로이니 사람이 사람되는 이치는 천자로부터 필부 에 이르기까지 털끝만한 차이도 원래 없는 것이므로…… 사람 위에 사 람 없고 …… 사람 밑에 사람이 없으니 ……

이러한 유길준의 평등·민권사상은 현대의 그것과 별 차이가 없는 것이다. <한양가>에도 이러한 평등의식이 나타난다.

　　우리조선 풍속보소 / 양반이라 하는사람
　　지체좋은 그걸믿고 / 상놈잡아 토색할제
　　상놈은 죽어난다　　/ 名賢子孫 깔닥양반
　　八月秋夕 섯달명일 / 가만히 앉았다가
　　상놈에게 나온돈을 / 제돈같이 받아쓰니
　　그것이 웬일인가[27]

　짧은 글귀지만 조선 양반의 수탈이 얼마나 가혹했던가를 알 수 있으며, 계급사회에 대한 의식의 한 단면을 파악할 수 있다.

　이러한 평등의식은 인본주의에서 발생한다. 인간을 귀하게 여기는 것이 평등의 기본원리이기 때문이다. 인간을 귀하게 여긴다는 것은 목숨에 대한 존엄성이라 말할 수 있을 것이다. 작자는 조선의 폐망이 조선초의 골육상 쟁, 즉 인본주의를 망각한데 있다고 역설한다.

---

27) 세창서관본 <한양오백년가>, 118~119쪽.

漢陽西百 二十年에 / 수월찬고 놀랍도다
骨肉相爭 李王家에 / 傳하기 많이했소
國運이 다했거든   / 聖君이 날수있나
恨을한들   쓸대있소[28)]

이씨조선 오백년사 / 들춰보면 비극이라
국초부터 골육상쟁 / 위의처사 잘못인가[29)]

조선의 역사가 골육상쟁의 역사이니 나라 망했다고 한을 해봤자 소용없다는 것이다. 조선의 이러한 비극은 국초 세조의 골육상쟁에서부터 시작된 것이다. 작가의 의식은 철저한 인본주의이다. 사람을 죽이고는 나라가 잘 될 수 없다는 것이다.

조애영작에 오면 평등의식은 인류평등의식으로 확대된다. 일본의 만행을 노래하면서,

총독부의	소속으로	중추원의	참의원들
황국신민	맹세하고	순회강연	하더니만
창씨까지	권유하여	왜성같은	변성명은
참고볼수	없는지라	유림들은	통곡할제
창씨안한	사람에겐	요시찰의	딱지붙고
밤낮으로	미행하며	삼족가문	괴롭히며
처녀공출	해와서는	일본군대	위안부로
젊은사람	증발해서	일본군대	보병으로
왜놈들의	앞잡이가	껑청대던	그시대라
인류평등	이세상에	무슨운명	이러할꼬
애고애고	원통해라	백의민족	원통해라[30)]

인류가 모두 평등한데 창씨개명·징용·위안대 등 우리 민족이 받는 탄압이 어인 일이냐며 원통해 한다.

〈한양가〉에 나타난 작자의 평등의식은 작품 전반에 걸쳐 사람의 목숨을

---

28) 세창서관본 〈한양오백년가〉, 110~111쪽.
29) 조애영작 〈한양비가〉, 130쪽.
30) 조애영작, 〈한양비가〉, 150쪽.

귀히 여기는 인식으로 나타난다. 단종의 비극적인 죽음과 사육신의 처절한 죽음, 각종 사화에 의한 유림들의 죽음, 난을 통한 죽음, 대원군의 학정에 의한 백성들의 죽음 등을 밀도 있게 그려냄으로써 평등의식을 나타낸다.

만물 중에서 인간이 제일 중요하다. 양반이니 상놈이니 평민이니 하는 것은 인간이 정해놓은 것 뿐이지, 죽음 앞에선 모두가 고귀하다. 그러므로 사람의 목숨을 해하는 자는 그가 군왕이라 하더라도 하늘의 벌을 받는 것이다. 삶에의 평등, 곧 죽음에의 평등이 가장 귀중한 평등이 아니겠는가.

피상적으로 볼 때 조선조는 지배자의 일방적 강압과 백성들의 굴종만이 있었던 것 같으나 그 자체내에서 볼 때 초기에는 신생국가를 건설한 뒤 민본사상의 이상실현을 위하여 진지하게 노력하였으며, 그 뒤 그것이 궤도를 벗어났을 때 인간의 존엄성을 찾고자 저항과 비판을 가한 조선조의 긍정적이고 진실한 정신의 한 단면을 찾아 볼 수 있다. <한양가>를 비롯한 동시대의 작품들은 전대의 정적이고 신앙중심의 인생관에서 벗어나 인간의 능력을 인정하고 자유민으로서의 긍지와 자부심을 나타내고 있으며 이러한 정신은 곧 근대자유민주주의의 기초가 되었다. 이러한 인간평등의식은 역사의 흐름에 깊숙하고 무게 있게 깔려 있다.

5. 문학사적 의의

가사와 시조는 조선 오백년 동안 크게 성황을 이룬 시형이다. 그런데 국문학 연구사상 시조는 일찍부터 연구되어 민족의 대표적인 시형으로 각광을 받았다. 그러나 가사에 대한 연구는 작품수나 다양한 작가층에 비해 미미한 형편이다. 다행스럽게도 최근에는 가사 문학에 대한 관심이 높아져 몇 권의 단행본들이 나오기도 했다. 그러나 현재 국문학계의 현황이 가사문학에 대하여 밝혀진 분야보다 밝혀야 할 분야가 더 많으며 서지적 기초

작업의 부진은 이러한 작업을 더욱 어렵게 만들고 있다.

이러한 전체적인 분위기 속에서 많은 유형의 작품을 가진 〈한양가〉 역시 오랜동안 연구의 자료가 되지 못했으나, 이젠 근대 문학에 대한 관심과 더불어 활발한 연구가 진행되어야 할 것이다.

〈한양가〉의 문학사적 가치는 첫째, 음풍농월의 성격에서 벗어나 작자의 현실체험을 노래함으로써 자의적인 문학을 이루었으며, 현실성 즉 리얼리티를 획득했다는 점이고 둘째, 사대부들의 전용물이었던 전대의 문학관념을 깨고 대중이 공감·공유할 수 있는 작품을 이룩했다는 점. 셋째, 당시인의 처절한 삶을 그려내어 근대적인 시민정신을 생생하게 보여주고 있다는 점이다.

〈한양가〉에 나타난 작가의식의 표현태도는 크게 둘로 나눌 수가 있으니 비판과 극복이다. 역사류 작품들은 위급한 당시의 상황을 타개하기 위해 날카로운 비판정신을 발휘하는 반면, 풍물류 작품들은 역으로 임금을 찬양하고 문물과 제도를 높이 찬양함으로써 현실의 고난을 극복하고 있다. 〈한양가〉에 나타난 비판의 특성을 보면 분야와 신분이 다양하다. 금기로 알던 임금에 대한 비판과 아울러 국정을 담당하는 관료·선비 그리고 사회 전반적인 것 모두를 비판하였다. 다시 말하자면 작가는 현실의 삶에서 느낀 부당하다고 생각되어지는 모든 분야에 대해 언제나 주체적인 안목으로 건전한 비판정신을 나타내고 있다. 한편, 비판의 방법 역시 다양하여, 풍자적인 방법과 직설적인 방법을 사용하여 구체적이고도 실랄하게 비판하였다. 〈한양가〉에 나타난 작가의 근대적인 의식은 논란의 대상이 되고 있는 근대 문학의 독자적인 개념 설정과 고전 문학 - 현대 문학으로 이어지는 전통성 연구에 좋은 자료가 될 것이다.

6. 결 론

<한양가>에 대한 이제까지의 논의를 정리하면,

첫째, <한양가>란 당시의 수도였던 한양을 중심으로 문물·제도 등을 내용으로 한 가사와 조선오백년의 역사적 사실을 내용으로 한 조선말 가사를 총칭한 것이다.

둘째, <한양가>는 1884년에서 1960년까지 꾸준히 창작·필사·간행되어 필사본 10편, 활자본 8편과 목판본·석판본을 합쳐 총 20편의 작품군을 이룬다.

이들을 작자, 내용별로 분류하면,

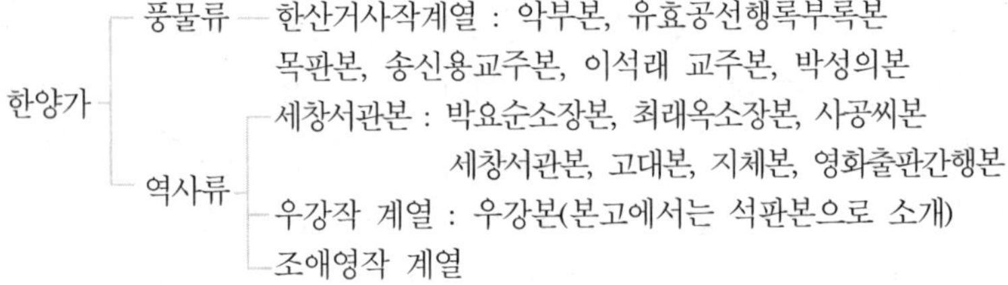

셋째, 한산거사작 계열의 작품들은 은유와 비유로써 자유로운 리듬을 가지고 있는데 반하여, 역사류 작품들은 대구법을 통해 사실을 부각시키는 한편, 설화적 요소를 가미시킴으로써 문학성을 나타내고 있다.

넷째, 한산거사작 계열의 율조는 3·4조, 4·4조가 대등한 비율로 작품 전체의 89%를 차지하며, 세창서관본과 우강본은 4·4조가 3·4조의 두 배 이상이 되어 4·4조의 우세를 보인다. 조애영작은 단 1구도 빠짐없이 모두 4·4조이다. 이러한 <한양가>의 율조변화는 조선후기 가사 작품의 율조변화를 단적으로 드러내고 있다.

다섯째, 조선말에 한평생을 보낸 작가가 어떻게 전대 세상을 보고, 당대 세상을 보았으며, 어떻게 문학 작품 속에서 작가의식을 형상화했는가를 정리해 보면,

1　민족의식을 들 수 있다. 임진·병자 양란을 겪은 후 영·정조 시대에 국가의 재건을 이룩하려던 조선은 철종을 전후하여 수렴청정과 세도정치에 의해 나라의 기반이 무너지면서 일본을 위시하여 서양 각국의 도전에 직면하게 되었다. 이러한 상황에서 민족의 독자성과 우월성을 지속시키려는 작자의 간절한 의식이 표출되고 있다. 한산거사작 계열의 작품들에 나타난 작자의 민족의식은 전대의 화려했던 풍물·제도 등을 찬양함으로써 간접적으로 민족의식을 고취시키고 있다. 그러나 역사류 작품들은 직접적인 비판의식으로 당대의 부패와 부조리를 날카롭게 지적하면서 민족의식의 회복과 국권의 회복을 염원하고 있는 것을 볼 수 있다.

2　〈한양가〉에 나타난 권학의식은 개화기에 나타나는 신교육사상, 신문학운동과 일맥상통한다.

3　기존 종교에 대한 기탄없는 비판

4　국란을 극복할 수 있었던 기회들이 당쟁과 정권싸움에 의해 좌절되어 이러한 허무의식이 〈한양가〉 작품 전체에 표출되고 있다.

5　인간은 모두 존엄하다는 인본주의적 평등의식을 볼 수 있다.

6　〈한양가〉에는 충·효·열에 대한 의식이 잘 나타나 있다.

7　각성하지 못한 채 사리사욕에만 눈이 어두워 악행과 부조리를 자행하는 집권층과 모순투성이의 제도를 준열하게 비판하고 있다.

『독립신문』 소재 가사의 고민과 변모

1. 연구의 필요성

본고는 『독립신문』 잡보란에 실린 26편 가사들을 대상으로 당시의 시대의식을 어떤 형식의 변모를 꾀하면서 작품에 담아내고 있는가를 연구하는 데 목적이 있다. 사실, 가사 문학에 대한 연구는 특정한 작가와 작품에 집중해 왔고, 시기적으로도 갑오경장 이전의 작품에 몰두한 경향이 있다. 따라서 가사 문학의 사적 연구와 근대적 양상을 살피는 데 있어 개화기 가사의 작품 각론이 부족하지 않았느냐는 반성에서 출발하여, 『독립신문』에 실린 작품의 각론에 관심을 갖는 일이 필요하다.

『독립신문』에 실린 가사를 논의 대상으로 삼는 데에는 갑오경장 이후의 작품 각론의 필요성을 바탕으로 몇 가지 이유가 있다.

첫째, 『독립신문』이전의 작품들1)이 있지만 일정한 작품군을 이루고 있는 것은 『독립신문』에 실린 가사들이라는 점.

둘째, 『독립신문』은 민간 주도로 창간된 최초의 신문으로 개화기2)의 근대의식을 잘 나타내고 있다는 점.

셋째, 지면의 제한을 받는 신문에 실려 형식의 다양한 변모를 꾀하고 있다는 점 등이 그것이다.

---

1) 갑오경장 이후 李貴子의 「江陵花煎歌」(1895년) 등 학계에 소개된 작품은 12편 정도가 있다.

2) '개화'라는지 '근대'라는 말이 적절한 용어인지, 또 개화기와 근대의 시점에 대한 이견이 많지만 본고에서는 일반적으로 많은 학자들이 사용하는 용어를 채택했고, 그 시점도 갑오경장 이후로 삼았다.

2. 시대상황과 『독립신문』

『독립신문』이 간행되던 1890년 대의 시대 상황은 매우 미묘하고 복잡한 양상을 띠고 있었다. 물밀 듯 밀려오는 외세, 무너져 내린 국권, 실패한 위로부터의 개혁과 아래로부터의 개혁, 급박한 위기에 빠진 정세 등, '혼미'라는 단어로도 표현될 수 없는 상황이었다. 1890년 대 시대상황은 '세상을 어떻게 읽을 것인가'의 여력도 없는, 한마디로 '무엇을 읽어야 되는가'도 가늠할 수 없는 상황이었다. 대세를 읽을 수 없었던 당시의 시대 상황에서『독립신문』과 그곳에 실린 가사들은 세상을 읽는 한 방향을 제시하고 있다.

'개화'라는 단어가 적합한지에 대해서는 이견이 있으나, 1800년대 후반에서부터 1910년 사이의 시기를 일반적으로 개화기라 부른다. 그러나 개화란 단순히 나라의 문을 열어 외세의 문명과 문화를 받아들이는 것만을 의미하지는 않는다. '개화(開化)란 외적으로 문호개방(門戶開放)을 의미하면서 내적으로 사회 개혁(社會改革)을 의미하는 말이다'.[3] 그러나 당시 어느 부류를 막론하고 이 두 가지를 해결할 수 있는 역량을 가지지 못하였다.

명치유신 이후 발전한 일본을 방문한 일련의 개화세력은 일본의 근대화된 모습을 소개하고 조선의 개혁을 주장하였지만, 주장은 성급한 감이 있었고 또한 그들의 주장이 사실 그대로 받아들여지지도 않았다.

> 青年國王 高宗도 그에 贊同하여 庚辰·辛巳 兩年에 걸쳐 急激한 制度改革과 아울러 外國文物을 좀더 積極的으로 輸入하게 되었다. 그러나 閔妃 中心의 外戚勢道 아래 人事와 財政이 極度로 紊亂해진 版局이요, 保守勢力의 不平不滿도 增大된 것이 事實이므로, 이러한 改革과 文物의 輸入을 現實에서 達成·推進하기에는 오히려 時機尙早인 感도 없지 않았다. 이에 무서운 反撥이 오래 굶주린 軍隊의 叛亂形態로 爆發하게 되었으니, 이것이 곧 壬午軍亂이요, 이 軍亂을 契機로 하여 朝鮮王朝는 淸·日 兩國의 무서운 干涉을 새삼스레 招來하고 말았다. 門戶開放에 대한 苦悶과

---

3) 조동일, 「開化期의 憂國歌辭」, 『開化期의 憂國文學』(민병수·조동일·이재선 저, 신구문화사, 신구문고 10, 1986), 61쪽.

> 反動이 隣接國家에 있어서도 事例 없는 바가 아니었지만, 이 나라의 그
> 것은 좀더 深刻하여 國內·國外에 미친 影響이 남다른 바가 많았다.[4]

이러한 곤란을 겪고 있을 때 왕세자 책봉 싸움에서 승리한 민비는 대원군을 몰아내는 데 성공하였다. 그러나 실권을 잡은 민비는 백성의 생활에 관심을 갖기보다는 자신의 권력을 키우는 데에만 혈안이 되어 있었으므로 국가 경제는 대원군 때보다 더욱 피폐해질 수밖에 없었다.[5] 결국 민비는 강화도조약을 체결하여 일본의 실질적인 침략의 기틀을 마련해 주는 꼴이 되고 말았다.

이처럼 당시의 상황이 급박했던 것과는 달리 궁중은 대원군과 민비의 암투로 통치력을 잃고 있었으며 이에 따라 백성의 생활은 점점 피폐해가고 있었다. 이러한 상황에서 개혁의 의지를 가진 사람들이 단체를 결성하고 나름의 방법으로 국가적 위기를 극복하고자 노력하였다. 그 중 하나가 독립협회의 결성과 『독립신문』의 창간이다. 본고에서는 논의를 효과적으로 개진하기 위해 본고의 연구 대상인 작품들이 실려 있는『독립신문』만을 논의의 대상으로 삼았다.

『독립신문』을 이해하기 위해서는 서재필을 이야기하지 않을 수 없다. 『독립신문』은 서재필에 의해 발행되고 주도되었기 때문이다.[6]

서재필은 2차 신사유람단의 일원이 되어 일본을 방문하게 된다. 일본에 도착한 서재필은 약 2년 간 동경의 도야마학교(戶山學校)에 입학하여 군사전술학, 현대과학, 지리학, 역사학, 체육학 등 선진 군사학과 문물을 공부하고 1884년에 귀국하였다. 조국에 돌아온 서재필은 궁중에서 고종이 참석한 자리에서 군사 기술 시범을 보이게 되고 고종은 이에 고무되어 그 자리에서 서재필을 교장으로 한 군사학교 창설을 약속하였다. 그나마 민비의 반대로

---

4) 震檀學會, 『韓國史(最近世篇)』(乙酉文化社, 1978), 425쪽.

5) 강만길 외, 『韓國現代史』, 新丘文化社, 1969. 162쪽 참조.

6) 서재필은 『독립신문』의 인쇄 과정을 일일이 감독하였을 뿐만 아니라, 관보 부분과 지방기사 몇 가지를 제외한 한글 기사와 영문 기사 모두를 자신이 직접 작성하였다. 따라서 『독립신문』에 실린 작자들의 관점을 알기 위해서는 당시 서재필의 활동과 지향했던 바를 살펴볼 필요가 있다.

군사학교의 창설이 무산되자 크게 낙담하고 만다.

군사학교 창설의 무산, 보수파의 가중되는 압력 등은 갑신정변을 일으키는 주요한 동기가 된다.[7] 그러나 갑신정변은 일본군이 청나라 군사의 숫적 열세에 따른 철수로 실패로 돌아가고 만다. 갑신정변의 실패로 겨우 목숨만을 보전하고 일본으로 건너간 서재필은 국제정치의 냉혹한 현실을 경험하게 된다. 일본이 개혁운동을 적극 지원해 줄 것이라는 기대와는 달리 일본 외무대신 이노우에는 청나라와의 전쟁 위험을 내세워 서재필 일원을 만나 주지조차 않았던 것이다.

갑신정변을 통해 서재필은 몇 가지 교훈을 얻게 된다.

첫째, 고종의 명의로 내정개혁안을 발표하기만 하면 민중적 시지를 얻을 수 있으리라는 기대가 허물어지고 민중적 지지의 중요성을 깨닫게 되었다.

둘째, 외세에 의존한 개혁은 성공할 수도 없고 외세의 힘을 믿어서는 안된다.

셋째, 보수 세력에 대항하기 위해서 다른 보수 세력을 이용해서는 안된다.[8] 등이 그것이다.

서재필이 미국에서 학업을 하는 동안 청·일 전쟁에서 승리를 한 일본은 박영효, 서광범, 서재필 등을 사면하도록 조선왕실에 종용하였다. 그러나 서재필은 일본의 귀국 제의를 거절하였다. 그가 일본의 제의를 거절한 이유는 일본에 의해 주도되는 개혁에 대해 회의감을 느끼고 있었기 때문이었다.

박영효가 직접 워싱턴에 와서 귀국을 부탁하자 더 이상 거절하지 못하고 귀국 길에 오른 서재필은 1896년 1월 귀국하여 외무대신의 직책을 제의받았으나 이를 받아들이지 않았다. 대신 그는 신문을 발간하여 대중을 교육하고, 교육 받은 대중의 지지를 바탕으로 조선의 개혁을 이루어 나가고자 하였다.

서재필은 박정양으로부터 김홍집 내각이 약속한 5,000원의 발행자금과 발행장소를 얻어 『독립신문』을 발행하게 되었다. 1896년 4월 7일 창간호를

---

7) 갑신정변으로 세워진 신정부에 서재필은 병조참판 겸 정영관으로 임명되었다.
8) 민씨 일파에 대항하기 위해 대원군을 끌여들였던 것을 말함.

낸 『독립신문』은 매주 화·목·토 3일에 걸쳐 신문을 발간하였는데, 1면과 2면은 한글로, 3면은 한글과 영문 광고로, 4면은 영문 기사로 편집되었다. 그 후 1897년 1월 1일부터는 한글판과 영문판을 각 각 4면씩 발행하였다.

　발행 초기 『독립신문』의 발행 부수는 단지 300부에 지나지 않았으나 얼마되지 않아 그 10배인 3,000부를 발행하게 되었다. 『독립신문』은 발행 초기에 매달 150~180원의 적자를 보면서도 제물포, 수원, 강화, 원산, 부산, 파주 등에 지국을 내었다.

　서재필이 이처럼 많은 재정 적자를 감수하면서까지 『독립신문』을 간행하는 데 열을 올렸고, 지국을 늘려 더 많은 사람들이 『독립신문』을 볼 수 있게 하려고 한 의도는 무엇인가? 또 왜 그토록 영문판의 제작에 열심이었는가?.

　그 대답을 『독립신문』 창간호의 논설에서 찾을 수 있다.

　　　그리혼즉 이신문은 쏙 죠션만 위홈을 가히 알터이요 이신문을 인연호여 뇌외 남녀 샹하 귀쳔이 모도 죠션일을 서로알터이옴 우리가 쏘 외국 사졍도 죠션 인민을 위호여 간간이 긔록홀터이니 그걸 인연호여 외국은 가지 못호드리도 죠션 인민이 외국 사졍도 알터이옴 오날은 처음인 고로 대강 우리 쥬의만 셰샹에 고호고 우리신문을 보면 죠션인민이 소견과 지혜가 진보홈을 밋노라 논셜곳치기젼에 우리가 대균쥬 폐하끽 송덕호고 만세을 부르느이다.9)

　우선, 『독립신문』은 독자층을 '조선속에 잇는 뇌외국인'으로 삼고 있으며, 신문 창간 목적을 우리의 주의를 알게 함이라고 하였으며 조선사람만을 위하여 일할 것임을 다짐하고 있다. 영문판의 발행도 이러한 선상에서 이해할 수 있다. 논설에 나타난 것처럼 외국사람들이 조선의 사정을 자세히 몰라 편벽된 말만 듣고 조선을 잘못 생각할까보아 조선의 실상을 자세히 알리기 위해 영문판에 정성을 들인 것이다. 그리고 반대로 외국 사정을 국내에 알리는 일도 『독립신문』이 큰 역할 중에 하나였다.

---

9) 『독립신문』 창간호 논설 끝부분. 띄어쓰기 필자.

『독립신문』은 모든 조선 사람을 위하여 내·외국인에게 조선의 실상을 바로 알리고 또한 선진 외국의 사정을 조선 사람에게 알림으로해서 조선 사람의 개화와 국제 정세의 이해를 도모하고 있다. 이러한 서재필의 의도는 당시 조선의 상황에서는 급진적인 것이었지만 외국사람들의 눈에는 경의로운 일로 비쳐졌다.10)

『독립신문』은 왕실과 관리들의 잘못을 객관적으로 비판하고 이에 대한 국민적 여론을 형성하는 데 목표를 두고 있었다.『독립신문』의 창간 목적은 '취리(取利)'하는 데 있는 것이 아니라 '정부에셔 ᄒ시는 일을 빅성의게 젼홀너이요 빅셔의 정세을 정부에 젼홀' 것을 목적으로 삼았다. 그러기에 많은 적자에도 불구하고 남녀, 상하노소들이 모두 읽을 수 있도록 한글만을 사용하고 있다.11)

『독립신문』은 정부가 하는 일을 백성이 알고 백성이 하는 일을 정부가 아는 일이 서로에게 유익한 일이라고 굳게 믿고 있었다. 이러한 생각은 미국에서 공부한 서재필이 민주주의와 신문의 역할에 대해 굳게 믿고 있었기 때문으로 여겨진다. 즉, 대중의 힘에 의해서만 개혁은 이루어질 수 있으며, 대중을 개화시키고 대중의 여론을 형성해 나가는 데에는 신문의 힘이 크다고 여긴 결과이다.

『독립신문』이 주요한 내용으로 삼고자 한 것은 '정부 관원과 탐관오리의 잘못된 행적, 백성이라도 법을 어긴 사람의 행적을 밝히는' 것이었다. 정부와 관리들의 부정부패가 척결의 주요 대상이었던 것만큼은 사실이나, 부강한 국가를 이루기 위해서는 온 국민이 법(法)의 테두리에서 건전한 삶을 이루어야 함을 설파하고 있다.

---

10) 『독립신문』, 영문판, 1897년 4월 1일자 참조.

11) 『독립신문』, 1896년 4월 7일자에 "어문이 배우기 쉬울 뿐 아니라, 상하귀천을 없이 하기 때문에 한국 인민 모두가 배워야 할 것이다. 모든 이가 어눔능ㄹ 깨치면 한국인의 자부심이 되살아나고 궁극적으로 한국의 독립이 올 것이다"하여 한글에 대한 철저한 인식과 대중 교육을 위해 한글을 사용했음을 알 수 있게 한다. 그래서 서재필은 '처음부터 한문으로 된 글은 상관하지 않았다'고 밝히고 있다.

3. 작품 상황

『독립신문』에 실린 가사들은 거의 '잡보'란에 실려 있는데 작품 상황을 도표로 살피면 다음과 같다.

	작 자	제 목	연 대	구 수	주제 의식
1	서울 슌쳥골 최동셩		건양원년(1896) 4月 11日	26	자주 독립과 애국
2	학부 쥬스 니필균	조쥬 독립 애국흐는 노래	건양원년 5月 9日	24	자주 독립과 애국
3	인쳔 제물포 뎐경닥	익국가	건양원년 5月 19日	25	자주 독립과 애국
4	양쥬 리즁원	동심가(同心歌)	건양원년 5月 26日	16	동심(同心)
5	금강 김교익		건양원년 6月 2日	34	독립신문(논셜)예찬
6	남셔 슌검 허 일		〃	24	자주독립예찬과 독립의지
7	한명원	익국가	건양원년 7月 4日	16	자주독립
8	리용우	익국가	건양원년 7月 7日	16	여일한 마음.
9	경무학도들		건양원년 7月 16日	26	인민권리 보호
10	양 셩 김셕하	독립문가	〃	16	자주독립
11	복셔 슌검 윤태셩	익국가	건양원년 7月 18日	20	보국애민
12	달셩 회상 애수교 인둥	익국가	건양원년 7月 23日	20	동심협력 애 국
13	남 동 박기렴	익국가	건양원년 8月 1日	30	애 국
14	숑쳔 스립학교 학원들	익민가	건양원년 8月 18日	22	인민권리보호
15	브지 학당 학원 문경호	독립가	건양원년 8月 20日	30	일심 독립

16	최병희	익국가	건양원년 9月 1日	24	충군애국
17	경상도 봉화 신영틱	송츅가	건양원년 9月 3日	8	송축
18	평양 학당 김종섭	익국가	건양원년 9月 5日	26	충군애국
19	비지학당학도 최영구	익국 독립가	건양원년 9月 8日	32	합심(合心)
20	평양보통문안 리영언	익국가	건양원년 9月 10日	24	애국
21	농상공부기스 김쳘영	익국가	건양원년 9月 15日	40	상하 합심 애국
22	김긔병	정츅가	건양원년 9月 17日	20	고종 황제 송축
23	종샹공부쥬스 최병헌	독립가	건양원년 10月 31日	20구 (후렴 6구)	독립
24	강원도김화군 인응션	익국가	건양 2년 1月 28日	62	자주독립예찬
25	비지학당학도 문경호		광무 원년(1897) 9月 14日	96	합심애국
26	전쥬 리치응		광무 2년(1898) 6月 11日	18	독립협회 연설 예찬

　작품 상황을 살펴보면 첫째, 그 길이가 짧다는 것과 둘째, 작품이 1896
년에 치중하여 있다는 점 셋째, 작자층이 다양하고 넷째, 지역이 광범위하
고 다섯째, 자주독립과 애국을 노래하면서도 백성이 나라의 중심임을 강조
하고 있음을 알 수 있다.

　『독립신문』에 실린 가사들의 길이가 짧다는 것은 신문에 게재된 작품이
라는 점을 생각할 때 당연한 일이라 할 수 있다. 따라서 당시의 시대정신
을 짧은 길이에 담기 위하여 다양한 형태의 변화를 겪게 되는데 이는 다음
5장에서 구체적으로 다루고자 한다.12)

---

12) 그 외 특성에 대하여는 2장에서 이미 완곡하게 밝힌 바 있다.

4. 주제 의식

『독립신문』에 실린 가사의 주제의식은 앞 장에서 살펴 본 당시의 시대 상황, 『독립신문』의 정신과 밀접한 관계를 갖고 있다.

1896년 4월 7일(금요일) 제1호를 발간한 『독립신문』은 제3호에 한 편의 가사를 싣고 있다. "서울 슌쳥골 최돈셩의 글"이라는 표제를 단 이 가사에서 『독립신문』에 실린 가사의 주제의식을 살펴 볼 수 있다.

① 대 죠션국건양원년   즈쥬독닙깃버ᄒ세
② 텬디간에사롬되야   진츙보국뎨일이니
③ 님군끠 츙셩ᄒ고   졍부를 보호ᄒ세
④ 인민들을ᄉ랑ᄒ고   나라긔를놉히달세
⑤ 나라도을싱각으로   시죵여일동심ᄒ세
⑥ 부녀경뎌ᄌ식교휵   사롬마다홀거시라
⑦ 집을각기흥ᄒ랴면   나라몬져보젼ᄒ세
⑧ 우리나라보젼ᄒ기   자나씨나싱각ᄒ세
⑨ 나라위ᄒ죽ᄂ죽엄   영광이제원한업네
⑩ 국태평가안락은   ᄉ롱공상힘을쓰세
⑪ 우리나라흥ᄒ기를   비ᄂ이다하ᄂ님끠
⑫ 문명지화열닌세샹   말과일과ᄀ게ᄒ세
⑬ 아모것도몰은사롬   감히일언ᄒ옵내다[13)]

『독립신문』에 실린 가사들의 주제의식 중 대표적인 것은 자주독립과 애국이다.

첫째, ①에 나타난 것처럼 청국의 연호를 쓰지 않고 국호를 '건양'이라 한 것에 대한 기쁨과 자주독립에 대한 당위성이 곳곳에 나타나고 있다. 제목에 '독립'이라고 명기된 4편의 작품 외에도 자주독립 사상은 15편의 작품에서 주된 의식으로 나타나 있다.[14)] 이러한 자주독립 의지는 당시 조선

---

13) 『독립신문』제1권 3호 1896. 4. 11. 작품 ① (이하 인용 작품은 작품 상황표의 작품 번호로 대신한다.
14) 작품 번호 ①, ③, ⑥, ⑦, ⑨, ⑩, ⑪, ⑬, ⑯, ⑰, ⑱, ⑳, ㉑, ㉒, ㉔.

의 국제 상황이 매우 복잡했음을 알 수 있다. 주변 열강들의 침입과 간섭, 특히 청나라의 지배에서 벗어난 자주독립의 절박성과 주변 열강들에 대한 저항을 표현하고 있다. 물론, 국호를 바꾸었다해서 실질적인 자주독립이 이루어진 것은 아니다. 오히려 청국의 입김에서 벗어났기에 서구 열강의 입김이 더 세어질 것이지만 그러기에 더욱 자주독립에 대한 열망은 더욱 강할 수밖에 없었다.

둘째, ②, ③, ④, ⑦, ⑧, ⑨ ⑩, ⑪에 나타난 것처럼 '애국'이 『독립신문』에 실린 가사들의 전반적인 주제의식이다. 그 표현이 '진츙보국(②)'이었던, 그 대상을 '님군과 정부(③)'로 표현하였건, 상징적으로 '나라긔(④)'로 표현하였건 간에 당시 사회와 정세를 읽은 백성들에게는 세계 국가들 속에서 살아 남을 수 있는 유일한 길은 온 백성이 힘을 모아 나라의 힘을 기르는 데 있다고 본 것이다. 그래서 '시종여일 동심하여(⑤)' 나라를 도와야 하고, 개인의 가정보다 먼저(⑦), 개인의 목숨보다 먼저(⑨) 나라를 사랑하는 마음을 가져야 한다고 역설하고 있다.

그리고 나라를 사랑함에 있어 '시종여일(⑤)', '자나끼나(⑧)' 항상할 것을 노래하고 있으며, '스롱공샹' 모두가 나라 사랑하는 일에 나서야 한다고 하였다. 그리고 덧붙여서 '말과일과ᄀᆺ게ᄒᆞ세(⑫)'를 당부하고 있다. 뿐만 아니라 부녀자들에 대한 평등의식과 개화의식(⑥, ⑫)의 일면도 나타내고 있다.

이러한 애국의식은 『독립신문』에 실린 가사 26편 중 <애국가>로 명기된 작품이 13편이나 되고, 그 외의 작품에서 모두 드러나고 있다. 이는 당시의 급박한 상황을 대처할 수 있는 유일한 해결책이 백성들의 애국심 고양이었음을 나타내고 있는 것이다.

4.1 자주독립의식

『독립신문』에 실린 작품들의 자주독립의식은 '아시아, 오대양육대주', '빛나도다, 분명하다' 등을 동반하여 표현된다. 열강들이 각축을 벌이고 있는 상황에서 세계만방에 조선의 독립을 선포하는 일은 독립 정신을 구현하기 위한 첫 단계이므로 '아시아'뿐만 아니라 '오대양육대주'를 독립 선포의 대상으로 한 것은 당연한 일이다.

이러한 자주독립의식은 외세에 대한 저항성을 표상했다기보다는 치욕의 역사를 청산하고 자주독립을 이룩한 기쁨을 '빛나도다, 분명하다'고 노래하고 있다. 이는 자주독립 선포의 목적이 대외적인 것이기도 하지만 백성들에게 자주독립을 확신시키기 위한 것임을 내포하고 있다. 즉 자주독립 선포는 당시 위급한 상황을 극복하기 위해서는 백성들에게 새로운 계기를 마련해주어야 한다는 시대적 필요성이 깔려 있는 것이다.

즐겁도다즐겁도다　　　　　ᄌᆞ쥬독립즐겁도다
동포형뎨합심ᄒᆞ여　　　　　부국강병ᄒᆞ여보세
부국강병ᄒᆞ량이면　　　　　영웅열ᄉᆞ모화다가
실샹지죠시험ᄒᆞ여　　　　　동방뎨일빗내보세

(작품⑪ 중)

자주독립을 이룩하기 위해서는 '부국강병'과 '실질적인 재주의 실험'이 급선무였다. 군사력의 부재로 인하여 아무런 자주 노력도 해보지 못하고 세계 열강에 국익과 국토를 유린당하고 있는 당시의 상황을 정확하게 읽어내고 있을 뿐만 아니라, 반천년의 전근대적인 관념에서 탈피하여 실생활에 도움이 되는 기술을 익히는 것이 나라의 경제를 살리는 일임을 설파하고 있다.

그러면서도 부국강병을 위해서는 영웅과 열사들의 역량을 한 곳에 모아야 한다는 당위성도 갖추고 있다. '영웅열사'란 조선 민족 내의 인물이며, 현존하는 인물이다.

반쳔년미친슈치　　　　　일죠에푸러노코
아셰아쥬반도국이　　　　　ᄌᆞ쥬독립분명ᄒᆞ니
상쾌ᄒᆞ고즐거온망　　　　　만권셔에다홀손가
독립문과독립원을　　　　　일신ᄒᆞ게지여노코
삼각산샹샹봉에　　　　　정결이단을모와

건곤감니태극긔을   반공즁에놉히달면
만국샹에빗치나고   지나국을압두로다
독립국도만컨마는   우리독립뎨일이지
아메리가후흔풍쇽   영길리국부강흔법
국외신민일심흠을   이샤위한본을밧아
나라위희극역흐면   세계샹에웃듬되리
만셰만셰만만셰   독립긔쵸억만셰

(작품⑬)

독립은 우선 조선 500년 동안 중국의 속박에서 자주성을 획득하는 데에서 부터 출발한다. 500년 동안 받았던 수치를 하루아침에 풀어내니 그 기쁜 마음은 만 권의 책으로도 다 쓸 수 없다고 하였다. 독립국은 많지마는 그 중 우리의 독립이 제일이라고 한껏 기세를 올렸지만, 당시의 시대상황 또한 놓치지 않고 있다. 미국이나 영국이 부강한 것은 그 나라 국민들이 일심으로 나라를 위해 일하고 있기 때문이라고 여기고 그들을 본받아 나라를 위해 힘을 쓴다면 세계에서 으뜸이 되는 국가를 건설할 수 있다고 노래하고 있다.

나라가 부강하기 위해서는 무엇보다도 독립이 기초가 된다는 의식을 가지고 있다. 그렇기 때문에 속박의 역사를 벗고 자주적인 국호를 쓰게 된 기쁨은 더없이 큰 것이고 독립을 계기로 모두 새로운 각오로 나라를 위해 힘 쓸 것임을 다짐하고 있다.

4.2 애국 · 애민의식

자주적인 국호를 사용하여 독립의 기초를 이루었지만 그것이 끝이 아니었다. 부강한 나라를 세우고 진정한 독립국가를 이룩하기 위해서는 나라의 힘을 하나로 응집하여야 할 필요가 있었다. '나라를 사랑하자'는 말은 새로운 것은 아니지만, 국가 침몰 직전의 상황에서는 다른 방도를 구할 수 없었다.

어셔어셔잠을끼여   우리나라어셔돕세
나라돌ㅁ옴업시면   금슈만도못ㅎㄴ니

어셔돕세어셔돕세   진츙갈력힘을써서
우리나라어셔도아   부강지업일워보세
전국인민합심ᄒ야   츙의지심든든ᄒ면
가션ᄌ와협잡ᄌᄂ   ᄌ겁ᄒ야다라니네
지금째가ᄂ져쓰니   어셔어셔시작ᄒ세
나라위히죽ᄂ것은   죽드리도영광일세
흉을본다일못ᄒ고   욕을혼다일못ᄒ고
무셥다고일못ᄒ고   어늬때에일을ᄒ나
어리셕은소리말고   어셔어셔시작ᄒ야
팔괘국긔놉히달고   텬하각국알게ᄒ세

(작품㉕ 중)

나라를 돌볼 마음이 없으면 금수만도 못하다는 비유적 표현을 넘어서 '나라위해 죽는 것은 영광'이라고 직설적인 표현을 한다. 죽을 각오를 가져야만 될 정도로 당시의 시대상황은 급박한 것이었다. 힘을 다해 나라를 돕는 일만이 부강을 이루는 일이요, 모든 국민이 '충의지심'을 가져야지만 '가션ᄌ'와 '협잡ᄌ'를 이 땅에서 몰아낼 수 있다는 절박함도 담겨있다.

당시의 상황은 나라 사랑의 실천도 '흉'잡힐 일, '욕'먹을 일이었으며, '무서운' 일이었다. 이는 세계 열강의 외부적인 위협뿐만 아니라 내부적인 갈등과 모순이 도사리고 있음을 보여주고 있다. 그리하여 이 모든 것을 떨치고 '팔괘국긔'를 높이 달고 세계 만방에 국민의 힘을 드높여야 할 때라는 깊은 인식도 지니고 있었다.

합심ᄒ고동력ᄒ야   우리인민보호ᄒ세
ᄌ쥬독립ᄒ량이면   인민ᄉ랑첫지로다
정부가잇슨후에야   빅셩들이의지ᄒ고
빅셩들이잇슨후에   정부가의지되ᄂ니
도와주세도와주세   우리정부도와주세
ᄉ랑ᄒ세ᄉ랑ᄒ세   우리인민ᄉ랑ᄒ세
ᄉ랑ᄉ랑ᄉ랑이야   빅셩들은정부ᄉ랑
ᄉ랑ᄉ랑ᄉ랑이야   정부에ᄂ빅셩ᄉ랑

(작품㉑ 중)

그러나 『독립신문』에 실린 가사들은 '충군'으로 대변되는 애국만을 강조한 것은 아니다. 국민이 나라의 근간이 된다는 선진 의식을 가지고 애국과 애민을 상보적인 동등한 관계로 인식하고 있다. '인민스랑'이 무엇보다도 중요한 과제임을 천명하면서도 나라가 있어야 국민이 있고 국민이 있어야 나라가 있다는 인식 아래 서로가 서로를 사랑할 때에 부국강병과 자주독립이 자연 이루어진다고 여기고 있다.

4.3 개화의식

『독립신문』에 실린 가사들은 당시 겪는 모든 어려움은 국민이 그간의 구습을 버리지 못한 데에서 연유한다고 믿고 있다. 따라서 청국의 속박에서 벗어나는 일보다 더욱 중요한 것은 국민의 각성과 선진의식의 획득에 있다고 노래하고 있다.

> 잠을씨오잠을씨오　　　깁히든잠어셔씨오
> 그만ㅎ면실컷잣지　　　무슴잠을이리자나
> 희가도다낫이되고　　　동리집이다씨엿소
> 모든일을다ㅎ고셔　　　편이안져노눈구나
> 이째신지잠자다가　　　지금씨여무엇ㅎ나
> 게으르고어리셕어　　　무슴일을ㅎ여볼가
> 엇지ㅎ면됴흘넌지　　　뎡신츠려싱각ㅎ게
> 붓그럼지아니ㅎ며　　　무안치도아니혼가
> 잠잘째에못ㅎ일을　　　잠을씨여어셔ㅎ셰

(작품㉕ 중)

4천년 역사를 '잠'이라 평가하고 그 깊은 잠에서 깨어나야 한다는 의식을 확고히 하고 있다. 이제는 그 '잠'에서 깨어나야 할 때라는 당위성은 주변 국가들이 이미 다 잠에서 깨어 부국강병을 다 이룬 후라는 절박성 속에서 이루어지고 있다. 시대는 이미 '해가 돋은 낮'인데도 깊이 잠이 든 현실을 각성하고 이제부터 어떻게 하여야 하는지 생각해야 할 때라고 역설하고 있다.

그리하여 부끄러움과 무안함을 떨치고 어서 빨리 새로운 시대를 펼쳐나 갈 방법을 찾아야만 한다고 하였다. 다른 나라보다 뒤쳐지고 다른 나라에게 천대 받고, 도적을 맞고, 화를 당하는 모든 일들의 근원을 뒤떨어진 국민의 의식에서 찾고 국민의 의식 개혁만이 살길임을 노래하고 있다.

이러한 개화의식을 구체적으로 실현하는 방법의 중심에는 남녀 차별 없는 교육을 두고 있다. 물론 오랫동안 삶의 근간으로 삼았던 덕목들을 버릴 수는 없었다.

<blockquote>
사룸숨겨나니　　　　오륜이붉아셰라
오륜이붉아쓰니　　　　문명셰계분명ㅎ다
어화죠흘시고　　　　싱지양지부모은덕
하히ㅊ치깁허쓰니　　　　오륜이읏듬일세

(작품㉔ 중)
</blockquote>

'인의동방', '인의예지', '충심애군' 등 유교적 덕목에 기초를 둔 용어들도 보이기는 하지만, 이 용어들이 의미하는 것은 유교적 세계로 다시 돌아가자는 것은 아니다. 물밀 듯이 밀려오는 서구열강의 세력 속에서 자주적인 중심을 지키기 위한 하나의 대안이었다. 이러한 의식은 현대에서도 곰곰이 되새겨야할 일이다. 그것은 과거로의 회구를 의미하는 것이 아니라 삶이 지녀야할 보편적인 양식의 발전적 계승일 수 있다.

<blockquote>
산히ㅊ흔만흔덕틱　　　　무어스로갑흘쇼냐
갑흘거슨ㅎ나잇네　　　　교휵ㅎ여셩취ㅎ후
문명진보ㅎ는째에　　　　죠션관민일심ㅎ세

(작품⑯ 중)
</blockquote>

오륜을 삶의 보편적 질서로 삼고 학교를 세워 남녀노소 모두가 새로운 교육에 매진할 때, 자주독립뿐 아니라 세계 속에 으뜸 국가를 이룰 수 있

다는 논리를 세우고 있다. 물론 교육이라함은 '실상 생활'에 바탕을 둔 것이어야 한다.

　4천년 동안 계속되던 구습을 버리고, 오륜을 바탕으로 하여 새로운 선진 문명을 받아들이는 것만이 우리 민족이 살아남는 길이라는 의식을 분명히 하였다. 국가 위기를 극복하기 위해서 선진 개화사상을 받아들여야 한다는 태도를 취하면서도 기존의 유교 이념을 되살려야 한다는 입장을 명백히 하였다. 그러나 이러한 입장은 '나라의 발전'이라는 커다란 주제의식 안에 녹아있다. 즉 오륜의 개별적인 정신을 강조한다기보다는 그를 통해 나라의 힘을 한 데 모아야 한다는 입장을 고수하고 있는 것이다.

4.4 고종황제 대한 송축

　이러한 입장에서 특이한 것은 고종황제에 대한 인식이다. 『독립신문』뿐 아니라 그곳에 실린 작품들은 고종을 비판의 대상으로 보지않고 오히려 국민의 힘을 하나로 모으기 위해 송축과 경축의 대상으로 인식하고 있다.

영화롭다영화롭다　　　우리만민영화롭다
놉흐시다놉흐시다　　　우리님군놉흐시다
만셰만셰만만셰논　　　대군쥬폐하만만셰

(작품③ 중)

　'우리님군', 또는 '대군쥬폐하'로 지칭되는 고종은, 개혁의 과정에서 군주 정치 구조 자체가 개혁의 대상이 되었음직한데 오히려 국가의 중심으로 인식되었음은 특이한 일이라 할만하다. 『독립신문』 역시 고종황제를 직접적으로 비판하는 일을 삼갔다. 그러나 그것은 『독립신문』이나 작자들이 군주의 전통적 지위를 변화시키기보다는 오히려 조선과 황제의 지위를 동일시하고 강력한 황권을 구축하는 것이 개혁에 도움이 된다고 믿었기 때문이라고 여겨진다.[15]

> 대군주 폐하께 더 큰 권력을 집중하는 것이 효율적 정부에 도움이 된다. 그리하여 대군주폐하가 그 권력을 대신들에게 부여함으로써 대신들은 골치 아픈 문제들로 대군주 폐하를 괴롭히지 말아 전하의 건강을 보살펴야 한다.16)

이러한 상황은 고종이 일정한 개화의지를 갖었던 것과도 관련이 있다. 당시 고종은 대원군과 민비, 세계 열강의 세력 다툼 속에서 개혁을 꾀하려는 의지를 갖고 있었다. 현대식 군사 학교의 창설을 약속했다든지, 새로운 내각에 개혁의 의지를 가지고 있는 대신을 기용했다든지 하였던 것이 좋은 보기가 될 것이다. 특히 『독립신문』의 창간에도 김홍집 내각을 통해 지원을 약속했던 점들은 고종의 개혁적 성향을 나타낸 것이라 할 수 있다.

5. 형식 분석

5.1 음수율

가사 문학 연구에서 음수율 분석은 매우 주요한 의미를 갖는다. 하나의 문학 갈래로서 가사 문학이 갖추어야 할 요소는 '3·4, 4·4조의 무한한 연속체'이기 때문에 『독립신문』에 실린 가사들의 특징과 성격을 규명하는 데에도 필수적인 의미를 갖는다 하겠다.

『독립신문』에 실린 가사의 음수율을 통계로 나타내면 아래의 도표와 같다.

---

15) 『독립신문』, 1896년 9월 8일자.
16) 『독립신문』, 1896년 10월 1일자.

작품 번호	2·4조	3·3조	3·4조	3·5조	4·3조	4·4조	5·3조	5·4조	6·2조	비고
1			3			23				
2						24				
3			2			22	1			
4			2			14				
5			14			20				
6			4			20				
7						15			1	
8			3			13				
9			6		1	18	1			
10						16				
11			2			18				
12						20				
13			4		2	24				
14			3			19				
15			3		1	26				
16						23		1		
17					8					
18			2		2	22				
19			2		1	28	1			
20						24				
21				1		39				
22					1	19				
23		2(10)				20(40)				
24	11		8		3	40				
25				3		92	1			
26						18				

도표에 의하면 4·4조가 우세한 가운데 전반적으로 3·4, 4·4조의 가사체 형식을 갖추고 있으며, 조선 후기 가사의 특징인 4·4조의 고착화가

『독립신문』에 실린 가사에서도 일어나고 있다는 점이다.

이점에서 유의할 점은 가사의 작가가 작품을 4·4조로 창작하려는 의도가 있었느냐 하는 것이다. 특히 3·5, 5·3, 6·2의 음수율을 가진, 즉 모두 8자로 4·4조와 외형적으로 동일한 음수율을 눈여겨 볼 필요가 있다.

      대군쥬폐하만만세　　　(작품 ③, ⑨, ⑲)
      함끽만만셰를불러　　　(작품 ⑦)
      정부가의지되느니　　　(작품 ㉑)
      대군쥬폐하끽셔는　　　(작품 ㉕)

위의 작품들은 모두 단어들이 가지고 있는 특성(대군쥬폐하)때문이거나 8자를 맞추기 위해 조사나 어미(를, 느)를 사용하고 있음을 보았을 때 4·4조의 외형적 음수율을 맞추기 위한 노력들을 엿볼 수 있다.

이러한 상황들은 다른 음수율에서도 엿볼 수 있다.

      인의동방에꼿치피니　　　(작품 ⑯)
      만셰만셰만만셰　　　(작품 ⑱, ⑲, ㉑, ㉔)
      시여시여시부여　　　(작품 ㉔)

이들은 4·4조에서 벗어나고 있지만, 일상적으로 표현되는 어구(만셰만셰만만셰)이거나 한자어(인의동방, 시엿여시부여)를 사용하기 위해 4·4조의 음수율에서 어긋날 수밖에 없었다고 여겨진다.

특히 작품 ㉓의 1절의 경우,

      (데일)
      텬디만물창죠후에　　　오쥬구역텬뎡이라
      아시아쥬동양중에　　　대죠선국분명ᄒ다
              (후렴)
      독립긔쵸쟝구슐은　　　군민샹이데일이라
      깃분날깃분날　　　대죠선국독립ᄒ날
      깃분날깃분날　　　대죠선국독립ᄒ날

당시 유입되었던 찬송가에서 영향을 받아 노래하기 위해 "깃분날깃분날"을 채용하고 있지만, 다른 모든 음수율은 4 · 4조로 일관되고 있는 것을 볼 수 있다.

이처럼 「독립신문」에 실린 가사들은 3편을 제외하고는 4 · 4조의 음수율 안에서 창작되고 있다. 4 · 4조의 음수율이 우세하거나, 4 · 4조로만 된 가사들의 출현은 시대상황과 그 시대를 바라보는 작자들의 세계관과 밀접한 관련을 갖고 있다.

『독립신문』에 실린 가사의 작자들은 당시의 상황을 '절대절명의 국가 위기 상황'으로 보고 있었다. 이러한 시대 상황의 파악은 작가들 뿐만 아니라, 외국인들 역시 거의 비슷하다. 초대 주한 미국 공사였던 푸트(Lucius H. Foote)는 "조선 정부가 국민들의 통제뿐 아니라 외세 압력에 저항할 수 있는 힘을 갖추지 못하고 있다"[17]고 보고하였다.

따라서 작자들은 위기 속에서 나라를 구하는 길은 모든 국민이 하나되어 개화와 부국의 길로 정진해야 한다는 구체적인 행동 방향을 세우게 된다. 따라서 국민에게 자신들의 이념에 공감을 얻어내야 하고, 생각과 관습이 바뀌도록 설득해야 하며, 행동으로 표출될 수 있도록 해야만 하는 사명을 갖게 되었다.

이에 이 시기의 가사 작자들은 새로운 사상을 전파하기 위해 국민의 귀에 익은 전통적 형식을 채택하면서도 나름대로 더 효과적인 형식들을 모색하게 되었다. 이에 따라 이 시기의 가사들은 시조보다 적극적인 변모를 꾀하였다. 전기의 가사들이 가졌던 음풍농월의 여유는 유지할 수 없었지만 시대 상황 속에서 국가 위기를 극복할 수 있는 전략에 대해 심각하게 고민하고 그 고민을 표현하는 데에는 적극적일 수 있었다. 이러한 결과로 작자층 역시 시조에 비해 확대될 수 있었다.

이러한 변화된 양상의 저변에는 세상과 사물에 대한 풍부한 경험이 있다. 그것이 직접적인 것이든 간접적인 것이든 폐쇄된 사회 속에 갇혀 있었던 작자들에게는 매우 충격적인 것이었고, 지향할만한 가치가 있는 것으로 여겨졌다.

---

17) 오세응, 『서재필의 개혁운동과 오늘의 과제』, 고려원, 1993. 55쪽.

따라서 정서나 심성보다는 그들의 경험과 가치관을 노래하게 하였다.

작자들은 전통적인 음수율인 3·4조와 4·4조 중에서 시대 정신을 잘 담아낼 수 있고, 자신들의 창작정신을 표현하기 용이한 4·4조를 중심 율조로 선택하였다. 3·4조가 간간이 드러나는 이유는 우리글의 통사 구조 안에서 낱말이 갖는 표현의 수월성을 깨느냐 깨지 않느냐의 문제였을 뿐이었다.

예를 들어 작품①은 모두 26구에서 4·4조를 23구, 3·4조를 3구 채택하였다.

　　　　님군끠츙셩ᄒ고　　　정부를 보호ᄒ세
　　　　　　……
　　　　국태평가안락은

거의 대부분의 율조를 4·4조로 선택하면서도 위 3구에서는 통사 구조 안에서 표현의 수월성을 선택하였다. 가령 위 3구를 '님군끠에츙셩ᄒ고, 정부들을보호ᄒ세, 국태평과가안락은'으로 표현하지 않은 것은 4·4조를 지키려는 의도 속에서도 표현의 수월성을 선택한 결과이다.

그러면서도 당시 유입되었던 찬송가나 전통 민요에서 그 형식을 빌어오는 실험도 하였다.[18]

5.2 형식의 변모

『독립신문』에 실린 가사들에 대한 작은 갈래의 명칭을 살펴보면 ① 창가(唱歌) ② 애국가(우국경시가) ③ 개화시 ④ 개화가사 등이다. 이러한 명칭에 대한 의견은 모두 작품들의 형식을 어떻게 인식하고 있는가와 일정한 관련을 갖고 있다. 우선 선학들의 의견을 살펴보자.

---

18) 이러한 실험정신이 드러난 작품으로는 작품②, ㉓, ㉔ 등이 있다. 이에 대해서는 다음절에서 상술하겠다.

① '창가'라는 견해는 신체시 이전 모든 개화기 가사를 창가의 범주에 포괄하고 있다. 이러한 견해는 임화(林和)가 ≪槪說新文學史≫에서 '新詩의 先驅로서의 唱歌'라는 용어를 받아들인 결과이다. 이와 같은 견해를 가진 선학들로는 이병기, 백철, 조윤제, 조연현, 문덕수, 김동욱 등이 있다.

특히 이병기, 백철은 창가가 1896년 기독교의 찬송가에서부터 시작하고 있다고 하였다.[19] 이러한 견해들은 1888년 여름 이화학당에 주일학교가 개설되고 일부 찬송가가 번역되어 불렸으며, 1893년 1896년, 1897년에 이미 찬송가가 우리말로 번역되어 책으로 발간되었음을 감안한다면 상당히 설득력이 있어 보인다.

그러나, 창가라는 명칭은 일본에서 들이온 것이며 이 명칭이 보편화 된 것은 1906년경 우리나라에 보통학교령이 공포시행되던 때이므로 그 이전의 시가 형태를 모두 창가라고 하기에는 성급한 감이 있다.

뿐만 아니라 『독립신문』에 실린 26편의 가사 중 찬송가의 영향을 받아 노래로 불릴 수 있는, 즉 창가의 형태를 띄고 있는 것은 1편에 지나지 않기에 더욱 그렇다.

② '애국가(우국경시가)'의 견해는 구자균[20]에 의해 학계에 소개되었다. 구자균은 『독립신문』에 실린 가사를 '애국가'라 하고 『대한매일신보』에 실린 가사를 '우국가'라고 하면서 이를 묶어 '우국경시가'라는 용어를 사용하였다.

구자균은

　　　그 文章을 보건대 거의 全部가 四・四調 歌辭体로 되어 있으니 이는 李朝 末葉의 時調, 歌辭, 民謠 나아가서는 小說의 四・四調, 三・四調를 그대로 繼承한 것이며 이것이 또한 六堂 崔南善의 新詩를 胚胎하게 된 것이다. 따라서 本 韓末 憂國警時歌는 韓日合邦 直前의 歷史를 髣髴케 하여 주는 동시에 우리 新文學이 李朝文學에서 變形되는 過渡期的 樣相을 窺知케 하여 줄 것이라 생각된다.[21]

---

19) 이병기, 백철 공저, 『국문학전사』(신구문화사, 1957), 232쪽 참조.
20) 具滋均,「韓末憂國警時歌」(高麗大學校文理論集 第四輯).
21) 구자균, 앞의 논문.

고 하였다. 그러나 구자균이 사용한 용어인 '애국가', '우국경시가'는 창작 목적이나 작품의 주제에 '가(歌)'를 붙여 가창 방식이나 형식에 따른 용어를 덧붙였다고 할 수 있다. 당시 가사들이 4·4조를 중심으로 창작되었음을 밝히면서도 그것이 구체적으로 어떤 가창방식으로 노래되었는가와 육당 최남선의 신시와 어떤 발전 관계를 갖는지 밝히지 않은 아쉬움이 있다.

③ '개화시'라는 견해는 송민호에 의해 제기되었다.[22] 송민호는 이조시가의 대표적인 율조인 4·4조의 형식을 그대로 답습한 『대한매일신보』의 가사들을 '개화가사'라 하고 이보다 앞서 발표되었지만 『독립신문』에 실린 가사들을 '개화시', 또는 '근대시'라고 하였다. 아울러 서구식 음곡을 붙여 가창할 수 있는 체제를 갖춘 동시에 자수율이 일본 명치 초기의 노래와 같은 육당 최남선의 <경부철도가> 등을 창가라 하였다. 그러나 이러한 견해는 지나치게 형식주의적인 느낌이 없지 않다.

④ '개화가사'의 견해를 갖은 선학자는 장덕순이 대표적이다.[23] 장덕순은 "개화기의 시대정신 아래 형식적인 시도가 없이 단지 개화의지에 의하여 창작된, 주로 4·4조의 시가를 가리켜 개화가사라 이른다"라고 전제한 뒤, 송민호가 제기한 '개화시', '개화가사'의 구분은 이들 작품들이 모두 전통적 율조인 4·4조에 기반을 두고 있기 때문에 구태어 나눌 필요가 없다고 하였다.

뿐만 아니라 육당 최남선의 <海에게서 少年에게> 역시 개화가사와 창가의 전통적인 율조인 7·5조, 또는 4·4조에서 벗어나지 못하기 때문에 개화가사의 범주에서 다루어야 한다고 하였다.

이러한 갈래 명칭에 대한 논의는 『독립신문』에 실린 가사들의 형식과 밀접한 관련이 있다. 따라서 『독립신문』에 실린 가사들의 형식을 면밀히 따져보고, 왜 그러한 형식들을 채택하였는가 하는 점을 곰곰이 따져보는 일은 매우 중요한 연구가 될 것이다.

---

22) 宋敏鎬, '韓國詩歌文學史 下'(韓國文化史大系 5, 言語·文學史(下), 高大民族文化研究所, 1967), 909~910쪽.
23) 張德順, 『韓國文學史』, 同和文化社, 1980. 354쪽.

『독립신문』에 실린 가사들의 형식을 몇 가지로 분류하면 다음과 같다.

1 　전통적 음수율인 3·4, 4·4조의 노래[24] 22편
2 　짝배 형식의 합가[25] 1편
3 　4·3조의 외침의 노래[26] 1편
4 　후렴이 붙은 창가 형식의 노래[27] 1편
5 　2·4조를 삽입한 민요풍의 노래[28] 1편

(1)의 형식에는 『독립신문』에 실린 가사 26편 중 22편이나 된다. 이로보아 『독립신문』에 실린 가사들은 당시 시대가 요구하는 변화와 개혁을 3·4조와 4·4조, 특히 4·4조를 중심으로 촉구하고 있음을 알 수 있다. 앞에서도 언급하였지만 변화와 개혁의 새로운 목소리를 가사 문학이 갖는 특성을 한층 살려 활용하고 있는 것이다.

세계와 사물에 대한 경험을 담기에는 전통의 양식 중 가사가 제일 적격이었다. 시의 형식을 띠고 있지만 정제된 규칙성을 가지고 있어 작품 속의 이념이나 주장들을 흐트리지 않고 오롯이 담아낼 수 있기 때문이다. 친밀성이 높은 시적 형식에 세계와 경험의 목소리를 담아야 한다는 두 가지 목적을 동시에 달성할 수 있는 것은 가사뿐이었다.

이러한 이유에서 당시는 한시나 시조보다 가사가 우세를 보였고, 산문에서도 역사나 인물의 전기, 시대의 문제를 다룬 시사토론문 등이 강세를 보일 수밖에 없었다.

(2)의 형식은 (1)의 형식에 비해 군더더기를 뺀 짧은 2구의 형태에서 자신의 주장과 이념을 전달할 수 있다는 측면에서 시도되었다. 거기에다 많은 대중과 같이 할 수 있는 구조로 가사에다 민요의 특성을 가미하였다.

---

24) 작품 ①, ③, ④, ⑤, ⑥, ⑦, ⑧, ⑨, ⑩, ⑪,, ⑫, ⑬, ⑭, ⑮, ⑯, ⑱, ⑲, ⑳, ㉑, ㉒, ㉕, ㉖ 등.
25) 작품 ②.
26) 작품 ⑰.
27) 작품 ㉓.
28) 작품 ㉔.

아셰아에대죠션이   즈쥬독립분명ᄒ다
(합가) 익야에야익국ᄒ셰   나라위ᄒ죽어보셰
분골ᄒ고쇄신토록   츙군ᄒ고익국ᄒ셰
(합가) 우리졍부놉혀주고   우리군면도와주셰
깁흔잠을어셔씨여   부국강변진보ᄒ셰
(합가) 눕의쳔디밧게되니   후회막급업시ᄒ셰
합심ᄒ고일심되야   셰셰동졈막아보셰
(합가) ᄉ롱공상진력ᄒ야   사룸마다즈유ᄒ셰
남녀업시입학ᄒ야   셰계학식비화보자
(합가) 교휵히야기화되고   기화히야사룸되네
팔괘국긔놉히달아   류디쥬에횡힝ᄒ셰
(합가) 산이놉고물이깁게   우리ᄆ음밍셰ᄒ셰

(작품② 중)

2구를 1행으로 짧게 의미 단락을 끊으면서 빠른 리듬을 생성하고 있다. 외형상으로는 한 사람이 선창을 하면 많은 사람들이 그 뒤를 받는 민요의 형태를 띠고 있지만, 선창과 후창이 음악적인 면이나 의미에서 뚜렷한 구분을 갖지 않는다. 즉 외형적으로만 민요의 교환창을 받아들였을 뿐이어서 민요와의 관련이 적다하겠다. 단지, 여러 사람과 공유하여 공감대를 확대하려는 상징적인 의미만을 가질 뿐이다. 즉 당시의 국가 위기는 대중의 사고와 행동 변화에 있다는 작자의 창작 목적에 충실하고 있을 뿐이다.

이런 면에서 (3)의 형식은 형식(2)와 대응 관계에 있다. (3)의 형식은 형식(2)와는 달리 한 사람이 대중을 향해 선동하는 형식을 취하고 있다.

만셰만셰만만셰   쳔츄셩졀만만셰
독립긔쵸만만셰   문명셰계만만셰
시화셰풍만만셰   국부병강만만셰
무궁셩슈만만셰   만셰만셰만만셰

(작품⑰ 중)

마치 공식적인 행사에서 만세 삼창을 외치듯 짧은 4자의 한자어에 만만세를 붙여 긴박감과 공동의 목소리를 높이고 있다. 이러한 유형은 당시 독

립협회를 비롯한 개혁적 성향을 띤 단체들의 연설회장에서 쉽게 볼 수 있었고, 연설회장의 분위기가 사회 전반에 확대되리라는 기대감에 의해 채택되었다.

"만셰만셰만만셰"를 첫구와 끝구에 둠으로해서 일체감을 높임과 동시에 본가의 내용을 흐트리지 않는 효과를 가져오고 있다.

(4)는 당시의 찬송가를 가사에 접합한 형태이다.「독립신문」이 발행되던 시기에 기독교는 벌써 상당히 전파되었다. 정확한 신도 수는 조사 기관에 따라 달라 명확하지는 않지만, 1893년 1896년, 1897년에 이미 우리말로 번역된 찬송가집이 출판되었다는 것은 당시의 기독교와 찬송가의 전파 정도를 짐작하게 한다. 뿐만 아니라 기독교 정신이 국가 위기 탈출의 대안적 이념으로 제시되고 있다는 것도 알 수 있다. "대죠션 달성 회당 예수교인 (작품 12)"들이 '익국가'를 지어 발표하고 작품 곳곳에 '하ᄂᆞ님'이 등장한다는 것이 이를 뒷받침하고 있다.

고려 시대의 '팔만대장경'에 비할 바는 못되지만 종교적 이념이 애국심과 결합하여 시대의 위기를 극복하는 대안으로 제시되고 있는 것이다.

(뎨일)
턴디만물창죠후에　　　오쥬구역턴뎡이라
아시아쥬동양즁에　　　대죠션국분명ᄒ다
　　　　(후렴)
독립긔쵸쟝구슐은　　　군민샹이뎨일이라
깃분날깃분날　　　　　대죠션국독립ᄒ날
깃분날깃분날　　　　　대죠션국독립ᄒ날

(작품㉓ 중)

'깃분날깃분날'은 찬송가의 후렴에 나타나는 가사의 일부분이다. 이것을 그대로 가사에 도입하면서 가사에 찬송가의 곡조를 붙여 부르는 시도를 하고 있다. 그러면서도 '깃분날깃분날' 부분을 제외하면 정확히 4·4조의 음수율을 지키고 있다.

이 노래는 모두 5절로 이루어져 있고 5절에 모두 동일한 후렴이 붙어 있다. 본가는 2구를 1행으로 하여 모두 2행으로 되어 있고 후렴은 2구를 1행으로하여 모두 3행으로 되어 있다.

형식 (2)와는 달리 동일한 내용의 '후렴'이 각 절마다 붙어있다는 것은 이 시대의 작자들이 작품에 담겨 있는 주장과 사상들을 어떻게 하면 널리 전파할 수 있을 것인가에 대한 고민의 결과로 여겨진다. 즉 4·4조 위주의 가사 형태를 유지하면서도 찬송가의 곡조에 실어 표현한다는 것은 당시 찬송가가 널리 유포되었다는 점 이외에 새로운 가창 방식에 대한 고민과 이에 대한 하나의 대응 방법을 찾고 있다는 것이다.

이와 달리 형식 (5)는 전통적인 민요의 형식을 차용해 온 것이다.

어화죠흘시고   국부민강ㅎ여볼가
국부민강ㅎ량이면   시화세풍ㅎ얏셰라
어화죠흘시고   즈쥬독립ㅎ여보세
즈쥬독립ㅎ량이면   영쥰만죠ㅎ얏셰라
어화죠흘시고   우리군디챵시횟네
우리군디챵시흠은   교련양병긔죠로다
교련양병졍밀ㅎ야   텬하강병되얏셰라
텬하강병되온후에   만국데일독립ㅎ세
어화죠흘시고   데일독립ㅎ온후에
위진텬하거특ㅎ고   숑덕만세가득ㅎ다
화피쵸목죠흘시고   늬급만방즐거워라
어와죠흘시고   요님군세계런가

(작품㉔ 중)

"어화죠흘시고"는 민요나 조선 후기의 잡가에서 많이 찾을 수 있는 표현 어구이다. 잡가가 전통적인 민요의 형식에서 영향을 받았다는 것은 주지의 사실인 바, 이 형식 역시 민요와 잡가의 가창 방식에서 일정 부분 형식적인 면을 차용하였다고 볼 수 있다.

그러나, "어화죠흘시고"의 2·4조를 제외한다면 4·4조의 음수율이 지배적인 점이 민요와 잡가와는 다른 점이다. 즉 당시의 시대상을 나름의 인식 체계 안에서 읽은 작자들이 그것을 표현하는 형식을 고민하면서 전통적인 형식(가창방식)을 채택하며 변모를 꾀하고 있다는 것이다.

이상 살펴 본 바와 같이『독립신문』가사의 작자들은 새로운 각성과 개화사상으로의 변화를 여러 가지 형식들을 통해 도모하고 있음을 알 수 있었다.

6. 결 론

본고는 가사 문학이 우리 국문학사에서 사라진 갈래인가라는 의문을 바탕으로 이제까지 개화기 가사에 대한 작품 각론이 미흡하지 않았는가라는 반성에서 출발하였다. 이와 같은 작품 각론의 필요성 속에서『독립신문』에 실려 있는 가사들을 대상으로 주제 의식과 형식을 살펴 보았다.

미묘하고 복잡했던 1890년대를『독립신문』에 실린 가사 작가들은 '어떻게' 읽고 있으며, 읽어낸 시대를 어떤 형식으로 노래하고 있는가를 밝혀내는 일이 본고의 주된 목적이었다.

논의의 결과 작자들은 (1) 당시의 시대 상황을 왕실의 지도력 붕괴와 백성들의 새로운 시대에 대한 인식 부족이 국가 위기의 주요 원인으로 파악하고 있고, (2) 국가 위기를 극복하기 위해서는 전통적인 유교 이념의 틀 안에서 선진 개화사상에 대한 국민의 각성이 필요하다고 여겼다. (3) 그리고 국민의 힘을 한 곳으로 모으기 위해서 황제를 중심으로 온 국민이 합심하여 정부의 일을 도와야 한다고 주장하고 있다.

이러한 생각과 주장을 널리 펼치기 위해서 대중성이 상한『독립신문』을 매개체로 택하였으며, 신문이 갖는 지면의 제한성과 효과적인 전파를 위해 여러 가지 형식적 변모를 꾀하고 있다는 점도 살폈다. 조선 후기 가사가 지니고 있는 4·4조 중심의 음수율을 채택하면서 (1) 전통적 가사 양식 (2) 짝배 형식의 합가 (3) 4·3조의 口號的 형태 (4) 후렴이 붙은 창가 형식의 노래 (5) 민요풍의 노래 등 다양한 형식(가창방식)적 변모를 도모하고 있다는 것을 밝혔다.

일반적으로 한국문학사에서 근대 문학의 시발점을 갑오경장 이후로 삼고 있으나 이미 임진·병자 양난 이후에 근대의식의 조짐들이 나타나고 있다. 시가에서도 사설시조뿐만 아니라 민요에서도 봉건제도에 대한 반발, 양반에 대한 혹독한 비판 등이 나타나고 있다. 탐관오리들에 대한 원망과 원성, 양반 계층에 대한 야유와 조소는 풍자나 고발의 성격을 띠고 작품화되었다.

가사에서도 대표적으로 동학의 최제우는 작품 속에서 백성과 국가의 운명에 대해 심각하게 고민하고 있다. 『독립신문』 이후, 특히 『대한매일신보』의 가사들은 국가의 운명을 위기로 몰고 온 지도층에 대한 실랄한 비판을 담고 있다.

그러나 『독립신문』 소재 가사들은 비판과 고발을 접어두고 "_하세"라는 청유형 어미를 집중적으로 사용하면서 국민의 각성과 관심을 촉구하는 데 깊은 관심을 나타내었다. 이는 『독립신문』 소재 개화가사의 작가들이 갖는 독특한 세상 읽기 표현 방식을 의미한다.

결론적으로 『독립신문』 소재 가사의 작가들은 당시 처했던 국가 위기 상황을 비판과 갈등으로 해결하지 않고, 국민 대중을 중심으로 내세워 그들을 계몽하고 그들의 자아각성을 촉구하면서 하나된 선진의식으로 해결해 나가려는 의식을 갖고 있었다 하겠다.

덧붙인다면, 본고가 가사 문학의 현대적 발전 가능성을 핍진하게 개진하였다고 볼 수는 없다. 그러나 개화기 이후 가사 연구의 각론에 대한 필요성을 제기하였다는 측면에서는 고전 시가 연구자들에게 좋은 단초를 마련했다고는 여겨진다. 고전 문학에 대한 이러한 반성이 국적불명의 노래들이 성행하는 현실에서 매우 의미있는 것으로 생각된다. 고전 시가 연구의 최종점은 바로 고전 시가와 현대의 성공적인 접목에 있기 때문이다.

사실, 이제까지 국문학은 '서정, 서사, 희곡'이라는 서양의 갈래 분류법에 너무 치중해 있었다. 서정과 서사를 추구하는 문학적 본능이 존재한다면 서정과 서사를 동시에 추구하려는 문학적 본능 역시 존재한다는 인식이 필요하다. 서정과 서사를 동시에 추구하려는 문학적 본능에 '가사'라는 문학 양식이 있다는 의식의 전환이 필요하다.

그리하여 가사에 대해 좀더 폭넓은 관심이 필요하다. 가사를 한국문학사에서 사라져버린 갈래로 성급히 결론 내리기보다는 작품 각론을 심도있게 개진하고, 작품을 발굴하며, 현대인의 감각을 접목시켜 발전적 모습을 선도할 필요가 있다. 이러한 노력이 결실을 이룬다면 우리의 정서를 우리의 가락으로 향유할 수 있을 것이다.

끝으로 『독립신문』 소재 가사들이 갖는 다양한 형식적 변모들이 현대 시가에 어떠한 영향을 미치면서 발전해왔는지에 대해서는 좀더 깊은 연구가 계속 진행되어야 한다는 점을 밝힌다.

민중의 삶과 민요

1. 민요의 소멸과 그 반대편에서 보는 희망

민요는 민중들의 노래이며 민중들의 삶과 사유 방식, 그들 나름대로의 표현 양식을 담은 문학이다. 언제부터 민요가 불려졌는지 정확히 알 수 없지만, 민중의 삶과 더불어 시작되고 민중의 삶과 더불어 변화하였으리라 짐작된다.

민요는 민중들이 일상 생활을 영위하는 데 필요하다고 느껴 만들었고, 또 필요에 의해 전수하고 변화시켰다. 일을 할 때 노동의 효율을 높이거나 힘듦을 잊기 위해서, 의식을 행할 때 의식을 거룩하게 지내기 위해서, 놀이를 할 때 놀이의 흥취를 더하기 위해서 민요를 불렀다.

뿐만 아니라 민요는 민중의 역사이며, 생각과 감정을 표현한 기록물이며, 한과 원망을 표출하여 해소하는 매체이며, 공동의 담론을 이야기하는 의사 소통 양식이었다. 따라서 민요는 민중의 삶과 뗄래야 뗄 수 없는 민중의 삶 그 자체였다.

따라서 민요 속에는 민중의 일상적인 생활이 담겨 있고 애뜻하면서도 다소 직설적인 표현이 들어있다. 그래서 민요를 통해 우리 민중들의 삶과 애환을 읽을 수 있고 그들의 보편적인 사고 방식과 표현 방식을 음미할 수 있다.

민요는 필요에 의해 생성되고 전수되었으므로 부를 필요가 없어진 민요는 자연히 소멸의 길을 걸었다. 그 결과 현대 생활에 남아 전하는 민요는 찾아볼 수 없게 되었다. 가끔 방송을 타는 민요가 있기는 하지만 일반 대중의 주목을 끌지 못한다. 이러다간 머지 않아 민요는 소멸하고 말 것이다.

　민요가 소멸의 길을 걷고 있는 이유는 어디에 있을까. 단순히 현대 생활이 민요의 기능을 필요로 하지 않아서 민요는 소멸의 길을 걷고 있는 것일까. 민요는 그 기능을 잃으면 반드시 소멸의 길을 걸어야만 하는가.

　혹시, 외국 가요에 익숙해진 우리가 민요의 음악적·문학적 우수성을 애써 외면하고 있는 것은 아닐까. 혹시, 어렸을 때부터 서양 음악을 배웠기 때문에 우리 민요의 음악적·문학적 우수성을 전혀 모르고 있는 것은 아닐까. 혹시, 음악 관련 기획사의 상업적 계략에 빠져 좋은 음악을 멀리하고 있는 것은 아닐까.

　어찌된 영문인지는 모르지만, 모차르트 음악과 같은 클래식이 우리의 정신 건강과 육체 건강에 좋다는 것은 알지만 멀리하는 것이 우리다. 모차르트 음악이 태교에 좋다는 것은 알지만 모차르트 음악을 듣는 것은 일부 임신부에 지나지 않는다.

　어찌된 영문인지는 모르지만, 닭은 알을 낳지 못하고 젖소는 우유를 만들지 못하며 식물마저도 가지를 틀어 도망간다는 소란스러운 음악을 즐겨 듣는 것이 우리다. 정신과 의사들이 심각한 표정으로 그 폐해를 말하는 것을 들으면서도 곧 뒤돌아 소란스러운 음악에 귀를 맡기고 몸을 맡기고 정신을 맡긴다.

　진실이야 무엇이든, 그것이 우리가 민요의 음악적·문학적 우수성에 대해 문외한이어서 그렇든 아니면 음악 관련 기획사들의 상업 전략에 빠져 그러하든 민요는 소멸의 길을 걷고 있다.

　하지만 사그라드는 불빛에서도 희망을 발견할 수 있다.

오나라

(MBC 드라마 '대장금' 삽입곡)

이곡은 드라마상의 연주된곡을 편곡한것으로 원곡과 다를 수 있습니다.

김현영 편곡

C G Bm7 Em7
나 나 니 나 려 도 못 노 나 - 니
C D7 Bm7 Em
아 니 리 아 니 리 아 니 노 네
Em Am7 F
에 - 야 디 - 야
D7 Bm7 Em7 Am7
에 야 나 나 니요 오 지 도 못 하 나

모 방송국 드라마였던 '대장금'에 삽입되었던 노래이다. 물론 드라마의 인기에 전적으로 힘입은 바 크기도 하고, 그리 길지 않은 기간 동안 유행하기는 했지만 한 동안 전국을 들썩였던 노래이다. 남녀노소를 불문하고, 특히 어린 아이들이 즐겨 부르고 젊은이들의 손전화(핸드폰) 벨소리와 배경 음악으로 인기를 독차지하였다.

한 때는 길거리에서도, 식당에서도, 공공 장소에서도 "오나라 오나라 아주 오나"를 들을 수 있었다. 텔레비전에서도, 라디오에서도, 노래방에서도 구성진 "오나라 오나라 아주 오나"를 들을 수 있었다. 이렇게 한동안 "오나라"로 나라 전체가 들썩거렸다.

그렇게 "오나라"가 나라를 들썩이게 했던 이유는 무엇일까. 단순히 '대장금'이라는 드라마의 인기만을 이유로 내세우기에는 부족하다는 생각이 든다. 이전에도 '대장금'에 버금가는 인기 드라마가 있었고 그 드라마에 삽입된 노래나 음악이 유행한 적도 있었다. 하지만 '대장금'의 "오나라"처럼 전국이 들썩이지는 않았다.

"오나라"가 유행했던 이유가 드라마 '대장금'의 인기에만 있지 않고 또 다른 이유가 있다면 그 이유를 찾아 볼 필요가 있다. 이유를 찾는 첫 번째 발걸음을 민요를 향해 떼어놓아도 괜찮을 것 같다. "오나라"는 민요의 형식을 갖추고 있기 때문인데, 민요는 일상 생활 속에서 일정한 기능을 가지고 생성되고 존속하였으므로 민요를 아는 첫 걸음은 민요의 기능에서부터 시작하여야 한다.

2. 민요의 기능과 기능의 부재

민요의 기능은 매우 중요하다. 민요는 일상 생활의 필요에 의해서 생성되고 향유되기 때문이다. 그래서 일상 생활에서 필요성이 없어진 민요는 그 기능을 잃고 소멸의 위기에 빠지고 만다.

이러한 이유로 선학들은 민요의 기능에 대해 주목하였다. 민요의 기능에 대해 본격적으로 연구한 분은 고정옥[1]이다. 고정옥은 민요의 기능은 ① 노동적 기능 ② 정치적 기능 ③ 종교적 기능 ④ 자웅도태적 기능으로 나누어 살폈다.

황정수는 민요를 노동요, 의식요, 유희요, 정치요로 분류하였고[2] 김무헌은

---

1) 고정옥, 『조선민요연구』, 수선사, 1949.
   민요의 기능에 대한 논의는 이 책 25~35쪽을 참고할 수 있다.

민요를 노동 민요, 유희 민요, 종교 민요, 정치 민요로 분류한 다음 이에 준 거하여 민요는 노동, 유희, 종교, 정치 등 네 가지 기능을 가진다고 하였다.[3] 최 철은 민요를 크게 가창 민요와 기능 민요로 분류하고 기능 민요의 하위 분류로 노동요, 의식요, 유희요, 정치요로 나누었다. 이에 따라 민요의 기능 을 노동 기능, 유희 기능, 정치 기능, 종교 기능 등으로 고찰하였다.[4]

이들의 민요 기능 분류는 고정옥의 기능 분류와 큰 맥을 같이 한다. 다 른 점이 있다면 자웅도태적 기능을 유희기능으로 살핀 정도라 하겠다.

이와는 다른 의견이 있으니, 임동권은 민요의 기능에는 여론 형성 기능, 주술 기능, 예언 기능, 노동 기능, 종교 기능이 있다고 하였으며, 조동일은 민요 을 기능요와 비기능요로 나누고 기능요에는 노동요, 의식요, 유희요가 있다 하여 민요의 기능에는 노동 기능, 의식 기능, 유희 기능이 있다고 하였다.

이에 대해 강등학은 위의 견해들이 일정한 기준 아래 민요의 기능을 다 루지 않았다고 전제하면서 그 결과 민요의 기능을 어떻게 규정해야 하는가 에 방법론적 논의는 하지 못하고 제시 내용이나 분류방안에 연구자의 문제 의식이 치우치게 되었다고 하였다.

> 그러면 민요의 기능은 어떠한 기준에 의해 정리되어야 하는가? 널리 알고 있는 바와 같이 민요는 민중이 생활의 필요에 의해 부른 노래이다. 이것은 짐을 나르기 위해서 지게를 사용하고, 풀을 썰기 위해서 작두를 사용하는 것과 같다. 그러므로 민요의 기능은 민중들의 일상적인 생활의 내용을 바탕으로 이해해야 한다. 바꾸어 말하면 민중의 삶의 내용을 기 준으로 민요의 기능을 규정해야 한다는 것이다. (중략) 다시 말하면 민중 들은 일의 효율을 높이기 위해, 의식의 일부로서, 또는 의식의 진행을 위해서, 그리고 놀이를 돕거나 놀이 자체로서 민요를 부르는 것이다. 이 처럼 민중들이 민요를 부르는 이유는 일, 의식, 놀이의 필요성에서 비롯 되는 것이다.[5]

---

2) 황정수, 「민요의 기능」, 『한국민요론』, 집문당. 1986.
3) 김무헌, 『한국민요문학론』, 집문당, 1987. 50쪽.
4) 최　철, 『한국민요학』, 연세대출판부, 1992. 251~277쪽.
5) 강등학, 「민요의 현장과 장르의 기능」, 한국역사민속학회 편, 『민요와 민중의 삶』, 1994. 13~14쪽.

  강등학은 민요의 기능을 분류할 때 민중의 삶과 연관시켜야 한다고 전제하고, 민요의 기능에는 노동의 기능, 의식의 기능, 유희의 기능 등 세 가지 기능이 있다고 하였다.

  선학들의 이론을 따라 읽다 보면 두 가지 생각에 잠기게 된다.

  첫 번째 생각은 민요의 기능을 꼭 일상 생활의 쓰임으로만 국한해야 하느냐는 것이다. 물론 민요는 일상 생활의 쓰임에 의해 생성되고 존속되는 성격이 짙기는 하지만, 민중이 민요를 부르는 이유가 반드시 일상 생활의 쓰임에만 한정되는 것은 아니지 않을까.

간다지 못간다지 얼마나 울었나
송정암 나루터가 한강수 되었오
(후렴) 아리랑 아리랑 아라리요
　　　아리랑 고개 고개로 나를 넘겨 주게

그대 당신을 사모하다가 골수에 든 병
화타 편작이 치료한들 일어날 수 있나

금도 싫고 은도 싫고 문전옥답(門前沃畓) 내 다 싫어
만주벌판 신경(新京) 뜰을 우리 조선(朝鮮)주게

꼬치밭 한 골을 못 매는 저 여자가
이마 눈썹은 여덟 팔(八)자로 잘 가꾸네

나비 없는 강산에 꽃은 피여 멋하며
당신 없는 요 세상 단장하여 멋하나

날 따라오게 날 따라오게 날만 따라오게
잔솔밭 한중허리로 날 따라오게

내가야 왔다가 간 뒤에 도랑에 물이 뿔거든
내가야 왔다가 간 뒤에 울고 간줄 알아요

네 팔자나 내 팔자나 이불 담요 깔겠나
마틀마틀 장석자리에 깊은 정 들자
노랑 저고리 진분홍 치마를 받고 싶어 받았나

> 우리 집 부모님에야 말한 마디에 울며 불며 받았네
>
> 눈물로 사귄 정은 오래도록 가지만
> 금전으로 사귄 정은 잠시 잠간이라네

<정선아리랑>에서 일부이다. 님을 사모하는 마음과 헤어짐의 슬픔을 구성지게 늘어놓았다. 이 노래는 노동·의식·유희 기능 중 어느 기능으로 분류하기가 어렵다. 그 이유는 <정선아리랑>의 다양한 내용에도 있지만, 민요의 기능을 노동·의식·유희의 기능으로만 나눌 수 없기 때문이다.

특히, 민요를 문학의 영역 안에서 다루기 위해서는 기능 중심의 논의와 연구 태도를 지양하고 문학이 기본적으로 추구하는 표현의 욕구와 문학도 하나의 의사 소통 구조라는 점을 새삼 인식할 필요가 있다. 즉, 민요 역시 일상 생활의 구체적인 기능을 가지고 있는 것이 사실이나 민요를 민요답게 하는 것은 민요의 표현 양식과 문학적 상상력에 더 무게를 두고 논의하여야 한다는 것이다. 이별의 슬픔 때문에 '송암정 나루터가 한강수가 되었다'는 표현이나, "내가야 왔다가 간 뒤에 도랑에 물이 뿔거든 / 내가야 왔다가 간 뒤에 울고 간줄 알아요"와 같은 상상력과 문학적 표현을 더 중시해야 한다는 것이다. 그리고 그러한 표현들이 청자(독자)에게 무엇을 말하려고 하는 것인가 하는 것도 주의 깊게 분석해야 할 것이다.

두 번째 생각은 민요의 기능으로 담론의 기능을 설정할 수 있지 않을까 하는 것이다. 모든 표현 행위가 그러하듯이, 민요 역시 청자(독자)에게 말을 걸고 그를 통해 공동체의 담론을 형성하고자 하는 의도를 갖고 있지는 않을까. "눈물로 사귄 정은 오래도록 가지만 / 금전으로 사귄 정은 잠시 잠간이라네"를 통해 물질적인 인간 관계보다 가슴앓이에 울지언정 정으로 사귄 정이 더 귀중하다는 나름의 깨달음을 넌지시 이야기하고 있는 것은 아닌가.

그래서 '나'의 문제에만 함몰되지 않고 이웃의 문제, 사회의 문제, 나라의 문제에까지 대상의 영역을 넓히고 그에 대한 자신의 생각과 주장을 표현(전달)하고 그를 통해 청자(독자)의 반응과 공동체적인 담론을 형성하고 이끌어 가려는 의도가 숨겨져 있는 것은 아닐까.

(후렴) 아리 아리랑/ 서리 서리랑 // 아라리가 났네-
아리랑/ 응-응-응― // 아라리가 났네-

(가) 세월아 네월아 오고가지를 말어라
아까운 청춘이 다늙어 간다

(나) 남이야 서방님은 자가용만 타는데
우리네 서방님은 논두렁만 타누나

(다) 말께나 하는놈은 가막소로 가고요
인물께나 생긴년은 술집으로 가더라

(라) 접시가 깨지면 두동강이 나고요
삼팔선이 깨지면 남북통일 된다네

<진도아리랑>에서 부분 부분에서 뽑은 것이다. 기능을 따진다면 의식의 기능을 갖기는 마땅하지 않지만 노동을 하면서 노동의 고됨을 잊기 위한 노동의 기능을 가졌다고 할 수도 있을 것이고, 놀이를 하면서 놀이를 더욱 흥미롭게 하기 위해서 부를 수도 있는 유희의 기능을 가졌다고 할 수도 있을 것이다.

하지만, 자신의 생각과 느낌을 표현함으로써 청자들에게 보편적인 공감을 사고 그에 대한 공동체 구성원에게 또 다른 이야기 거리를 던져 공동의 담론을 형성하거나 형성하는 기회를 갖도록 유도하는 기능을 갖고 있다고 생각할 수 있다.

위 <진도아리랑>의 (가)처럼 인간이면 모두가 늙는다는 보편적인 사실과 인간이면 늙는 것을 '아까워'한다는 더 보편적인 사실을 자기 감정에 실어 표현함으로써 청자들의 공감을 얻어 일체감을 얻거나, (나)처럼 가난 속에 사는 민중들의 삶의 실상과 삶에 대한 한탄을 대조의 기법으로 표현하여 청자들의 공감을 불러일으키고 그 속에서 동질의 삶을 확인하려는 의도가 깔려 있다는 분석이 가능하다.

민요가 의사 소통 구조를 갖고 담론을 형성하거나 형성하려는 의도를 갖는다는 것은 (다)와 (라) 같은 곳에서도 확인할 수 있다. (다)는 당시 사회의 억눌린 부분이나 부조리한 부분에 대한 표현이고, (라)는 국가적인 문제에 대한 소망을 나타낸 부분이다. 민요가 이처럼 자신의 일상 생활에 국한하지 않고 사회나 국가로 시선을 넓히는 것은, 사회와 국가의 문제가 곧 자신에게 영향을 미친다는 자각에서 출발하여 좀더 적극적으로 사회나 국가가 처한 문제를 공론화하고 그를 통해 나름의 소망을 세우거나, 공론화를 통해 공동체 구성원 공감 속에서 담론을 형성하기 위한 의도도 밑바닥에 깔려 있다.

　민요가 의사 소통 구조를 바탕으로 공동의 담론 형성의 의도를 갖고 있다는 것은 민요의 가창 방식, 혹은 생성·향유 방식에서도 확인할 수 있다. 민요는 일반적으로 선후창의 방식으로 가창하는데 메김소리를 하는 사람이 정해진 것이 아니라 중간중간 다른 사람이 끼어 들어 노래를 이어가기도 한다. 즉, 앞사람의 가사를 듣고 있다가 부족한 부분이나 덧붙일 것이 있으면 끼어 들어 노래를 이어가는 것을 볼 수 있다. 또한 어떤 경우에는 여럿이 돌아가면서 메김소리를 이어나가는 것을 볼 수 있는데 이러한 가창·향유 방식은 민요가 공동의 의사 소통 구조를 지녔으며 공동체의 담론 형성을 의도하고 있다는 것을 반증하는 것이다.

　민요의 기능이 몇 개이든, 또는 민요의 기능이 무엇이든 중요치 않을 수도 있다. 민요의 기능을 강조하는 것은 민요의 과거를 중시하는 것이라고 할 수 있을 것이다. 민요의 기능은 민요의 과거나 원형을 밝히는 데에는 중요할지 몰라도 민요의 현재와 미래를 결정짓는 요소는 아니다.

　민요의 기능에서 눈을 떼지 못하면 민요의 현재나 민요의 미래는 없다. 민요의 중요 기능인 노동 기능, 의식 기능, 유희 기능은 이미 사라진 지 오래다. 논매기 노래는 사라진 지 오래다. 이제는 논을 매는 노동은 사라졌다. 논을 매는 사람이 있다 하더라도 논매기 노래를 부르는 사람은 사라진 지 오래다. 그러므로 논매기 노래가 갖고 있던 노동의 기능이 사라진 지도 오래다.

　민요는 기능·창곡·가사로 성립된다. 그런데 민요에 따라 이 세 가지 요소를 모두 갖추고 전승되는 민요와 이 중 두 가지 요소, 또는 하나의 요소에 의해 전승되는 민요가 있는데 이를 정리하면 다음과 같다.[6]

(가) 기능·창곡·가사에 의해서 전승되는 민요
　　　－ 모내기 노래, 어사용, 지신밟기 노래, 놋다리밟기 노래

(나) 기능·창곡에 의해서 전승되는 민요
　　　－ 논매기 노래, 땅다지 노래, 상여메기 노래, 달구질 노래, 강강수월래

(다) 기능·가사에 의해서 전승되는 민요
　　　－ 자장가

(라) 창곡·가사에 의해서 전승되는 민요
　　　－ 창부타령, 노랫가락, 몽금포타령, 도라지, 천안삼거리

(마) 기능에 의해서 전승되는 민요
　　　－ 삼삼기 노래, 빨래 노래

(바) 창곡에 의해서 전승되는 민요
　　　－ 밀양아리랑, 육자배기

(사) 가사에 의해서 전승되는 민요
　　　－ 시집살이 노래, 범벅타령

민요를 형성하는 요소인 기능·창곡·가사 중에서 기능은 생활 문화의 변화로 민요 형성 요소로서 더 이상 존재하지 않는다. 창곡과 가사 중에서 창곡은 창자와 가창 상황이나 분위기에 따라 다양한 방식을 허용하여야 할 것이다. 가사 역시 창자가 자신의 생각과 감정에 따라 창조적으로 바꾸어 부르는 것을 허용하여야 한다.

즉, 민요의 현재와 미래는 창곡과 가사를 얼마나 창자 중심으로 창조적으로 변형하고 생성하는가에 있다.

민요의 기능은 부재 중.

---

6) 장덕순 외, 『구비문학개설』, 앞의 책, 79~82쪽.

3. 민요의 가창 방식과 민요 100배 즐기기

민요의 가창 방식은 선후창, 교환창, 독창, 합창 등이 있다. 선후창은 메 김소리(후렴을 제외한 가사)는 선창자가 부르고 나머지 사람들이 후렴을 부르는 가창 방식이다. 교환창은 후렴이 없이 선창자와 후창자가 의미 있는 가사 를 나누어 가창하는 방식인데, 대부분 선창의 가사와 후창의 가사가 문답 의 형태나 대화로 되어 있다. 독창은 혼자 부르는 가창 방식이고 합창은 모 든 사람이 부르는 가창 방식이다. 독창과 합창은 선·후창의 구분이 없다는 것에서 동일하며, 독창을 합창할 수도 있고 합창을 독창할 수도 있다. 또 독창하는 민요에서 후렴이 있는 것은 선후창의 방식으로 부를 수도 있다.

대부분의 민요는 선후창의 방식으로 가창된다. 현대 사회에서 민요를 더 욱 즐기거나 재미있게 교육하기 위해서 변형된 선후창 방식을 채택하는 것 도 고려할 수 있다. 가령, 선후창의 메김소리를 한 사람이 도맡아 부르는 것이 아니라 많은 사람들이 돌아가면서 메김소리를 하는 것이다.

메김소리(개인A) → 후렴(다같이) → 메김소리(개인B) → 후렴(다같이) →
메김소리(개인C) →

위와 같은 형식이 될 것이다. 이러한 방식으로 민요를 즐기고 교육한다 면 민요를 더 한층 재미있게 즐길 수 있을 것이다.

이러한 가창 방식은 예전에도 있었다. 그러한 예를 여러 곳에서 볼 수 있으니 그 중 한 가지 예만 들어보도록 하자.

못하는 아라리를 날하라고하니
오장육보가 발발떨려서 나는 못하겠구나

〈〈정선아리랑〉 중〉

자기 차례가 된 창자가 이어야 할 가사가 생각나지 않자 오장육부가 발발 떨린다며 너스레를 떨어 위기에서 벗어나고 있다. 이 부분을 노래하는 상황을 상상해보면 창자는 노래를 이었다고 우길 것이고 다른 사람들은 노래를 잇지 못했으니 벌을 받으라며 옥신각신 흐드러지게 웃음판이 벌어졌을 것이다. 그리고 이러한 즐거움을 즐기기 위해 메김소리를 번갈아 부르는 선후창을 가창의 방식으로 채택할 것이다.

이렇게 변형된 선후창 방식을 채택하면 민요를 더 즐겁게 부를 수 있으며 교육할 수 있을 것이다. 이 외에도 민요를 한층 더 재미있게 즐길 수 있는 방법들을 모색하여야 한다. 단, 그 방법들은 민요를 민요답게 부르는 것을 바탕으로 하여야 할 것이다.

주지하다시피, 민요는 그 민족 언어의 발성 원리와 발음법을 담고 있으며 일상인들의 일상 생활과 문화, 정신과 민족성을 그대로 담고 있다. 1945년 민족 해방 후 중국·러시아 등에 이주한 우리 민족은 그 나라 민요를 배워야 했다. 남한의 경우에도 학교에서 서양 민요를 배울 수밖에 없었다. 이는 다른 민족을 자기 민족화하는 도구로 민요의 효율성을 역설적으로 증명하는 것이다.

따라서 민요의 현재와 미래를 위해서 민요를 부르고 교육할 때 우리말의 발성법과 우리의 문화, 정신 등을 건강하고 새롭게 할 수 있는 방법을 찾아야 한다. 이러한 생각에서 민요를 한층 더 재미있게 즐기는 방법을 몇 가지 생각해 보자.

3.1 자연 발성법으로 부르기

언어는 제각기 독특한 발성법을 가지고 있다. 발성법은 그 언어를 사용하는 사람들의 자연 환경과 언어 사용 환경에 따라 다르다. 특히, 주로 먹는 음식의 종류가 발성법에 큰 영향을 미치는 것으로 알려져 있다. 가령, 육식을 주로 하는 언중은 말할 때 습관적으로 아래턱이 밑으로 떨어지기 때문에 'sop'을 읽을 때 [솝/숍]으로 발음하지 못하고 [삽/샵]으로 발음하게 되며, 육식으로 인한 독소를 되도록 빨리 배출하기 위해 복식호흡을 의식적으로 채택한다. 그 결과 서양 노래는 두성 발성법7)을 사용한다.

그러나 한국어를 사용하는 언중(민족)은 오랫동안 채식을 주로 하였기 때문에 발음할 때 아래턱이 습관적으로 밑으로 떨어지지도 않으며 의식적으로 복식호흡을 채택할 필요도 없었다. 따라서 노래를 부를 때에도 서양의 두성 발성법과는 다른 자연 발성법을 사용하였다.

그러나, 우리는 어렸을 때부터 학교에서 서양의 민요나 서양의 민요를 흉내낸 가곡을 배웠고, 두성 발성법으로 노래하도록 길들여져 있다. 턱을 끌어당기고 목에 힘을 잔뜩 주어 목젖을 짓누르고 배에 힘을 주고 가성을 내어 노래 불렀다. 그리고는 목이 따가워 캑캑거리기도 하였다.

그러나 우리 민요는 우리가 일상 생활에서 자연스럽게 말하는 방법으로 불러야 한다. 따라서 민요를 부를 때 서양 음악을 부를 때처럼 두성 발성법을 사용해서는 안 된다. 민요는 가사의 발음을 정확히 하여야 진정한 멋을 발휘할 수 있다. 따라서 말할 때의 발성법, 즉 자연 발성법을 사용하여야 가사의 묘미를 느낄 수 있고 시김새도 생기며 표현의 완성도를 높일 수 있다.

3.2 선율보와 정간보 이용하기

우리는 그 동안 서양 음악 중심의 음악 교육을 받아왔다. 일반적으로 오선형 악보에 그려져 있는 음표의 음 높이와 길이를 정확히 지키는 훈련을 거듭하였다. 그리고 가곡을 부르기 위해 턱을 잡아당기고 눈을 치켜 뜬 채

---

7) 두성 발성법이란 머리의 구상과 비강의 공간에 공명을 일으키는 발성법이다. 머리에서 기(氣)를 돌리듯 호흡을 밖으로 내뿜지 않고 안에서 돌리는 발성법으로, 이 발성법을 잘 내기 위해서는 눈썹 끝을 올리는데 이때, 눈동자도 자연히 위로 흰자위를 드러내고 올려 뜨게 된다. 그런 상태에서 음을 머리의 공간에 공명을 일으켜 이마가 울리도록 음을 잡으면 마치 정수박이에서 음이 들리는 듯 한 상태가 된다.

목을 누르는 두성 발성법으로 소리를 내어야 했다.

그러나 우리 민요는 가사나 곡조가 일정하지 않다. 사람에 따라 얼마든지 가사를 변형하고 새롭게 창작할 수 있다. 뿐만 아니라 부르는 방법도 여러 가지 방법으로 부를 수 있다. 우리가 음악 시간에 배운 오선형 악보의 서양 음악이 닫힌 음악이라 한다면 우리 민요는 열려 있는 음악이다.

따라서 우리 민요를 제대로 익히고 즐겁게 부르기 위해서는 오선형 악보보다는 선율보와 정간보를 이용하는 것이 좋다. 박자를 익히고 리듬을 타기 위해 장구를 사용할 수도 있지만 여의치 않을 때에는 두 손과 무릎을 이용하여 장단을 맞추며 노래하는 것도 민요를 더 재미있게 즐기는 방법이다.

1996년 발간된 『국악교육내용통일안』이나 1997년 마련된 향토민요 표준 악보를 이용하는 것도 하나의 방법이기는 하겠지만, 이 표준 악보는 하나의 참고 자료일 뿐 그 자체가 민요의 실제라고 생각해서는 안 된다. 음악도 하나의 언어이고, 민요는 각 문화권 안에서 자생하는 기초적인 음악 언어라는 점을 감안한다면 민요를 민요답게 부르는 일은 언어와 문화를 동시에 체득하는 일이라는 점을 명심해야 한다.

만약 오선형 악보로 정리한 표준 악보를 이용하여 민요 부르기를 할 때에는 우리 민요는 서양 음악처럼 가사나 곡조를 변형할 수 없는 것이 아니라는 것을 명심하여야 한다.

[악보 1]

[악보 2]

하지만 오선형 악보를 이용할 경우 그동안 늘상 그래왔던 것처럼 일정한 곡조로 부르려고만 할 뿐 우리 민요의 발성법과 묘미를 살리지 못할 가능성이 크다. 따라서 선율보나 정간보를 이용하는 것이 바람직하다.[8]

[악보 3]

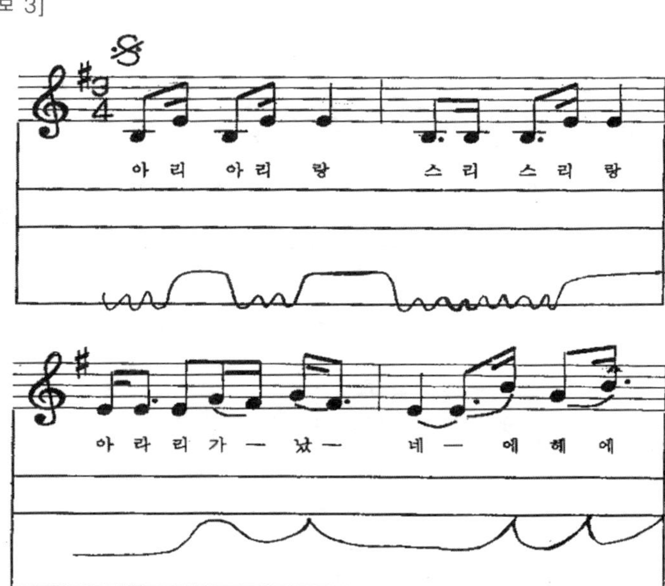

---

8) 선율보나 정간보의 악보는 선미숙, 「국악 대중화를 위한 민요 지도법의 연구」(조선대학교 교육대학원 석사학위 논문)에서 발췌한 것임.

아 — 리 랑   응 음 음 —
아 라 리 가 — — 났 네
문 — 경 — — 세 제 — — 는 —
웬 고 — 오 — — — 갠 가

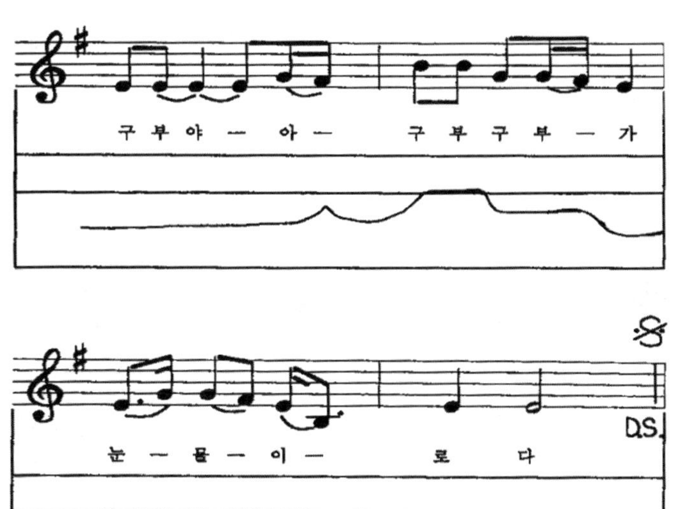

선율보란 음의 높낮이나 목의 특징9)을 선으로 나타낸 악보를 말한다. 따라서 서양 음악처럼 정확하게 음계를 지켜야 하는 어려움 없이 노래를 부를 수 있고 음계를 지켜야 한다는 부담이 없기 때문에 가사를 더 창조적으로 변형하여 더 큰 재미를 느낄 수 있다. 뿐만 아니라 정확한 음 높이와 박자의 구속에서도 벗어날 수 있기 때문에 자기만의 독창적인 노래를 부를 수 있어 민요 부르기의 흥미를 높일 수 있다.

그래도 선율보와 정간보에 익숙지 않아 불편하다면 우선은 진도아리랑과 같은 쉬운 노래를 대상으로 오선형 악보로 정리한 표준 악보와 선율보를 동시에 사용하여 부르면 더욱 쉽게 배울 수 있다. 오선형 악보와 선율보를 동시에 사용하면 우리 민요가 열린 음악이며 창조성이 강한 노래라는 것을 더욱 쉽게 체득할 수 있을 것이다.

정간보란 우물 정(井)자 모양으로 간(間)을 넣고 그 곳에 율명(律名)을 적어 놓은 악보를 말한다. 우리 민요 부르기를 통해 한국어를 학습할 때 박자나

---

9) 떠는 목, 평목, 꺾는 목, 굴리는 목 등이 있다.

리듬을 익히기에 효율적이다. 우리 음악은 박자의 한배나 리듬에 멋이 담겨 있으므로 정간보를 이용한 민요 부르기는 우리 음악의 박과 리듬을 터득하는 데 아주 효율적이다.

[악보 4]

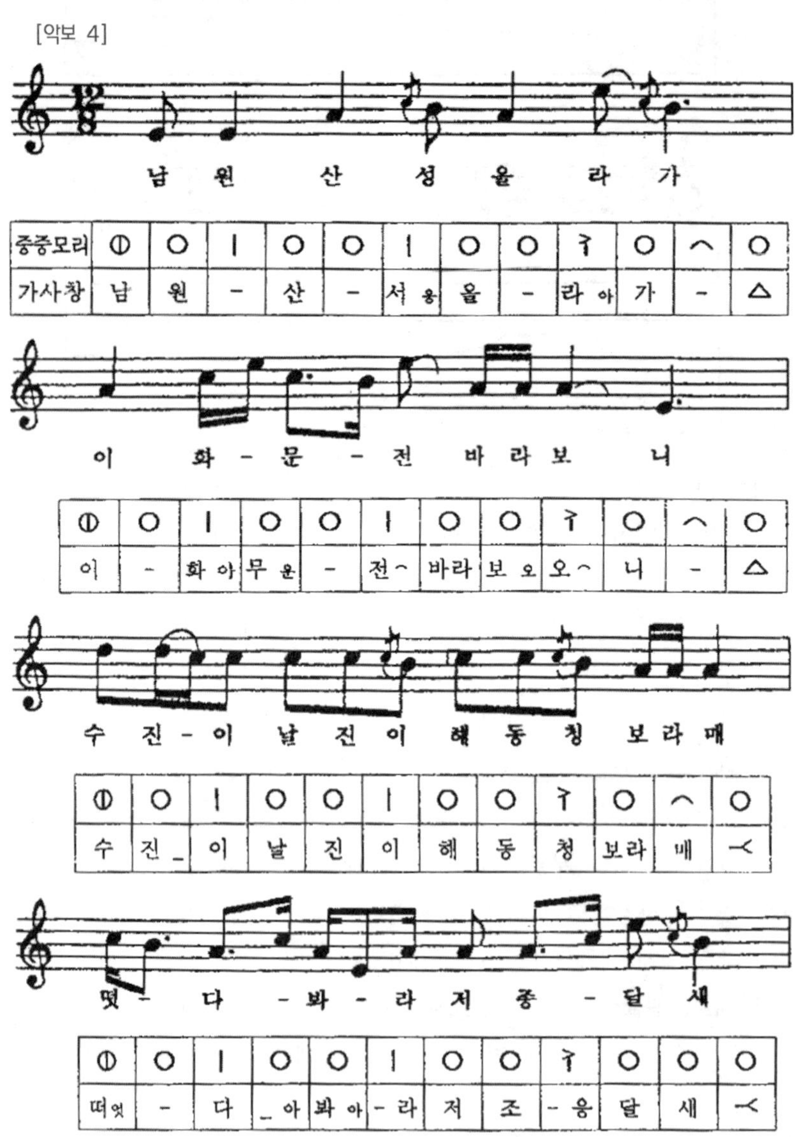

　오선형 악보와 함께 선율보, 정간보를 이용한 민요 부르기에 익숙해지면 오선형 악보를 생략하고 선율보와 정간보만으로 이루어진 악보를 가지고 민요 부르기를 할 수 있다.

[악보 5]

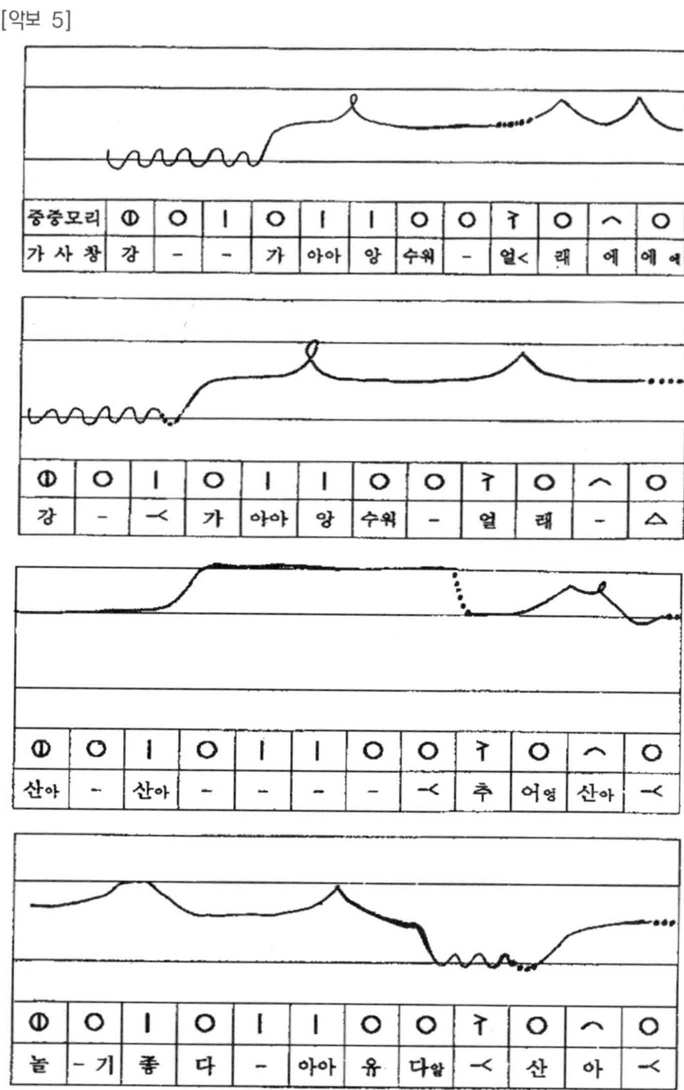

오선형 악보를 생략하고 선율보와 정간보만으로 이루어진 악보를 이용해 민요 부르기를 하면 음의 높낮이와 길이를 맞춰야 한다는 부담에서 벗어나 자유롭고 다양한 감정을 표현하면서 민요를 부를 수 있다.

우리 민요의 가사나 곡조는 서양의 그것처럼 고정불변의 것이 아니다. 부르는 사람의 그때그때 감정이나 순간적인 창의력에 따라 얼마든지 새롭게 창조할 수 있는 것이 우리 민요의 가사나 곡조이다. 많은 종류의 아리랑이 무엇이 원본이라고 할 수 없을 정도로 가사가 다양하고 방대한 이유도 바로 여기에 있다.

따라서 우리 민요를 민요답게 즐기는 방법은 가사나 곡조에 구애받지 않고 늘 새로운 내용을 가사로 만들고 자기 감정이나 주변 분위기를 잘 녹여내는 곡조로 민요를 부르는 것이다. 그것이 바로 민요를 민요답게 즐기는 방법이며 동시에 우리 민요를 새롭게 전수하는 길이다.

3.3 창조적인 시김새 넣기

오선형 악보에서 벗어나 선율보와 정간보로 민요를 부르다 보면 자기 나름의 표현으로 멋을 내며 민요를 부르게 되는데 이 때 시김새를 하게 된다. 시김새를 하게 되면 우리 민요는 서양 음악과는 다르게 획일적인 틀에서 벗어나 때와 장소에 따라 또 개인의 취향에 따라 얼마든지 창조적으로 부를 수 있게 된다. 즉 우리 민요의 다양한 표현 방법을 알게 되고 스스로 창조적으로 다양하게 표현하는 태도를 갖게 된다.

창조적인 시김새 넣어 부르기는 어느 민요를 가지고 해도 무방하나 부르는 사람이 다양한 방법으로 부르면서 자신에게 더 알맞고 아름다운 방법을 찾도록 하면 음악성과 함께 창조적인 즐거움을 맛볼 수 있을 것이다.[10]

---

10) 악보 6, 7, 8은 국립국악원에서 발간한 『민요, 이렇게 가르치면 제맛이 나요』에서 발췌한 것임. 이 책에는 모두 29곡의 우리 민요에 대한 해설과 지도 방법이 오선형 표준 악보와 함께 수록되어 있다.

[악보 6]

[악보 7]

처음에는 여러 가지 시김새를 넣는 형태를 만들어 함께 부르며 기초를 숙달시킨 다음 개별적으로 자신이 선택한 가락과 시김새로 부른다면 우리 민요의 열린 형식을 즐거움 속에서 창조적으로 이해할 수 있을 것이다.

가령 우리 민요 <새야 새야>를 부를 때 [악보 6]과 [악보 7]을 준비하여 - 더 많은 악보를 준비할 수 있다- 다 같이 부르고, 개별적으로 악보 중 자신에게 맞는 악보대로 노래를 부르도록 한다면 민요 부르기를 재미있고 창의적으로 진행할 수 있을 것이다.

시김새 넣기에 조금 익숙해지면 발성법과 접목하여 민요 부르기를 할 수 있다.

[악보 8]

[악보 8]처럼 <진도아리랑>을 부를 때 '문경 새재는'의 '문'을 여러 가지로 소리낼 수 있음을 보여준다. 보통은 '경'을 끌어 올려 '문겨영'으로 부르지만 이와 반대로 '무운경'으로 '문'을 끌어 올려 부르기도 하고 또는 앞꾸밈을 넣어 힘차게 '무훈경'으로 부를 수 있음을 보여 준다. 그리고 세 가지 방법을 모두 사용하여 노래 부르게 하고 개별적으로 자신에게 맞는 방법을 선택하여 부르게 한다.

이렇게 다양하게 시김새를 넣어 부르다 보면 자연 우리 민요 가창 방식을 이해할 수 있을 것이고, 우리 민요가 열린 형식을 갖고 있음을 알게 될 것이다. 그리고 자기만의 시김새 넣기에 익숙해지면 우리 민요를 더 재미있게 즐길 수 있을 것이다.

3.4 현장감 있게 후렴 부르기

민요에는 여러 가지 가창방식이 있지만 후렴이 있는 민요는 일반적으로 선후창을 한다. 선후창은 또 다른 묘미를 가지고 있기 때문에 후렴이 있는 민요를 선택하는 것도 좋다.

　　선후창은 선창자가 사설을 메기고 후창자는 이를 받아서 후렴을 부른
다. 무언가를 규칙적으로 주고 받고 하는 놀이에서 흔히 활용하는 규칙
가운데 하나이다. 그것은 무언가를 주고 받는 사이에 한 쪽이 의무를 다
하면 상대에 대한 기대감을 갖게 된다. 이렇게 자신의 의무를 다 하고
상대가 자신의 기대를 충족시켜 주는 가운데 즐거움이 생성된다. 거기에
는 의무로부터의 해방과 새로움에 대한 기대, 그리고 다시 의무에 구속
되는 순환적 리듬이 있기 때문이다.[11]

　후렴이 있는 민요를 부르면 규칙적으로 서로 주고 받는 가운데 흥을 돋
구고 일체감을 느낄 수 있다. 이 흥과 일체감은 기대감과 의무가 반복되는
순환적 리듬에 의해서도 생성되지만 같은 박자와 단순한 리듬에 의해 고조
된다. 특히 후렴은 메김소리를 하는 사람을 제외한 사람들이 공동으로 부
르기 때문에 학습자 모두가 주체로서 참여하여 심리적으로 유대감과 동질
감을 갖도록 한다.

　강등학은 현장에서 민요를 채록하고 분석하면서 후렴의 기능을 다음과
같이 정리하였다.

　　① 놀이성의 강화 : 가창의 놀이화, 선창의 흥 제고
　　② 구성원의 집단화 : 구연의 주체화, 일체감 형성
　　③ 현장적 정서의 표상화 : 정서의 지속과 제고, 정서의 집약과 표출[12]

　민요의 후렴이 이러한 기능을 갖게 하는 가장 큰 이유는 후렴은 고정되
어 있다는 것이다. 선창을 하는 메김소리는 창자의 감정과 가창의 이유, 가
창 공간의 분위기 등에 따라 가변적이지만 후렴은 메김소리에 비해 상대적
으로 고정되어 있다.

　따라서 후렴은 노래가 흐트러지지 않게 모아 일체감을 갖게 하고 많은 사람
들이 함께 부를 수 있어 재미와 흥을 극대화한다. 후렴의 이러한 속성이 민요
의 정서를 집약적으로 표출하면서 지속적으로 유지할 수 있도록 하는 것이다.

---

11) 강등학, 「민요 후렴의 현장론적 이해」, 『韓國民俗學』2 6집, 한국민속학회, 1994. 7~8쪽.
12) 강등학, 위의 논문, 11쪽.

따라서 민요를 더 재미있게 즐기기 위해서는 후렴이 있는 민요를 선택하는 것도 좋은 방법이다. 그리고 후렴이 있는 민요 부르면서 손으로 장단을 친다거나 박수를 치고 가볍게 어깨춤을 추게 하여 현장감을 살리면 민요를 더욱 재미있게 즐길 수 있다.

4. 문학 작품으로 해석하는 민요

문학이란 무엇인가?
좋은 문학 작품이란 무엇인가?

이 두 개의 질문은 문학하는 사람을 꾸준히 괴롭혀온 질문이다. 그리고 문학하는 사람치고 이 두 개의 질문에 대해서 나름의 답변을 해보지 않은 사람 또한 드물 것이다. 그럼에도 불구하고 이 두 개의 질문에 대한 답은 아직도 오리무중인 것 또한 사실이다.

하지만 한 가지 분명한 것은 정갈하고, 점잖고, 현학적이고, 이지적인 것만이 문학이 아니라는 것이다. 문학은 인간의 삶 자체이다. 그래서 오히려 본능적이고, 때로는 질펀하고 애잔하고 분노를 일으키는 것이 문학이다.

서포 김만중은 사대부의 시보다는 우물가에서 빨래하는 아낙네의 노래와 나무하는 아이들의 노래가 더 좋다고 하였다. 서포의 말을 곧바로 문학론에 접목하기에는 어려움이 있으나, 위기에 처한 문학을 끌어안고 있는 우리들에게 시사하는 바가 크다.

서포가 당시 겪고 있던 문학의 위기를 극복하기 위해 아낙네와 아이들의 노래에서 돌파구를 찾았듯이 문학의 위기, 시의 위기를 겪고 있는 우리들 역시 민요에서부터 그 돌파구를 찾아야 할지도 모른다.

> 언니는 좋겠네 언니는 좋겠네
> 우리형부 코가커서 언니는 좋겠네
>
> 아우야아 내동생아 그런말 말아라
> 너의형부 코만컸지 실속이 없단다
>
> 　　　　　　　　　　　　　　《진도아리랑》 중, 후렴 생략)

민요는 본능적이고 남사스럽다. 점잖은 양반들이 들으면 크게 헛기침을 하고 뒤돌아 설 가사다. 여염집 처자가 들으면 얼굴을 붉힐 대목이다. 하지만 점잖은 양반이든 여염집 처자든 남모르게 귀를 세우고 키득거릴 내용이다. 그것이 인간의 본능이다.

동생은 '코가 크면 그것도 크다'는 민중의 속설을 들먹이며 코 큰 남편을 둔 언니를 부러워하는 듯 놀리지만 언니는 코하고 그것은 관계가 없다며 동생의 놀림을 받아치고 동시에 민중의 속설을 뒤집는 즐거움을 우리에게 선사한다. 하기야 코 크다고 그것이 다 크겠는가.

> 서방인지 남방인지 어서잠들어라
> 보리밭에 섰는총각 찬이슬맞네
>
> 　　　　　　　　　　　　　　《정선아리랑》 중, 후렴 생략)

이쯤이면 민요는 더 질펀해진다. 위의 노래처럼 "○○하다더니 ○○하더라" 식의 표현보다 더 노골적이다. 잠들어야 할(축 늘어져 필요 없는) 남편이 잠들지 않아 보리밭에 서있는(선) 총각이 애꿎은 찬이슬을 맞고 있으니 남편을 질책하는 내용이다. 남편이 얼마나 밉고 원망스러운지는 "서방인지 남방인지"에서 극명하게 드러난다.

지금으로 말하면 불륜이다. 두 눈 시퍼렇게 살아있는 남편을 두고 힘있는 젊은 총각과 보리밭에서 뒹군다는 그런 내용이니 변명도 필요 없는 불륜이다. 하지만 그렇게 한다는 것이 아니다. 그렇게 할 수 있다는 것도 아니고 말이 그렇다는 이야기다. 고단한 생활에 찌들고 무심한 남편에 대한 야속함을 그렇게 푸는 것이다. 어쩌면 젊었을 적 보리밭에서 서있던 남편과의 만남이 그리워서 이러한 노래를 불렀는지도 모른다.

이러저러한 심사를 모두 담아서 히히덕거리고 풀어내는 지혜를 가졌다. "서방인지 남방인지"와 같은 언어 유희와 '섯다'라는 단어의 중의적인 뜻을 이용하여 즐거움을 배가시키는 표현 방식도 민요의 민중들은 알고 있었다.

> 시어미니 빤쓰를 떡실게다쪘더니
> 이도야죽고야 떡도잘익구 재미나솔솔나네
>
> 《정선아리랑》 중, 후렴 생략)

시집살이를 시키는 시어머니에 대한 미움을 절묘하게 풀어낸 노래다. 얄미운 시어머니 빤스를 떡시루에다 쪘더니 시어니 빤스에 있던 이도 죽고 떡도 잘 익으니 일석이조다. 그러나 진정한 재미는 시어니의 빤스를 찌면서 시어머니가 뜨거운 김에 데이는 상상에 있다. 즉, 시어머니의 빤스를 시어머니와 같은 것으로 치환하고 대리물적 만족을 얻는 것이다.

지금이야 며느리에게 시집살이를 시키는 시어머니도 없고 더욱이 시어머니에게 시집살이를 할 며느리도 없다. 남편과 헤어지면 그뿐이고 내가 시어머니를 괴롭히면 괴롭혔지 가만히 앉아 당할 며느리는 없다. 그러나 옛날의 며느리들은 노래를 통해 달래고 풀고 생활을 영위하는 것이다.

> 정든님 오신다기에 꾀를 벗고 잤더니
> 문풍지 바람에 고뿔만 들었네
>
> 좋았네 좋았어 얼마만큼 좋았나
> 불도안땐 냉방에서 진땀이나도록 좋았지
>
> 《진도아리랑》 중, 후렴 생략)

민요는 꾸밈이 없다. 꾸밈이 없다는 말은 비유나 상징 같은 문학적 수사가 없다는 말이 아니라 자신의 생활이나 감정을 드러내는 방법에서 숨기거나 왜곡하거나 심하게 뒤틀지 않는다는 말이다. 민요는 민중의 일상을, 일상에서 갖는 생각과 느끼는 감정을 여과 없이 드러낸다.

아무리 정든 임이 온다고 하였어도 옷을 다 벗고 잘 리가 있겠는가 마는 마음으로 그렇다는 이야기다. 아니면 정든 임과 옷을 벗고 한 밤을 지내고 싶다는 소망을 표현 한지도 모른다. 하여튼 '어쩌다 감기 걸렸어'라는 질문의 답에 합당할 것 같은 내용을 민요의 곡조에 실어 너스레 떨고 있다.

바로 이어지는 노래는 아니지만 임과 함께 지낸 밤이 진땀나도록 좋았다는 것은 한술 더 뜬 너스레다. 이 역시 '어젯밤에 좋은 일 있었는가 보구만'이라는 말에 대꾸하는 말에 합당할 듯싶다. 임과 지낸 밤을 숨기거나 고상하게 꾸미지 않고 '진땀나게'로 직설적으로 표현하고 있다.

아무리 좋아도 냉방에서 진땀나게 좋을 리가 있겠냐하지만 은근슬쩍 능을 쳐서 과장하여 웃음을 자아내는 수법이 예사롭지가 않다. 아니면 냉방에서 임과 함께 진땀나게 자봤으면 좋겠다 라는 소망을 이렇게 표현했는지도 모르겠다. 이러한 수법은 고려 가요에서도 볼 수 있다.

> 삭삭기 셰몰애 별헤 나는
> 삭삭기 셰몰애 별헤 나는
> 구은 밤 닷되를 심고이다
> 그 바미 우미 도다 삭나거시아
> 그 바미 우미 도다 삭나거시아
> 有德ᄒ신 님믈 여희ᄋ와지이다
>
> 玉으로 蓮ㅅ 고즐 사교이다
> 玉으로 蓮ㅅ 고즐 사교이다
> 바희 우희 接柱ᄒ요이다
> 그 고지 三同이 퓌거시아
> 그 고지 三同이 퓌거시아
> 有德ᄒ신 님 여희ᄋ와지이다

(〈정석가〉 중)

> 어름 우희 댓닙자리 보와 님과 나와 어러 주글만뎡
> 어름 우희 댓닙자리 보와 님과 나와 어러 주글만뎡
> 情 둔 오ᄂᆞᆻ밤 더듸 새오시라 더듸 새오시라

(〈만전춘〉 중)

전혀 불가능한 것을 들어서 그것이 이루어져야 임과 헤어지겠다(정석가)
는 과장된 억지와 아무리 극한 상황에서도 임과 함께 했으면 좋겠다(만전춘)
는 심정은 예나 지금이나 인간의 보편적인 심리이자 소망이다. 그리고 그
러한 마음을 진솔하게 드러내면서도 문학적 수식으로 고조시키는 수법도
예나 지금이나 유효한 것이다.

조선 사대부들에게 남녀상열지사(男女相悅之詞)라고 폄하되었던 고려의 속
요들이 현재는 고전 시가의 백미로 평가받는 것처럼 민요의 문학성도 재평
가 받아야 한다. 오히려 민요의 구조가 지니고 있는 속성이, 향유 방식의
역동성이 현대 사회에서 강인한 생명력을 가질 수도 있다.

민요의 역동성은 민요의 기본 구조에서 니온다. 민요의 기본 구조는 2음
보 대응의 병렬이다. 김대행은[13] 민요의 형식성을 분석하여 민요에는 aaba
형, ab형, aa′a″형 등이 있다고 하면서 aaba형이 대표적인 민요의 형이라
하였다.

이에 최원오는[14]는 민요에는 ab, aaba형 등으로 분석할 수 없는 노래가
존재한다면서 2구절 대응을 민요의 기본 구조로 제시하였다. 최원오의 논
의를 좀더 따라가 보자.

(1) 꽃은피어 / 화산이고 // 잎은피어   / 청산일세
(2) 곳치픽네 / 곳치픽네 // 한니불밋혜 / 곳치픽네
(3) 요 논에다 /모를 심어 // 장잎 나서 / 영화로다

최원오는 민요에는 (1)과 (2)의 율격 형식을 가진 것이 많기는 하지만, 이
중 어느 하나를 민요의 구조로 단정짓기는 어렵고 또 (3)의 구조를 설명할
수 없다고 하면서 '2구절 대응'이 민요의 기본 구조를 제일 잘 드러낸다고
하였다.

민요의 기본 구조가 ab형이 될지, aaba형이 될지, 아니면 2구절 대응이
될지는 더 많은 민요를 수집하고 분석한 다음에 더 구체적으로 논의할 수

---

13) 김대행, 『우리 시의 틀』, 문학과 비평사, 1989. 119~124쪽.
14) 최원오, 「민요의 시학적 성격」, 『구비문학연구』 3집, 1997. 30~31쪽.

있을 것이다. 단지 이제까지 수집한 민요를 토대로 살폈을 때, 민요의 형식적 특성은 대응과 병렬이라는 것이다. 대부분의 민요는 구나 행(줄)을 단위로 대응하는 형식을 가졌으며, 이것이 계속 병렬적으로 이어진다는 것이다.

병렬적으로 이어질 때도 일정한 규칙이 없다. 후렴을 사이에 두고 앞 메김소리와 뒷 메김소리의 관계가 대화로 이어지거나 내용이 이어지는 경우도 있지만 전혀 관련이 없는 경우도 허다하다. 따라서 민요는 대응의 구조를 가지면서 창자의 생각이나 느낌을 분명하게 드러내고 병렬을 통해 다양하고 자유로운 내용을 이어간다고 할 수 있다.

이러한 민요의 기본 구조가 민요를 역동적이게 하며 현대 사회에서도 강인한 생명력을 갖게 하는 요소로 작용하는 것이다. 즉, 민요는 형식적으로는 무엇을 늘어놓지 않고 짧게 구나 행을 대응시켜 표현하고자 하는 것을 분명하게 드러내며, 내용적으로 일정한 주제를 갖지 않고 세계를 항해 무한히 열어 놓음으로써 삶의 모든 이야기를 담아내고 있다. 이러한 민요의 특성이 현대 사회에서도 생명력을 가질 수 있다는 것이다.

우리는 2004년 월드컵을 기억하고 있다. 그리고 그때 불렀던 응원가들도 기억하고 있다. 그 응원가 중에서 제일 많이 불렀던 것이 '대한민국'이다.

> 대 - 한민국 짝짝 짜자작 짜자자작 짜작
> 대 - 한민국 짝짝 짜자작 짜자자작 짜작
> 대 - 한민국 짝짝 짜자작 짜자자작 짜작

이 "대 - 한민국 짝짝 짜자작 짜자자작 짜작"을 몇 번이고 반복하고 반복하고 반복하였다. 그러면서 모두가 하나가 되고 신바람 났었다.

그런데 이 응원가는 단조롭기 그지없다. 숨겨진 어떤 의미는 있을 것 같기도 하지만 표면으로는 어떤 의미도 없다. 죽어라 "대한민국"만 외치고 손이 아프게 박수를 쳐댔다. 그러면서도 하나가 되고 흥이 나고 행복에 젖었다.

사실, 이 '대한민국'이라는 응원가는 아무런 준비 없이, 많은 관중들이 부르다 보니 단조로울 수밖에 없었다. 하지만 숨겨진 하고 싶은 이야기를

가사로 만들고 서로 돌려 가면서 노래를 했다면 우선 다음과 같은 노래가
되었을 것이다.

> 대 - 한민국 잘 - 싸워라 짝짝 짜자작 짜자자작 짜작
> 대 - 한민국 승 - 리하자 짝짝 짜자작 짜자자작 짜작
> 대 - 한민국 나 - 의조국 짝짝 짜자작 짜자자작 짜작
> 대 - 한민국 영 - 원하라 짝짝 짜자작 짜자자작 짜작

이를 다시 2구절 대응의 형식으로 만든다면 다음과 같을 것이다.

> 대 - 한민국 잘 - 싸워서 대 - 한민국 승 - 리하자
>   짝짝 짜자작 짜자자작 짜작
>
> 대 - 한민국 나 - 의조국 대 - 한민국 영 - 원하라
>   짝짝 짜자작 짜자자작 짜작

이쯤하면 민요의 형식이 갖추어졌다. 후렴이 손뼉소리여서 민요가 아니
라고 우길지도 모르지만 민요의 후렴 중 많은 후렴이 아무런 의미 없이 흥을
돋구기 위한 것이니 그것을 손뼉으로 바꾸었다고 해서 문제될 것이 없다.
위의 노래를 또 다른 형태로 바꿀 수도 있다.

> 대 - 한민국 잘 - 싸워서 우 - 리나라 4 - 강가자
>   짝짝 짜자작 짜자자작 짜작
>
> 대 - 한민국 나 - 의조국 영 - 광스런 대한사람
>   짝짝 짜자작 짜자자작 짜작

아직도 고개를 주억거릴 수도 있겠으나, 월드컵 4강만 창조되는 것이 아
니다. 신화도 새롭게 탄생하고 창조할 수 있는 것이다.
민요는 비판도 서슴지 않는다. 가진 사람들은 사회야 어떻게 돌아가든
자기 몫을 챙기면 그만이지만 민중은 그렇지 않았다. 민중에게는 사회나
국가 또는 자연의 현상들이 바로 삶 그 자체였다. 따라서 민중은 사회나

국가의 모순에 대해 민감할 수밖에 없었다. 사회나 국가가 흔들리면 민중들의 삶은 피폐해지기 때문이다.

특히 관리들의 잘못된 행동과 횡포에는 더욱 민감해질 수밖에 없었다. 민중들의 삶에 직접적으로 영향을 미치는 자들이 바로 관리들이었기 때문이다. 그래서 언제나 잘못된 관리들은 민중들의 비판 대상이 되었고 그러한 비판과 풍자를 통해 자연스럽게 쾌감을 느끼기도 하였다.

> 뚜껍아 뚜껍아 너등어리가 왜그렇노
> 全羅監司 살적에 妓生妾을 많이해서
> 창이올라 그렇다
>
> (金 2,285)

기생첩을 많이 둔 전라감사를 등이 못생긴 두꺼비에 비유하여 전라감사의 행동을 비판하였다. 두꺼비의 우둘투둘한 등껍질과 기생첩질을 많이 해서 생긴 창을 대응시키고 전라감사가 겪을 고통을 상상하며 쾌감을 느끼는 것이다. 전라감사가 창이 올랐는지는 확인할 바 없지만 민중의 삶을 돌보지 않고 기생과 첩질만 하는 전라감사에게 창이 올랐을 것이라는, 또는 창이 올랐으면 좋겠다는 민중의 대리 응징과 비판을 담았다.

사설 시조에서도 이러한 비판 의식과 표현 방식을 살필 수 있다.

> 둑거비 뎌 둑거비 흔눈 멀고 다리 져는 저 둑거비
> 흔 나ᄅ | 업슨 파리를 물고 날ᄂᆞᆫ 체 ᄒᆞ야
> 두험 쏜흔 우흘 속 스고다가 발ㅅ닥 나뒤쳐 져거고나
>
> 모처로 몸이 날닐세만정 衆人僉視에 남 우힐 번ᄒᆞ거다

한 눈이 멀고 다리를 저는 두꺼비가 파리를 잡아먹는 모습을 묘사한 것이다. 한 눈 멀고 다리 저는 두꺼비가 날쌘 척을 하며 파리를 잡고는 우쭐대다가 나뒹군다고 하면서 약자인 민중을 괴롭히는 관리들을 비판하고 있다. 특히 "모처로 몸이 날닐세만정 衆人僉視에 남 우힐 번ᄒᆞ거다"하여 많은

사람들이 다 보고 있음을 경계하라는 훈계까지 내리고 있다.

　얼마나 통쾌하고 즐거운 일인가. 하지만 원래 시조는 풍류를 읊는 양식이어서 그 형식을 변형시켜야만 했다. 하지만 민요는 짧은 2행의 구조에 대응과 병렬의 방식을 가지고 있기에 원래의 형식을 변형시킬 필요 없이 무엇이든 비판하고 풍자할 수 있었다.

　이처럼 민요는 간명하면서도 모자라면 더 이을 수 있는 자유로운 형식에다가 무엇이든, 언제든지 담아낼 수 있었기 때문에 민중의 모든 것을 표현할 수 있다. 또한 우리 민요는 열린 형식이기 때문에 다양과 변화, 때로는 일체감과 소속감을 필요로 하는 현대 사회의 모든 것을 역동적으로 담아낼 수 있는 것이다.

5. 결 론

　민요는 민중들의 삶이다. 민요는 사대부들의 문학과는 달리 민중들이 일상 생활을 영위하는 데 필요해서 만들고 부르고 전승한 노래이다. 그래서 민요 속에는 민중들의 일상 생활과 민중들의 사유 방식과 그들 나름대로의 의사 소통 구조를 간직하고 있다.

　문학 활동이 언어 체계를 분석하고 문맥의 의미와 작품의 문학성을 읽어내는 데 그치지 않고, 문학 작품을 통해 역사를 읽고 문화를 읽는 행위까지 포함한다면 민요는 충분한 역사적 자료요 문화적 유산이라고 할 수 있다.

　왜냐하면 민요는 감추거나 비틀지 않고 진솔하고 직설적으로 우리에게 그것들을 펼쳐 보이기 때문이다. 그래서 우리는 민요를 통해 추론하거나 예측하지 않고 민중의 역사와 삶, 민중의 의식과 그들의 사상을 읽어낼 수 있다. 그와 동시에 그들이 세계를 어떻게 받아들이고 있으며 세계와의 관계에서 생긴 다양한 생각과 감정과 느낌들을 어떻게 형상화하는지도 어렵지 않게 파악할 수 있다.

 따라서 민요를 부르면서 우리 고유의 대상 인식 태도와 형상화 방식, 그리고 의사 소통 구조를 이해하고 익힐 수 있어야 한다. 민요를 민요의 기능 중심으로 고찰하고 민요를 분석하려는 태도에 앞서 민요 부르기를 통해 민중들의 삶에 몰입하고 민중들과 같이 호흡하고 그들이 새로운 민요의 가사와 곡조를 끊임없이 창조했던 것처럼 우리도 새로운 민요를 창조해야 한다.

 민요를 분석하거나 민요의 정형의 틀을 내세워 그 안에 민요를 가두어서는 안 된다. 이제까지 그러한 태도들이 민요로 하여금 소멸의 길을 걷게 한 원인이었다는 자각이 필요하다.

 민요는 쉽게 익히고 부를 수 있다. 그것은 민요의 구조와 형식이 단순하고 열려 있기 때문이다. 민요는 일반적으로 '메김소리(2행) → 후렴(2행)'이 끊임없이 반복되는 2구절 대응의 구조를 가지고 있다. 그리고 이 반복과 대응에도 일정한 관계가 있거나 연속성을 강요하지 않는다. 어떠한 내용이 반복되어 이어지든 상관없고 어떠한 관계로 대응되든 여의치 않는다.

 창자가 노래하는 그 순간 자신의 감정과 생각, 주변의 분위기에 맞춰 얼마든지 변형하고 창조할 수 있다. 그래서 민요는 부르는 사람의 것이다. 어느 곡 하나 똑같은 것이 없는 것이 민요다. 나만의 민요를 가질 수 있다.

 어렸을 때 서양 민요나 가곡을, 서양식 악보인 오선형 악보에 맞추어 부르는 것을 학습한 우리가 우리 민요의 이러한 특성에 적응하기란 쉽지 않을 것이다. 그러나 한두번 부르다 보면 민요의 매력에 빠질 것이 분명하다.

 민요를 더욱 재미있게 즐기기 위해서는 ① 자연 발성법으로, ② 선율보와 정간보를 이용하여, ③ 창조적으로 시김새를 넣으면서, ④ 되도록 후렴이 있는 민요를 선택하여 손장단이나 어깨춤을 추며 부르는 것이 좋다.

Ⅲ 고전 시가 교육하기

◉ 고전 시가의 교육적 가치와 지도 방법
  - 시조와 가사를 중심으로 -

고전 시가의 교육적 가치와 지도 방법
- 시조와 가사를 중심으로 -

1. 문학 교육과 고전 문학

　문학은 언제나 인간다운 인간을 추구하고 삶다운 삶을 추구한다. 문학의 고민은 어떻게 하면 인간다운 삶을 살 수 있을까, 무엇이 인간다운 삶일까에 대한 고민이다. 문학 속의 갈등은 서로 다른 삶에 대한 가치관에 의한 것이고 갈등의 해결은 작자 나름대로 파악한 삶과 인간다운 인간에 대한 통찰이다.

　따라서 문학을 통해 인간다운 삶을 추구하고 문학을 통해 인간다운 인간을 고민하는 것이다. 그래서 문학 작품을 읽는다는 것은 작자의 삶에 대한 가치관을 읽어내고 작자와 독자가 삶에 대한 창의적인 대화를 하고 그 대화를 바탕으로 새로운 삶을 추구하고 형성해 나가는 일이다.

　문학 영역을 이야기하기에 앞서 고전 문학을 이야기하지 않을 수 없다. 그 동안 국어교육에서 고전 문학은 서자 취급을 당했다. 현대 문학 작품을 수업할 때에도 별반 다를 것은 없었지만 특히 고전 문학 작품을 수업할 때에는 철저히 교사 중심이 되었다. 학생들도 고전 문학 수업시간에는 철저히 벙어리가 되었다.

　문학 영역에서 고전 문학을 이야기해야 하는 이유는 문학, 나아가 인문학의 존재와 앞으로 나아갈 길을 계획하는 중심에 고전 문학이 있기 때문이다.

2. 고전 문학과 국어 교육

2.1 인문학의 위기와 고전 문학 교육

'인문학의 위기'는 하루아침에 생겨난 것이 아니다. 경제 성장이 국가의 최우선 정책이 되면서부터 인문학의 위기는 이미 예고되었다. 거기다 IMF를 거치면서 '돈'이 인간의 생명까지도 좌우하자 인문학에 대한 애정과 관심은 사라지고 경제 논리가 정치·사회·문화를 휩쓸고 있다.[1] 그뿐이 아니다. '컴퓨터'라는 문명의 이기는 선풍적으로 교육의 매체가 되었던 책과 펜에게서 학생들을 격리시키며 인문학의 위기를 촉진하였다.

인문학의 위기는 정신 세계의 위기를 의미하고 정신 세계의 위기는 삶의 위기를 의미한다. 우리가 다시 문학에 대해 심각하게 논의하는 이유가 여기에 있다. 특히, 고전 문학은 우리 조상들이 삶과 역사 속에서 끊임없이 재해석하면서 검증된 삶의 원형을 보여주고 있기에 국어교육적 의의가 크다.

그러나 교육 현장에서 고전 문학은 교사나 학습자에게 골칫거리로 취급당하고 있다. 고전 문학이 교사와 학습자들에게 외면당하는 이유 중에 하나는 고전 문학 자체가 지니고 있는 특성도 작용하고 있다. 한창훈의 논의처럼 고전 문학 작품을 학습하기 위해서는 현대 문학 작품을 학습할 때와는 달리 "㉮ 텍스트에 관한 書誌的 이해·판단 ㉯ 텍스트 언어의 해독 ㉰ 갈래적 관습·장치·특성의 이해 ㉱ 작품과 관련된 사회적·문화적 요인, 환경 및 작자에 관한 이해" 등과 같은 별도의 과정을 겪어야만 한다.[2] 실제로 학습자는 고전 문학 작품을 해독하는 데에서부터 상당한 어려움을 겪고 있는 것이 사실이다.

그러나 과연 고전 문학이 학교 현장에서 학습자의 흥미를 유발하지 못하

---

1) 각 서점이나 언론 매체에서 발표하는 베스트셀러 목록을 살펴 보면 경제·경영에 관한 서적이나 컴퓨터 관련 서적 등 직업·직장에 관한 서적들이 강세를 보이고 있다.
2) 한창훈, 「언어와 예술로서의 고전 문학과 교육」, 『문학교육학』, 태학사, 1999. 143쪽.

고, 학습자로 하여금 고전 문학은 어렵고 딱딱하다는 생각을 갖게 하는 요인이 바로 고전 문학이 지니고 있는 여건 때문만은 아닐 것이다. 오히려 고전 문학의 위기는 학습자의 학습 수준과 인지 발달 과정상의 특성을 충분히 고려하지 못한 '학습 목표'와 '학습 내용' 설정, 그리고 고전 문학 작품 선정과 고전 문학 작품을 다루는 교수·학습 방법에 문제가 있다고 생각된다.

이제 고전 문학 교육의 학습 목표, 학습 내용 및 활동, 교과서 체제 및 제도, 교수·학습 방법 등 교육 외·내적인 문제에 대해 전반적으로 고민해야 할 때가 되었다. 물론 고전 문학 교육에 대해 이제까지 고민하지 않은 것은 아니다. '무엇을', '어떻게' 가르칠 것인가, 또는 '평가 방법'에 대한 논의는 최근 들어 지속적으로 이루어지고 있다.

그럼에도 불구하고 학교 수업 현장에서 고전 문학에 대한 인식은 그다지 개선되지 않고 있다. 그 이유는 무엇인가? 간단히 진단할 수 없으나, '연구자 - 교사 - 학습자' 간의 관계가 유기적으로 이루어지지 못하고 있는 것도 하나의 중요한 요인이라 할 수 있다.

연구자는 일선 학교의 학습 상황을 충분히 고려하지 않고 있다. 따라서 연구자의 연구물이 학교 교육 현장의 교사들에게 새로운 교육 내용과 교수·학습 방법을 제시해 주지 못하고 있다. 교사는 교사대로 고전 문학 사유 방식의 근간이 되는 동양 철학이나 문학적 표현 양식에 대해 재교육의 기회를 갖지 못하고 있다.

뿐만 아니라, 학습자의 학습 동기 유발 방안이나 다양한 교수·학습 방법을 새롭게 창안할 수 있는 기회를 갖지 못하거나 정보를 원활히 제공받지 못하고 있다. 이 틈에서 학습자는 고전 문학을 단지 '현실 생활과 동떨어진 것', '접근하기 어려운 것', '쉽게 이해할 수 없는 딱딱한 것'으로 인식하고 있다.

인문학의 위기를 극복하기 위해서, 고전 문학을 학교 교육에서 효율적으로 진행하기 위해서는 그동안 이루어졌던 고전 문학 교육에 대한 깊은 반성이 전제되어야 한다. 특히 고전 문학 교육이 학교 교육 현장에서 환영받지 못했던 이유 중에서 학습자의 수준과 취향을 고려하지 못했던 점과, 학습자 활동 중심의 수업이 아니라 교사의 지식 전달 위주의 수업 진행이 이루어졌던 점은 하루 속히 수정하거나 새로운 방안을 강구하여야 할 문제이다.

2.2 고전 문학 교육에 대한 반성

학교 교육 현장에서 고전 문학이 제대로 교육 목표를 달성하고 있는가를 근원적으로 살펴보기 위해 우선 조동일의 논의에 귀기울일 필요가 있다. 조동일은 "언문일치의 표현으로 전환되면서 새로운 글쓰기 방식이 요청될 때 서구적 문학관과 엘리트 의식을 가진 문학인들이 전통을 부정하는 바탕 위에서 미문(美文) 위주의 작문법을 심었다"고 주장하였다.[3]

조동일의 주장을 '고전 문학 교육과 언어 문화 전수 및 창달'이라는 개념으로 끌어 들여 해석하면, 우선 두 가지 의미를 발견할 수 있다. 첫째, 역사 진행의 과정 안에서 이루어져야 할 문화 전수가 일제 침략이라는 역사 상황 때문에 단절되었다는 것이고, 둘째, 현재 고전 문학 교육의 출발이 민족의 전통과 역사, 통합된 사회 구조 안에서 논의되지 못하고 서구적 문학관을 가진 문학인들에 의해 무시되었다는 것이다.

결국 고전 문학이 민족 공동체의 자산 형성 과정과 내용에서 제외되었고, 그 결과 고전 문학 교육이 정신적·문화적 자산을 풍성하게 하는 실천과 행위가 되지 못했다는 것이다. 그리고 더욱 문제가 되는 것은 해방 후 출발한 현대 교육에서 학습자 중심의 교육이 강조되지 못하고 이와 동시에 활동 중심의 교수·학습이 진행되지 못한 점이다.

그 동안 학교에서 실시되었던 고전 문학 교육의 몇 가지 문제점을 지적하면, 첫째, 고전 문학 작품에 대한 접근법이 고답적이었고, 해석의 방법이 복잡했다. 둘째, 학습자의 상상력 표현과 창의적 활동을 허락하지 않았다. 셋째, 교수·학습 내용이 현실 생활과 거리감이 있었다. 넷째, 고전 문학

---

3) 조동일, 「작문의 난관과 과제」, 『국문학 이해의 길잡이』, 집문당, 1999. 253쪽.

교육을 위한 독창적인 수업 모형이 개발되지 않았다 라고 정리할 수 있다.

좀 더 구체적으로 말한다면 고전 문학 작품에 대해 생소한 느낌을 가지고 있는 학습자들에게 고전 문학을 친숙한 것으로 인식시키지 못하고, 역사와 전통을 내세워 근엄한 자세로 수업에 임할 것을 강요하거나 자구(字句)풀이와 뜻 암기에 치중한 수업을 진행하였다. 그러면서도 작품의 여러 해석 방법을 소개하여 학습자에게 혼란을 가져다 주었다. 이런 교육 환경에서 학습자들은 고전 문학을 '어렵고 혼란스러운 것'으로 인식하게 되었다.

이러한 현상은 앞에서 말한 바와 같이, 고전 문학은 현대 문학이나 다른 영역과는 달리 독특한 별도의 과정을 거쳐야 함에도 불구하고 '설명하기 → 시범 보이기 → 질문하기 → 활동하기'와 같은 일반적인 모형을 고전 문학 교육에 그대로 적용하고 있는 것과 밀접한 연관이 있다. 즉 작품 해독·갈래의 형식·내용 특성 및 연원, 작품과 관련된 사회·문화 요인, 대표 작가와 작품, 국문학의 특질 안에서 이루어야 할 종합적 이해 등4) 고전 문학 교육을 위한 별도의 과정을 일반적인 모형에 적용하려는 데에 문제가 있다.

교수·학습의 방법도 고전 문학을 학습자에게 친숙하게 하는 데에는 실패하고 말았다. 고전 문학의 특성을 잘못 이해하여 암기식 수업을 진행하다보니 자연히 설명 위주의 교사 중심 수업이 되었고, 교사가 자구 풀이나 글의 내용 구조를 칠판에 판서하면 학습자들은 그것을 받아 적고 외우는 정체되고 수동적인 수업 형태가 계속 유지되었다.

그러다 보니 고전 문학의 수업 내용은 자연히 현실의 언어생활과는 동떨어진 것이 되고 말았다. 개별 고전 문학 작품의 학습 목적을 어디에 두느냐에 다르겠지만, 교육 현장에서 이루어지는 고전 문학 학습을 통해 학습자들이 그것을 실제 생활에서 되새김하고 활용할 수 있는 것이 없다. 작품

---

4) 중학교 국어 교육 과정에 나타난 '時調' 관련 학습 목표이다. 주5)에 밝힌 바와 같이 현행 중학교 국어 교과서에 가사 작품이 포함되어 있지 않아 동시대 시가 문학의 한 축을 이루었던 時調의 학습 목표를 참고하였다. 중학생에게 이러한 학습 목표 설정이 적절한 것인지, 관련 단원과의 긴밀성 여부에 관한 것도 문제가 되나 본고의 논의 내용과 거리가 있어 언급하지 않는다.

을 통해 배우는 '삶'이나 '앎', 구성·구조의 형식, 그리고 표현의 방식도 학습자가 살고 있는 현실 - 또는 현실을 살고 있는 학습자 - 에 아무런 도움이 되지 못하고 있다.

고전 문학은 민족의 역사와 전통 속에서 정제되고 선택된 규범적인 내용과 형식을 갖추었음에도 불구하고 그 정제성과 규범성에 너무 경도되어 학습자에게 전달되다보니 고전 문학은 이미 화석화(化石化)된 것으로 받아들여지게 된 것이다.

고전 문학이 우리의 국어교육에서 화석이 되어버렸다는 것은 우리의 전통적인 인성교육의 소멸과 전통 문화 전승의 단절을 의미하는 것이다. 다시 말한다면 현대 사회에서 겪고 있는 인성의 부재는 바로 고전 문학의 위기에서 온 것이라는 논의가 가능하다는 것이다.

2.3 고전 문학의 교육적 당위성

교육의 본질은 무엇일까? 서양에서는 자전거를 타는 일이 그 시대의 삶을 영위하는 데 꼭 필요한 일이라면 자전거 타는 법을 가르치는 것이 교육의 기본 목적이라고 하였다. 그러나 자전거 타는 법을 학생들에게 가르치는 것은 일종의 기능 교육에 해당한다. 그렇다면 기능을 가르치는 것이 교육이 본질이고 전부일 수 있을까?

교육의 본질적인 기능은 학습자에게 역사의 진행 과정 속에 축적된 문화 전통을 전수하여 학습자가 사회 구성원으로서 삶을 영위하는 데 불편함이 없으며 동시에 학습자가 새로운 문화를 창달하는 데 도움을 주고자 하는 것이다. 그러므로 때로는 현실 세계에서, 그리고 기능적·물질적 쓸모가 없는 것처럼 보이는 것이라 하더라도 학습자의 세계를 바라보는 시각을 변화·확대시키고 정신적인 풍요와 삶의 행복을 가져다주는 것이라면 그 역시 교육의 내용으로 삼아야 한다.

현대 사회가 눈앞에 보이는 물질과 기능을 중심으로 가치 척도의 기준을 삼는다 하여도 물질과 기능만으로는 인간의 행복한 삶을 생성하거나 유지할 수는 없다. 사회가 아무리 변해도 인간이 살아가는 삶이기에 변하지 않는 그 무엇이 있다. 그것이 바로 현재적인 삶, 물질과 기능의 바탕이 되고 인간의 존재 방식과 가치를 유지시켜 주는 정신 세계와 문화이다.

이러한 정신은 '국어 생활을 바르게 하고, 국어와 민족의 언어 문화에 대한 이해와 관심을 가지게 한다.'5)는 국어과 교육 목표에도 스며 있다. 이때 '국어'는 지식의 개념에 국한되지 않고 일상적인 언어 생활을 포함하고 있으며, '민족'은 현재적인 개념뿐만 아니라 역사적인 개념도 포함하고 있다. 즉, 역사 전개 과정에서 민족이 가꾸어 온 문화를 이해하고 그 이해를 바탕으로 새로운 문화를 창달할 수 있도록 하는 것이 국어과 교육 목표의 한 부분을 차지하고 있는 것이다.

위에 제시한 국어과 교육 목표를 분석하면 국어 교육이 지향하고 있는 내용과 태도를 파악 할 수 있다.

첫째, '국어 생활을 바르게 하고'에서는 국어 교육의 목적이 일상적인 언어 생활을 바르게 하는 데 있음을 나타낸 것이다. 이는 국어 교육이 지향하는 것이 지식이나 이해에 머무는 것이 아니라 표현, 즉 일상적인 언어 생활을 올바르고 풍성하게 해주는 데 있음을 보여주고 있다.

둘째, '언어'를 중심으로 교육이 이루어져야 함을 나타내고 있다. 미술이나 그림 등과 같은 다른 예술 영역이 아닌 '언어'를 매개체로 한 결과물들을 대상으로 한다는 것을 명시하고 있다. '언어'를 매개체로 한 결과물들은 다른 매개체들에 비해 포괄적이면서도 구체적이라는 점에서 과거나 현재의 교육에서 중심이 되어왔다. 그 이유의 핵심에는 언어가 모든 문화적 요소를 모두 포함하고 있기 때문일 것이다. 바로 이러한 점 때문에 국어를 '도구과목'이라고 하는 것이다.

셋째, '이해와 관심을 가지게 한다'에서는 국어 교육의 목표가 수업 시간에 완성되는 것이 아니라 학습자가 언어 생활, 언어 문화에 관심을 가지고 꾸준히 학습할 수 있는 동인을 마련해 준다는 태도가 들어 있다. 국어 교

---

5) 교육부 고시 제1992-11호, 44쪽.

육에 대한 이러한 태도 변화는 상당히 바람직한 것이다. 이러한 태도 변화는 교육과 학습자에 대한 올바른 인식 변화를 바탕으로 이루어진 것이다. 즉 교육을, 학교 교실에서 완성되는 것이 아니라 평생을 통해 추구해야 할 것으로 규정하고 있으며, 학습자를 지식 전달의 대상이 아니라 새로운 문화 창달의 주체자로 인식한 결과이다.

결과적으로 개정한 국어과 학습 목표는 교육의 장을 학교 교실에서 일상 생활로 확대하였으며, 교육 기간을 평생으로 확장하였다. 뿐만 아니라 학습자를 수동적이고 피동적인 개체로 인식하지 않고 자발적이고 창의적인 개체로 인식하고 있다. 따라서 학습자는 평생동안 일상 생활의 언어사용에 관심을 가지며 새로운 언어 문화 창달에 자발적으로 참여하는 개체임을 확인한 것이다.

그러나 이러한 국어 교육의 목표가 교육 현장에서 제대로 수행되기 위해서는 '문화'에 대한 개념 규정과 '언어' - 이 곳에서는 고어(古語) -, 또는 '언어 문화'의 교육적 필요성을 논의하여야 할 것이다.

우선, '문화'를 한 마디로 정의하기에는 어려움이 있지만 '삶의 총체'라는 말로 대신할 수 있다. 문화의 정의가 이렇게 포괄적일 수밖에 없는 이유는 삶의 어느 한 모습이 문화일 수 없고, 문화의 속성상 역사와 전통 속에서 추상적인 관념의 형태로 존재하기 때문이다.6)

따라서 '문화'란 현재적이거나 개인, 또는 소집단에 의해 형성되는 것이 아니다. 가령, 현재 컴퓨터 공간에서 이루어지고 있는 '채팅'은 진정한 의미에서의 문화가 아니다. 진정한 문화란 역사의 진행 과정 안에서 이루어지고 축적되며, 구성원 개개인과 소집단 사이가 아닌 모든 사회 구성원이 참여한 사회 구조 속에서 생성되고 전달되는 것이다. 즉, 문화란 민족의 역사를 벗어나서는 생성되지 않으며, 문화 생성은 어느 한 개인이나 특정한 사조에 의해 제한 받지 않는다. 문화란 사회 구성원 공동의 자산이며, 사회

---

6) 유형(有形) 문화재라 하더라도 눈으로 보는 물질적 형태가 그 문화재의 모든 것은 될 수 없다. 유형 문화재를 중요하게 보존하는 것은 그 유형 문화재 내면에 담겨져 있는 정신, 또는 정신 활동 때문이다.

구성원의 정신적·물질적 자산을 더욱 풍성하게 하는 역사적 실천이자 행위이고 결과이다. 따라서 문화는 그 사회 구성원의 대상(세계)에 대한 인식과 사유 방식에 지대한 영향을 미치는 것이어야 한다.

다음으로 '언어'를 교육할 필요가 있는가에 대한 논의가 필요하다. 이러한 논의의 출발점에 서서 언어 교육을 언어사용 능력을 향상시키는 도구로만 인식하는 태도를 버려야 한다. 언어란 일상 생활에의 의사 소통의 매개로만 역할하는 것이 아니다. 언어란 의사 소통의 매개 이상의 가치를 지닌다. 언어란 그 언어를 사용하는 사회구성원(언중)이 지니고 있는 문화의 총체이다. 언어란 사회 구성원의 삶을 표현하는 도구로서만 기능하는 것이 아니라 사회 구성원의 삶을 조직하고 표현의 원리를 결정하는 방식으로도 기능한다. 뿐만 아니라 사회 구성원의 대상에 대한 인식을 결정하고 삶을 이끌어 나가는 역할을 한다.

따라서 언어를 교육한다는 것은 일상 생활의 언어사용을 풍성하게 할 뿐 아니라 그 언어를 사용하는 사회 구성원의 대상에 대한 인식 태도와 함께 삶의 질을 결정하는 요인이 되는 것이다. 즉 "교육을 통해 언어를 경험한다는 것은 객관적으로 존재하는 의미의 구조에 적응하는 것만이 아니라 그것을 수용하여 성장의 내용으로 삼으며 또한 그것으로 인하여 스스로 성장할 수 있게 함을 생산하는 것"이다.[7]

그러나 교육 현장에서 언어 교육은 제대로 수행되지 않고 있다. 단적으로 국어교육에서 고어에 대한 교육은 수행된 적이 없다. 고어 교육을 통해 고어의 생성 원리와 고어, 또는 고어의 생성 원리에 담겨져 있는 민족의 정신 세계와 민족이 가지고 있는 표현 방식에 대한 학습은 이루어지지 않고 있다. 이러한 상황에서 학습자에게 삶의 방식을 전수하는 것은 불가능하며, 더욱이 새로운 문화 창달을 기대할 수 없다.

이러한 논의를 바탕으로 고전 문학의 교육적 당위성을 논할 수 있을 것이다.

---

7) 언어 교육에 대한 의의는, 이돈희, 「언어적 경험의 교육」(『교육적 경험의 이해』, 교육과학사, 1993)을 참고할 수 있다.

　　일반적으로 볼 때, 고전 문학은 두 가지의 교육적 속성을 갖는 것으로
이해된다. 하나는 오랜 시간을 걸쳐 전승해 오는 동안 끊임없이 향유되
고 재해석되어 현재에도 일정한 정서적 영향력을 갖는 속성이다. 이는
고전 문학이 심미적 가치를 계속 유지하면서 향유자의 삶의 체험을 확
대하는 현재적 실체임을 말한다. 이는 '문학'에 중점을 둔 것으로 문학
교육의 목표로서의 의미를 갖는데, 학습자가 작품을 통하여 인간의 보편
적인 삶에 대한 체험을 확대하고 자아를 실현하는 데 보탬이 된다고 보
기 때문이다. 다른 하나는 '고전'에 중심을 둔 것으로, 당대의 삶의 모습
을 담지하는 자료로서 문화의 원형을 보여준다는 사실이다. 이는 고전
문학 교육이 역사적 사실에 기반하여 이루어져야 하며, 따라서 작품이
하나의 교육 자료로 기능한다는 것을 말해준다.[8]

　　고전 문학을 '문학'과 '고전'으로 나누어 교육적 속성을 살핀 것이다. 우
선 '문학'을 '삶의 체험을 확대하는 현재적 실체'로, 그리고 '고전'을 '문화
의 원형을 담고 있으며 이를 보여주는 작용태'로 정의하고 있다. 이를 '고
전 문학'의 속성 안으로 통합하면 '문화의 원형을 담고 있어 학습자에게
삶의 체험을 확대하는 실체로서의 속성을 담고 있는 것'이 바로 고전 문학
이라 할 수 있다.

　　이러한 논의를 조금 더 고전 문학 교육의 필요성으로 끌어 들일 필요가
있을 것이다. 이상익은 조윤제, 김형규, 김용목이 제시한 고전 문학 교육의
필요성을 다음과 같이 정리하였다.

- 참다운 현실적, 민족적 생활을 하기 위하여
- 건전한 민족의 역사를 창조하기 위하여
- 문화사회에서 떳떳한 존재가 되기 위해서
- 문학교육을 효과적이며 기능적으로 수행하기 위해서[9]

　　이를 다시 정리하면 고전 문학 교육의 필요성을 세 항목으로 나누어 살

---

8) 김중신, 「고전 시가의 문학교육적 자질」, 『문학교육의 이해』, 태학사, 1997, 247~250쪽
　（한창훈, 「언어와 예술 자료로서의 고전 문학과 교육」, 『문학교육학』, 태학사, 1999
　겨울호, 136쪽에서 재인용)
9) 이상익, 「古典文學 외 가르쳐야 하나」(이상익 외, 『古典文學 어떻게 가르칠 것인가』,
　집문당, 1994), 16쪽.

필 수 있다. 첫째, 민족 문화를 전승하여 떳떳한 문화인이 되기 위해서 둘째, 민족 문화의 창조적인 계승 발전을 위해 셋째, 문학의 내용과 형식을 이해하여 문학 교육을 효과적으로 수행하기 위해 등이다.

그러나 이러한 고전 문학 교육의 필요성과 고전 문학의 교육 목표는 학습자의 현실 생활과 밀접한 관련을 맺어야 한다. 즉, 학습자 일상 생활에서 언어를 사용하는 데 불편함을 겪지 않아야 하며, 오늘의 삶을 풍요롭고 행복하게 누릴 수 있도록 하여야 한다. 그래서 학습자는 문학의 소비자가 아니라 문학을 창조하는 창조자로서 자리매김 할 수 있도록 하여야 한다.

그렇다면 이제는 문학교육에서 '시가교육'으로 논의의 내용을 조금 더 구체화할 필요가 있다. 논의의 초점을 문학교육에서 시가교육으로 좁히는 일은 본 장에서 구체적으로 다룰 '기행가사의 교육적 필요성'에 더욱 가깝게 접근하는 일이기 때문이다.

우선 '시'를 가르쳐야할 필요성은 어디에 있는가?

> 한 편의 시는 모름지기 단 하나의 주도적인 상상력만으로 이루어져 있지 않기 때문이다. 섬세한 발견과 날카롭게 대상의 본질을 길어 올리는 투사와 유추, 분리된 것을 결합하는 연상과 현실을 부정의 눈으로 확인하는 전복의 상상력들은 기실 한 편의 시에 긴밀하게 습합되고 용해된 채, 하나의 시적 세계를 튼실하게 엮어 나가고 있는 것이다. 그럼에도 이러한 분리는 상상력의 실체를 더욱 선명하게 들여다보기 위한 장치라는 점에서 놓칠 수 없는 이점들을 갖는다. 더욱이 상상력들은 동일한 깊이로 시적 세계를 구성하는 것이 아니라, 주도적인 상상력이 전면에 배치된 채 여타의 상상력들은 후경에서 마치 삼각형의 꼭지점을 위한 밑면과 옆면을 형성하는 것처럼 이루어져 있기 때문이다.[10)]

김상욱은 시에는 하나의 상상력이 아닌 다양한 상상력들이 서로 다른 깊이로 내재하여 있다고 하였다. 이러한 상상력들은 탄탄한 삼각형 구조를 지니고 세계를 인식하는 틀을 이루고 있다. 뿐만 아니라 투사와 유추, 연상, 전복의 상상력들은 세계를 표현하는 방식으로도 작용한다.

---

10) 감상욱, 『시의 숲에서 세상을 읽다』, 푸른나무, 1996. 216~217쪽.

이렇게 시가 지니고 있는 대상에 대한 투사와 유추, 연상, 전복의 상상력들은 문학의 본질이기도 하며 동시에 세계를 인식하고 세계를 재구성하는 능력으로 작용한다. 이러한 논의를 '문학 교육에서 시를 가르칠 필요성이 있는가?'에 대한 물음에 답하기 위해 정리할 필요가 있을 것이다.

우선 '시'를 가르쳐야 할 필요성은 문학 과목의 목표 나항, "작품의 수용과 창작 활동을 함으로써 문학적 감수성과 상상력을 기른다"[11]에서 찾을 수 있다. 즉 문학 교육의 한 내용을 이루고 있는 '문학적 감수성과 상상력'을 기르는 데 시, 시 교육이 주도적인 역할을 수행할 수 있다는 것이다.

그리고 새로운 세기의 교육 목적으로 삼고 있는 '창의력 개발과 건전한 인성' 역시 시, 시 교육을 통해 달성할 수 있다. 시를 통해 창의력을 개발하고 건전한 인성을 육성할 수 있다는 것은 시가 지니고 있는 다양한 상상력과 그에 따른 다양하고 섬세한 세계에 대한 인식 태도를 주된 근거로 한다. 즉, 시적 상상력은 창의력의 주된 성분이 될 수 있고, 세계에 대한 폭넓고 본질적인 시적 인식 태도는 건전한 인성의 바탕이 된다는 것이다.

그러나 무엇보다 중요한 것은 문학 교육 현장에서 학습자 활동 중심의 교수·학습 방법에 시가 적합한 소재라는 것이다. 이는 시가 지니고 있는 특성들, 가령 상상력, 분리와 결합의 연상, 감수성, 비유와 유추 등의 세계 인식 방법과 표현 방식들이 다른 갈래의 문학 작품을 수용하고 이해하는 데 기초가 될 뿐 아니라 45분 또는 50분 동안의 짧은 수업 시간을 통해 문학 교육의 목표를 이루어야 하는 수업 여건에도 시가 적합한 소재라는 것이다. 즉 짧은 수업 시간에 학습자 활동 중심의 수업을 이끌어 내기 위해서는 소설이나 희곡과 같은 산문보다는 활동 시간의 부담이 적은 시와 같은 운문이 강점을 지니고 있다는 것이다.

그렇다면 국어 교육에서 고전 시가를 가르칠 필요가 있으며, 고전 시가의 교육적 가치는 무엇인가?.

이에 대한 답변은 이제까지 논의한 '고전 문학'과 '시' 교육의 필요성을 결합하면 될 것 같다. 논의의 반복을 피하기 위해 간단히 정리한다면, "대

---

11) 교육부, 『제7차 교육과정 - 국어과 교육과정』, 교육부 고시 제 1997-15호, 151쪽.

상을 인식하는 다양한 상상력과 다양한 표현력을 기반으로 민족 문화의 전통을 현실 생활 속에서 계승하고 새로운 문화를 창달하기 위하는 데 고전 시가는 국어 교육의 주도적인 역할을 한다"고 할 수 있다.

사실 고전 시가는 다른 문학 양식과는 달리 민족의 고유한 사상과 정서를 대립과 갈등이 아닌 비유와 함축으로 담아 내고 있으며, 민족 문화의 한 영역으로서 전통과 사상, 역사를 담고 있으므로 교육적 가치는 매우 높다고 할 것이다.

2.4 새로운 고전 문학 교육에 대한 발전적 논의

국어교육 역시 '무엇을', '어떻게' 가르칠 것인가의 문제로 집약될 수밖에 없다. 일반적으로 '무엇을'을 명제적 지식(knowing that)으로 '어떻게'를 방법적 지식(knowing how)이라 한다.[12] 그러나 무엇을 가르칠 것인가는 다분히 추상적이고 포괄적이기 때문에 구체적인 논의가 어려워 교육의 수행적 측면을 강조할 수밖에 없다. 따라서 최근의 논의는 교육의 기능과 전략에 논의의 초점이 모아지게 되었다.

그러나 방법적 지식은 기능론에 빠지기 쉬운 단점을 가지고 있다. 이에 이도영(1998)은 '조건적 지식'을 첨가하였다. '조건적 지식'은 '무엇을'과 '어떻게' 이외에 '언제', '왜'에 해당하는 지식이다. 즉 교수·학습하여야 할 내용을 언제, 왜 하여야 하는지에 대한 조건적 지식을 함께 가르쳐야 한다는 것이다.

하지만 이 또한 국어의 이해 능력과 표현 능력을 명쾌하게 가르치고 능력을 신장시킬 수 있는가에 대한 의문은 남는다.

'명제적 지식', '방법적 지식', '조건적 지식'은 모두 학습자에게는 하나의 정보 내지 명제의 형태로 전달되기 때문에 학습의 목적에 쉽게 도달할 수 없다. 이에 구체적인 실천의 맥락에서 반성과 연습을 통해 체득되며, 언어화

---

12) 이를 선언적 지식과 절차적 지식이라고도 하고, 본질적 지식과 도구적 지식이라 구분하기도 한다.

가 불가능한 차원에 있는 암묵적 지식과 이와 비슷한 맥락에서 실제적 지식이라는 개념이 소개되었다. 실제적 지식이란 활동하는 동안 나타나는 여러 흥미나 호기심, 지적 열정 및 사고 방식을 포함하는 것으로 규정된다.[13]

그러나 이러한 원리와 지식들이 실제 수업에서 활용되기 위해서는 특별한 처치가 있어야 한다. 실제 수업에서 학습자들이 이러한 원리와 지식을 체득하는 것을 바라는 것은 무리이며, 실제 수업에서 원리와 지식 중심의 수업은 학습자의 동기유발을 이끌어내지 못할 것이 분명하기 때문이다.

문제는 실제 수업을 통해 학습자들에게 가르칠 내용에 대해 흥미를 갖게 하여 학습 동기를 유발하고, 지식의 이해나 수행 활동을 통해 머리 속에 저장되고, 다음 학습과 일상 생활에서 올바른 이해와 표현을 할 수 있도록 하는 것이다.

가령, 정철의 <관동별곡>을 학습하기 위해서는 학습자에게 <관동별곡>에 대해 관심을 갖도록 유도하여 동기유발을 하고, <관동별곡> 작품에 대한 지식이나 가사 문학에 대한 지식을 설명을 통해 지식으로 받아들이게 한 다음 <관동별곡>의 내용을 이해하고 감상하게 한다. 이러한 수업 과정을 통해 <관동별곡>과 가사 문학에 대한 이해를 지식, 지식구조화 하여 다른 가사 작품과 문학 전반에 대한 이해를 높이고 일상 생활의 언어 생활을 풍성하게 한다.

이러한 수업 모형과 수행은 지금까지 학교 교육에서 일반적으로 이루어진 교육 형태이다. 그러나 교사의 '설명하기'와 '시범 보이기'에도 불구하고 학습자가 수업 내용에 흥미를 갖지 못하거나 '설명하기', '시범 보이기' 자체에 대해 거부 반응을 일으키는 수가 있다.

특히 고전 문학 작품을 학습하는 경우 이러한 양상은 두드러지게 일어난다. 그 동안 고전 문학은 암기식, 주입식 교육으로 말미암아 학습자들에게 동기를 유발하거나 애착을 가지고 이해와 표현 활동에 참가할 수 있는 기회를 제공하지 못하였다. 따라서 학습자들은 고전 문학을 '딱딱한 것', '어려운 것', '재미없는 것'으로 인식하여 고전 문학을 학습하는 데 거부감을

---

13) 염은열, 앞의 책, 161쪽.

가지고 있다.

이러한 현상은 곧 '인문학의 위기', 특히 '고전 문학의 위기'로 이어져 고전 문학의 위상을 떨어뜨리고 말았다. '고전 문학의 위기'가 고전 문학의 본질과 기능에 의한 것이라면 어쩔 수 없는 일이겠지만 학습 내용의 선정과 교수·학습의 방법에 문제가 있는 것이라면 이는 시급히 시정되어야 할 일임이 분명하다.

새로운 고전 문학 교육을 위한 발전적 논의는 국어 교육의 본질과 특성에서 출발할 수 있다. 즉, 국어 교육에서 가장 본질이 되는 것은 '이해'와 '표현'이므로 효과적인 이해와 표현 방법을 터득하고 이를 일상 생활에서 활용할 수 있도록 하는 것이 새로운 국어 교육의 출발점이라는 것이다. 그러나 한 가지 중요한 것은 이해와 표현은 서로 다른 영역임에도 불구하고 일정한 지식(앎)을 바탕으로 한다는 점에서는 동일한 조건을 갖으며, 활동을 통해 목표에 구체적으로 도달할 수 있다는 점에서 서로 관련을 맺는다는 것이다.

김대행(1995)은 지식, 지식적 구조는 원리적 성격을 띰으로써 그 원리의 터득이 삶의 여러 국면에서 두루 활용될 수 있고, 동시에 구조로서의 면모를 지니는 본질적 지식을 가르칠 내용을 제안하였고 구체적인 표현 현상으로부터 구조화된 지식을 추출하고자 시도하였다. 그러나 지식을 어떻게 가르쳐야 하는지14) 명확하게 밝혀졌다고 보기에는 어렵다.

오히려 이해와 표현을 중시하는 국어 교육에서는 지식, 지식 구조의 획득을 전면으로 내세우기보다는 이해와 표현이라는 활동을 전면에 내세우고 활동을 통해 원리를 체득함으로써 그 결과가 지식, 또는 지식 구조가 되도록 하여야 할 것이다.

---

14) 지식을 어떻게 가르쳐야 하는가도 중요하지만, 지식이 무엇인가에 대한 논의도 필요하다. 즉 동양에서는 지식을 '앎과 정서의 복합체'로 인식하고 있는 반면, 서양에서는 '논리적인 앎과 과정'을 지식으로 인식하고 있다. 따라서 서양에서는 지식을 쌓아가는 과정과 결과를 교육의 중요한 요소로 삼았다면, 동양에서는 깨달음을 통해 얻는 앎을 교육의 덕목으로 삼았던 것이다. 지식에 대한 시각 차에 의해 서양 교육은 지식을 쌓는 것을 중시한 반면 동양 교육에서는 세계를 올바로 인식하고 인화(人和)적인 삶을 영위하는 것을 목적으로 삼았던 것이다.

‘활동’ 중심 교육은 6차 교육과정에서부터 특히 강조되었다. 활동을 교육 내용으로 삼는 것은 구체적인 활동을 통해 기능이나 능력을 체득함으로써 실제적인 행위를 수행할 수 있다는 것을 가정한 것이다.

국어 교육은 이해와 표현을 본질로 삼기 때문에 특성상 활동이 강조된다. 구체적인 활동이 없이는 이해와 표현은 의미가 없기 때문이다. 특히 적극적이고 능동적인 학습자로 육성하기 위해서 이해와 표현의 주체가 되어 ‘활동’하는 일은 매우 의미 있는 일이다. 국어 교육은 학습자가 실제 생활에서 이해의 힘을 높이고 이를 바탕으로 실제적으로 말하고 쓰는 일을 수행하는 것을 목표로 삼기 때문에 더욱 그렇다.

그러나 ‘열린교육’, ‘학습자 중심 교육’, 또는 ‘수준별 학습’으로 내변되는 ‘활동’ 중심의 교육은 학습자에 대한 이해를 소홀히 함으로써 심각한 문제점에 봉착되고 말았다.

‘활동’을 ‘교사에게 질문하기’, ‘정보수집하기’, ‘경험이야기하기’, ‘친구들과 토론하기’ 등으로 인식하여 수업에 적용하고 있다. 사실 활동 중심의 수업은 학습자에게 동기유발을 부여한다. 그러나 이재승[15]에 의하면 실제 수업에서는 활동과 지식(앎)을 연결하지 못하는 경우가 많고, 활동은 왕성하게 하는데 활동을 통해 무엇을 배웠는지 확신하지 못한다고 한다. 따라서 활동을 지식화 할 수 있는 내용이 구안될 필요가 있음을 보여준다.

지식, 또는 지식의 구조를 가르치는 일이 중요하고 또는 그것이 교육이 지향해야 할 목적일 수 있으나 명제화된 지식의 가르침만을 교수·학습 방법으로 강조하다보면, 재현의 심리 욕구와 실험 정신이 가장 강한 학습자들에게 동기를 유발할 수 없으며 적극적이고 능동적인 학습을 기대하기 어렵다.

따라서 지식, 지식의 구조를 전면에 내세울 것이 아니라 그 원리를 구현하고 있는 문학 작품을 먼저 제시하고 문학 작품을 학습 자료로 이해와 표현 활동을 수행하는 과정에서 원리를 직접 체득하게 하고 체득한 원리를 바탕으로 지식을 구조화 할 수 있도록 도와줄 필요가 있다. 즉 이해를 위

---

15) 이재승, 「과정 중심의 쓰기 교재 구성에 관한 연구」, 한국교원대학교 대학원 박사학위논문, 1999. 참조.

해 지식, 지식 구조를 먼저 설명하는 것보다는 작품을 학습 자료로 글쓰기와 말하기를 먼저 수행하여 학습자들이 지니고 있는 언어·문학에 대한 지식과 능력을 이끌어 내는 교수·학습 방법이 먼저 필요하다.

그렇다면 제시된 고전 문학 작품은 분석해야 될 학습 자료로 기능하기보다는 읽기와 쓰기(이해와 표현)의 체험으로서 기능하게 될 것이고, 수업 모형 역시 '활동하기(쓰기·말하기를 포함한 활동) → 토론하기 → 질문하기 → 설명하기'의 모형으로 바뀌게 될 것이다. 이와 같은 변화가 일어나면, 고전 문학 작품과 학습자의 활동에 의해 표현된 창작물이 동시에 학습 자료가 될 것이고, 교사에 의해 주입된 지식보다 학습자 활동에 의한 지식이 확고한 지식 구조화를 이룰 수 있을 것이다.

교육부에서 고시한 '국어과 교과 과정 해설' 중에서 문학 영역의 목적과 성격을 보면 이러한 관점 변화의 필요성이 분명해진다. 문학 영역의 목표를 살펴보면 "문학 작품의 감상 활동과 표현력 및 이해력의 신장을 위한 학습 활동이 유기적인 관계를 맺으면서 통합적으로 이루어질 수 있도록 하였다"라고 명시되었다. 이를 분석하면 문학 작품을 교육하는 목적으로는 '감상활동'·'표현력'·'이해력'을 신장하는 데 있고, 교수·학습 방법은 이것들이 '유기적인 관계'를 맺으면서 '통합적'으로 이루어지는 것, 이루어질 것을 요구하고 있다.

읽기(이해)와 쓰기(표현)가 별개의 것이 아니고 적극적인 읽기는 쓰기와 통하고 쓰기는 읽기에서 얻은 앎을 바탕으로 한다는 관점에서 위와 같은 명시는 매우 바람직한 것이라고 할 수 있다. 그러나 교과서 체제가 읽기와 쓰기 영역을 따로 구분하고 있고 이에 따라 학습 활동이 각 영역의 활동으로 제한되어 있는 점, 그리고 수업 시수의 부족으로 이해와 표현의 유기적으로 관계를 맺으면서 통합적으로 이루어질 수 없다는 점은 문제가 아닐 수 없다. 따라서 교과서 체제를 여섯 개의 영역으로 구분하여 편집할 것인가의 문제와 학습 활동을 통합적인 활동이 될 수 있도록 구안하는 점, 그리고 수업 시수의 문제들이 다시 폭넓게 이루어져야 할 것이다.

문학 교육에서 이해와 표현, 그리고 감상 활동이 유기적이고 통합적으로

이루어지기 위해서 그 동안 간과되었던 교수·학습의 주체에 대한 올바른
인식도 필요하다.

2.5 학습자 활동 중심의 문학 교육

(1) 학습자 활동 중심 교육의 개념과 가능성

　지금까지 이루어진 고전 문학 교육의 문제점은 학습자 중심 교육과 활동
중심 교육의 '부재'로 요약할 수 있다. 그렇다면 효율적인 고전 문학 교육
을 위해 '학습자'와 '활동'의 개념을 점검하고 학습자 활동 중심의 고전 문
학 교육이 가능한지를 면밀히 살펴야 할 것이다.

　고전 문학 교육이 학습자 활동 중심의 교육이 되어야 함은 국어 교육의
특성과 목적을 통해서 검증될 수 있다. 국어 교육은 이해와 표현을 본질로
삼기 때문에 성격상 활동16)이 강조된다. 구체적인 활동이 없는 이해와 표현
은 의미가 없다. 특히 적극적이고 능동적인 학습자로 육성하기 위하여 학습
자가 이해와 표현의 주체가 되어 '활동'하는 일은 매우 의미 있는 일이다.
국어 교육은 학습자가 일상 생활에서 이해의 힘을 높이고 이를 바탕으로 실
제적으로 말하고 쓰는 일을 수행하는 것을 목표로 삼기 때문에 더욱 그렇다.

　논의 전개를 위해 과거의 문학 교육(활동)을 추론해 보자. 가령, 기행가사
를 읽는 학습자는 작품을 해석하고 그를 바탕으로 작품을 이해하고 감상한
다음, 작품의 형식을 견고히 하거나, 이해·감상의 내용을 바탕으로 자신의
사상과 정서를 담은 새로운 작품을 창작하였을 것이다.17)

---

16) 6차 교육과정에서부터 '활동' 중심의 교육이 강조되었다. 활동을 교육 내용으로 삼
　는 것은 구체적인 활동을 통해 기능이나 능력을 체득함으로써 실제적인 행위를 수
　행할 수 있다는 것을 가정한 것이다.

17) <관동별곡>이 <관서별곡>의 영향을 입어 창작되었다든지, 그 외 많은 작품들이 앞
　작품과 일정한 영향 관계에 있다는 연구 결과에 비추어 이는 단순한 가정이나 추론
　이 아닐 것이다.

이를 다시 '작품의 이해와 감상 → 새로운 작품 창작'으로 요약할 수 있다. 이는 학습자가 주체적으로 작품을 이해·감상하였다는 것을 의미하고, 동시에 새로운 작품 창작을 통해 이전의 작품 영역을 확대하는 과정을 거쳤음을 의미한다. 교육의 목적이 '문화 전수와 새로운 문화 창달'에 있음을 상기한다면 이와 같은 과정은 매우 효율적인 방법으로 받아들일 수 있다.

'문화 전수'는 명제화된 지식으로만 이루어질 수 없고, 또한 명제화된 지식 전달만이 문화 전수의 유일한 방법이라는 주장은 설득력이 없다. 다시 말해서 고전 문학 작품의 운율, 갈래적 특성, 한국문학 안에서의 역할과 특질, 대표 작가와 내용 등과 같은 지식을 전달했다 해서 고전 문학 작품을 이해하고 감상할 수 있는 것은 아니라는 것이다.

학습자에게 명제화된 지식을 잘 정제하여 전달한다 하여도 학습자는 주관적 상상력과 선이해(pre-underst and)를 거치게 된다. 교사의 의도와는 달리 학습자는 지식을 전달받으면서도 주관적으로 상상하고 이해 이전에 자신의 생각(선이해)을 작동한다. 그리고 이것은 문학 교육, 문화 전수와 새로운 문화 창달에 매우 중요한 요소이다.

이제까지 고전 문학 교육은 학습자의 주관적 상상력과 선이해 과정을 인정하지 않았고, 이것이 고전 문학의 위기로 이어졌다고 해석할 수 있다. 고전 문학 교육에서 가장 경계하여야 할 것은 해석의 지평을 닫는 것이다. 모든 문학 교육이 그러하지만, 특히 고전 문학 교육에서는 고전 문학의 세계와 학습자의 세계가 서로 자유롭게 만날 수 있는 환경을 만들어야 한다. 이러한 '지평의 융합(fusion of horizons)'이야말로 고전의 세계를 넓힘과 동시에 학습자의 세계를 넓히는 요소가 될 것이다.

교육부에서 고시한 '국어과 교과 과정 해설' 중에서 문학 영역의 목적과 성격을 보면 "문학 작품의 감상 활동과 표현력 및 이해력의 신장을 위한 학습 활동이 유기적인 관계를 맺으면서 통합적으로 이루어질 수 있도록 하였다"[18]라고 명시되었다. 이를 분석하면 문학 작품을 교육하는 목적으로는

---

18) 문학 과목의 목표 '나'에 의하면 "작품의 수용과 창작 활동을 함으로써 문학적 감수성과 상상력을 기른다"라고 명시하였다.

‘감상활동’·‘표현력’·‘이해력’을 신장하는 데 있고, 교수·학습 방법은 이 것들이 ‘유기적인 관계’를 맺으면서 ‘통합적’으로 이루어지는 것, 이루어질 것을 요구하고 있다.

통합적인 교수·학습을 위해, 읽기(이해와 감상)는 글쓰기(표현)와 연계했을 때 완성된다는 견해19)나 ‘적극적인 읽기＝쓰기’20)라는 주장은 설득력 있게 받아들여지는데, 이는 읽기를 통해 습득된 지식이나 이미지는 거의 추상적 인 관념으로 내재하기 때문이다. ‘이해(듣기, 읽기)’는 ‘표현(말하기, 쓰기)’ 활동 을 수반하였을 때 구체적인 앎이 되거나 일상 생활에서 수행될 수 있다.

(2) 학습자 수준과 취향에 대한 고려

교수·학습의 주체는 교사가 아니라 학습자이어야 한다는 인식은 일찍 부터 있어왔고 6차 교육 과정에서부터 강조되어 왔다. 그리고 7차 교육 과 정에서는 ‘수준별 수업’을 표방한 바, 이는 학습자 중심의 교육을 더욱 구 체화하고 확대한 것이다. 그럼에도 불구하고 학습자에 대한 이해 부족이 진정한 학습자 중심의 교수·학습을 어렵게 하는 요인이 되고 있다.

이러한 요인의 배경에는 현대 사회의 매체 변화와 그에 따른 사회 변화 를 감지하지 못하고 있으며, 매체 변화가 가져온 의사 소통 구조의 변화를 이해하지 못하는 것이 자리 잡고 있다. 그리고 학습자를 아직도 제도권 교 육의 틀 안에 갇혀 있는 존재로 파악하고 있기 때문이다.

컴퓨터를 중심으로 한 매체 변화는 사회의 의사소통 구조를 ‘일방적 작용 으로서의 의사소통 구조’에서 ‘교류로서의 의사소통 구조’로 변화시켰다.21) 현재를 살고 있는 학습자들은 교사에 의해 일방적으로 이루어지는 수업 형

---

19) 한철우·천경록 역, 『독서지도방법』, 교학사, 1996, 참조.

20) 김동환(「비평적 에세이 쓰기」, 『문학과 교육』 제4호, 한국문학교육학회, 1999)은 독 자는 글을 읽으면서 끊임없이 새로운 각 편을 만들며 읽는 점에 주목하여 적극적 읽기는 바로 쓰기라고 주장하며, 적극적 읽기의 방식으로 비평적 글쓰기나 메타적 글쓰기를 제안하였다.

21) 졸저, 『읽기 교육의 이론과 실제』, 역락, 2000. 2장 참조.

태보다는 '학생과 학생', '교사와 학생'의 상호 교류적인 수업 형태에 긍정적인 반응을 나타낸다. 즉 '교사 → 학생'의 일방적인 수업 방식보다는 '학습자 ↔ 학습자', '교사 ↔ 학습자' 형태의 수업 형태를 선호하는 것이다[22]

이러한 현상은 학습자들의 인지적 발달 특성과 밀접한 관련이 있다. 효율적인 논의를 위해 중학교에 다니는 학습자를 중심으로 살펴보면, 일반적으로 중학생들은 '구체적 조작기'를 완성하면서 '형식적 조작기'로 넘어가는 특성을 보인다.

중1(12세) : 구체적 조작 후기 – 69.8%
중2(13세) : 구체적 조작 후기 – 51.1%, 형식적 조작 전기 – 48.8%
중3(14세) : 구체적 조작 후기 – 47.4%, 형식적 조작 전기 – 52.2%[23]

또한 이 시기의 학습자는 정열적인 실험 정신과 활동력을 보이며, 자신을 독립적인 존재로 정립하는 데 큰 관심을 보인다. 수동적인 학습보다는 적극적이고 능동적인 학습 참여를 선호한다. 가설을 세우기를 좋아하고 세운 가설을 검증하기 위해 실험을 수행하고 실험에 참가하는 것에 흥미를 갖는 특성을 갖는다.

이 시기의 상상력은 하나의 가능성이나 결과를 도출하는 데 만족하지 않고 또 다른 가능성이나 결과를 도출하기 위해 탐색하는 수준으로 발달한다. 이 시기의 상상력을 '조응적 상상력'이라 하는데, 조응적 상상력은 '하나로 말하여 다른 것을 의미하는' 방법을 분석적으로 재구성하는 수준의 상상력을 의미한다.

이 시기 학습자들이 이러한 수준의 상상력을 갖는 배경에는 '자아 정체성' 획득을 위한 강렬한 욕망이 내재해 있다. 다시 말하면 앞 시기에서부터

---

22) 물론 이러한 활동의 결과가 지식, 지식 구조의 파악으로 이어져야 한다는 점에서 교사의 역할은 지속적으로 중요한 것이다. 즉 학생들의 활동을 정리하고 평가하며 그것을 수업 목표와 관련 짓고 수업 내용을 학습자에게 지식, 지식 구조로 남기기 위해서는 교사의 역할이 더욱 증대된다고 하겠다.

23) 한종하 외, 「중등학생의 지적 정의적 발달 특성 조사 연구」, 한국교육개발원연구보고서, 1982. 69쪽.

시작한 자아 정체성 획득을 더욱 구체화·내면화하기 위하여 현실 사회를 깊이 탐색하여 비판적 의식을 키우기도 하고, 다른 사람의 삶을 모습을 들여다보고 삶의 진정한 의미와 망향을 찾기 위하여 숨겨져 있는 사실들이 지니고 있는 상징성이나 아이러니, 역설적인 의미들을 파악하고 파악해내기 위해 집중하고 골몰하는 특성을 지닌다. 따라서 이 시기에 갖는 인지 발달, 즉 조합적 사고력·추상적 이해력·조응적 상상력 등은 모두 삶과 삶을 살아가는 사람들의 사는 모습을 더욱 구체적으로 파악하기 위한 본능이라고 할 수 있다.

즉, 이 시기 학습자들은 어떠한 사실을 주입 받기보다는 사실을 대상으로 능동적인 해석과 실험 등 활동하기를 좋아하고, 답이 하나인 것보다는 다양한 가능성과 결과를 도출하는 데 관심을 보인다는 것이다. 그리고 '자아 정체성'을 높이기 위해 다른 사람의 삶을 구체적으로 파악하여 비판도 하고 모방도 한다는 것이다. 이러한 특성 때문에 이 시기의 학습자는 무한한 세계를 탐색하고 구현할 수 있는 인터넷 사용을 즐기고, 정지되어 있고 평면적인 형태의 자료보다 동영상이나 입체적인 형태의 자료를 더욱 선호하는 것이다.

3. 학습자 활동 중심의 시조 교육

시조를 국어과 교육 과정에 포함하여 학교에서 가르친 지 75년이 지났다.[24] 이는 시조가 근대 교육의 출발에서부터 교육 자료로 채택되었고, 학교 현장에서 국어 교육과 문학 교육의 중요한 자리를 차지해왔음을 의미한다.

그러나 그 동안 시조 교육이 효율적으로 이루어졌는가에 대한 평가는 그

---

24) 중등학교 경우에는 『신편 고등조선어급한문독본』 권2(1924. 2)에, 초등학교의 경우 『조선어 독본』 권5(1934. 3)에 처음 나타난다.

리 긍정적이지 못하다. 시조 문학 연구자들이 시조의 문학적 지평을 넓히고 풍부하게 하는 데에는 나름의 성과가 있었지만, 국어 교육적 입장에서 체계적인 교육 과정을 세우고 다양한 교수·학습 방법을 구안하는 논의는 상대적으로 열악한 수준에 머물러 있다.[25]

시조 교육이 근대 교육 출발에서부터 중요한 고전 문학 교육의 한 부분이었음을 상기한다면, 최근에 일어나고 있는 '국문학 위기'에 시조 교육이 일정 부분 책임이 있음을 통감하여야 할 것이다. 사실, 반성적인 입장으로 '국문학 위기'를 바라본다면, '국문학 위기'는 '고전 문학 교육' 또는 '시조 문학 교육'의 "부재"에 있음을 자인하여야 할 것이다.

이제 효율적인 시조 교육을 위하여 학습 목표, 학습 내용 및 교수·학습 방법, 작품 선정, 교과서 내의 '학습 활동' 및 '단원의 마무리'의 질문 내용·유형 등 교육 외·내적인 문제에 대하여 전반적으로 고민하고 깊이 있는 논의가 필요한 때이다. 그리고 이러한 고민과 논의를 바탕으로 고전 문학의 위기, 국문학의 위기에서 벗어날 때이기도 하다.[26]

이러한 인식을 바탕으로 시조 교육을 반성하면서 시조 교육의 문제점을 구체적으로 살필 필요가 있다. 동시에 교수·학습의 주체인 학습자 활동 중심 교육의 가능성을 논의하고 그 가능성을 동인으로 하여 중학교를 중심으로 한 시조 학습의 모형을 구안하여야 한다. 그리고 구안한 모형 안에서 '건전한 인성과 창의성 함양'이라는 교육 목표를 달성하기 위한 학습자 중심의 감상 표현의 의의와 실례를 통해 새로운 시조 교육의 방향을 찾아야 할 것이다.

---

25) 시조 교육에 대한 통시적 연구는 김선배, 『시조문학 교육의 통시적 연구』(박이정, 1998)를 참고할 수 있다.

26) 덧붙인다면 시조(교육) 연구자들의 반성적인 자세도 필요하다. 가령, 연구 논문에 외래어를 사용한다든지, 꼭 필요하지 않은 곳에서 국어 교사들조차 이해하지 못하는 낱말을 사용하여 연구 내용을 파악하지 못하게 하는 기술 태도라든지, 교육 현장의 상황을 파악하지 않은 채 이론에만 치중한다든지 하는 것들도 시급히 시정되어야 할 것이다. 그래서 시조(교육) 연구 논문 자체가 우리의 얼과 말을 되살리는 것이어야 하고, 교육 현장의 교사가 수업 시간에 학습자들과 한차원 높은 수업을 진행할 수 있도록 도와주는 연구가 되어야 할 것이다.

3.1 시조 교육에 대한 반성적 논의

　새로운 시조 교육을 위해서 제일 먼저 논의할 것은 지금까지 이루어져 온 시조 교육을 반성하는 일일 것이다. 그리고 그 반성은 추상적이거나 이론적인 것이 아니라, 구체적이고 실천적인 것이어야 한다. 시조 교육에 대한 반성이 구체적이고 실천적이기 위해서는 1차 교육 과정에서부터 6차 교육 과정까지 시행된 시조 교육을 점검하고, 교수·학습의 매체가 되고 있는 현행 교과서와 교수·학습의 길잡이가 되었던 교사용 지도서의 내용을 면밀하게 분석하여야 할 것이다.

　먼저, 그 동안 교육 과정에서 시조 교육이 어떻게 다루어졌는지 살펴보면 많은 문제가 내재해 있음을 알 수 있다. 이는 시조가 근대 교육의 출발에서부터 국어 교육의 한 영역이긴 하였지만, 오랜 동안 관심의 대상에서 제외되었기 때문이다. 1차 교육 과정에서부터 3차 교육 과정까지 시조 교육은 별다른 논의 없이 독본(讀本) 수준으로 진행되었다. 4차 교육 과정에서 약간의 변화가 나타나지만 역시 작품 이해 차원의 교육만 있었을 뿐, 효율적인 시조 교육을 위한 근본적인 논의는 생략되었다.

　이러한 현상은 5·6차 교육 과정에서도 이어져 시조 교육에 대한 논의는 별다른 진전이 없이 작품의 이해와 감상, 갈래 특성 파악 등에 머물고 있다. 오히려 교과서에 실리는 시조 작품의 수가 줄어들면서 6차 교육 과정에서는 중학교 교과서에는 6수, 고등학교 교과서에는 3수의 시조만이 실리는 '시조 교육 위축' 현상이 일어나고 말았다. 물론 교과서에 실린 시조 작품의 편수만으로 시조 교육이 위축되었다고 단정할 수는 없을 것이다.

　따라서 좀 더 구체적인 상황을 파악하기 위해 현행 중학교 국어 교과서를 중심으로 시조 작품과 학습 목표, 주요 학습 내용 및 활동에 대해 알아볼 필요가 있다.

　현행 중학교 교과서 1학년 1학기 제1단원 '시의 운율'에서는 2수의 시조와 5편의 현대시가, 2학년 2학기 제7단원 '국문학의 세계'에서는 시조 <오

우가〉 1수와 상대가요인 〈황조가〉, 향가인 〈제망매가〉, 고려 가요인 〈정석가〉 등이 함께 실려 있고, 3학년 2학기 제4단원 '시의 표현'에서는 시조 2수와 6편의 현대시가 수록되어 있다.

그리고 시조 작품을 학습하기 위한 '단원 학습 목표'와 '주요 학습 내용 및 활동'을 구체적으로 살펴보면 다음과 같다.[27]

◎ 1학년 1학기 – 1. 시의 운율(〈오늘도~〉, 〈동기로~〉 ; 2수)

　■ 단원 학습 목표
　(1) 시와 산문이 운율상 어떻게 다른지 안다.
　(2) 시의 운율에 대하여 알고, 어떤 기능을 하는지 이해한다.
　(3) 시의 운율과 분위기를 살려 낭송할 수 있다.
　(4) 시를 바르게 이해하고, 감상할 수 있다.
　(5) 시를 즐겨 읽고, 삶의 가치와 아름다움을 발견하는 태도를 가진다.

　■ 시조 주요 학습 내용 및 활동
　(1) 시조 낭송하기
　(2) 끊어 읽기를 중심으로 운율 분석하기
　(3) 시조의 기본 율격 알기(기본 율격/운율이 잘 느껴지는 까닭)
　(4) 시조의 내용 감상하기

◎ 2학년 2학기 – 7. 국문학의 세계(〈오우가〉 ; 1수)

　■ 단원 학습 목표
　(1) 국문학의 개념을 안다.
　(2) 국문학(고전 문학)의 종류를 안다.
　(3) 국문학(고전 문학)의 발달 과정을 이해한다.
　(4) 국문학 작품을 읽는 이유를 안다.
　(5) 국문학 작품 중에서 옛 노래 몇 편을 감상할 수 있다.

　■ 시조 주요 학습 내용 및 활동
　(1) '오우가' 낭송하기
　(2) 작품 이해하기
　(3) 작품 감상하기

---

27) 중학교 국어 교사용 지도서. 1 - 1, 2 - 2, 3 - 2 참조.

◎ 3학년 2학기 − 4. 시의 표현(〈국화야~〉, 〈청산은~〉, 〈모란은~〉 ; 3수)

■ 단원 학습 목표
(1) 시의 분위기를 살려서 시를 낭송할 수 있다.
(2) 시에 쓰인 독특한 표현법을 이해한다.
(3) 시의 내용을 바르게 이해하고, 감상할 수 있다.
(4) 시에 쓰인 아름다운 표현들을 음미하고, 이러한 아름다운 언어
표현을 생활 속에서 살려 쓰는 태도를 가진다.

■ 시조 주요 학습 내용 및 활동
(1) 시조의 운율을 살려 낭송하기
(2) 시조의 표현 방법에 대하여 알아보기
(3) 시가 주는 감동을 주제와 관련하여 감상하기
(4) 평시조와 사설시조의 차이점을 알아보기

이러한 시조 교육의 '학습 목표'와 '주요 학습 내용 및 활동'을 교과 과
정과 교과서 편성 체제 안에서 살펴보면 다음과 같은 몇 가지 문제점을 파
악할 수 있다.

첫째, 고전 시가의 하위 갈래인 시조를 현대시와 동일한 단원에서 다룸
으로써 작품의 이해와 감상, 표현법 등을 신비평적 분석 방법에 적용하고
있는 데에 따른 문제이다. 시조는 시조 나름의 독자성과 특수성이 있음에
도 불구하고 현대시를 해석·연구하는 방법을 적용하는 것은 시조를 시조
답게 이해·감상하는 방법이 아닐 것이다.

둘째, 시조를 현대시와 같이 다루면서도 1학년 2학기 제3단원 '시의 화
자', 2학년 1학기 제5단원 '시의 언어', 2학년 2학기 제11단원 '시의 주제',
3학년 1학기 제8단원 '시의 심상'에서는 고전시조를 수록하지 않았다. 고전
시조에는 '화자'·'언어'·'주제'·'심상'의 문제가 중요하지 않다는 것인
지, 아니면 고전시조가 지닌 이러한 요소들은 현대시와 동일한 성격을 갖
는다는 것인지 분명히 설명되어 있지 않다. 또한 1학년 1학기 제1단원 '시
의 운율', 3학년 2학기 제4단원 '시의 표현'에서만 시조 작품을 다룸으로써
'운율'과 '표현'면에서는 고전시조가 현대시와는 다른 특성을 가지고 있지

만, 위의 네 요소는 시조와 현대시가 동일한 특질을 가지고 있는 것으로 오해할 소지가 있다.

셋째, 2학년 2학기 제7단원 '국문학의 세계'에서 시조 문학을 다루고 있는데, 이후 제시된 시의 형상화 요소, '시의 주제'·'시의 심상'·'시의 표현' 등은 시조 문학을 이해하는 데 필요가 없는 것인지, 아니면 이런 요소들은 고전시조와 현대시에 동일하게 나타남으로 현대시 학습을 통해 충분히 학습할 수 있는 것인지도 설명되어 있지 않다.

넷째, '운율'·'화자'·'언어' … 등 시조 학습을 위하여 세분화한 요소들이 어느 시점에서 통합되어 시조를 이해하는 하나의 지식, 지식 구조로 작용할 수 있는 것인지도 제시되어 있지 않다.

다섯째, '단원 학습 목표'에 제시된 내용들, 즉 '운율에 대해 알기'·'이해·감상하기'·'삶의 가치와 아름다움 발견하기'·'표현법 음미하고 일상 생활에서 활용하기' 등이 전 단계(초등학교)와 후 단계(고등학교) 사이에서 어떠한 역할을 하고 있고, 시조를 이해하기 위한 모든 과정 중 어떤 위치에 있는지 명확하지 않다.

여섯째, '주요 학습 내용 및 활동'이 과연 '단원 학습 목표'를 달성하기 위해 과연 구체적이고 능동적인 활동이 될 수 있는지도 의문이다. 그리고 이러한 내용과 활동이 45분 수업 시간에 다 이루어질 수 있는 것인지도 생각해 보아야 할 과제이다.

이밖에도 지식, 지식 구조를 가르치는 것이 시조를 이해·감상하고, 일상 생활의 언어사용에 도움이 되며 새로운 언어 문화 창달에 최선의 교수·학습 방법인가 하는 것도 심각하게 논의되어야 할 사항이라고 여겨진다.

3.2 국어 교육과 시조 교육

시조 교육은 문학 교육 안에 있고, 문학 교육은 국어 교육 중 한 영역이다. 따라서 효율적인 시조 교육에 대한 고민과 논의는 국어 교육에 대한 고민과 논의에서부터 시작하여야 할 것이다. 시조 교육이 아무리 효율적으로 이루어진다 하여도 문학 교육과 국어 교육의 목표를 달성하는 데 일정한 역할을 하지 못한다면 또 다른 위기에 도달할 것이기 때문이다.

새로운 시조 교육 방안을 마련하기 위해서 우선 제7차 교육 과정에 제시한 국어과 교육 목표를 살펴보는 것이 순서일 것이다.[28]

> 언어 활동과 언어와 문학의 본질을 총체적으로 이해하고, 언어 활동의 맥락과 목적과 대상과 내용을 종합적으로 고려하면서 국어를 정확하고 효과적으로 사용하며, 국어 문화를 바르게 이해하고, 국어의 발전과 민족의 언어 문화 창달에 이바지 할 수 있는 능력과 태도를 기른다.
> 가. 언어 활동과 언어와 문학에 대한 기본적인 지식을 익혀, 이를 다양한 국어 사용 상황에서 활용하는 능력을 기른다.
> 나. 정확하고 효과적인 국어사용의 원리와 사용 양상을 익혀, 다양한 유형의 국어 자료를 비판적으로 이해하고, 사상과 정서를 창의적으로 표현하는 능력을 기른다.
> 다. 국어 세계에 흥미를 가지고 언어 현상을 계속적으로 탐구하여, 국어의 발전과 국어 문화 창달에 이바지하려는 태도를 기른다.

이를 다시 정리하면, 인지적 영역에서는 ① 국어사용 능력을 위한 지식 교육과 ② 자료의 비판적 이해 능력과 창의적인 표현 능력 향상을 강조하였고, 정의적 영역에서는 국어 발전과 국어 문화 창달로 확장되는 교육 활동을 강조하였다. 그리고 이러한 교육은 항상 일상 생활의 다양한 언어 상황에서 활용할 수 있는 것이어야 함을 명시하고 있다.

이에 따르면, 국어 교육의 최상위 목표는 '창조적 국어사용 능력의 질적인 향상'에 있다는 것을 알 수 있다. 이러한 최상위 목표를 달성하기 위해 '듣기·말하기·읽기·쓰기·국어 지식·문학' 등 여섯 영역으로 구분하였고, 각 영역은 국어 교육의 최상위 목표를 달성하기 위해 상호 보완적으로 기여할 것을 요구하고 있다.

---

28) 교육부, 『중학교 교육 과정 해설(Ⅱ)』, 교육부 고시 제 1997-15호, 1999.

　그렇다면 문학 교육, 시조 교육 역시 일상 생활의 국어사용 능력 향상과 국어 발전, 국어 문화 창달에 공헌할 수 있어야 한다. 그러나 문제는 국어과의 여섯 영역이 어떻게 상호 보완적으로 교육될 수 있는가 하는 것이다. 그리고 교과서가 여섯 영역이 상호 보완적으로 기능할 수 있도록 구성되었느냐, 혹은 어떤 유형의 교수·학습 방법이 이 여섯 영역을 상호 보완적인 관계로 이끌어 낼 수 있는가 하는 것이 과제로 남게 되었다.

　이러한 과제를 풀기 위해서는 여섯 영역을 종합적으로 논의하여야겠지만 본고의 목적 상 문학 영역을 중심으로 살펴보아야 할 것 같다.[29]

| 문학 | ·문학의 본질
- 문학의 특성
- 문학의 갈래
- 한국 문학의 특질
- 한국 문학의 사적 전개 | ·문학의 수용과 창작
- 작품의 미적 구조
- 작품의 창조적 재구성
- 작품에 반영된 사회·
　문화적 양상
- 문학의 창작 | ·문학에 대한 태도
- 동　기
- 흥　미
- 습　관
- 가　치 |
| | ·작품의 수용과 창작의 실제
- 시(동시)　　　　　　- 소설(동화, 이야기)
- 희곡(극본)　　　　　- 수필 | | |

　문학 영역의 교육 내용은 '본질', '원리(수용과 창작[30])', '태도'를 근간으로 이러한 교육 내용이 문학 작품을 읽고[31] 이해·감상하는 실제의 문학 활동과 유기적으로 관련되어야 함을 나타내고 있다.

　문학 교육이 '본질', '원리', '태도'를 근간으로 문학 활동과 유기적으로 이루어져야 한다는 논의는 타당성을 갖는다. 그러나 '작품의 수용과 창작의 실제'에서 시조가 제외되었다는 것은 납득하기 어렵다.

　3.1에서 살핀 바와 같이 시조의 독자성, 전통성, 문학성을 교육하는 것이 아니라, 현대시 안에서, 현대시의 요소를 학습하는 과정에서 시조 작품을

---

29) 중학교 교육 과정 해설(Ⅱ), 앞의 책, 22쪽.
30) '창작'은 문예 창작이 아니라 문학 작품에 대한 문학적 반응을 다양한 방식으로 표현하는 활동을 의미한다.
31) 이 때 '읽기'란 '해석'의 개념을 갖는다.

다루려는 태도를 가지고 있음을 확인할 수 있다. 따라서 전통적인 사유 체계와 표현법으로 창작된 시조를 서구의 신비평적 시각으로 해석하고 이해·감상할 것을 강요하고 있는 것으로 파악할 수 있다.

　이처럼 교과서에 수록된 작품과 그 작품을 접근하는 시각의 차이가 학습자로 하여금 시조의 정확한 이해와 감상을 어렵게 하는 요인이 되고 있다. 여기에 시조가 고전 문학으로서 거쳐야할 별도의 과정들, 고어 해석·서지적 상황 판단·갈래적 특성 이해·사회 문화적 요인·작자에 관한 이해들이 강조되면서 시조 교육은 교사 중심이 되었고 필연적으로 설명적·암기식 학습이 되고 말았다.

　따라서 시조 교육이 국어 교육 안에서 효율적으로 이루어지기 위해서는 시조의 독자성과 특수성을 살리는 분석 방법이 구안되고 학습되어야 할 것이고, 학습자 활동 중심의 교수·학습이 이루어져야 할 것이다.

3.3 시조 교육을 위한 학습자 활동 중심 모형

　시조 교육 역시 '무엇을',[32] '어떻게'[33] 가르칠 것인가 하는 문제로 귀결될 수밖에 없다. 그러나 '무엇을', '어떻게'의 문제는 '왜', '언제' 가르칠 것인가와 '학습자'를 떠나서는 성립할 수 없다.

　특히 교수·학습의 주체가 학습자임을 상기한다면, 이 모든 논의들은 '학습자'에서 출발하여야 함이 마땅하다. 교수·학습의 주체가 학습자이어

---

[32] '무엇을' 가르쳐야 할 것인가에 대한 논의도 더욱 심도 있게 이루어져야 한다. 특히, 현행 중·고등학교 국어 교과서에서 다루고 있는 내용 외에, '형성 원리'·'형상화 방법' 등의 교육 여부는 좀 더 적극적인 논의가 필요할 것으로 보인다. 이들이 바로 시조에 접근하는 가장 근본적인 요소이기 때문이다.
　'시조의 형성 원리'에 대하여는 : 崔東元, 『古時調論』(三英社, 1980)과 원용문, 「시조 형성의 원리」(『時調學論叢』 第15輯, 韓國時調學會, 1999. 7~43쪽)를 참고할 수 있다.

[33] '어떻게' 가르칠 것인가에 대해서는 이상익 외, 『古典文學 어떻게 가르칠 것인가』(집문당, 1994)와 김대행 『국어교과학의 지평』(서울대학교출판부, 1995), 그리고 계간지 『문학교육학』의 여러 논문들을 참고할 수 있다.

야 한다는 인식은 일찍부터 있어왔다. 그 결과 7차 교육 과정에서는 '건전한 인성과 창의성 함양'을 교육 목표의 차원에서 다루면서, '수준별 수업'을 기본 방향으로 설정하기에 이르렀다.

'건전한 인성과 창의성 함양'은 지식 변화와 사회 변화에 따른 것이다. 즉 세계화·정보화 사회에서는 건전한 인성과 창의성 교육이 필수적이라는 인식이 배경으로 작용하고 있다. 그리고 학습자 중심의 교수·학습을 구체화하여 '수준별 수업'을 도입하기에 이른 것이다.

그러나 학습자 중심 교육의 부재는 시조 교육에서도 예외가 아니다. 그것은 '학습 목표'와 '학습 내용 및 활동'을 제시하는 문장의 형태에서도 알 수 있다. 교사 중심의 '설명하기'와 추상적인 '이해·감상하기' 형태의 문장이 주를 이룬다는 것은, 시조 역시 교사 중심의 추상적인 학습이 이루어지고 있음을 나타내는 것이다.

시조 교육, 나아가서 국어 교육은 학습자 활동 중심의 교육이 되어야 한다. 이는 새로운 주장이라기보다는 국어 교육이 지니고 있는 본질적인 성격에 충실한 교육이 이루어져야 한다는 것을 강조한 것이다. 즉, 국어 교육은 이해와 표현을 본질로 삼기 때문에 성격상 학습자의 활동이 강조된다. 학습자의 활동이 없는 이해와 표현은 항상 이론적이며 추상적일 수밖에 없다. 특히 적극적이고 능동적인 학습자로 육성34)하기 위해서는 학습자가 이해와 표현의 주체가 되어 '활동'하여야 한다.

시조 교육, 나아가 고전 문학 교육이 위기를 맞은 것은 일반적인 교수·학습 모형을 그대로 시조 교육에 적용하고 있는 것도 하나의 이유이다. 앞에서 살핀 한창훈의 지적처럼 고전 문학은 현대 문학이나 다른 영역과는 다른 별도의 과정이 필요한 데도 이를 무시하고 일반적인 모형을 그대로 적용하고 있는 것이 고전 문학 위기의 한 요인이 되고 있다.

지식, 또는 지식의 구조를 가르치는 일이 교육이 지향해야 할 목적이라

---

34) 국어 교육의 궁극적 목표는 '일상 생활의 언어 사용 능력 배양'이므로, 국어 교육은 초·중·고에서 끝나는 것이 아니라 평생 동안 국어 사용에 관심을 가지고 올바르게 사용하는 학습자 육서에 중점을 두어야 한다. 그러기 위해서는 언어 사용에 적극적이고 능동적인 자세를 갖도록 하는 것에 초점을 두어야 할 것이다.

는 것은 타당하다. 그러나 명제화된 지식만을 가르치려다 보면, 학습자의 동기를 유발할 수 없고, 적극적이고 능동적인 학습을 기대하기 어렵다. 문제는 어떠한 활동을 통해 효율적인 시조 교육을 이루느냐, 또는 시조에 관한 학습 내용을 지식 또는 지식 구조화할 수 있느냐 하는 것이다.

이를 위해 앞에서 살핀 '학습자 활동 중심'의 교수·학습 모형을 단계별로 제시하면 다음과 같다.[35]

(1) 동기 유발 단계 [학급 활동]

㉮ 교과서의 시조 작품 읽기(어려운 한자어는 현대어로 풀어준다 - 교사)
㉯ 주제가 비슷한 시조 읽기(자료 - 교사·학습자 선정)
㉰ 주제가 비슷한 산문 읽기
㉱ 주제와 비슷한 경험 이야기하기

(2) 기초 단계 [개별 활동]

㉮ 학습자 자신의 경험을 산문 또는 3행시로 쓰기
   또는, 자신의 경험 중 가장 기억에 남는 장면 쓰기
㉯ 학습자 자신의 경험과 작자의 경험 비교하기

(3) 심화 단계

㉮ (2)의 ㉮글을 압축하여 3·4자, 4음보로 정리하기 [개별 활동]
㉯ (2)의 ㉮글과 다른 점 이야기하기(산문과 운문의 차이점 알기)
   [모둠별 활동 후 교사 정리]
㉰ 시조 형식에 대해 토론하고 질문하기

(4) 발전 단계

㉮ (3)의 ㉮를 시조의 운율에 맞춰 고쳐 쓰기
㉯ 교과서에 실린 시조와 자신이 쓴 시조의 형식 비교하기
   [모둠별 활동 후 교사 정리]

---

35) 사용한 번호 중 '(1), (2), (3)…'은 활동 단계의 순서이나, '①, ②, ③…'은 순서와 상관없다.
학습자의 수준이나 학습 목적에 따라 선택할 수 있고, 또는 순서를 바꿀 수 있을 것이다.
이 모형은 여러 가지 모형 중 기본적인 모형의 한 예일 뿐임을 밝힌다.

(5) 정리 단계

㉮ 자신이 지은 시조 발표하기 [학급·모둠별 활동]
㉯ 다른 학생이 지은 작품을 읽고 잘된 점과 잘못된 점 토론하기
[학급·모둠별 활동]
㉰ 다듬기 [개별 활동]

(6) 추후 활동 단계

㉮ 교과서에 실린 시조 작품의 대상 인식방식에 대해 공감하거나 비
판하기 [학급·모둠별 활동 - 교사·학습자 자료 준비]
㉯ 현대시와 다른 점 이야기하기 [모둠별 활동 후 교사 정리]
㉰ 관련 학습 활동 및 관련 주제 토론하기 [학급·모둠별 활동]

이러한 교수·학습 모형으로 수업을 진행하면 '학습 동기 유발하기 - 학습자 중심의 표현 활동하기 - 토론하기·질문하기 - 교사 정리하기 - 추후 활동하기'의 과정을 거치게 된다. 그리고 이러한 단계와 과정은 단선적이 아니라 복선적으로 이루어질 수 있어 '교사 중심 교육', '설명하기', '암기 위주의 평가'에서 벗어날 수 있을 것이다.

3.4 학습자 활동 중심의 감상 표현 활동

학습자 활동 중심의 교수·학습 모형은 반드시 '무엇을 가르칠 것인가', 또는 '교육을 통해 무엇을 얻도록 할 것인가'와 동시에 모색되어야 한다. 교수·학습 모형은 가르칠 내용과 교육 목표에 따라 달라야 하고, 달라야 효율적인 교육을 이룰 수 있기 때문이다.

따라서 학습자 중심의 교육이 되면 다양한 내용과 학습 목표를 설정할 수 있고, 이에 따라 교수·학습 모형 역시 다양해질 수 있다. 특히 7차 교육 과정에서 강조하고 있는 '건전한 인성'과 '창의성' 함양을 달성하기 위하여 더욱 다양한 교수·학습 방법과 모형이 필요하다.

그에 따라 ① '학습자' 중심의 교육을 위해 학습자의 경험과 생각을 적극적으로 활용하는 감상 표현 활동과 ② '건전한 인성'과 '창의성' 함양을 달성할 수 있는 표현 활동의 의의와 ③ 학습자들이 수행한 결과물들에 대한 평가를 통해 학습자 활동 중심의 교수·학습 모형과 의의에 대해 논의해 보자.

(1) 학습자의 경험과 생각 표현을 중심으로 한 표현 활동

이제까지의 시조 교육, 고전 문학 교육은 학습자의 주관적인 경험과 상상력, 선이해(per-understand) 과정을 인정하지 않았다. 그러나 고전 문학 교육, 또는 더 넓게 '문화의 전수'는 일방적인 의사 소통 구조가 아닌 상호 교류적인 의사 소통 구조를 바탕으로 하여야 한다.[36]

구체적으로 말한다면, 고전 문학 교육은 명제화된 지식만으로는 이루어질 수 없고, 현재를 살고 있는 학습자와 반응하면서 이루어진다는 것이다. 즉 시조 작품을 객관적으로 분석하여 학습자에게 전달하지만 학습자는 자신의 선이해 과정을 거쳐 주관적으로 받아들이는데, 고전 문학 교육은 이러한 객관과 주관 사이를 서로 넘나들면서 이루어진다는 것이다. 그리고 객관과 주관을 넘나들면서 주관은 확장되고 주관의 확장은 곧 객관의 확장으로 이어진다.

학습자는 교사의 의도와는 달리 정제된 객관을 그대로 받아들이는 것이 아니라, 자신의 주관과 정제된 객관에 상응(相應)하면서 고전 문학을 이해하고 지식 구조화한다. 따라서 고전 문학 교육에서 경계해야 할 것은 학습자의 주관적인 반응을 억제하는 것이다. 바꾸어 말하면 고전 문학 교육에서는 고전 문학 작품의 세계와 학습자의 세계가 서로 자유롭게 만날 수 있는 환경을 만들어 주어야 한다. 이러한 '지평의 융합(fusion of horizon)'이야말로 고전의 세계를 넓힘과 동시에 학습자의 세계를 넓히는 중요한 요소가 된다.

시조 작품을 읽으면서 학습자의 경험과 생각을 적극적으로 이끌어 내고

---

36) 교류적인 의사 소통 구조의 중요성에 대해서는, 졸저 『읽기 교육의 이론과 실제』(역락, 2000), 제2장 참조.

이를 바탕으로 작품의 세계와 자신의 세계를 견주고 융합하는 표현 활동은 무엇보다 중요하다. 이러한 활동은 3.3에서 소개한 교수·학습 모형의 (1)과 (2)단계에서 이루질 수 있다.

예문 1   〈오우가〉를 읽고...

– 다섯 친구들에 대한 나만의 생각 –

　물 : 물은 투명하다. 왠지 거짓말을 할 것 같지 않다. 정직함이 느껴진다. 물은 또한 모든 것을 다 흡수한다. 아무 것도 거부하지 않는다. 그래서 그런 물의 착한 마음씨 때문에 요즘 병이 나서 심각한 상태에 빠진 물이 많다. 사람들은 그러나 그러한 물의 심각성을 잘 알지 못한다. 그저 물은 항상 우리 곁에 조용히 계속해서 있어 주었기 때문에 별로 물이 귀한 줄은 모른다. 정말 안타까운 일이다. 이제 정말 물은 우리에게 귀한 존재가 될지 모른다. 정말 소중한 우리의 물... 이제 그 의미를 깨닫고 물이 더 이상 병나지 않게 또 이미 병난 것을 고쳐주기 위해 우리는 노력해야 한다. 건강한 물을 보고 싶어도 더 이상 볼 수 없는 날이 오기 전에 우리는 힘써야 한다.

　돌 : 돌에 대한 나의 생각이라... 음 밥 먹다가 유난히 돌을 많이 씹은 것 같다. 그래서 돌이 싫은 적이 많다. 돌은 주로 부정적인 의미로 많이 쓰인다. 이를테면 머리가 나쁜 사람한테도 돌이라고 하는 경우가 많다. 그리고 감정이 없어 보이는 사람한테는 돌 같다고 한다. 그러나 돌에게도 나름대로의 매력이 있다. 바닷가에서 깔려있는 돌들은 정말 예쁘다. 아니 그렇게 모질게 모났던 돌들이 둥글둥글하게 되어 있는 걸 보면 신기하고 그 네모남이 둥글함으로 바뀔 때까지의 세월을 잘 견뎌낸 돌의 인고의 힘이 정말 감동적이다. 나도 돌 같은 인내심을 배우고 싶다.

　소나무 : 우리 집은 산골이기 때문에 소나무가 정말 많다. 소나무는 정말 많은 일을 하는 만능 재주꾼이다. 소나무는 옛날에 땔나무로 많이 이용되고, 정말 먹을 것이 없던 시절에는 소나무 껍질이 식량이 되기도 하였다. 지금도 소나무에서 나오는 송진가루로 다식을 만들기도 한다. 또한 소나무 향은 정신을 맑게 해주는 천연 방향제이다. 소나무 숲에서 바람이 불면 마치 내가 신선이 된 느낌이다. 정말 기분이 좋다. 일상사에서 벗어나 수목원 같은 곳에 가도 좋을 것이다. 머리 아픈 세상사 일은 모두 지우고 수목원의 소나무를 벗삼아 맘껏 자연을 느끼는 것이, 피씨방에서 게임을 하는 것 보다 훨씬 재미있을 것이다.

> 대나무 : 옛날에 살던 우리 집 뒷곁은 대나무 숲이었다. 아주 어렸을 때 눈이 펑펑 쏟아지는 새파란 소나무에 눈이 쌓이는 모습을 신기하게 바라보던 생각이 떠오른다. 그러나 대나무는 소나무만큼이나 매력적이지는 않다. 별로 쓸모가 없어 보인다. 그러나 요즘은 대나무의 여러 가지 유용성을 개발하여 사람들이 많이 이용하는 것 같다. 치약부터가 죽염이라는 성분을 이용하여 만들고 대나무를 이용하여 여러 가지 요리를 한다. 술도 담그고 밥도 짓고 고기도 굽는다. 별로 실용적으로 보이지 않는 대나무가 그렇게 많은 일을 해내다니 정말 신기하다. 눈에 보이는 것만 보면 아무런 쓸모가 없었을 대나무, 그러나 사람들은 지극히 평범한 대나무를 보고 여러 가지를 기능을 만들어 낸 것이다. 나도 내 안의 잠재력을 발견하여 여러 가지 장점을 만들어 내고 싶다.
>
> 대나무 같은 잠재력만 있으면 정말 여러 가지 일을 해낼 것 같다.
>
> 달 : 초등학교 때 친구들과 늦게까지 놀다오면 어느새 해가 뉘엿뉘엿 지고 달이 희미하게 보이곤 하였다. 근데 정말 신기한 일이었다. 달이 자꾸 나의 뒤를 쫓아오는 느낌이 드는 것이다. 아무리 계속 길을 걸어도 달은 계속 나를 쫓아왔다. 너무 이상해서 선생님께 일기장에 물어보기까지 했다. 그 때 선생님은 달이 쫓아오는 것이 아니라 달은 워낙 크고 어디서나 볼 수 있어서 그렇게 느끼는 것이라고 말씀해 주셨다. 암튼 그 시절부터 나에게 달은 심상치 않게 느껴진 것 같다. 달은 겨울 달이 정말 예쁘다. 달이야 항상 똑같이 뜨지마는 왠지 겨울달이 더 차갑게 느껴지고 그 차가움이 매력적으로 느껴진다. 그래서 바람이 생생 부는 추운 겨울날 창문을 열고 달을 감상하곤 한다. 차가운 매력이 느껴지는 달을 더욱 잘 느끼기 위해...
>
> 오늘도 창문을 열고 달을 보아야겠다. 달은 정말 아름답다. 해보다 더 아름답다...

학습자는 <오우가>의 다섯 소재를 통해 자신의 주관적인 생각과 경험을 적극적으로 이끌어 내고 <오우가>와 상응하면서 다섯 소재를 통해 자신의 삶과 행동을 계획하고 성찰한다.

'물'에 대한 주관적인 느낌을 표현하고 물의 속성을 상기한다. 그러면서 현재 심각한 물 문제를 떠올리고, '물은 항상 우리 곁에 조용히 계속해서 있어준다'며 물과 반응한다. 그 결과, 물을 귀중히 여겨 아껴야 한다는 결론을 도출하고 있다.

이러한 활동은 '돌'·'소나무'·'대나무'·'달'에도 이어진다. 자신의 주관적 느낌과 경험을 작품 속의 세계와 상응하면서 '인내심(돌)'·'다양한 쓰임(소나무)'·'잠재력(대나무)'을 발견하고 자신의 세계 속으로 받아들인다. 그러면서 "자연을 느끼는 일이 피씨(pc)방에서 게임을 즐기는 것보다 훨씬 재미있다"는 삶에 대한 새로운 세계에 대해 눈을 뜨게 된다.

학습자의 주관적인 경험과 생각을 적극적으로 이끌어 내고 그것을 작품 속의 세계와 상응하도록 하는 활동은 학습자의 동기 유발과 함께 학습자에게 '삶'에 대한 새로운 '눈 뜸'의 기회를 부여할 수 있다.

(2) 작품 속 세계를 적극적으로 파악하는 표현 활동

학습 목표에 따라 교수·학습의 내용과 방법은 달라져야 한다. 학습자의 주관적인 느낌과 생각을 적극적으로 이끌어 내는 6.1의 활동보다는 학습자로 하여금 작품 세계를 구체적으로 이해하고 형상화 방식에 대한 근본 태도를 경험하기 위해서는 또 다른 유형의 활동을 실시할 수 있다.

가령, <오우가>의 '의미 형상화 방법'을 학습 목표로 한다면, 다섯 소재에 겹쳐진 유교적 관념을 이해하고, 다시 유교적 관념 속에서 다섯 소재가 주는 의미를 확장하는 유형의 활동을 구안하고 실시할 필요가 있다.

이러한 유형의 활동은 학습자에게 자칫 딱딱하거나 어렵다는 느낌을 줄 수도 있다. 하지만 시조를 정확하게 이해하기 위해서는 반드시 필요한 활동 유형이기도 하다. 왜냐하면 시조는 현대시와 달리 "인식 주체와 인식 대상의 관계를 철학적인 인식"37)으로 형상화하는 문학이기 때문이다. 즉, <오우가>는 대상(다섯 소재)을 인격화하고, 그 바탕 위에 유교적 관념을 겹치는 형상화 방법을 채택하고 있으므로 다섯 소재에 겹쳐진 유교적 관념을 파악하고 그를 통해 유교적 관념을 확대해 나가는 유형의 활동이 필수적이다.

---

37) 허왕욱, 「시조 작품의 의미 형상화 방법에 대하여」, 『時調學論叢』第15輯, 韓國時調學會, 1999. 203~204쪽.

예문 2　　　　　　　　〈오우가〉에 대해서 더 자세히 알기

- 유교적인 관점으로 본 〈오우가〉 -

■ 오우가의 긍정적인 면에 대해서

1. 맑다. 깨끗하다.(청결성)　　2. 그칠 때가 없다. 변하지 않는다.
3. 눈서리를 모른다.(의연성)　　　사시에 푸르다.(항상성)
5. 나무도 풀도 아니다.(중용성)　4. 구천에 뿌리 곧다.(강직성)
7. 높이 떠 있다.(고고성)　　　6. 속이 비었다.(통달성)
9. 말하려 하지 않는다.(침묵성)　8. 만물은 다 비친다.(겸전성)

위에 든 관념들은 모두 유가에서 말하는 인격과 관련성이 있다.

첫째, 청결성은 인격의 청결성을 의미한다.

둘째, 항상성은 유교 도덕에서 윤리 이전의 대전제이다. 이것은 유교 도덕자체의 절대성을 강조하기 위해서, 또 현 체재의 영속을 위해 강조되었던 것이다.

셋째, 의연성은 유교이념의 하나인 인(仁)의 속성으로 볼 수 있다. 이것은 공자가 "강직하고 의연하고 질박하고 말이 뜨면 인(仁)에 가깝다."라고 말한 것과 관련지을 수 있다.

넷째, 강직성은 외부에서 힘이 가해졌을 때 견디어 나가는 것으로 맹자는 "곧지 않으면 도가 나타나지 않는다."하고 했다. 이런 면에서 곧다는 것은 군자가 갖추어야 할 심성의 하나인 것이다.

다섯째, 중용성이란 치우치지도 의지하지도 않고 바뀌지도 않는 면을 대(竹)에 비유하여 군자가 갖추어야 할 미덕을 노래한 것이다.

여섯째, 통달성은 대나무의 속이 빈 것에서 찾은 관념인데, 이는 마음을 비우면 세상이 보이는 것과도 같은 맥락이라고 할 수 있겠다.

일곱째, 고고성은 달이 높이 떠 있다는 데서 찾은 관념이다. 고고성은 유가의 이상인 인자의 당연한 성격이다. 여기서 높다는 것은 물리적인 위치를 나타내는 것이 아니라 인격의 높이를 의미하는 것이다.

여덟째, 겸전성은 달이 높이 떠서 만물을 다 비친다는 데에서 찾을 수 있다. 달이 광명을 천하에 비춤은 선비가 때를 만나 그 덕을 천하의 모든 사람에게 베푸는 것을 의미한다. 아홉째, 침묵성은 달이 말하지 아니하는 점에서 찾은 것이다. 이 침묵은 절대자인 하늘이 하는 바다. "하늘은 말하지 않고 행위와 일로써 그 뜻을 보여 줄 따름이다."

<오우가>의 다섯 소재에 깃들어 있는 철학적인 인식 내용을 아홉 개로 정리하고 그것의 의미를 다시 풀어내고 있다. 그리고 아홉 개의 인식 내용은 유교에서 강조하는 '인격'과 밀접한 관련이 있음을 파악하고 있다.

이러한 유형의 활동을 통해서 <오우가>의 형상화 방법을 이해하고 유교에서 강조하는 '사람됨'에 대해 인식하는 계기를 마련할 수 있다. 덧붙여 대상을 인격화하고 대상에서 삶의 속성을 이끌어 내는 방식에 대해서도 폭넓게 파악할 수 있다.

(3) 반응일지 쓰기를 통한 표현 활동

그 동안 국어 교육에서는 문학 작품을 학습하기 위하여 자주 독후감을 활용하였다. 작품을 읽고 독후감 쓰기를 과제로 내거나, 독후감을 또 다른 글쓰기의 자료로 활용하였다. 그러나 독후감 역시 글의 한 유형이므로 일정한 틀을 갖고 있다. 다시 말해서 독후감을 쓰기 위해서는 독후감의 구조를 학습하고 학습자의 생각과 느낌을 그 구조의 틀에 맞추어 나가는 과정을 거쳐야만 한다. 따라서 독후감 쓰기는 학습자에게 또 다른 부담이 되었고, 이는 곧 문학 작품 읽기를 꺼려하는 요인이 되고 말았다.

문학 작품을 읽는 것은 또 다른 세계를 이해하고 삶에 대한 인식을 조정하고 확장해 나가는 행위임을 상기할 때, 일정한 구조를 가지고 있는 독후감 쓰기가 효율적인 문학 교육의 한 방법일 것인가 하는 것은 재론의 여지가 있다.

사실, 문학은 즐거움의 대상이어야 하지 해석과 분석의 대상이 되어서는 안 된다. 또한 문학 행위는 자발적이고 자유스러운 것이어야지 강요하거나 의도에 의해 이루어지는 행위여서도 안 된다. 이 때문에 문학 교육의 당위성에도 불구하고 '문학을 과연 가르칠 수 있는 것인가?'라는 의문에 시달리는 것이다.

이제 문학 교육은 '독후감 쓰기'에서 벗어날 필요가 있다.[38] 이에 '반응일지'[39]는 하나의 대안으로 제시될 수 있다. 반응일지가 독후감의 대안이

---

[38] 독후감에서 벗어나 다양한 독서 감상 활동은 졸저, 앞의 책, 14장 참조.
[39] 반응 일지에 대해서는 양정실, 「반응 일지(response journal) 쓰기의 문학 교육적 함의」(『국

될 수 있다는 것은 독후감 쓰기를 통해 얻을 수 있는 것, 가령 '글의 내용을 정확히 이해하였는가', '줄거리 파악을 하였는가', '자신의 감상과 느낌을 잘 표현하였는가' 등등과 같은 독후감의 요소들을 반응일지 쓰기를 통해 모두 구현할 수 있기 때문이다.

뿐만 아니라 반응일지 쓰기는 문학 교육 평가와 교수·학습 활동과 연계하여 여러 가지 교육 목적을 달성할 수 있다.

> 반응일지 쓰기는 일차적으로 학습자에게는 반응을 표현하여 명료화하는 계기가 되고, 문학 교사에게는 학습자의 반응 양상과 그 수준을 확인하게 해 주는 평가 재료를 제공해 준다. 그러나 학습자의 감상 능력에 대한 최종 평가 지료라기보다 학습자의 감상 능력의 성장을 위한 거멀못으로서, 이후 더 나은 감상에 이르도록 하는 새로운 교수·학습 활동을 위한 매개로 쓰이는 것이 온당하다.[40)

즉 반응일지 쓰기는 학습자에게는 학습자 중심으로 문학 작품 감상을 명료화하는 기회가 되며, 교사에게는 학습자의 반응 양상과 수준을 파악할 수 있는 자료를 얻는 효과를 준다. 뿐만 아니라 더 나은 문학 감상을 위한 교수·학습 활동의 매개가 될 수 있다는 장점도 가지고 있다.

반응일지의 활동 항목은 ① 작품의 줄거리 ② 인상적인 대목 ③ 작품에 대한 전체적인 감상 ④ '나'에게 주는 의미 ⑤ 토론한 내용 ⑥ 하고 싶은 이야기 ⑦ 이해할 수 없었던 내용(부분) ⑧ 다음 독서 계획 등이 있다.

이처럼 반응일지 쓰기는 일정한 틀에서 벗어나 학습자의 생각과 느낌을 자유롭고 적극적으로 표현할 수 있는 활동이다. 따라서 시조 교육에서도 활용할 수 있으며, 3.3의 (2)단계에서 이루어질 수 있다.

어교육』 102, 한국국어교육연구회, 2000. 113~133쪽)를 참고할 수 있다.
　양정실은 이 논문에서 "반응 일지는 최종적으로 구조화된 글인 비평적 에세이와 달리 작품을 읽는 중에 혹은 읽은 후에 자유롭게 자신의 견해를 피력하도록 하는 쓰기 방식"이라고 소개하였다.
40) 양정실, 앞의 논문, 127쪽.

예문 3　　　　　　　　윤선도의 〈오우가〉를 읽고

■ 〈오우가〉가 주는 전체적인 느낌

자연에 대한 예찬을 주로 이루고 있는 이 시조는 매우 편안하게 느껴진다. 물, 돌, 대, 솔, 달, 이 다섯이 자신의 유일한 벗이라며 극찬된 작자의 말 때문에 평소에는 무심코 지나쳤던 주위의 자연물들이 매우 소중하게 느껴졌다.

■ 나에게 주는 의미

나는 지금 삭막한 아파트의 작은 창가로, 둥글게 활짝 웃고있는 달을 쳐다본다. 나도 모르게 웃음이 나온다. 이 시조를 읽고 나서는 지금처럼 달 한번 쳐다 볼 수 있는 여유를, 앞으로는 가져야겠다고 생각한다. 그냥 시조의 차원을 넘어서 나에게는 조금이라도 교훈을 준 것 같다.

■ 하고 싶은 이야기

만약 윤선도가 지금 시대의 인물이라면? 이 삭막한 생활 속에서 이런 멋진 시조를 써낼 수 있었을까? 여기 저기서 내보낸 폐수, 심지어는 미군들까지도 내보내는 폐수... 그 항공기 찌꺼기로 섞인 물을 마시면서, 아스팔트 위에 누워서 납이 들어있는 찌개를 끓여먹으면서 말이다.

우리는 지금 우리가 사는 이 시대를 풍족하다고, 모든 게 편리하다고... 자연을 얼마나 훼손하는 지도 모르고... 편안한 시대라고 한다. 이제 우리는 반성을 해봐야 할 것이다. 그리고 조금이라도 자연을 보존해 나갈 수 있도록 노력해야 할 것이다.

■ 내가 할 일. 해보고 싶은 일

앞으로는 자연을 보존하기 위해 나부터 솔선수범할 것이다. 구체적인 건 밝히지 않도록 하겠다. 그리고 나도 멋진 시조를 한편을 써볼 것이다.

■ 독서 계획

자연과 인간을 주제로 한 고전작품을 찾아 읽기로 했다.

〈오우가〉를 통해 자연의 소중함을 느끼고, 작자가 살았던 시대에는 지금처럼 자연이 오염되지 않았을 것이라는 추론을 한다. 추론의 결과 자연을 보호해야 한다는 실천적인 태도를 도출하고 있다. 학습자는 반응일지 쓰기를 통해 '다섯 소재 → 자연'이라는 사고의 확장을 도모하고 있다.

(4) 학습자의 비판적 생각 표현을 중심으로 한 표현 활동

6차 교육 과정에서부터 창의성 교육은 강조되었다. 그러나 창의성에 대한 이해는 제대로 이루어지지 않고 있는 것 같다. 단순한 상상력과 다양한 표현을 창의성이라고 여긴다든지, 엉뚱하면 다 창의성이라고 생각하는 것이 대표적인 예이다.

올바른 창의성은 상상력과 비판력을 바탕으로 하여야 하며, 인간의 삶을 아름답게 건설할 수 있는 내용을 갖추어야 한다. 창의성은 상상력만으로 이루어질 수 없다. 비판적인 정신이 결여된 상상력은 망상이나 공상이 될 수밖에 없다. 그리고 창의적인 사고의 결과는 인류의 삶에 보탬이 되는 것이어야 한다.

그러나 대부분의 학습자들은 자유로운 상상을 펼치는 데에서부터 어려움을 겪는다. 이는 그 동안 교육에서 학습자의 상상을 인정하지 않은 데에서 기인하는 것이다. 뿐만 아니라 학습자는 비판적인 사고를 표현하는 데에도 매우 서툴다. 이 역시 우리의 전통적인 관습과 교육 태도에 의한 것이다. 즉, 우리는 전통적으로 상대방의 생각과 주장을 드러내 놓고 비판하는 것을 부정적으로 여기는 관습을 지니고 있다. 특히 아랫사람이 윗사람의 생각이나 의견을 비판하는 것을 허용하지 않았다. 그리고 이러한 관습이 학교 수업 현장에도 이어져 학생이 교사의 수업 내용에 대해 비판적인 자세를 갖는 것을 매우 부정적으로 인식하였다.

이러한 전통적인 관습과 수업 현장의 분위기가 학습자로 하여금 자유로운 상상과 비판적인 사고의 기회를 앗아갔고 또한 표현하지 못하도록 하였다. 그러나 상상력과 비판력은 창의성의 근본적인 요소이며 새로운 사회에서 가장 필요한 요소가 되었다.

문학은 작자의 직관적인 상상력을 바탕으로 한다. 따라서 문학 작품의 이해와 감상은 작자의 상상력을 읽는 행위이며, 작자의 상상력과 학습자의 상상력이 상응하는 실제 행위이다. 뿐만 아니라 학습자가 작자의 생각과 의도를 비판적으로 탐색할 때 새로운 문화를 창달할 수 있으며, 문학의 지평을 넓혀갈 수 있다.

특히, 조선 전기 사대부들의 시조는 대상에 자신의 유가적인 관념을 겹치기 하기 때문에 학습자의 현재적인 상상과 현대적인 안목에서 건전한 비판이 이루어졌을 때 시조 교육의 참된 목표를 실현할 수 있다.

예문 4 오우가(五友歌)

작   가 : 윤선도
창작시기 : 지은이 윤선도가 금쇄동에 은거할 때
내   용 : 자연에 대한 애정과 관조를 나타냄
비   평 : 오우가는 다섯 가지 벗에 대한 노래이다. 외로움과 그리움을 달래주는, 그리고 속세마저도 잊게 만드는 그런 벗에 대한 이야기이다. 물, 돌, 소나무, 대나무, 달에 대한 이야기인 것이다. 맑고 깨끗한 그리고 항상 그치지 않는 물의 영원성, 언제나 변함없는 바위의 불변성, 땅속 깊은 뿌리를 들어 소나무의 절개를, 대나무의 사계절 푸르름을 들어 절개와 지조를, 광명과 과묵함을 들어 달을 또한 찬양하고 있다. 하지만 어쩌면 이 다섯 가지를 위해 다른 것들을 격하시키고 있지 않은가? 구름빛깔과 바람소리, 꽃과 풀은 작가에 의해, 너무도 처량한 바람소리에 그치고, 꽃잎이 피다가 지고 풀잎이 푸르다가 누렇게 되는 것, 그것을 지은이는 지조 없는 것으로 표현하고 있다. 단지 그것만 일까?
나는 이렇게 생각한다. 그것만이 아니라고, 때를 알고 물러서는 겸손함으로 보고도 싶다. 오기와 독선으로만 치닫는 삶이 아니라, 때를 물러서고 겸손함을 나타내는 것일 수도 있으리라. 한쪽 면만을 보기 보단 양면성을 이해하고 바라보는 것도 중요치 않을까?

예문 5   〈오우가〉를 읽고

– 비판적으로 생각하기 –

내가 싫어하는 벗이 몇인가 하니 水石과 松竹이라
아니아니 아니야 동산에 떠있는 月도 있구나
나머지는 그만하자 다섯 말하기도 힘이드네 그려

아래서 위로 올라가지 못하는 것이
길만 뚫어주면 어디든 가네
너는 정말 단순허이

무식한 것 무식한 것 너무나 무식한 것
무식이 탈로나 친구들이 비웃네
너는 정말 돌이라고

더우면 꽃피고 추우면 옷 입거늘
솔아 너는 어찌 눈서리를 모르는가
세상 복잡한데 융통성이 없구나

나무면 나무답게 풀이면 풀답게
이것도 아닌 것이 저것도 아닌 것이
힘주지마 힘주지마 그러다가 부러질라

내가 안보이면 다른이도 안보일 것을
밤에만 나타나 밤손님 들게하네
사라져라 사라져라 도둑들까 무섭다

[예문 4]는 작자가 자신의 유가적 관념을 형상화하기 위해 '물·돌·소나무·대나무·달'을 높이고, '구름·바람·꽃·풀'을 상대적으로 비하한 것에 대해 학습자가 비판한 것이다. 이와 달리 [예문 5]는 작자가 내세운 '물·돌·소나무·대나무·달'의 부정적인 면을 내세워 이들에 대한 작자의 생각을 전면적으로 비판한 것이다.

이러한 감상 표현이 과연 교육적으로 타당한가 라는 우려에도 불구하고

새로운 교육을 열기 위한 활동으로는 매우 가치가 있다. 문학 교육을 '정제된 지식을 그대로 학습자에게 주입하는 행위'라는 생각에서 조금만 벗어난다면, 그리고 문학 작품의 이해와 감상을 '작자와 학습자의 창조적인 대화'라고 인식의 틀을 바꾼다면, 학습자의 비판적인 사고를 적극적으로 끌어내는 감상 표현 활동은 새로운 문학 지평과 문화 창달의 바탕이 될 것이다.

(5) 인성 교육을 위한 학습자 활동 중심의 감상 표현 활동

'건전한 인성' 발달은 교육 초기에서부터 교육의 목표로 삼았다. 특히 7차 교육 과정에서부터는 '창의성'과 함께 교육의 목표로 더욱 강조되고 있다. '건전한 인성'을 교육 목표 차원으로 삼은 것은 매우 바람직한 일이다. 미래 사회는 정보가 중심이 되는 사회일 뿐 아니라 그 정보를 다룰 사람의 도덕성이 필요한 사회이기 때문이다. 도덕성은 건전한 인성을 바탕으로 하기 때문에 건전한 인성은 정보화 사회에 중요한 교육 요소가 되는 것이다.

그러나 인성 교육 역시 과거의 주입식 방법이어서는 큰 효과를 얻을 수 없다. 현대를 사는 학습자들은 과거와는 달리 매체를 통한 다양한 교양 정보를 갖고 있으므로 과거처럼 훌륭한 사람의 이야기나 교훈적인 글을 들려주고 그것을 그대로 따라 하기를 강요해서는 안 된다.

새로운 시대의 인성 교육은 학습자 스스로 인성의 덕목을 설정하고 스스로 실천할 수 있도록 유도하여야 한다. 시조, 나아가 고전 문학 작품은 학습자가 스스로 인성 교육을 수행하는 데 매우 효과적인 자료가 될 수 있다. 시조는 진솔한 인간과 인간애를 담고 있으며, 개인의 정서나 사회의 규범적인 의식이 담겨있기 때문이다. 뿐만 아니라 민족 고유의 정신과 사상, 역사성을 담고 있어 학습자로 하여금 인생에 대해 폭넓은 자의식을 갖도록 하는 데에도 매우 효과적이다.

다음 예문은 3.3의 (1)~(5) 단계를 모두 활동한 다음, 추후 활동의 형식으로 '나는 어떠한 우정을 쌓겠는가?'라는 질문을 통해 '交友 10계명'을 학습자 스스로 작성하게 한 결과물이다.

예문 6 　　　　　　　　　　교우(交友) 10계명

– 〈오우가〉를 읽고 –

1. 나는 친구를 위해 대신 죽을 수 있는 우정을 갖겠다.
2. 나는 친구의 허물을 감싸줄 수 있는 우정을 갖겠다.
3. 나는 친구의 어려움을 돌보아주는 우정을 갖겠다.
4. 나는 마음으로 느낄 수 있는 우정을 갖겠다.
5. 나는 친구를 옳은 길로 인도하는 우정을 갖겠다.
6. 나는 물질로 평가하는 친구가 아니라 성품을 사랑할 줄 아는 우정을 갖겠다.
7. 나는 친구가 나를 필요로 할 때 옆에 있는 우정을 갖겠다.
8. 나는 가까울수록 예의를 갖추는 우정을 갖겠다.
9. 나는 친구의 부모님을 나의 부모님처럼 공경하는 우정을 갖겠다.
10. 나는 친구와 함께 발전적인 미래를 도모하는 우정을 갖겠다.

이렇듯 학습자 스스로 생각하고 작성한 문장은 기성 세대의 시각으로 만들어지고 채택된 어느 글보다도 학습자의 의식에 깊게 자리할 것이다. 이러한 활동을 통해 학습자는 〈오우가〉에 담겨 있는 선인의 목소리와 삶의 태도에 접근하고, 그것을 자신의 것으로 만드는 과정을 거치게 된다.

교육을 시행하는 과정에서 학습자를 조금 더 긍정적으로 바라보고, 학습자의 세계와 활동 능력에 믿음을 갖는다면 학습자 활동 중심의 교수·학습 방법은 다양하게 구안될 수 있으며 효과적으로 진행될 수 있을 것이다.

교수·학습의 주체인 학습자의 세계와 활동 능력에 대해 믿음을 가지고 학습자의 자발적이고 능동적인 활동을 통해 그들 스스로 시조의 세계와 삶에 접근할 수 있도록 유도하여야 한다. 그래야만이 새로운 문학 지평, 새로운 문화 창달을 열어 갈 수 있고, 시조(문학) 교육을 통해 '건전한 인성과 창의성을 함양'할 수 있을 것이다.

4. 가사의 창작원리와 학습자 활동 중심의 교수·학습 방법

국어교육에서 고전 문학 교육이 어떠한 가치가 있는지, 고전 문학을 통해 인성교육을 이룰 수 있는지에 대해서는 다시 논의하지 않아도 될 것이다. 한 가지 가사교육이 인성교육에 어떠한 역할을 하는지에 대한 논의는 하여야 할 것 같다.

가사는 운문과 산문의 중간 단계에 있는 장르이다. 가사가 운문과 산문의 중간 단계에 있다는 것은 그만큼 표현 형식이 다양하다는 것을 의미한다. 즉 운문적 표현 형식과 산문적 표현 형식을 모두 가지고 있는 것이 가사이다.

이러한 점에서 가사는 학습자들이 쉽게 활동할 수 있는 표현 형식인 것이다. 그리고 표현 형식이 자유롭다는 것은 가사에 담을 수 있는 내용 역시 일정한 주제를 갖고 있지 않다는 것을 의미한다.

사실 가사 작품들을 보면 서정적인 것에서부터 서사적인 것까지 다양한 내용을 담고 있다. 즉 정서적인 내용에서부터 일상적인 생활, 또는 비판적인 내용까지 모두를 가사의 내용의 담고 있다.

가사는 형식과 내용면에서 인간의 삶을 오롯하게 옮겨 놓은 장르이다. 시처럼 함축과 상징, 은유의 부담감도 없고 시조처럼 율격의 정형성의 부담도 없다. 소설처럼 갈등과 대단원을 별도로 준비하지 않아도 되고 희곡처럼 지문과 대사, 인물의 행동을 구체화하지 않아도 된다.

그러면서도 가사는 시이고 시조고 소설이고 희곡이다. 가사는 인생 철학을 미리 준비하지 않지만 일상생활의 철학을 담고 있다. 문학 장르 중에서 가사는 형식에서뿐만 아니라 내용에서도 우리의 일상을 그대로 담고 있다. 현란한 수식과 심오한 은유는 없지만 일상의 삶을 그대로 옮겨 놓음으로써 은유를 보여주고 철학을 말한다.

따라서 일상적인 생활 속에서 인성교육을 이루어야 하는 교육적 목적을 가장 잘 실현시킬 수 있는 것이 가사이다.

이 곳에서는 가사 중 기행가사를 대상으로 인성교육과 가사교육을 접목하고자 한다. 가사 중에서 기행가사를 대상으로 하는 이유는 ① 기행가사는 아직도 창작되고 있는 유형이고 ② 새로운 세계에 대한 표현이라는 점에서 흥미를 느낄 수 있으며 ③ 대상에 대한 이입과 대입을 가장 활발하게 이루고 있어 인성교육적 가치가 크다는 것이다.

4.1 기행가사의 창작 원리

과언 기행가사를 학습자들에게 교육할 가치가 있는가? 이 물음에 답하기 위해서는 우선 기행가사에 대한 이해를 높여야 할 것이다. 기행가사에 대한 이해는 여러 각도에서 접근할 수 있으나, 여기서는 기행가사의 창작 원리를 밝히는 방법을 채택하였다. 이는 기행가사 창작 원리가 기행가사를 이해하고 감상하는 핵심 요소이며 학습자 활동 중심에 더욱 효과적이라는 생각 때문이다.

기행가사는 '여행'이라는 내용을 '가사'라는 양식을 빌어 형상화한 것이다. 필자는 기행가사를 "작자가 여행자라는 인식을 가지고 여행 동기와, 목적지를 중심으로 한 여행의 구체적인 노정(路程)과 대상에 대한 감회, 여행 후의 소감을 가사 형식으로 노래한 작품"[41]이라고 정의한 바 있다.

(1) 노정에 따른 구성의 원리

기행가사의 내용적 요소 중에는 '노정(路程)'이 가장 중요하다. 목적이나 목적지가 없는 여행은 있을 수 있어도 여정이 없는 여행은 성립하지 않기 때문이다. 노정이 중요하다는 말은 곧 여행 중에 보고, 듣고, 경험한 인물·사물·풍속·역사 등을 대상으로 하여 그에 대한 인식을 형상화하는

---

41) 졸저,『기행가사연구』, 한남대학교 대학원 박사학위논문, 1996. 18쪽.

것이 기행가사의 창작 원리이기 때문이다. 따라서 여행의 노정은 곧바로 노정 중에 만나는 대상을 의미한다.

모든 여행은 반드시 되돌아오는 것이 특색이다. 되돌아오지 않는 여행은 이민이나 망명일 뿐 여행은 아니다. 그러므로 여행을 내용 요소로 하는 기행가사는 여행의 과정을 구성과 내용 구조로 삼는다. 즉 공간적 구성을 바탕으로 '① 출발 동기 및 행장 → ② 목적지까지의 노정과 대상에 대한 느낌 → ③ 목적지에서의 구경과 삶에 대한 생각 → ④ 돌아오는 길의 노정과 대상에 대한 느낌 → ⑤ 여행 후 느낌과 창작 배경'의 내용 구조를 갖는다.

그러나 기행가사가 초기부터 이러한 5단계의 내용 구조를 가졌던 것은 아니다. 전·중기의 기행가사는 ④를 생략한 4단계[42]나 ②와 ④를 생략한 3단계의 내용 구조를 가지고 있다.[43] 기행가사가 여행의 과정을 그대로 담아 5단계의 내용 구조를 보이기 시작한 것은 <영삼별곡(1704)>에서부터 자리를 잡기 시작하였다. 그리고 후기 기행가사는 오히려 노정에 따른 5단계 구성을 확고히 하였다.

그러나 몇 단계가 원형인가를 살피는 일은 중요하지 않다. 오히려 기행가사 작품에 나타나는 3단계·4단계·5단계를 모두 구성의 원리를 받아들이고 학습자가 표현 활동을 할 때 자신의 경험과 형상화할 내용에 맞는 구성을 자유롭게 선택하도록 유도하는 것이 중요하다.

(2) 장면 독립의 원리

기행가사의 내용 구조를 살펴보면, 대상에 대한 표현과 느낌이 하나의 장면을 이루고 그것은 각기 다른 장면들과 독립되어 있다는 것을 알게 된다. 즉 기행가사의 하나의 대상에 대한 장면은 시의 '연'이나 일반 서사물의 '문단(文段)'과 같은 단위의 역할을 한다고 할 수 있다.

---

42) 최강현(『한국기행문학연구』, 일지사, 1982. 15쪽)은 4단계를 기행가사의 구조적 특질로 살폈다.

43) 전·중기의 기행가사가 4단계와 3단계 구성을 갖는 이유는 졸고, 앞의 논문 참조.

그리고 독립된 장면과 장면의 연결은 '도라 드러', '올나가니', '빗기지
나' 등과 같은 동사를 사용하여 공간 이동을 표현함으로써 이루어진다.

感松亭 도라 드러
十里波光과 萬重烟柳ᄂᆞᆫ
春風이 헌스ᄒᆞ야
綠衣紅裳 빗기안자
皓齒 丹脣으로
太乙 眞人이 蓮葉舟 투고
셜믜라 王事 靡固ᄒᆞᆫ들
練光亭 도라 드러
綾羅島 芳草와
봄비슬 쟈랑ᄒᆞ다

大洞江 ᄇᆞ리보니
上下의 어릐엇다
畵船을 빗기 보니
섬섬옥수로 綠綺琴 니이며
采蓮曲 보르니
玉河水로 ᄂᆞ리는 듯
風景에 어이 ᄒᆞ리
浮碧樓에 올나가니
錦繡山 烟花ᄂᆞᆫ

〈관서별곡〉

'감송정(感松亭) 도라드러'는 앞 장면과 연결하는 공간 이동이다. 즉 '감송
정'은 묘사의 대상이거나 느낌을 불러일으키는 대상이 아니라 장면과 장면
을 이어주는 역할을 할 뿐이다. 표현 대상은 '대동강'이다. 대동강 물결과
버드나무의 어우러짐을 이전의 독서 경험에서 체득했던 표현 내용을 사용
하여 형상화하고 있다. 그리고는 "셜믜라 왕사(王事)미고(靡固)ᄒᆞᆫ들 風景(풍경)
에 어이 ᄒᆞ리"로 작자의 주관적인 생각·느낌을 서술하고 있다.

그리고는 시나 일반 산문에서 볼 수 있는 그 어떠한 구분 장치를 하지
않고 바로 '練光亭 도라 드러 浮碧樓에 올나가니'로 공간 이동과 아울러 변
화된 작자의 위치를 서술하고 있다. 이를 바탕으로 기행가사의 독립된 장
면의 창작 원리를 살펴보면 다음과 같다.[44]

㉮ 공간 이동과 작자의 위치 – 짧은 여정
㉯ 대상 확인과 대상에 대한 서술 – 독서 체험에 의한 표현(典故)
㉰ 작자의 느낌과 감회 – 주관적인 정서

---

44) 일기 형태의 후기 기행가사에서는 공간의 이동보다 바뀐 날짜(시간), 대상만이 아닌
　　사건을 서술하기에 이와 같은 원리에서 벗어난 부분도 있다. 그러나 기행가사들은
　　일반적으로 이 원리에 의해 창작되고 있다.

한 편의 기행가사는 이러한 독립된 장면들이 모여서 이루어진다. 즉 독립된 장면의 원리가 기행가사 전편의 창작 원리가 될 수 있고, 독립된 장면 하나하나는 나름대로 교수·학습의 단위가 될 수 있다. 따라서 기행가사의 독립된 장면들은 표현 활동의 단위가 될 수 있다.

(3) 현재 시제의 원리

앞 절에서 기행가사의 독립된 장면은 공간 이동에 의해 전개된다고 논의하였는데, 이 공간 이동은 시간의 흐름을 밑바탕으로 한다. 문학 감상은 시간 체험에 기반을 둔 공간 체험이라는 말로 바꿀 수 있다. 서술자 내지 화자의 시간 체험이며, 그와 동일시된 독자의 시간 체험이자 공간 체험이기도 하다.

작자의 시간 관념은 작품 안에서 주로 시제로 실현된다. 그러므로 시제를 검토하는 일은 작자의 시간 관념을 파악하는 효과적인 방법이다. 작자는 시간 관념에 의해 작품 속의 시간을 실현하고 독자는 작품 속에 실현된 시간을 통해 작자의 시간 관념을 읽어낸다. 작품 속의 시제를 통해 작자의 시간과 독자의 시간은 동일한 시간을 갖는다. 다시 말하면 독자는 작품 속에 실현된 시제를 통해 독자의 읽기 시간을 획득하는 것이며 이는 곧 작자의 주관적인 시간과 동일한 시간을 공유한다는 것을 의미한다.

연경 만리예　　　　　류쇽을 치힝ᄒ야
지월 초삼일에　　　　북궐의 하직ᄒ고
갈 길을 도라보니　　　구름 밧긔 하늘일식
군명이 지즁ᄒ니　　　슈고를 헤아리랴
모화관 사디ᄒ고　　　홍졔원 드러오니
서교의 젼별홀 졔　　　친구ㅣ가 만좌ㅣ로다

〈연행별곡〉

〈연행별곡〉은 여행을 다 마치고 지은 것으로 판단된다. 그러나 작품의 시제는 "하직ᄒ고 / 도라보니 / 하늘일식 / 사디ᄒ고 / 드러오니 / 홀 졔 /

만좌ㅣ로다" 등 모두 현재 시제를 사용하고 있다. "갈 길을 도라보니"에서 '도라보니(돌아 보니)'는 과거 회상의 느낌을 풍기기도 하지만 작품 해석상 '가야 할 길을 고개를 돌려 바라보니'로 풀이하여야 하므로 시제는 역시 현재 시제이다.

이러한 현재 시제 서술 방식은 <연행별곡>에서 뿐만 아니라 모든 기행 가사들에게서 공통적으로 나타난다. 물론 제한된 몇 군데에서는 과거 회상 시제를 쓴 곳이 있다. 그러나 그것은 작품의 서사나 결사 부분, 그것도 작품 전체의 노정이나 전개와는 관계없는 여행 전·후의 상황을 말하고 있을 뿐이다. 오히려 기행가사의 회상시제는 현재 시제로 서술된 작품의 주된 내용과 여행을 더욱 현실감 있게 하는 기재로 쓰이고 있다.

기행가사가 일관된 현재 시제로 서술되고 있는 것은 현실감·현장감을 주려는 작자의 의도와 관련이 있다. 작자는 독자로 하여금 그 누군가가 여행을 다녀오고 쓴 기록물을 읽고 있다고 생각하기보다는 지금 여행을 하고 있다는 생각을 갖도록 의도적으로 현재 시제를 사용하고 있는 것이다. 그럼으로 해서 독자는 작자와 함께 여행을 떠나고 여행의 경험을 더욱 쉽게 공유하는 것이다.

기행가사에 사용된 현재 시제는 실제 여행 시간과 독자의 읽기 시간을 일치시킴으로써 작품에서 나타내려고 하는 작자의 의도를 명확하게 전달하는 표현 장치이다.

(4) 일상적인 의사 소통 방식의 원리

시가 문학은 일상적인 의사 소통 구조와는 거리가 있다. 특히 시가 문학에서 대화체는 아주 제한되어 사용되어 왔다. 상고시대의 시가, 향가, 고려가요, 경기체가, 시조 등 고전 시가 문학에서 대화체가 전혀 사용되지 않은 것은 아니지만 단지 몇 개의 작품에서 그것도 아주 한정되어 사용되었을 뿐이다. 그리고 대화 형식도 다양하지 않아 두 인물이 서로 대화를 나누는 경우는 극히 드물다. 그러므로 시가 문학에서 대화체를 사용하는 것은 독특한 의미를 담고 있다고 해도 과언이 아니다.

그러나 기행가사 작품에 실현된 대화 방식은 이전의 시가 문학에서 볼 수 없을 정도로 다양하다. 우선 발화 상대가 무정물이 아닌 유정물, 즉 인물과 인물간의 대화가 작품에 과감히 구사된다. 뿐만 아니라 다양한 대화 방식을 갖는다. 이전의 시가 작품에서 볼 수 있는 대상에 대한 일방적인 대화뿐만 아니라, 상대의 일방적인 대화, 발화자와 상대의 직접·간접 대화 등 다양한 유형의 대화 방식이 작품 안에서 이루어진다. 그리고 한 유형의 대화 방식도 여러 층위를 가지며, 대화 방식과 층위는 복합적으로 나타난다.

첫째, 서술자가 서술자에게 발화를 한다. 이는 독백을 의미하는 것이 아니라, 서술자가 자신을 객체화하여 발화를 하는 경우를 말한다. 독백은 다른 시가 문학에서도 사용되는 의사 소통 방식이다. 그러나 다른 시가 문학이 작자 자신의 정서를 드러내기 위한 것이라면 기행가사에서 사용되는 독백은 자신의 상황을 각성하거나 대상에 대한 주관적 평가를 내리기 위한 것이다.

둘째, 현실의 인물이 서술자에 일방적으로 발화를 한다. 이 방식은 서술자가 현재 처해 있는 상황이라든가 서술자의 능력 - 이 밖에도 서술자 자신에 대한 모든 것 - 을 독립적으로 드러내면서 강조하기 위한 서술 의도를 가지고 있다.

셋째, 서술자가 짧게 묻고 발화 상대자가 길게 대답하는 대화 방식이 있다. 이러한 대화 유형은 서술자의 현실 인식을 드러내거나, 서술자가 알지 못하는 사실을 표현하고자 할 때 주로 사용하는 대화 방식이다.

넷째, 서술자와 발화 상대자의 직접 대화가 대등하게 이루어지는 유형이다. 대등한 직접 대화는 서술 전개의 기능도 가지고 있으며, 서술자가 자신의 목소리로 느낌이나 이념을 내세우기보다는 발화 상대자의 대화 내용을 비판하면서 서술자의 느낌이나 이념을 내세울 때 즐겨 사용되는 대화 방식이다.

이처럼 기행가사가 일상적인 의사 소통 방식을 갖는 것은 기행가사가 지니는 1인칭 시점과 관련이 있다. 기행가사는 가사 문학의 하위 갈래이므로 일관되게 1인칭 시점을 지니는데, 1인칭 시점은 상대의 처한 상황이나 감정·사상·이념을 직접적으로 기술하지 못하는 단점을 가지고 있다. 다른 시가 문학은 주관적인 감정이나 정서를 드러내는 것을 표현 의도로 하였기 때문에 1인칭 시점이 지닌 표현상의 단점을 느끼지 못했지만, 기행가사의 작자들은 대상과 내용을 다양하게 형상화하기 위해 1인칭 시점이 가지고 있는 단점을 극복해야만 했다. 그 극복 방법이 바로 일상적인 의사 소통 방식을 채택하는 것이다.

결국 기행가사에서 실현되고 있는 다양한 형식의 대화는 기행 가사가 갖는 다양성을 담기 위한 쓰기 전략이다. 초기의 가사나 일반 시가는 주관적 정서 표출을 목적으로 하지만 기행가사는 확대된 대상과 내용에 대한 객관적 관심의 증대로 과감하게 일상적인 의사 소통 방식을 창작 원리로 삼고 있는 것이다.

4.2 기행가사의 문학 교육적 가치

기행가사의 문학 교육적 가치는 형식 요소인 가사 문학이 가지고 있는 문학 교육적 가치와 여행을 내용 요소로 하는 기행가사의 문학 교육적 가치로 나눌 수 있다.

가사 문학의 문학 교육적 가치는 우선 가사 문학이 서정성과 서사성을 모두 가지고 있다는 것이다. 대상에 대한 정서적인 표현을 주로 하는 서정성과 대상에 대한 경험과 관찰, 대상과의 갈등을 담는 서사성을 동시에 지니고 있다. 그리고 다른 사람에게 알리고 적극적으로 읽어주기를 바라고 있어 기록성과 보고성도 지닌다. 이는 가사 문학이 작품 감상과 표현 활동에 매우 다양하게 활용될 수 있음을 의미한다. 중·고등학생들이 중심이 되는 고전 문학 교육의 학습자들은 다양한 욕구와 표현 양식을 가지고 있는데, 가사 문학은 이러한 학습자들의 특성을 모두 포용할 수 있다.

뿐만 아니라 문학 갈래 중 일상 생활의 언어 생활에 가장 효과적으로 영향을 미칠 수 있다. 4.1에서 살핀 바와 같이 가사 문학은 다양한 표현 방식과 서술 방식을 가지고 있기 때문에 일상 생활의 언어 능력 향상에 크게 도움을 줄 수 있다.

이렇듯 일상어와 일상적인 의사 소통 방식을 채용하고 있는 가사 문학은 인터넷 통신상의 새로운 언어를 사용하는 학습자들에게 전통적인 언어사용의 기회를 제공할 수 있고, 동시에 인터넷 통신상의 언어 체계가 가지고 있는 부정적인 측면에 대한 반성의 기회를 줄 수 있다.45)

기행가사가 여행을 내용 요소로 하기 때문에 갖는 독특한 문학 교육적 가치를 정리하면 다음과 같다.

첫째, 구체적이고 다양한 대상을 소재로 할 수 있다. 염은열은 대상 인식 방법에 기반하여 표현할 내용을 생성하고 있는 표현 유형을 "대상에 대한 즉물적(卽物的) 인식의 질서화"라고 하였다.46) 즉 기행가사는 추상적인 대상을 형상화하는 것이 아니라 구체적인 대상을 다양하게 선택하여 형상화할 수 있어 이해와 표현 활동에 손쉽게 접근할 수 있게 한다.

둘째, 구성과 내용 구조가 복잡하지 않다. 기행가사는 여정에 의한 공간 이동을 구성의 바탕으로 삼기 때문에 글의 구성이나 내용 구조를 이해하고 표현하는 데 수월하다. 공간을 이동하며 보는 순서대로 대상을 형상화하였기 때문에 구체적 조작기의 중학생들이 어렵지 않게 이해와 표현을 수행할 수 있다.

셋째, 기행가사는 다른 가사 작품에 비해 일상 생활의 의사 소통 구조와 동일한 언어를 사용하고 있음으로 일상 언어로 이해하고 표현할 수 있다. 따라서 '국어 발전과 민족의 언어 문화 창달에 이바지할 수 있는 능력과 태도

---

45) 다음 7. 8의 활동을 통해 학습자들이 고어와 고전적인 표현 방식에 매우 흥미를 가지고 있음을 확인할 수 있었다.

46) 염은열은(『고전 문학과 표현교육론』, 역락, 1999. 51쪽) 이외에 '대상에 대한 관념적(觀念的) 인식의 구조화', '대상에 대한 주정적(主情的) 인식의 투사'를 내용 생성 유형으로 제시하였다. 본고에서는 중학생의 인지 발달 단계에서 '대상에 대한 즉물적 인식의 질서화' 중심의 교수·학습이 가장 효율적이라고 생각된다.

를 기른다'는 국어과 학습 목표를 충실히 구현할 수 있는 자료로서의 가치를 지닌다. 단지, 기행가사 작품을 자료로 학습할 때 고어(古語)를 교사나 참고서를 통해 해독하는 과정만을 거칠 것인가 아니면 학습자의 표현 활동을 통해 체득하게 하는 과정을 거치는가에 따라 교육적 효과가 달라질 것이다.

넷째, 기행가사는 전·중기의 작품과 후기의 작품이 서로 다른 표현 양식을 보이기 때문에 학습자의 수준에 따라 다양하게 학습 자료로 삼을 수 있다. 전·중기의 작품은 대상과 거리를 두고 이전의 독서 체험에서 획득한 관념적 표현을 하고 있다면, 후기 작품은 대상을 작자의 인식 안으로 끌어들여 관찰하고 원리를 자세히 묘사하거나 설명하고 있으므로 학습자의 수준과 학습 목표에 따라 다양하게 선택할 수 있다는 것이다.

다섯째, 일반적으로 고전 문학이 그렇듯이 가치 있는 체험을 기록하고 있기 때문에 대상에 대한 작자의 체험과 주관적인 느낌·평가를 통해 '삶'에 대한 인식을 변화시킬 수 있다. 교육의 기본 목적이 새로운 사회 구성원에게 삶의 총체로서의 문화를 전수하고 새로운 삶으로서의 문화 창달이라는 점을 상기할 때, 여행 중에 경험한 다양한 대상과 인물·사건 등 선조들의 사실적인 삶과 삶의 자세를 감지할 수 있도록 한다는 것은 매우 중요한 인성교육적 가치일 것이다.

4.3 학습자 활동 중심의 교수·학습 방법

그러나 문제는 실제 수업을 통해 학습자들에게 가르칠 내용에 대해 흥미를 갖게 하여 학습 동기를 유발하고, 지식·지식 구조를 이해나 수행 활동을 통해 머리 속에 저장하고, 다음 학습과 일상 생활에서 올바른 이해와 표현을 할 수 있도록 하는 것이다.

이곳에서는 목적상 효율적인 논의를 위해 기행가사가 인지 발달 과정상 '구체적 조작기'에 있는 중학생들에게 적절한 고전 문학 학습 자료가 될 수 있다는 앞의 논의를 바탕으로 '쓰기'와 '말하기' 등 표현 활동을 통해 교수·학습 방법의 한 모형을 제시하도록 할 것이다.

이러한 논의의 배경에는 고전 문학 작품을 학습함에 있어 '무엇을', '어떻게' 가르칠 것인가도 중요하지만, 고전 문학 텍스트를 '왜', '어느 수준의 학습자'[47])에게 가르칠 것인가도 중요하다는 인식이 깔려 있다. 그럼으로 해서 학습자의 흥미와 동기를 유발하고, 인지 발달 과정에 적합한 활동을 통해 기행가사, 나아가 고전 문학을 이해·표현하고 선조들의 삶의 모습과 표현 양식을 체득하여 새로운 문화 창달과 풍부한 언어 생활에 영위하는 데 기초가 되고자 한다.

이러한 고전 문학 교육 목표에 접근하기 위해 중학생을 대상으로 한 학습자 활동 중심의 기행가사 수업 모형을 창안하면 다음과 같다.[48])

(1) 동기 유발 단계 [학급 활동]

㉮ 기행가사 읽기(어려운 한자어는 현대어로 풀어준다 - 교사)
㉯ 산문으로 된 기행문 읽기(자료 - 교사 선정, 혹은 학습자 글 선정)
㉰ 여행 경험 이야기하기, 또는 '학교↔집'·'학교 안'의 경로 이야기하기(학급을 단위로 교정을 거닐면서 교정 안의 여러 대상을 파악하는 것도 좋다)
㉱ 신문·(여행)잡지 등에 소개된 여행지 및 노정 파악하기
㉲ 위 항목 중 하나를 선택하여 여행지도 그리기

(2) 기초 단계 [개별 활동]

㉮ (1)의 단계에서 활동한 내용 중 가장 기억에 남는 부분을 짧은 글로 표현하기

---

47) 7차 교육 개정에서부터 '수준별 교육'을 강조하고 있지만 우리 교육 현장에서 '수준별 교육'이 당장 이루어질 것이라고 기대하기는 어렵다. 따라서 본 장에서는 '수준별 교육'을 '어느 학년', 즉 초·중·고 어느 학년에서 교육할 것인가를 나타내는 의미로 사용하였다.

48) 사용한 번호 중 '(1)·(2)·(3)…' 활동 순서이나, '㉮·㉯·㉰…'는 순서와 관계가 없다. 학습자의 수준이나 학습 목표에 따라 선택할 수 있고 또는 순서를 바꿀 수 있다. 이 곳에 소개한 활동 모형은 여러 가지 모형 중 기본적인 모형의 한 예이다.

㉯ (1)의 단계에서 표현하고 싶은 노정을 정하고, 떠오르는 낱말을 이
   어 글로 표현하기
   * 노정을 좇아 장면 독립의 원리 의해 표현하기

(3) 심화 단계

㉮ (2)의 글을 압축하여 3 또는 4자, 4음보로 정리하기 [개별 활동]
㉯ (2)의 글과 다른 점 이야기하기(산문과 운문의 차이점 알기)
   [모둠별 활동 후 - 교사 정리]
   * 가사 형식(운율) 이해하기, 현재 시제로 표현하기

(4) 발전 단계

㉮ (3)의 결과물을 기행가사의 창작 원리에 맞춰 기행가사 짓기
   [개별 활동]
㉯ 기행가사 창작 원리(특성)에 대해 토론·질문하기
   [모둠별 활동 후 - 교사 정리]

(5) 정리 단계

㉮ 자신이 지은 기행가사 발표하기 [학급·모둠별 활동]
㉯ 다른 학생이 지은 작품을 읽고 잘된 점과 잘못된 점 토론하기
   [학급·모둠별 활동]
㉰ 다듬기 [개별 활동]

(6) 추후 활동 단계

㉮ 또 다른 기행가사 읽으며 이해·감상 능력 높이기
   [학급·모둠별 활동 - 교사, 학습자 자료 준비]
㉯ 시조(時調)와 다른 점 이야기하기 [모둠별 활동 후 - 교사 정리]
㉰ 관련 학습 활동 및 관련 주제 토론하기 [학급·모둠별 활동]

이러한 교수·학습 모형으로 수업을 진행하면 '학습 동기 유발하기 - 학
습자 중심의 표현 활동하기 - 토론하기·질문하기 - 교사 정리하기 - 추후 활
동하기'의 과정을 거치게 된다. 이러한 모형은 과거의 '교사 중심 교육',
'명제화 된 지식 설명하기', '암기 위주의 평가'에서 벗어날 수 있다. 즉, 학

습자가 표현 활동을 거치면서 스스로 작품의 창작 원리를 경험하게 되고, 동시에 작품과 갈래 특성을 체득할 수 있다.

물론, 좀 더 다양한 교수·학습 모형이 개발되어야 하고, 학습자 수준과 학습 상황에 따라 수행 과정의 변화를 구체적으로 구안하여야 할 것이다. 뿐만 아니라 활동 후 학습자의 반응과 교사의 의견을 참고하여 더욱 효율적인 고전 문학 교육의 토대를 마련하여야 할 것이다.

다음은 위와 같은 교수·학습 모형으로 수업한 결과물이다.[49]

≪학습자 활동 예문 1≫

보문산	전망대올라	대전야경	바라보니
여기저기	반짝이는	불빛이	가득하네
빛과	불빛들의	빛평선이	끝이없다
지옥시험	어떡허나	생각만이	가득한데
불빛속의	많은사람	생각들이	궁금하다
부끄러운	내생각	한없이	작았구나
고개들어	이세상	넓게넓게	바라보니
마음이	편해진다	세상또한	고요하다
오를때는	몰랐건만	내려오는	발걸음이
한없이	가볍도다	날씨또한	포근하다

≪학습자 활동 예문 1≫은 학습자가 자신의 생활 주변을 돌아 보고 대상을 인식하고 대상을 통해 자신의 현재 생각을 점검하고 자신의 생각이 작았음을 반성하고 반성을 통해 자신의 심리 상태를 변화하는 내용 구조를 보여주고 있다. 이를 간단히 도식과 하면 '공간 이동 → 대상 인식 → 자신의 심리 상태 점검 → 또 다른 대상 인식 → 자신의 심리 상태 반성 → 달라진 심리 상태에 의한 대상 확인 → 공간 이동'과 같다.

'보문산 전망대 올라'는 공간 이동을 나타냄과 동시에 현재 서술자의 위치이다. 서술자는 현 위치에서 대상(대전 야경)을 확인하고 서술 대상으로 선정한 다음 '불빛이 가득하다'고 인식하고는 '빛평선이 끝이 없다'로 주관적

---

49) 동기 유발 단계에서 <관서별곡>, <관동별곡>, <일동장유가>를 각각 한 부분씩 읽어주고 각 단계를 거친 후 얻은 학습자의 글임.

으로 서술 표현하고 있다. 그리고 끝이 없이 펼쳐진 빛평선을 바라보며 '지옥시험 어떻하나'의 상념에 빠져 있는 자신의 심리 상태를 점검한다. 그러나 이러한 심리 상태는 고정된 것이 아니라 불빛 속에는 많은 사람들이 자신의 삶을 열심히 충실하게 살고 있을 것이라는 유추 연상을 통해 자신의 생각이 한없이 작았음을 반성한다. 이러한 반성은 고개를 들어 세상을 넓게 바라보게 되고 그 결과 마음이 편해지는 심리 변화를 이끌어 낸다. 세상을 넓게 바라보니 마음이 편해지는 것뿐만 아니라 그 동안 아옹다옹 시끄럽게만 여겨지던 세상이 고요하게 느껴지는 것이다. 이러한 심리 상태의 변화와 세계 인식 태도의 전환은 보문산 전망대에 오를 때와는 전혀 다르게 '오를 때는 몰랐건만 내려오는 발걸음이 한없이 가벼움'을 경험하게 되는 것이다. 그러면서 동시에 느끼지 못했던 날씨의 포근함까지 느끼게 된다.

한 편의 기행가사라 볼 수는 없지만 기행가사의 독립된 한 장면으로는 손색이 없다. 공간 이동을 통해 대상을 선정, 확인하고 대상을 인식하는 과정에서 자신의 현재 심리 상태를 표출하고 대상과의 교감 속에서 자신의 심리 상태뿐만 아니라 세계를 바라보는 시각을 넓혀가고 있다.

이처럼 기행가사 창작 활동을 통해 기행가사의 창작 원리를 직접 체득하고 주변 대상에 대한 관심과 인식의 범위를 확대할 수 있으며 대상과의 관계 속에서 자신의 심리나 세계에 대한 시각을 넓히고 변화시킬 수 있다. 이와 동시에 느끼지 못했던 세계를 자기 안으로 끌어들여 자신의 것으로 느끼게 된다.

≪학습자 활동 예문 2≫

달래강	굽이돌아	열두대를	바라보니
높은절벽	세찬물살	세상풍파	씻기는듯
임전무퇴	조상의 넋	가슴에	새겨두고
탐금대로	도라드러	우륵얼굴	마주하니
은은한	가야금소리	가슴속에	울리우고
마음을	다비우고	푸른물결	바라보니
세상풍파	어데가고	단잠이	찾아오네
바야흐로	추풍낙엽	건드리면	떨어질세라
발걸음도	고요히	오솔길	내려오네

　≪학습자 활동 예문 2≫는 학습자가 <관서별곡>, <관동별곡>을 읽고 예전에 여행에서 얻었던 경험과 느낌을 표현한 것이다. 학습자의 배경 지식을 이끌어내는 것이 교수·학습을 효율적이고 효과적으로 수행하는 방법임을 감안한다면 기행가사 작품을 통해 학습자의 이전 경험을 이끌어 내는 것은 기행가사, 또는 가사를 학습하는 효율적이고 효과적인 방법일 것이다. 따라서 기행가사 작품을 제시하고, 가사 문학이나 작품에 대한 원리나 지식을 강요하는 것보다 학습자의 경험을 이끌어 내는 것이 먼저일 것이다. 그리고 이 경험들을 제시한 기행가사를 전고로 삼아 학습자의 경험을 표현하는 것은 새로운 고전 문학 교육을 위한 하나의 대안이 될 수 있다.

　≪학습자 활동 예문 2≫의 학습자는 제시된 기행가사 작품을 나름대로 읽고 이해한 다음 과거에 자신이 여행 중에 경험했던 사실을 이끌어 내고 있다. 이 예문 역시 '공간 이동 → 대상 선정과 대상 표현 → 공간 이동 → 대상에 대한 역사적 이해와 주관적 정서 → 자신의 심리적 변화 → 공간 이동'의 내용 구조를 가지고 있다.

　예문에서 서술자의 위치는 '열두대가 보이는 곳 → 탄금대 → 내려오는 오솔길' 등으로 바뀐다. 첫 번째 위치에서 서술자는 높은 절벽의 세찬 물결에서 임전무퇴의 조상의 넋을 느끼고 있으며 두 번째 위치에서는 탄금대에 서려 있는 역사적인 인물인 우륵을 떠올리고 '은은한 가야금 소리'를 듣고 있다. 대상에 동화되어 마음을 비우자 세상풍파가 다 물러남을 경험하게 된다. 이러한 대상에 대한 인식과 대상과의 동화를 통해 서술자는 새로운 경험을 하게 되고 새로운 세계에 눈뜨게 되는 것이다.

　≪학습자 활동 예문 2≫는 과거의 여행 경험을 서술하면서도 일관되게 현재 시제를 사용하고 있다. 현재 시제를 사용하는 것은 서술자의 생각과 정서를 사실성 있게 드러내기 위한 기법으로 현장감과 현실감을 준다. 모든 기행가사가 그러하듯이 위 예문 역시 현재 시제를 사용하여 여행의 시간, 서술자의 창작의 시간, 독자의 읽기 시간을 일치시키고 있다.

≪학습자 활동 예문 3≫

광안리에	도착하여	넓은바다	바라보니
붉은해와	푸른바다	조화중에	조화로다
한켠에는	조각배가	둥실둥실	떠다니고
그위에는	갈매기가	정신없이	날고있고
해변가에	사람들이	목숨걸고	수영하네
해변가를	고독하게	폼잡고서	걷다보니
어느사이	해는지고	보이는건	해그림자
이런곳에	머문동안	밥안먹고	배부르네
장관중에	장관일세	장관중에	장관일세

　≪학습자 활동 예문 3≫의 특징은 4·4조를 정확하세 지키고 있는 것이다. 시가 언어의 정제이고, 정서와 생각을 절제된 언어로 노래한 표현물이라는 점에서 정형의 음수율에 의한 표현 활동은 효율적인 학습의 한 방법이라고 할 수 있다. 자신의 정서와 생각을 정제된 언어로 표현하는 일도 쉽지 않겠지만 그 정제된 언어를 글자 수 4자를 지켜 표현하는 일 역시 학습자에게 쉬운 활동이 아니다. 그러나 이러한 활동을 통해 학습자는 가사 또는 기행가사에 대한 이해와 감상의 폭을 넓힐 수 있다.

　위의 예문들이 한 편의 가사로서 문학적 수준이 높다고 할 수는 없을 것이다. 그러나 가사 문학, 기행가사에 대한 지식과 고어 해석, 문학사적 가치 등을 지식 구조 가르치기에서 조금만 벗어난다면 위와 같은 활동은 학습자에게 학습 동기를 유발하고, 학습자의 경험과 사전 지식을 충분히 활용하고, 학습자 중심의 이해와 감상을 이룰 수 있을 것이다.

　또한, 이와 같은 활동 결과물을 모아 한 편의 기행가사를 완성할 수도 있다. 즉, 모둠별로 일정한 공간을 경험하게 하고 각각 일정 공간을 독립된 장면으로 완성한 다음, 차례대로 모아 한 편의 기행가사를 완성하는 것이다. 그리고 먼 곳을 여행한 내용으로 지으라고 강요할 필요는 없다. 오히려 일상 생활과 주변 사람들의 삶에 관심을 갖도록 유도하는 것이 좋다.

4.4 기행가사의 교육적 가치와 의의

기행가사는 형상화할 대상이 구체적이어서 구체적 조작기에 있는 학습자들의 활동을 손쉽게 이끌어 낼 수 있는 큰 장점을 가지고 있다. 기행가사의 형상화 대상은 사랑·죽음 등과 같은 추상적인 것이 아니다. 산·나무 등과 같은 우리 주변에서 흔히 볼 수 있는 사물들이나, 생활 이야기, 내가 경험한 사람들, 나라의 풍물이나 제도 등 일상의 구체적인 삶을 모습을 대상으로 한다.

물론 그것이 사랑이나 죽음으로 이어진다. 그러나 그것을 전면에 그러내어 그것 자체를 은유로 형상화하는 것이 아니라 구체적인 대상물을 형상화함으로써 사랑과 죽음, 삶의 철학 등을 느끼게 한다.

따라서 구체적 조작기에 있는 학습자들의 이해를 높이고 표현 욕구를 높일 수 있다. 기행가사의 형상화 대상은 지금의 학습자들도 일상 생활에서 부딪히는 대상들이기 때문이다.

기행가사는 일상적인 것 중에서 가치 있는 체험을 기록한 것이므로 '삶'에 대한 인식과 자세를 학습자 스스로 변화시킬 수 있도록 유도할 수 있다. 모든 문학을 통해서 가치 있는 삶을 경험할 수 있지만 기행가사는 그 가치를 문면에 드러내고 있어서 가치 있는 삶을 구체적으로 경험할 수 있다.

아울러 교사 설명이 없이도 학습자 활동 중심의 수업을 이룰 수 있다. 기행가사는 문학적 장치가 복잡하거나 추상적이지 않아서 학습자들이 수행해야 할 내용을 쉽게 이해할 수 있다. 수행해야 할 내용을 쉽게 이해할 수 있다는 것은 활동을 쉽게 구안할 수 있다는 것을 의미한다. 즉 학습자가 무엇을 활동할까를 쉽게 계획할 수 있다는 것이다. 그리고 수행 과정을 통해 전통 문화를 직접 체득하게 하여 이해를 높이고 새로운 문화를 창달에 기여할 수 있을 것이다.

중요한 것은 기행가사와 같은 고전 문학을 교육함에 있어 '무엇을', '어떻게' 가르치느냐 하는 것도 중요하지만, '왜', '언제(어느 수준의 학습자에게)'

가르쳐야 효율적인 교육이 이루어질 것이냐 하는 것을 심도 있게 논의하여야 한다는 것이다. 따라서 구체적인 고전 문학 작품 하나 하나의 가치와 특성을 살펴 어느 수준의 학습자에게 어떻게 가르쳐야 국어 교육의 목표를 종합적이고도 유기적으로 달성할 수 있는가에 대한 연구가 활발히 진행되어야 한다.

참고문헌

[저 서]

강재언 저·정창열 역,『한국의 개화사상』, 비봉출판사, 1981.

교육부,『제7차 교육과정 - 국어과 교육과정』, 교육부 고시 제1997-15호, 1999.

______,『중학교 교육 과정 해설(Ⅱ)』, 교육부 고시 제1997-15호, 1999.

권영철,『규방가사각론』, 형설출판사, 1986.

권오경,『고전 시가작품교육론』, 월인, 1999.

김대행,『고려시가의 정서』, 개문사, 1985.

______,『국어교과학의 지평』, 서울대학교출판부, 1995.

______,『노래와 시의 세계』, 역락, 1999.

______,『문학교육원론』, 서울대학교 출판부, 2000.

______,『문학이란 무엇인가』, 문학사상사, 1992.

______,『한국시의 전통연구』, 개문사, 1980.

김문기,『서민가사연구』, 형설출판사, 1983.

김병국 외,『장르교섭과 고전 시가』, 월인, 1999.

김사화,『이조시대가요의 연구』, 대양출판사, 1956.

김상선,『개화기시가형태론』, 일조각, 1980.

김상엽,『향가의 문화적 연구』, 계명대학교 출판부, 1979.

김상욱,『시의 숲에서 세상을 읽다』, 푸른나무, 1996.

김선배,『시조문학 교육의 통시적 연구』, 박이정, 1998.

김시태,『문학과 삶의 성찰』, 이우출판사, 1984.

김영철,『한국개화기시가의 장르 연구』, 학문사, 1990.

______,『한국근대시론고』, 형설출판사, 1988.

김완진, 『향가해독법연구』, 서울대학교 출판부, 1980.

김윤식·김 현, 『한국문학사』, 민음사, 1979.

김종일, 『삶으로써의 읽기와 쓰기』, 한국문화사, 2002.

김준영, 『한국고시가연구』, 형설출판사, 1990

김춘수, 『한국현대시형태론』, 해동문화사, 1958.

김학동, 『한국개화기시가연구』, 시문학사, 1981.

김학성, 『고전 시가의 연구』, 원광대 출판부, 1980.

김형규, 『고가요주석』, 일조각, 1974.

대한민국 문교부 국사편찬위원회 편찬발행, 『한국사 1~22』, 탐구당, 1983.

박갑수 외, 『국어표현·이해교육』, 집문당, 2000.

박기석 외, 『한국고전 문학입문』, 집문당, 1996.

박노준·이창민 외, 『현대시의 전통과 창조』, 열화당, 1998.

박병채, 『새로 고친 고려가요의 어석연구』, 국학자료원, 1994.

박요순, 『옥소 권섭의 시가연구』, 탐구당, 1987.

______, 『한국시가의 신조명』, 탐구당, 1984.

박을수·석일균, 『신한국문학사』, 성문각, 1982.

박철석, 『한국현대문학사론』, 민지사, 1990.

박춘우, 『한국 이별시가의 전통』, 역락, 2004.

백 철, 『문학개론』, 신구문화사, 1956.

서원섭, 『가사 문학론』, 형설출판사, 1983.

성무경, 『가사의 시학과 장르 실현』, 보고사, 2000.

신재홍, 『향가의 해석』, 집문당, 2000.

양주동, 『여요전주』, 을유문화사, 1955.

염은열, 『고전 문학과 표현교육론』, 역락, 2000.

윤병섭 외 공편, 『한국근대사론 Ⅰ~Ⅲ』, 지식산업사, 1977.

윤석창, 『가사 문학개론』, 깊은샘, 1991.

이기백, 『한국사신론』, 일조각, 1976.

이능우, 『가사 문학론』, 일지사, 1977.

이동영, 『가사 문학론고』, 형설출판사, 1979.

이명구, 『고려가요의 연구』, 신아사, 1973.

이병기·백 철, 『국문학전사』, 신구문화사, 1956.

이상보, 『한국가사 문학의 연구』, 형설출판사, 1974.

이상신 편, 『문학과 역사』, 민음사, 1982.

이상익 외, 『고전 문학 어떻게 가르칠 것인가』, 집문당, 1994.

이승명, 『고려시대의 언어와 문학』, 형설출판사, 1975.

이지호, 『글쓰기와 글쓰기교육』, 서울대학교 출판부, 2001.

이태우, 『가사 문학론』, 일지사, 1983.

임기중, 『한국고전 문학과 세계인식』, 역락, 2003.

임종찬, 『개화기시가론』, 국학자료원, 1993.

장덕순, 『국문학통론』, 신구문화사, 1960.

전규태, 『논주고려가요』, 정음사, 1987.

______, 『논주향가』, 정음사, 1976.

정기철, 『인성교육과 국어교육』, 역락, 2001.

______, 『읽기 교육의 이론과 실제』, 역락, 2000.

______, 『창의성 개발을 위한 독서지도법과 독서신문 만들기』, 역락, 2001.

정병욱, 『한국민요의 사적연구』, 일조각, 1981.

______, 『한국고전 시가론』, 신구문화사, 1977.

______, 『한국고전 시가작품론2』, 집문당, 1992.

정병헌, 『한국고전 문학의 교육적 성찰』, 숙명여자대학교 출판국, 2003.

정옥자, 『조선후기 역사의 이해』, 일지사, 1993.

______, 『조선후기문학사상사』, 서울대학교출판부, 1997.

______, 『조선후기문화운동사』, 일조각, 1997.

정재호, 『한국가사 문학론』, 집문당, 1982.

정한모, 『한국현대시문학사』, 일지사, 1974.

조동일, 『국문학 이해의 길잡이』, 집문당, 1999.

______, 『한국문학통사 1~3』, 지식산업사, 1983.

______, 『한국민요의 전통과 시가율격』, 지식산입사, 1996.

______, 『한국의 문학사와 철학사』, 지식산업사, 1996.

조윤제, 『한국시가의 연구』, 을서문화사, 1954.

진단학회, 『한국사-최근세편』, 을유문화사, 1978.

채재석, 『개화기시조연구』, 조선대학교 대학원 국어국문학과, 1993.

최강현, 『가사 문학론』, 새문사, 1986.

______, 『한국기행문학연구』, 일지사, 1982.
최동원, 『고시조론』, 삼영사, 1980.
최혜진, 『규훈문학 연구』, 역락, 2004.
______, 『한국고전 시가의 이념과 지향』, 월인, 2003.
한국고전 문학연구회 편저, 『근대문학의 형성과정』, 문학과 지성사, 1983.
한국시조학회 편, 『고시조작가론』, 백산출판사, 1986.
한석종, 『문학과 예술의 사회사 - 근세편 상·하』, 창작과 비평사, 1985.
한창훈, 『시가교육의 가치론』, 월인, 2000.
한창훈, 『시가와 시가교육의 탐구』, 월인, 2000.
한철우·천경록 역, 『독서지도방법』, 교학사, 1996.
홍일식, 『한국개화기의 문학사상연구』, 열화당, 1982.

[논 문]

강명혜, 「시조교육의 현황과 학습자 활동 중심의 교수·학습 모형」, 『시조학논총』 제20집, 한국시조학회, 2004.
강헌규, 「청산별곡의 신석을 위한 어문학적 연구」, 『공주교대논문』 제15집, 1979.
고병익, 「한국근대화의 기점문제」, 『한국사의 반성 - 역사학회편』, 신구문화사, 1978.
고정희, 「<된동어미화전가>의 미적 특징과 아이러니」, 『국어교육』 111, 한국국어교육연구학회, 2003.
권영민, 「개화기 시가의 시적 형식에 대하여」, 『韓國學報』15, 일지사, 1976,
______, 「시조의 시적 형식과 그 창곡의 음악적 형식과 상호 관계」, 『한국학보』 12집, 1978.
김대행, 「시조형식의 의미」, 『시조학논총』 제11집, 한국시조학회, 1995.
김동환, 「비평적 에세이 쓰기」, 『문학과 교육』 제4호, 한국문학교육학회, 1999.
김상억, 「청산별곡 연구」, 『국어국문학』, 제30집, 국어국문학회, 1965.
김영호, 「고려가요의 전반적 성격」, 『백영정병욱선생 환갑기념논총Ⅱ』, 1983.
김용목, 「개화기의 우국문학」, 『신문학과 시대의식』, 새문사, 1981.
김윤식, 「개화기 문학양식의 문제점」, 『동화문화』12집, 서울대학교 동화문화연구소, 1973.

김중신, 「고전 시가의 문학교육적 자질」, 『문학교육의 이해』, 태학사, 1997.

김학성, 「가사의 실현화 과정과 근대적 지향」, 『근대문학의 형성과정』, 한국고전 문학연구회 편저, 문학과 지성사, 1983.

______, 「시조의 정체성과 현대적 계승」, 『시조학논총』 제17집, 한국시조학회, 2001.

류수열, 「시조의 자연, 그 '말없음'의 의미론」, 『시조학논총』 제20집, 한국시조학회, 2004.

류해춘, 「한국 시조문학의 존립 기반과 그 본질에 관한 시고」, 『시조학논총』 제19집, 한국시조학회, 2003.

민병기, 「현대시와 전통율격」, 『현대시의 전통과 창조』, 열화당, 1998.

박경주, 「여성문학의 시각에서 본 19세기 하층 여성의 실상과 의미」, 『국어교육』 104, 한국 국어교육 연구회, 2001.

박연호, 「장르 구분의 지표와 가사의 장르적 성격」, 『고전 문학연구』 제17집, 2000.

박요순, 「20세기 가사고」, 『한남어문학』 14집, 1988.

______, 「계정의 평생경력소감록」, 『한남어문학』 22집, 1997.

______, 「근대기의 여류가사고」, 『호서문학』, 호서사학회간, 1983

______, 「현대기의 가사 진행상 연구」, 『한남어문학』 25집, 2001.

______, 「근대기의 여류가사연구」, 『호서문학』 제11집, 1983.

______, 「근대문학기의 여류가사」, 『한국시가의 신조명』, 탐구당, 1984.

박준규, 「고려속악삼십일편에 대하여」, 『한국언어문학』 3집, 1965.

______, 「고려속악의 형태고」, 『어문논총』9집, 전남대어문학연구회, 1987.

______, 「아속가사연구 - 악장가사와 속악가사와의 비교를 중심으로-」, 『호남문화연구』 7집, 1975.

서재극, 「여요주석의 문제점 분석」, 『어문학』, 제19집, 1968.

서종문, 「임진록과 한양오백년가의 관계와 의미」, 『고선소실연구』, 새문사, 1984.

송민호, 「개화시의 근대적 성격 - 근대문학의 초기형태라는 관점에서 -」, 『문리론집』 7집, 고려대학교, 1963.

신동욱, 「'청산별곡'과 평민적 삶의식」, 김동욱 외 편, 『고려시대의 가요문학』, 새문사, 1982.

양정실, 「반응 일지(response journal) 쓰기의 문학 교육적 함의」, 『국어교육』 102,

한국국어교육연구회, 2000.

양태순, 「음악적 측면에서 본 고려가요」,『고려가요 연구의 현황과 전망』, 성균 관대학교 인문과학연구소 편, 1996.

원용문, 「시조 형성의 원리」,『시조학논총』제15집, 한국시조학회, 1999.

이돈희, 「언어적 경험의 교육」,『교육적 경험의 이해』, 교육과학사, 1993.

이산호, 「콘텐츠를 위한 한·불 정형시가 낭송법의 비교 고찰」,『시조학논총』 제17집, 한국시조학회, 2001.

이영지, 「시조창작론 - '물'과 '불'의 시조 창작적 一例」,『새국어교육』52, 새국 어교육학회, 1996.

이재승, 「과정 중심의 쓰기 교재 구성에 관한 연구」, 한국교원대학교 대학원 박사학위논문, 1999.

이찬욱, 「시조 낭송의 콘텐츠화 연구」,『시조학논총』 제19집, 한국시조학회, 2003.

임재해, 「'시용향악보' 소재 무가류 시가 연구」,『영남어문학』9, 영남어문학회, 1982.

임종찬, 「현대시조 작품을 통해본 창작상의 문제점 연구」,『시조학논총』제12 집, 한국시조학회, 1996.

정기철, 「『독립신문』소재 개화가사연구」,『한국언어문학』제42집, 한국언어문학 회, 1999.

______, 「대한민보 소재 시조의 형식적 특성과 글쓰기 교육으로서의 함의」, 『시조학논총』 제18집, 한국시조학회, 2002.

______, 「시조 교육의 문제점과 학습자 감상 활동의 유형」,『시조학논총』제16 집, 한국시조학회, 2000.

______, 「기행가사연구」, 한남대학교 대학원 박사학위논문, 1996.

정병욱, 「이조후기시가의 변이과정」,『창작과 비평』31호, 창작과 비평사, 1989.

______, 「용담유사의 국문학적 고찰」,『한국사상』12, 1974.

______, 「이조후기 시가의 변이과정」,『창작과 비평』9권 1호, 창작과 비평사, 1974.

정재호, 「가사 문학의 사적 개관」,『한국가사 문학연구』, 태학사, 1996.

조동일, 「시조의 율격과 변형 규칙」,『국어국문학연구』제18집, 영남대국어국 문학과, 1987.

______, 「작문의 난관과 과제」, 『국문학 이해의 길잡이』, 집문당, 1999.

______, 「현대시에 나타난 전통적 율격의 전승」, 『아세아학보』 제12집, 아세아학술연구회, 1976.

최강현, 「왕조오백년가의 이본에 대하여」, 『국어국문학』 32, 1966.

______, 「한양가 연구」, 고려대학교 대학원 석사논문, 1964.

최동원, 「고려속요의 향유계층과 그 성격」, 『고려가요연구』, 새문사, 1982.

한종화 외, 「중등학생의 지적 정의적 발달 특성 조사 연구」, 한국교육개발원연구보고서, 1982.

한창훈, 「언어와 예술로서의 고전 문학과 교육」, 『문학교육학』, 태학사, 1999.

허왕욱, 「시조 작품의 의미 형상화 방법에 대하여」, 『시조학논총』 제15집, 한국시조학회, 1999.

홍재휴, 「가사 문학연구사 논고」, 『모산학보』 4·5, 모산학술연구소, 1993.

저자 정기철

- 문학박사
- 한남대학교 문과대학 문예창작학과 교수

┃저서┃

- 읽기 교육의 이론과 실제(2000) - 2001년 문화관광부 우수학술도서
- 한국 기행가사의 새로운 조명(2001)
- 문장의 기초(2001) - 2003년 교사들이 선정한 중등부 문학 추천도서
- 창의력 개발을 위한 독서 지도법과 독서 신문 만들기(2001)
- 인성교육과 국어교육(2001) - 2002년 대한민국학술원 우수학술도서
- 논술교육과 토론(2003) 외 다수

새로운 시대, 새로운 글쓰기를 위한

고전시가 퍼 올리기 ■ ■ ■

인 쇄 2005년 02월 13일
발 행 2005년 02월 20일

저 자 정 기 철
펴낸이 이 대 현
편 집 박 윤 정
펴낸곳 도서출판 역락
　　　　서울 성동구 성수 2가 3동 301-80 (주)지시코 별관 3층
　　　　전 화 : 3409-2058, 3409-2060 FAX : 3409-2059
　　　　홈페이지 : http://www.youkrack.com
　　　　이메일 : youkrack@hanmail.net
　　　　등 록 1999년 4월 19일 제2-2803호

정 가 14,000원
ISBN 89-5556-365-5-93810

■ 잘못된 책은 교환해 드립니다.